Himbeerfieber

Madita Tietgen

Verlag:
Zeilenfluss Verlagsgesellschaft mbH
Implerstraße 24
81371 München

Texte: Madita Tietgen
Cover: © Grit Bomhauer
Korrektorat: Dr. Andreas Fischer
Satz: Zeilenfluss

ISBN: 978-3-9671-4308-9

Himbeerfieber

Madita Tietgen

ZEILENFLUSS

Für Anke und Claudia.

Weil wir im Blondie-Buch-Club irgendwie nie Bücher lesen, aber ich mit kaum jemandem so philosophische und inspirierende Gespräche führen kann wie mit euch. Und weil ihr immer für mich da seid.

Eins

Viertel nach drei. Genervt schaute Lilly auf ihr Smartphone. Sie leerte ihren zweiten Cappuccino und löffelte den übrig gebliebenen Milchschaum vom Boden der Tasse. Klirrend legte sie den kleinen Löffel auf den Unterteller. Drei Uhr siebzehn.

Sean O'Sullivan mochte vielleicht als der neue Ed Sheeran betitelt werden, und ja, er war vor Kurzem von einer Welttournee zurückgekehrt, aber diese Star-Allüren musste sie ihm dringend austreiben. Sofern er ihr überhaupt die Möglichkeit dafür geben würde. Das sah aktuell nämlich nicht danach aus. Seit über einer Stunde ließ er sie im *The Winding Stair*, einer Mischung aus Buchladen im Erd- und edlem Restaurant im Obergeschoss, sitzen. Eigentlich waren sie für zwei Uhr verabredet gewesen. Ein erneuter Blick auf ihr Smartphone. Drei Uhr achtzehn. Keine Nachricht von Sean. Dafür aber von ihrer Mom.

Wir wünschen dir ein schönes Wochenende, Liebes! Bis hoffentlich bald, Mom xoxo

Ein Gefühl der Sehnsucht überfiel Lilly, doch sie schob es beiseite und konzentrierte sich auf ihren nicht anwesenden Potenzial-Kandidaten. Lilly fragte sich, warum sie überhaupt noch hier war. Frustriert blinzelte sie. Sie wusste es ganz genau. Natürlich. Es war ihr eigener Ehrgeiz, der sie ihre Zeit verplempern ließ. Und ihre Loyalität zu Aeryn Fitzgerald O'Sullivan.

Wie es in guten Restaurants nun mal war, hatte der Kellner längst Lillys leere Tasse bemerkt. Geschäftig kam er an ihren Tisch.

»Darf ich Ihnen noch etwas bringen?«

Lilly seufzte und bewunderte einmal mehr den Ausblick von den hohen alten Fenstern hinaus auf den Liffey, den Fluss, der sich durch Dublin zog, sowie auf das dahinterliegende Viertel, Temple Bar. Wie lange wollte sie sich zum Affen machen? Die Zeiger an der großen Bahnhofsuhr, die zu Dekorationszwecken in dem Lokal hing, tickten unaufhörlich auf halb vier zu. Nein, sie würde nicht noch länger bleiben. So schön es in diesen historischen Gemäuern auch war, sie hatte Besseres zu tun. Was für eine verpasste Chance! Sie schluckte ihren Ärger hinunter und lächelte dem Kellner freundlich zu.

»Die Rechnung, bitte.«

»Natürlich.« Er nickte und verschwand.

Lilly griff nach ihrer Handtasche und zückte einen kleinen Spiegel. Kritisch beäugte sie ihr dezentes Make-up und die blonden Korkenzieherlocken, die schon wieder nicht dort saßen, wo sie sein sollten. Entnervt klappte sie den Spiegel zu und ließ ihren Blick ein weiteres Mal hinausgleiten. Sie war noch nicht sehr oft hier gewesen, dennoch hatte sie sich bereits in diesen Ort verliebt. Er war geschichtsträchtig. Etwas, das sie besonders mochte. Der Name führte nicht nur auf die windigen Stufen des Cafés zurück, sondern war auch eine Anlehnung an den Gedichtband *The Winding Stair and Other Poems* des irischen Poeten William Butler Yeats. In den Siebziger- und Achtzigerjahren hatten sich hier allerhand Schriftsteller, Musiker und Künstler getroffen. Außerdem war es der Geburtsort für spannende Diskussionen und eine enorme Kreativität, die sich in zahlreichen Gedichten, Romanen und sogar in Filmen widerspiegelte. Kurzum: Lilly mochte den Hauch von Altbackenheit, der den unverputzten Wänden, den unbequemen Stühlen, den einfachen Holztischen und den weißen Stabkerzen innewohnte. Das konnte jedoch nicht ihren Ärger über den immer noch fehlenden Sean O'Sullivan legen. Entnervt fuhr sie sich durch die Haare und zückte ihr Smartphone, als der Kellner mit der Rechnung und einem Kartenlesegerät zurückkehrte.

»Wurde zufällig eine Nachricht für mich hinterlassen? Lilly McCarthy.«

»Ich bedaure, nein.« Der Kellner schüttelte den Kopf und bedachte sie mit diesem mitleidigen Blick, den alleinstehende Frauen über dreißig so häufig zugeworfen bekamen. Lilly hasste es. Sie war erst zweiunddreißig. Sie hatte ihr ganzes Leben noch vor sich. Ihr ging es hervorragend. Auch ohne Mann. In Gedanken strich sie das Wörtchen *auch*. Das klang, als könnte man nur *mit* Mann glücklich werden. Von wegen.

»Kein Problem. Danke.« Lilly lächelte und hielt ihr Smartphone mit Bezahlfunktion an das Lesegerät. Als ihr Handy vibrierte, um die erfolgreiche Transaktion zu vermelden, hörte sie plötzlich eine tiefe männliche Stimme hinter sich.

»Du willst doch nicht etwa aufbrechen?«

Ärgerlich drehte sie sich um, nur um von der gut aussehenden Erscheinung des zweitältesten O'Sullivan-Sprosses geblendet zu werden. Sean O'Sullivan lief mit einem strahlenden Lächeln, das bis hinauf in seine irisch grünen Augen reichte, auf sie zu. In seinen Haaren verfing sich ein Strahl der Nachmittagssonne und übertünchte sein eigentlich honig- bis haselnussbraunes Haar mit einem rötlichen Schimmer. Lilly kam nicht umhin, die Augen zu verdrehen. Typisch, dass diesem Kerl auch noch ein Auftritt vonseiten der Sonne geschenkt wurde, während sie seit über einer Stunde auf ihn wartete.

Lilly ließ ihren Blick unauffällig über den heraneilenden Mann gleiten. Die Ärmel seines dunkelblauen Hemds hatte er bis über die Ellbogen aufgekrempelt, und seine hellgraue Chino-Hose endete bereits kurz über seinen Knöcheln, die in weißen Sneakern steckten. An einem seiner Handgelenke trug er eine Smartwatch, natürlich ein teures Modell von Apple. Das andere wurde von einem abgegriffenen schmalen Lederarmband geziert. Lillys Blick wanderte hinauf zu seinem Gesicht. Anders als bei seinen Konzertauftritten saß heute eine moderne Brille mit runden Gläsern und schmalem silbernen Rand aus Metall auf seiner Nase. Sie ließ ihn ziemlich intelligent aussehen. Und doch, Lilly kam nicht umhin, ihn unwillkürlich in die Hipster-Schublade stecken zu wollen. Durfte er mit fast Mitte dreißig überhaupt noch so aussehen?

»Du bist Lilly, nicht?« Er stellte die Frage, ohne auf eine Antwort zu warten. Stattdessen ließ er den Kellner, bei dem Lilly eben bezahlt hatte, vorbei und setzte sich dann ihr gegenüber an den Tisch. Als wären sie alte Freunde, hob er entschuldigend die Hände und lachte. »Ich fürchte, ich bin ein bisschen spät dran.«

»Ein bisschen?« Spitz wiederholte sie Seans Einschätzung der Situation. Wollte er sie auf den Arm nehmen? Er war fast eineinhalb Stunden zu spät! Wie würde er es bezeichnen, würde er bloß eine halbe Stunde zu spät kommen? Lief das bei ihm noch unter ›pünktlich‹?

Sean nickte schuldbewusst und lächelte sogleich wieder.

»Ich weiß, ich weiß. Aber ich gelobe Besserung, versprochen.«

Der Kellner kehrte zu ihnen zurück, und Sean bestellte einen *Kilikanoon*, einen Riesling, der scheinbar irgendwo aus Australien stammte und – wie Lilly nach einem unauffälligen

Blick auf die Weinkarte bemerkte – rund vierundfünfzig Euro pro Flasche kostete.

»Ich bin es gewohnt, mit arroganten, selbstüberschätzenden und ja, manchmal auch exzentrischen Menschen zu arbeiten, aber wenn ich eines dabei gelernt habe, dann, dass sich niemand davon an das Versprechen hält, sich in Bezug auf Pünktlichkeit zu bessern. Wirklich niemand.« Lilly lehnte sich zurück, überschlug die Beine unter dem Tisch und funkelte Sean herausfordernd an.

Sie sollte froh sein, dass er noch aufgetaucht war, doch im Moment überwog ihre Anspannung. Und dieser musste sie Luft machen. Außerdem sollte der Weltstar, der sich gerade entspannt durch die Haare fuhr, von Beginn an wissen, dass sie sich nicht herumschubsen ließ. Sie hatte Prinzipien.

»Ich insistiere. Ich bin nicht exzentrisch!« Sean grinste schelmisch.

»Aber arrogant«, erwiderte Lilly sachlich. Meine Güte, was tat sie hier? Sie wollte für diesen Mann arbeiten, und statt sich von ihrer besten Seite zu zeigen, beleidigte sie ihn? Wie sollte sie das ihrer Freundin Aeryn später erklären?

Aeryn Fitzgerald O'Sullivan war mit Seans älterem Bruder Cillian verheiratet. Die beiden waren zusammengekommen, gerade als Aeryn, Star-Tänzerin im Irish Dance, ihren Vater als Agenten entlassen hatte. Aeryns Tourmanager, ein guter Bekannter von Lilly, hatte sie ihr daraufhin als neue Agentin empfohlen. Ein Segen für Lilly. Denn sie fing gerade an, sich als Agentin für Tänzer einen Namen zu machen. Dass ein Star wie Aeryn Fitzgerald auf ihre Dienste zurückgriff, verschaffte ihr einen enormen Aufwind im Geschäft. Seitdem hatte sich viel getan, und Lilly arbeitete inzwischen für zahlreiche Stars und Sternchen der Irish-Dance-Branche. Vor nur einem Jahr waren es schließlich so viele geworden, dass sie eine Agentur gegründet hatte und nicht mehr nur als selbständige Agentin tätig war, sondern Mitarbeiter mit diesen Aufgaben betraute.

Sie hätte es bei den Tänzerinnen und Tänzern belassen können, doch ihr innerer Ehrgeiz trieb sie weiter. Lilly wollte mehr erreichen. Und so war sie dabei, die Agentur auszubauen und neue Geschäftszweige zu gründen. Der erste sollte nun also das Musikbusiness sein. Die Wahl war unwillkürlich gefallen.

Als Lilly mit Aeryn über ihre Expansionspläne gesprochen hatte, hatten die Augen ihrer inzwischen engen Freundin geleuchtet. Sofort hatte sie Lilly von ihrem Schwager berichtet, der derzeit auf der Suche nach einem Agenten war. Es war kaum zu glauben, aber bisher hatte dieser unverbesserliche Weltstar stets selbst mit den Plattenfirmen verhandelt und ihnen einen großen Spielraum überlassen. Kein Wunder, dass ihm das langsam über den Kopf wuchs. Er war ja nur ein Kerl, der sich nach gerade mal vier Jahren mit Stars wie Ed Sheeran, Taylor Swift oder Harry Styles messen konnte. Er brauchte dringend jemanden, der sich um seine Karriere kümmerte und ihm einen vernünftigen Rahmen dafür schuf. Und dieser Jemand wollte Lilly sein.

Es war verrückt, sich anzumaßen, einen Musiker wie Sean O'Sullivan als Agentin vertreten zu wollen. Insbesondere da sie noch keinerlei Erfahrung in der Musikbranche besaß. Aber Lilly liebte die Musik. Sie hatte sich durch die Arbeit mit den Tänzern die verschiedensten Zugänge gesichert und ein breites Netzwerk aufgebaut. Sicher, in der Musikindustrie ging es hart zu, aber sie war dem gewachsen. Sie wollte es unbedingt!

Also was zur Hölle war in sie gefahren?

Lilly vermied es, nervös mit den Fingern auf der Tischplatte herumzutrommeln, und verschränkte ihre Hände stattdessen in ihrem Schoß.

Sean schien ihre provozierende Antwort nicht zu kümmern. Er lachte. »Ja, das habe ich wohl verdient.« Dann wurde er ernst und blickte sie mit seinen grünen Augen an, den Hauch eines schlechten Gewissens darin. »Es tut mir ehrlich leid, dass ich zu spät bin. Mein vorheriger Termin hat unerwartet länger gedauert, und es war mir nicht möglich, Bescheid zu geben. Ehrlich, es kommt nicht wieder vor.«

Lilly musterte ihn kritisch, beschloss jedoch seine Entschuldigung anzunehmen. Sie würde ihn künftig an dieser Aussage messen, würde er wieder einmal zu spät dran sein.

Sie nickte. »Also gut. Vergessen wir das vorerst.«

Erleichtert lehnte Sean sich zurück und musterte Lilly. »Also, Aeryn sagt, du bist die beste Agentin, die ich in Irland finden kann. Stimmt das?«

Lilly lächelte. Ihre Freundin war zu großzügig. Aber das musste sie Sean ja nicht wissen lassen. »Das stimmt.«

»Schön.« Er nickte. »Aber ich kann nicht annähernd so gut tanzen wie Aeryn. Insofern ...« Er ließ seine Augen über sie gleiten. »Soweit ich weiß, vertrittst du bisher keine Musiker. Warum sollte ich also auf dich setzen?«

Berechtigte Frage. Aber Lilly war darauf vorbereitet. Sie setzte ein charmantes Lächeln auf und fokussierte sich auf Sean.

»Ich weiß, worauf es ankommt. Meine Tänzerinnen und Tänzer erwarten von mir Bestleistungen, und die kriegen sie. Jederzeit. Ich bin da, wenn sie Erfolge feiern, wenn sie Liebeskummer haben, wenn sie mehr Geld verdienen wollen, wenn sie für ihre Traumrolle vortanzen, und ich bin diejenige, die sie aus persönlichen Krisen holt.« Lilly lehnte sich leicht nach vorne. »Ich weiß, was sie brauchen, bevor sie es selbst wissen.«

Der Kellner erschien an ihrem Tisch und stellte zwei Weingläser hin. Dann ließ er sie wieder allein.

Von der Unterbrechung unbeeindruckt sprach Lilly weiter. »Die Tanzbranche ist mindestens genauso anspruchsvoll wie das Musikbusiness. Ja, es mag Unterschiede geben. Andere Dinge, auf die es zu achten gilt. Andere Herausforderungen. Aber im Grunde geht es nur um zwei Dinge: den Erfolg und vor allem das Wohlbefinden meiner Klienten. Egal, welcher Branche sie angehören.«

»Ich brauche keinen Lebenscoach.«

»Das womöglich nicht. Aber jemanden, der sich um deine Interessen kümmert, wenn du vielleicht noch gar nicht weißt, was du eigentlich willst.« Lilly lehnte sich wieder zurück. »Du brauchst eine Agentin, die deinem gewinnenden Lächeln widersteht und dir auch mal in den Hintern tritt, wenn es nötig ist. Eine Agentin, die die besten Bedingungen für dich aushandelt und sich nicht über den Tisch ziehen lässt. Du brauchst eine Agentin, der es um den Menschen hinter dem Star geht.« Lilly betrachtete ihn ernst. »Du brauchst mich.«

Schweigend musterte Sean sie.

Lillys Herz raste, und sie hoffte inständig, dass er es nicht hören konnte. Sie hatte ewig an dieser Formulierung gefeilt. Natürlich hatte sie furchtbar dick aufgetragen, aber sie musste selbstbewusst und überzeugend auftreten, egal, wie unsicher sie sich im Herzen fühlte. Er hatte schließlich recht, wenn er sie darauf aufmerksam machte, dass sie sich bisher nur mit Tänzern umgeben hatte. Umso mehr musste sie ihm zeigen, dass sie bereit für etwas Neues war. Dass sie stark genug war und dieser Herausforderung mehr als gewachsen.

Sean nippte an seinem Riesling. Dann musterte er sie erneut. »Wenn du sagst, deine Tänzer bekommen *jederzeit* deine Bestleistung, wie weit fasst du da den Rahmen?«

Für einen Moment begegnete Lilly verwirrt seinem Blick. Dann blinzelte sie kurz und nickte bekräftigend. »Wenn ich sage ›jederzeit‹, meine ich jederzeit. Es ist nicht unüblich, dass mich jemand mitten in der Nacht anruft, wenn es ein Problem gibt, für das es eine schnelle Lösung braucht. Das ist mein Job. Und der meiner Mitarbeitenden.«

Sean nickte wissend und ignorierte das Aufleuchten seiner Smartwatch. Nach einem Moment der Stille lehnte er sich mit den Ellbogen nach vorne und stützte sich auf der Tischplatte ab.

»Und wenn du ›jederzeit‹ sagst, gibt es wirklich keine zeitliche Begrenzung?«

Worauf wollte er hinaus? Lilly bekam ein ungutes Gefühl. Trotzdem schüttelte sie den Kopf. »Nein. Ich bin da, wenn meine Klienten mich brauchen.«

Sean schien die Antwort zu gefallen, denn er strahlte. »Großartig!«

Er lehnte sich wieder zurück und winkte den Kellner heran. Mit Blick auf Lilly sagte er: »Wunderbar, du bist engagiert. Dann können wir ja jetzt zu den wichtigen Dingen kommen und endlich etwas zu essen bestellen.«

Sprachlos starrte Lilly ihn an. Aeryn hatte sie vorgewarnt, dass Sean das Leben leichtnahm. Manchmal zu leicht. Aber was war das? Lilly schielte auf ihre Uhr. Er kam fast eineinhalb Stunden zu spät zu ihrem Treffen, und dann engagierte er sie bereits nach nicht mal zehn Minuten? Ohne mehr über sie zu wissen, oder über ihre Vertragsbedingungen? Gar nichts?

»Sean, ich weiß das zu schätzen, aber –«

Doch Sean unterbrach sie. Seine irisch grünen Augen nahmen sie fest in den Blick, und er schlug im Gegensatz zu dem vorher lockeren einen nun sehr ernsten Ton an.

»Aeryn vertraut dir. Und sie vertraut nur wenigen. Also bist du mehr als integer. Damit hat sich das für mich geklärt.« An den Kellner gewandt, fragte er: »Was können Sie uns empfehlen?«

Lilly wusste nicht, ob sie Freudensprünge oder sich Sorgen machen sollte. Das war zu leicht. Das ging zu schnell. Oder meinte das Schicksal es überraschend gut mit ihr? Misstrauisch musterte Lilly ihren neuen Klienten und nahm sich vor, ihn umso strenger im Auge zu behalten. Zu viel hing von seinem und damit ihrem Erfolg ab.

. . .

Sean wich Lillys kritischem Blick aus, indem er vorgab sich umzudrehen und die Aussicht auf den Liffey und die Ha'Penny Bridge zu genießen, nachdem sie ihre Bestellung aufgegeben hatten. Seine Schwägerin hatte nicht gelogen, als sie ihre Agentin als energisch und durchsetzungsstark beschrieb. Ob Lilly McCarthy aber so kreativ und lösungsorientiert war, wie Aeryn behauptete, würde sich in den nächsten Wochen herausstellen.

Unauffällig atmete Sean aus und wandte seiner frisch engagierten Agentin das Gesicht zu. Sie war vielleicht Anfang dreißig, trug eine rote Carmenbluse, die ihre Schultern freilegte, und an ihren Ohren baumelten kleine goldene Reifohrringe. Viel bekam er von ihnen allerdings nicht zu sehen, denn Lillys blonde, lockige Mähne schummelte sich davor und umrahmte ihr eher rundliches Gesicht. Helle, aufmerksame Augen in einer Mischung aus Ozeanblau und Apfelgrün wanderten über das vor ihr stehende Weinglas, das er ihr aufgezwungen hatte. Sie trug nur ein dezentes Make-up, das ihre Wangenknochen und das filigrane Kinn unterstrich. Ihre langen Wimpern verliehen ihrem Gesicht einen beinahe malerischen Ausdruck. Dieser wurde einzig von der großen Sorgenfalte auf ihrer Stirn gestört.

Sean konnte es nicht mit hundertprozentiger Sicherheit sagen, aber er hätte schwören können, dass er für diese Falte verantwortlich war. *Oh Lilly*, dachte er, *wenn du wüsstest, wie viele Sorgenfalten in den nächsten Wochen dazukommen werden.* Während Sean an seinem überteuerten Wein nippte, fragte er sich, ob sein Plan wohl aufgehen würde. Er brauchte Hilfe. Dringend. Aber konnte Lilly ihm geben, was er benötigte?

Du brauchst eine Agentin, die deinem gewinnenden Lächeln widersteht und dir auch mal in den Hintern tritt, wenn es nötig ist. So hatte sie es vor wenigen Augenblicken formuliert. Wenn sie doch nur ahnen würde, wie recht sie damit hatte – sie hätte ihn niemals unter Vertrag genommen. Im Gegenteil.

Missmutig schluckte Sean die fruchtige Flüssigkeit

hinunter und wünschte sich, etwas Stärkeres in seinem Glas zu haben als Wein. Vor wenigen Wochen war er von seiner ersten Welttournee zurückgekehrt. Es fühlte sich immer noch so surreal an, wenn er die letzten Jahre Revue passieren ließ. Vor bald fünf Jahren hatte er seinen ersten Plattenvertrag unterschrieben. Seitdem hatte er zwei Nummer-Eins-Alben veröffentlicht, zahlreiche Preise eingeheimst, war erst auf Europa-Tour und schließlich auf eine mehrmonatige Welttournee gegangen. Egal, in welcher Stadt er Halt machte, die Hallen und Stadien waren jedes Mal restlos ausverkauft. Die Einnahmen sprudelten nur so, das Plattenlabel und die Presse feierten ihn als den neuen Star am Himmel, und Legenden wie Elton John, Eminem und Beyoncé klopften an seine Tür, um nach einer Zusammenarbeit zu fragen.

Es war absurd. Vor gut fünf Jahren war er ein Niemand gewesen. Sean O'Sullivan. Er hatte Songs geschrieben, in Pubs gespielt und seiner Familie bei der Apfelernte geholfen. Und jetzt? Er besaß mehr Geld, als er je würde ausgeben können, spielte vor Millionen von Menschen, und im Radio liefen seine Songs rauf und runter. Wenn er nur daran dachte, drehte sich ihm der Magen um. Sean hatte erreicht, wovon so viele träumten. Und doch war er alles andere als glücklich oder zufrieden. Denn er hatte ein gewaltiges Problem.

Seans Augen wanderten von seinem Weinglas zurück zu Lillys blonden Locken und den langen Wimpern, die nervös blinzelten. Vermutlich versuchte sie immer noch zu verstehen, wie er sie so schnell hatte engagieren können. Inständig hoffte Sean, die richtige Entscheidung gefällt zu haben. Er brauchte ein Wunder. Und Lilly war diejenige, die es würde vollbringen müssen. Wenn sie es nicht schaffte, dann konnte er seine Karriere an den Nagel hängen. Für immer.

Zwei

Lilly beobachtete die grauen Möwen, die über den Liffey hinwegflogen, und atmete tief durch. Nachdem Sean sie in Rekordzeit zu seiner neuen Agentin gemacht hatte, hatten sie gemeinsam gegessen und die Flasche *Kilikanoon* geleert. Wobei Lilly wohlweislich nicht viel getrunken hatte. Sie vertrug Alkohol nicht besonders gut, zu schnell stieg er ihr zu Kopf.

Ihren Versuch, das Gespräch in offizielle Bahnen zu lenken und über ihre künftige Zusammenarbeit und Vertragsinhalte zu reden, hatte Sean im Keim erstickt. Lilly hatte es vorerst zugelassen. Sie musste Sean kennenlernen, um ihm eine gute Agentin zu sein. Also hatten sie stattdessen über das Essen gesprochen, den Wein, den Ausblick auf Temple Bar und seine Wurzeln. Am Ende hatte er darauf bestanden, die Rechnung zu übernehmen. Lilly kam nicht umhin, festzustellen, dass Sean ein durchaus angenehmer Gesprächspartner war. Er erzählte auf unterhaltsame Art und Weise, erkundigte sich gleichermaßen nach ihrer Arbeit und lachte viel. Ihre Bewertung, er sei arrogant, musste sie vermutlich revidieren. Dennoch ... Sie blieb misstrauisch.

Vor wenigen Minuten hatten sie sich schließlich verabschiedet, und nun stand Lilly am Ufer des Liffey und hätte überglücklich sein sollen. Aber irgendetwas an diesem Meeting störte sie. Sie zog ihre Stirn kraus und ließ ihren Blick über die Mauern von Temple Bar schweifen, die an den Liffey grenzten. Die grauen Backsteingebäude, die braun verputzten Fassaden, die windschiefen Fenster, die blühenden Geranien in den Fenstern – Lilly liebte diesen Anblick. Besonders jetzt im Sommer. Machte sie sich vielleicht einfach wieder zu viele negative Gedanken? Darin war sie wirklich gut.

Plötzlich vibrierte ihr Smartphone. Lilly zog es aus der Gesäßtasche ihrer weißen Jeans, die sie heute trug, und lächelte, als sie den Namen ihrer Freundin auf dem Display aufleuchten sah.

»Aeryn! Was kann ich für dich tun?«

»Was wohl, meine Liebe? Ich will wissen, wie dein Treffen mit Sean war!« Aeryn lachte, und Lilly konnte die strahlenden blauen Augen ihrer Freundin wahrlich vor sich sehen.

»Es war ... gut.«

»Das klingt nach einem Fragezeichen am Ende, statt eines Ausrufezeichens«, bemerkte Aeryn überrascht.

Lilly seufzte und fuhr sich mit der freien Hand durch die offenen Haare. Noch während sie überlegte, was sie Aeryn sagen sollte, hakte diese bereits aufgeregt nach.

»Hat er dich etwa abgelehnt? Das kann er nicht –«

»Nein!«, rief Lilly. »Nein, im Gegenteil.«

»Was ist dann das Problem?«

Lilly gab nach. Ihrer Freundin konnte sie sowieso nichts vormachen. »Es war viel zu einfach, Aeryn. Ich habe noch gar nicht richtig angefangen, und er hat mich bereits engagiert.«

Aeryn lachte unbekümmert auf. »Ich habe dir doch gesagt, Sean nimmt das Leben nicht so schwer. Warum also so eine Entscheidung auf die lange Bank schieben?« Sie jubelte am anderen Ende der Leitung. »Ich wusste, dass er dich will. Ich wusste es!«

Lilly überkam ein schlechtes Gewissen. Sie sollte sich freuen und ihrer Freundin danken. Stattdessen hob sie skeptisch die Augenbrauen und verfiel in Zweifel.

»Lilly«, Aeryns Stimme nahm einen liebevollen Ton an, »du bist großartig in dem, was du tust. Sean weiß, wie selten ich in Lobeshymnen über andere verfalle. Aber über dich rede ich ständig. Einfach weil du mir nicht nur die beste Agentin der Welt bist, sondern weil du inzwischen eine sehr enge Freundin geworden bist. Sean weiß, was dieses Siegel in meiner Welt bedeutet.«

Lilly lächelte.

»Sean hatte sich vermutlich schon für dich entschieden, als ich ihm das erste Mal vorschlug, er solle zu dir gehen«, ergänzte Aeryn. »Gewöhn dich dran, dass sich dieser Mann immer anders verhält, als du es erwartest.«

Vielleicht hatte ihre Freundin recht. Lilly hatte heute ihren ersten Musiker unter Vertrag genommen. Und nicht irgendeinen. Nein, sie hatte Sean O'Sullivan, die Nummer eins am Pophimmel, in ihre Finger bekommen, und sie würde alles geben, um daraus eine Erfolgsgeschichte zu machen. Ihr Optimismus kehrte zurück und übertünchte die vorherigen Unsicherheiten.

»Danke, Aeryn. Danke, dass du das möglich gemacht hast.« Lilly lächelte und verfolgte eine waghalsige Möwe über ihrem Kopf.

»Du wirst mich noch verfluchen, dass ich dir diesen Chaoten angedreht habe.« Aeryn lachte, und Lilly hoffte, dass ihre Freundin in schwägerlicher Manier übertrieb.

Sie plauderten noch ein wenig, dann verabschiedeten sie sich, und Lilly ließ ihren Blick ein letztes Mal über die Uferpromenade schweifen. Voller Dankbarkeit dachte sie an ihre Freundin und Klientin. Aeryn hatte sich in einem Lebensabschnitt an Lilly gewandt, der es in sich hatte. Doch die wohl größte Krise ihres Lebens und ihrer Karriere hatte sich für Aeryn schließlich als der wohl schönste Wink des Schicksals erwiesen. Denn mitten im Chaos war Aeryn auf Cillian O'Sullivan und dessen damals fünfjährigen Sohn getroffen. Heute bildeten diese wunderbaren Menschen eine Familie und gehörten zu Lillys engsten Freunden.

Dass Aeryn in jener Zeit entschieden hatte, ihren Vater als Agenten zu feuern und Lilly anzuheuern, war der Grundstein für eine überaus erfolgreiche Zusammenarbeit und vor allem für eine innige Freundschaft gewesen. Normalerweise legte Lilly viel Wert auf eine gewisse berufliche Distanz zu ihren Klienten. Doch bei Aeryn war es etwas anderes. Schon als sie das erste Mal persönlich aufeinandergetroffen waren, hatten sie eine Verbindung zueinander gespürt. Dass sie Aeryn gemeinsam aus ihrer beruflichen Krise hinausgehoben hatten, trug vielleicht auch seinen Teil dazu bei. Lilly erinnerte sich noch gut daran, wie verschlossen Aeryn zunächst auf sie gewirkt hatte, doch schon bald hatte Lilly ihr bewiesen, dass die Star-Tänzerin nicht nur auf ihre Diskretion, sondern auch auf ihre Loyalität und ihr Vertrauen setzen konnte. Der Nährboden für eine aufrichtige und ungemein herzliche Freundschaft.

Zudem verhalf Aeryn Lilly zu zahlreichen neuen Klienten. Dass Lilly überhaupt hatte erwägen können, eine Agentur zu gründen, verdankte sie vermutlich Aeryn. Und jetzt schuldete sie ihr schon wieder ihren Dank.

Lilly dachte an Aeryns charmanten Schwager und Weltstar. Sie freute sich auf die neue Herausforderung. Sean O'Sullivan war ihr Klient. Ihre Fahrkarte ins Musikbusiness. Wenn sie es geschickt anstellte, war der heutige Tag der Start eines ganz neuen Kapitels in ihrem Leben. Wenn da nicht der nervige Restzweifel wäre. Lilly musste dringend an ihrer Einstellung arbeiten. Sie war gut in ihrem Job. Warum sollte Sean also nicht auf sie setzen?

Sie straffte sich, wandte ihr Gesicht noch einmal der spätnachmittäglichen Sonne entgegen und lief dann in die entgegengesetzte Richtung, nämlich gen Osten zum Grand Canal Square. Es ging bereits auf sechs Uhr zu, und ihre Mitarbeitenden würden an diesem sommerlichen Freitag vermutlich längst im Feierabend sein. Lilly würde ihnen die gute Nachricht am Montag mitteilen. Statt ebenfalls ins Wochenende zu starten, wollte Lilly noch einmal ins Büro und sich um die unzähligen Mails und Nachrichten kümmern, die in den letzten drei Stunden eingetroffen waren. Denn nur weil sie fortan für Sean arbeiten würde, durfte sie ihre anderen Klienten nicht vernachlässigen. Sie hatte es ernst gemeint, als sie sagte, sie sei jederzeit für ihre Tänzer da. Daran würde sich nichts ändern.

Eine halbe Stunde später verließ Lilly den Liffey und zweigte nach rechts ins Grand Canal Dock ab. Das alte Hafenviertel im Osten der Stadt war Anfang der Zweitausenderjahre generalüberholt worden und entwickelte sich seither zu einem der modernsten Neubauviertel Dublins. Da sich Unternehmen wie Facebook, Google, LinkedIn und Airbnb hier niederließen, hatte es schon bald den Titel *Silicon Docks* verpasst bekommen – in Anlehnung an die Ideen- und Tech-Schmiede in den USA.

Eigentlich waren die Mieten in diesem Teil der Stadt unbezahlbar. Die Gentrifizierung ließ grüßen. Doch Lilly hatte es geschafft, sich im Bürogebäude *No. 2 Grand Canal Square* eine Ecke in dem dort untergebrachten Co-Working-Space zu angeln.

Während Lilly das große von Glasfassaden umgebene Gebäude betrat und in den dritten Stock hinauflief, dachte sie dankbar an ihre Tänzer. Einer von ihnen, Aaron Gallagher, hatte für sie seine Beziehungen spielen lassen, und so hatte man ihr in diesem fantastischen Großraumbüro direkt neben dem *Bord Gáis Energy Theatre*, Irlands größtem Theater, zu einem zwar immer noch stattlichen, aber halbwegs hinnehmbaren Preis Zugang gewährt. Das Prinzip war einfach. Eine Etage mit den unterschiedlichsten Möglichkeiten – vom Schreibtisch, über verglaste Meetingräume bis hin zu Couchlandschaften und Hängematten. Hier fand jeder einen bequemen Platz. Ähnlich wie Lilly und ihre Kollegen nutzten Selbstständige, Kleinunternehmen und Freiberufler, die zwischendurch die Gesellschaft anderer suchten, das Gemeinschaftsbüro. Manchmal entstand daraus sogar eine gewinnbringende Zusammenarbeit. Seit gut einem Jahr war Lilly mit ihren drei Angestellten in dem Co-Working-Space, und sie liebte es.

Die Docks versprühten eine magische Energie. Kreativität, Kultur und das Leben pulsierten auf jedem Quadratzentimeter des Viertels. Lillys Arbeitsplatz war umgeben von den modernen Büros der Tech-Giganten, dem schon erwähnten *Bord Gáis Energy Theatre*, und dann waren da noch die Räumlichkeiten des *Irish Film and Television Network* und die zahlreichen mit Architekturpreisen ausgezeichneten umliegenden Gebäude, in denen sich Restaurants, Apartments und ein Hotel befanden.

Lilly arbeitete inmitten der kreativsten und kulturreichsten Gegend der Stadt – hier war sie mit ihrer Agentur genau richtig. Das wiederholte sie sich jeden Monat mantramäßig, wenn die dann doch recht saftige Rechnung für die Miete fällig wurde. Egal, sagte sie sich immer wieder. Sie zahlte weniger als üblich, und dafür erhielt sie eine ganze Menge Gegenleistungen. Nein, sie würde sich nicht beschweren. Das war es wert.

Sie verließ die weitläufige Treppe und warf noch einen letzten Blick über die Balustrade hinab in den Lounge-Bereich des Gebäudes, in dem sich eine moderne Sitzecke mit kunterbunten Sesseln und der hauseigene Baristastand befanden. Ja, genau. Der professionelle Coffee-Shop gehörte nämlich zum Gebäude. Für ihren allmorgendlichen Cappuccino musste Lilly nichts extra zahlen. Einer der vielen Vorzüge der teuren Miete. Sie zeigte einfach ihren Gebäudeausweis, und schon ratterte die Kaffeemaschine für sie, ohne dass sie den Geldbeutel zücken musste. Schmunzelnd dachte Lilly an ihren Kaffeekonsum. So hoch, wie der an manchen Tagen war, zahlte sich das durchaus aus.

Lillys Absätze versanken in dem weichen Teppich, und kurz darauf erreichte sie ihre Lieblingsecke. Sie stellte ihre große schwarze Handtasche auf den Boden und setzte sich in einen riesigen hellblauen Sessel, der direkt an der Glasfassade stand. Flink schaute Lilly sich in dem modernen Raum um und stellte fest, dass außer ihr heute Abend fast niemand mehr da war. Also streifte sie ihre Pumps von den Füßen, kuschelte sich im Schneidersitz in den Sessel und platzierte ihren Laptop auf dem Schoß. Noch ein Vorteil des Co-Working-Space – sie konnte ihn an jedem Wochentag zu jeder Uhrzeit nutzen.

Bevor sie das Mailprogramm auf ihrem Rechner öffnete, hob sie den Blick und sah hinaus auf das Wasser des Grand Canal, die flanierenden Passanten an den Docks und den Abendhimmel, der sich darauf vorbereitete, über die Stadt zu ziehen. Die Sonne schien noch immer und strahlte die gegenüberliegenden Gebäude an. Lilly hatte verdammt viel Glück, dass sie an diesem Ort arbeiten durfte.

Seufzend steckte sie sich die kabellosen Kopfhörer in die Ohren, wählte Seans letztes Album auf ihrem Smartphone aus und ließ sich von seiner weichen wie rockigen Popstimme bei der Arbeit begleiten. Recherche.

Während sie eine Mail nach der anderen durchging und sich Notizen machte, schweiften ihre Gedanken zu dem Mann in ihrem Ohr. Sie musste Sean kennenlernen, den Mann hinter der Star-Fassade. Das oberflächliche Gespräch heute Nachmittag bewies ihr, dass er nach nur wenigen Jahren im Business bereits gekonnt verbarg, was er wirklich dachte. Wenn sie seine Agentin werden wollte, musste sie ihn besser kennen als jeder andere. Sie musste wissen, was ihn beschäftigte, worum er sich Sorgen machte, was er mochte, was er hasste, welche Launen ihn umtrieben.

Wenn Lilly eines im Umgang mit ihren Tänzern gelernt hatte, dann, dass hinter einer kargen SMS meist viel mehr steckte als ein schlechter Tag. Und nur, wenn sie wusste, was das war, konnte sie dafür sorgen, dass sich das Problem löste. Sie verlangte von ihren Klienten Transparenz – anders konnte sie nicht mit ihnen arbeiten. Und jeder, der das akzeptierte, lernte schnell, dass Lilly für alles eine Lösung fand. Sie war stolz darauf, dass die Tänzer und Tänzerinnen, die sie vertrat, allesamt auf der Karriereleiter nach oben geklettert waren, seit sie mit Lilly zusammenarbeiteten. Sicher, sie trainierten hart dafür, aber Lilly wusste, dass ein Teil des Erfolgs ihr zuzuschreiben war. Sie gab alles für ihre Schützlinge.

›*Wann fängst du endlich an zu leben, Lilly?*‹ Die Stimme ihrer Mutter ertönte in ihrem Kopf. Wenn es nach ihr ging, war Lilly ein Workaholic, und statt ihr eigenes Leben zu leben, kümmerte sie sich nur um ihre Klienten. Sicher, jederzeit da zu sein bedeutete nämlich genau das. Lillys Tag begann früh am Morgen und endete meist erst gegen Mitternacht. Sie war viel unterwegs, reiste durch das ganze Land, manchmal auch nach Übersee, um sich um die Belange ihrer Tänzer zu kümmern. Aber sie liebte es. Jeder Erfolg ihrer Tänzer war auch ihr Erfolg. Wenn ihre Tänzer sie dankbar anstrahlten und Lilly sicherstellte, dass ihre Klienten perfekt für die nächste Show oder den nächsten Wettbewerb vorbereitet waren, dann spürte Lilly das Leben in sich. Und mit nichts Geringerem gab sie sich zufrieden.

Der eingängige Refrain von Seans letzter Single schwirrte durch Lillys Kopf, während sie einige Anrufe tätigte und ihren Tänzern viel Erfolg für den heutigen Auftritt wünschte. Sie hatte es sich zur Regel gemacht, zu wissen, wann wer wo auftrat, und sich vorher kurz zu melden. Je nach Spielzeit nahm das einige Zeit in Anspruch, aber Lilly war es wichtig, für alle da zu sein.

In die Arbeit versunken, merkte Lilly zunächst nicht, wie die Sonne unterging und die dunkle Nacht begann, sich über Dublin zu legen. Erst als ihr Smartphone vibrierte – sie hatte es immer im Lautlosmodus – hob sie ihren Blick vom Laptop und wurde der Uhrzeit gewahr. Kurz vor zehn. Ihre Klienten meldeten sich schon mal zu solch einer Zeit, aber es war doch eher eine Ausnahme. Überrascht über den späten Anruf nahm Lilly das Telefonat an, ohne den Namen auf dem Display richtig zu lesen.

»Hallo?«

Im Hintergrund hörte sie laute Musik und Menschen, die durcheinanderredeten.

»Lilly? Hörst du mich?«

Irritiert konzentrierte sie sich auf die männliche Stimme in der Leitung.

»Ja, wer ist denn da?«

»Hi, hier ist Sean!«

»Sean!«, rief Lilly erstaunt. Sie hatte nicht so schnell mit seinem Anruf gerechnet. Sie wollte ihm heute Abend noch einen Entwurf für die Verträge zukommen lassen. Dieser Punkt stand als Nächstes auf ihrer To-do-Liste. »Was kann ich für dich tun?«

Der Lärm in Lillys Ohren wurde lauter, so als würde Sean sich inmitten einer feiernden Horde befinden. Seine gebrüllte Antwort bestätigte ihre Vermutung.

»Ich bin im *Cassidy's*. In Temple Bar. Kannst du kurz vorbeikommen? Ist wirklich wichtig!«

Lilly sah auf die digitale Uhranzeige ihres Laptops. »Jetzt?«

»Jep.« Das Nächste, was Sean sagte, schien nicht an Lilly gerichtet zu sein. »So ein Quatsch, das musst du ganz anders machen! Warte, ich helf' dir ...«

»Sean?« Lilly fühlte sich bemüßigt nachzuhaken. »Was machst du?«

»Komm einfach kurz vorbei, ja? Ist wirklich dringend!« Und damit legte er auf.

Sprachlos starrte Lilly auf ihr Smartphone. Nach einer kurzen Schocksekunde klappte sie ihren Laptop zu und schlüpfte in ihre roten Pumps. Das ging ja gut los. Hoffentlich gab es keine Schwierigkeiten. Überhaupt, was machte Sean in Temple Bar? Ein Star mit seinem Bekanntheitsgrad war äußerst schlecht beraten, sich an solch öffentlichen Plätzen aufzuhalten. Das ging nie gut. Irgendein verrückter Fan tummelte sich immer in der Menge, und generell flippten die Menschen heute sofort aus, wenn sich eine Berühmtheit unter ihnen befand. Jeder wollte ein Selfie. Kein Autogramm – nein, die Leute wollten immer ein Selfie. Was also trieb Sean nach Temple Bar, und dann auch noch zu einer Zeit, wenn die Pubs am vollsten waren? Lilly checkte ihren Kalender im Smartphone. Ach ja, Freitag. Oh Gott, in Temple Bar würde die Hölle los sein.

Schnell schmiss sie ihre Habseligkeiten in ihre Handtasche, versicherte sich, nichts liegen gelassen zu haben, und stürmte die Treppe hinunter und hinaus aus dem Gebäude. Lilly ignorierte die roten leuchtenden Streben, eine Kunstinstallation, die einem roten Teppich nachempfunden war und das Ufer der Docks in ein stimmungsvolles Licht hüllte, und eilte zur Pearse Street, Ecke Macken Street. Dort hatte sie Glück und winkte ein vorbeifahrendes Taxi heran, das sie in nur zehn Minuten nach Temple Bar brachte. Währenddessen versuchte sie Sean noch einmal zurückzurufen, doch der ging natürlich nicht ran.

Nervös fuhr Lilly sich durch die Haare und tippte unablässig auf ihrem Smartphone herum. Sie prüfte die gängigen Nachrichtendienste und sozialen Medien, ob etwas von Seans Anwesenheit in Dublins Pub-Viertel durchgesickert war, doch bisher konnte sie nichts finden. Ein Glück. Hoffentlich blieb es dabei.

Wenige Augenblicke später bezahlte Lilly das Taxi und eilte die Seitenstraße hinunter, drängte sich durch die feiernden Menschenmassen und stand kurz darauf vor dem Lokal, das Sean ihr genannt hatte. Das *Cassidy's*. In goldenen Buchstaben prangte der Name des Pubs über der schwarzen Holzfassade.

Lilly atmete tief durch und stürzte sich ins Geschehen. Bereits auf dem Bürgersteig tummelten sich zahlreiche Menschen. Im Inneren sah es nicht viel anders aus. Live-Musik ertönte in Lillys Ohren, und sie nahm den typischen muffigen Geruch von Guinness, Whiskey und Frittiertem wahr. Der modern eingerichtete Laden war zum Bersten gefüllt. Deshalb steuerte Lilly die Bar auf der linken Seite des Raumes an, um sich – sofern möglich – einen Überblick zu verschaffen. Es konnte doch nicht so schwer sein, einen Weltstar unter den Gästen auszumachen.

Noch bevor sie an der Theke angekommen war, begann Lilly zu schwitzen. Die laue Sommernacht, gepaart mit den Menschentrauben um sie herum, trieb die Raumtemperatur des Pubs in die Höhe. An den Decken drehten sich Ventilatoren, doch bisher verspürte Lilly durch sie keine Linderung.

Mit viel Mühe und dem Einsatz ihrer Ellbogen erreichte Lilly nach einigen Minuten endlich den Tresen. Sie ergatterte einen Barhocker und stellte sich mit einem Fuß auf die Holzstrebe, um sich dann an der Theke abzudrücken und über die Gäste hinwegblicken zu können. Just in dieser Sekunde spielte die Band den letzten Refrain von Neil Diamonds *Sweet Caroline*, und die Menschen um sie herum rissen ihre Arme und Gläser in die Höhe und grölten aus vollem Hals mit. *Sweeeeet Caroline. Good times never seemed so good. Sweeeeeet Caroline. I believed they never could.*

Eine grauenhafte Idee, besonders wenn man sich, wie der Kerl neben Lilly, gerade erst ein neues Guinness bestellt hatte und das überschwappende Glas über den Köpfen anderer Gäste tanzen ließ. Natürlich landete ein Viertel der dunklen malzigen Flüssigkeit auf Lillys roter Carmenbluse.

»Echt jetzt?!«, rief sie genervt und funkelte den Typen böse an, während sie sich mit einer Serviette notdürftig sauber machte. Aber der hob bloß entschuldigend die Schultern und widmete sich dann wieder in schiefen Tönen der süßen Caroline.

Lilly hatte bereits jetzt die Nase voll. Für gewöhnlich mochte sie Pubs. Es war ganz nett, mit Freunden was trinken zu gehen und gemeinsam mit ein bisschen Musik eine gute Zeit zu haben. Aber sie achtete darauf, nicht in Temple Bar zu versacken. Hier waren ihr viel zu viele Touristen. Ja, es herrschte eine fantastische Stimmung. Jeden Abend. Aber für Lilly war das zu viel. Sie bevorzugte die echten irischen Pubs abseits der Touri-Ecken. Warum zum Teufel war Sean hier? Und was konnte so wichtig sein, dass sie extra herkommen musste?

Die Band beendete den Song und spielte sogleich eines der wohl berühmtesten Lieder, das man mit Irland in Verbindung brachte. Nein, nicht *Galway Girl*, wobei das sicher auch schon dran gewesen war oder noch bald folgen würde. Nein. Sie fingen mit *The Lord of the Dance* an. Bodhrán, eine spezielle irische Trommel, Banjo und die Fiddle, wie Geigen in Irland meist genannt wurden, waren nicht perfekt aufeinander abgestimmt, aber das tat der Begeisterung der Zuhörer keinen Abbruch. Einige britische Touristen versuchten sich im Irish Dance, versagten aber kläglich und fielen sich lachend in die Arme.

Für einen kurzen Moment schloss Lilly die Augen und nahm den Song in sich auf. *Dance, then, wherever you may be, I am the Lord of the Dance, said he. And I'll lead you all, wherever you may be, and I'll lead you all in the Dance, said he.*

Lilly war erst vier Jahre alt gewesen, als sie die gleichnamige irische Tanzshow zum ersten Mal im Fernsehen gesehen hatte. Sofort war sie hin und weg gewesen von der Präzision, der Lebhaftigkeit und der Leidenschaft, die die Tänzer und Tänzerinnen auf die Bühne gebracht hatten. Bald darauf hatte sie selbst mit Tanzen begonnen, war aber trotz ihrer Liebe für diesen Sport nie so gut gewesen, dass sie hätte in die Profi-Liga aufsteigen können.

Schnell hatte sie aber erkannt, dass es andere Möglichkeiten gab, ihre Leidenschaft für Irish Dance zu befriedigen. Und so hatte sie schon im Teenager-Alter gewusst, dass sie eines Tages für die Tänzer arbeiten wollte. Sie wollte deren Ansprechpartnerin für alle Belange sein und sich um sie kümmern, damit sie sich ganz auf ihre Tanzleistung konzentrieren konnten – um all den vierjährigen Mädchen und Jungen auf dieser Welt diese Magie näherzubringen. In ihrem teenagerhaften Chaos, das sie an den Tag gelegt hatte, war damals allerdings kaum daran zu denken gewesen, dass sie so viel Struktur würde aufbringen können.

Lillys Fuß, der inzwischen wieder auf dem klebrigen Boden stand, wippte, sie sog die Energie des schneller werdenden Liedes in sich auf und atmete tief durch. Die ruinierte Bluse war vergessen, sie ignorierte den Geruch von verschüttetem Guinness, und für einen Moment war sie fast glücklich. Doch dann riss plötzlich eine Hand nach ihrem Arm, und jemand drückte ihr eine überschwängliche Umarmung auf. Irritiert und empört zugleich öffnete Lilly die Augen und erkannte einen strahlenden Sean O'Sullivan vor sich. Sofort grummelte es wieder in ihrem Magen.

»Lilly, da bist du ja endlich!«, rief Sean ausgelassen und zog sie sogleich in die Menge des Pubs hinein.

Verzweifelt versuchte sie sich zu wehren und ihn zum Stehenbleiben zu bewegen. »Sean! Was ist hier los?«

Auf ihren hohen Absätzen stolperte sie ihrem neuen Klienten mehr hinterher, als dass sie lief. Als es ihm endlich auffiel, waren sie bereits an seinem Ziel angekommen. Im hinteren Teil des Pubs hingen zwei Dartscheiben, und eine

Gruppe Männer lieferte sich einen fröhlichen, aber erbitterten Wettkampf.

Einer von ihnen, er trug ein schwarzes Hemd und eine dazu passende Anzughose, klopfte Sean auf die Schulter und lachte. »Sean, ich dachte schon, du wolltest dich drücken. Los, du bist dran. Beweis uns, dass du es besser kannst!«

Der Rest der Gruppe stimmte ein und klatschte begeistert in die Hände. Sean drehte sich grinsend zu Lilly um. Über den Lärm hinweg rief er: »Lilly, ich brauche Unterstützung.«

Verdattert versuchte sie die Situation zu verstehen. Was ging hier vor sich?

Mit den Dartpfeilen in der Hand kehrte Sean zurück zu ihr und betrachtete sie bittend und amüsiert zugleich.

»Die Jungs wollen mich fertigmachen, dabei haben sie keine Ahnung von Dart. Sag mir, dass du es besser weißt und mich anfeuerst.« Er grinste sie an.

Bei Lilly fiel allmählich der nicht vorhandene Groschen. Es gab gar kein Problem, oder? Sean brauchte einfach nur ein kleines Fangirl. Das war alles. Er brauchte jemanden, der seinen Stolz befriedigte. Wohnte ihrer Einschätzung, ihn am Nachmittag als arrogant zu bezeichnen, etwa doch so viel Wahrheit inne? Ein Funken Enttäuschung breitete sich in ihr aus. Lilly stemmte die Hände in die Hüften und funkelte Sean an.

»*Deshalb* hast du angerufen? Damit ich dich *anfeuere*?!«

Sean nickte und schüttelte sogleich den Kopf. »Nein, nicht direkt. Aber wo du schon mal hier bist, schadet es bestimmt nicht.«

Lilly hätte am liebsten gleichzeitig geschrien und gelacht, wäre sie nicht so müde gewesen. Es war bereits halb elf, und auf ihrem Laptop stapelte sich die Arbeit. Ja, sie war für ihre Klienten da. Aber dabei ging es um ernsthafte Probleme. Gut, manchmal auch darum, ihnen ein Taschentuch zu reichen. Aber sie konnte nicht für jeden das jubelnde Maskottchen spielen. Das würde sie Sean ganz schnell beibringen müssen.

»Sean«, begann sie und wappnete sich gegen die strahlenden grünen Augen, die humorvoll blitzten. »Ich bin nicht dein Fangirl.«

Sean musterte sie zweifelnd. »Sagtest du nicht, du bist *jederzeit* für mich da?«

»Ja, aber …«

»Dann war das also nicht ernst gemeint?«

Lilly fühlte sich in die Ecke gedrängt. »Doch, aber du wolltest keinen Lebenscoach.«

Sean nickte bekräftigend. »Aber ich habe nicht gesagt, dass ich kein Fangirl will.«

In einem Anflug von Ärger und Verzweiflung, weil er ihre eigenen Argumente gegen sie verwendete, zeigte Lilly mit einer ausladenden Geste in den Pub.

»Ich bin mir sicher, hier finden sich sofort mindestens zwanzig hübsche und gut gelaunte Fans, die dich nach Kräften bejubeln würden.«

Sean schüttelte den Kopf. »Nein, das ist nicht das Gleiche. Es muss von Herzen kommen.«

Er sagte das in so einem ernsten Ton, dass Lilly Mühe hatte, ihren Mund wieder zu schließen. Aeryn hatte recht. Dieser Mann tat nie das, was man von ihm erwarten würde. Er hatte den Vertrag noch nicht einmal unterschrieben, und schon trieb er Lilly in den Wahnsinn.

»Also, bist du nun meine loyale Agentin, oder kneifst du und brichst dein Wort?« Sean ließ die Dartpfeile in seiner Hand auf und ab schwingen und betrachtete Lilly mit dem Anflug eines Schmunzelns.

Er hatte sie besiegt. Lilly konnte keinen Rückzieher machen, ohne sich selbst in den Rücken zu fallen. *Bitte lass das nicht meine Zukunft sein*, dachte sie entnervt und setzte ein professionelles Lächeln auf.

»Niemals würde ich mein Wort brechen.« Sie ballte die Faust und stupste ihn kräftiger als nötig gegen die Schulter. »Also los, zeig mir, was du kannst!«

Die Männer, die den Schlagabtausch der beiden grinsend beobachtet hatten, setzten zu einem Jubel an, und Sean ging an die Abwurflinie. Dann drehte er sich noch einmal zu ihr um.

»Glaubst du an mich, Lilly?« Frech musterte er sie.

Übertrieben freundlich erwiderte Lilly: »Oh Sean, wie könnte ich nicht? Du bist der Beste in allem, was du tust.« Zuckersüß fügte sie hinzu: »Außer im Dart. Das liegt dir einfach nicht.«

Sean lachte und feuerte seinen ersten Pfeil ab. Er traf oben in der Mitte auf das schwarze Feld. Einfache zwanzig Punkte.

Lilly schüttelte enttäuscht den Kopf. »Wirklich, Sean? Ist das alles?«

Ohne sich zu ihr umzudrehen, machte er einen auf empört. »Also, unter ›anfeuern‹ verstehe ich etwas anderes. Ich glaube, ich überleg mir das mit dem Vertrag nochmal.«

Der zweite Pfeil flog durch die Luft und landete mit einem harten Klock ein Stück über dem ersten Treffer, diesmal im roten Außenbereich. Zwei mal zwanzig, und damit vierzig Punkte für diesen Wurf.

Der Mann im schwarzen Hemd, der Sean zuvor provoziert hatte, verschränkte die Arme und hob eine Augenbraue in die Höhe.

»Lilly, nicht?« Er lächelte sie freundlich, aber bestimmt an. »Bring Sean dazu, zu verlieren, und du bekommst dein Leben lang Getränke aufs Haus.«

Aufgeregt drehte Sean sich zu ihnen um. »Hey, das ist meine Agentin! Verwende sie nicht gegen mich, Cliff.«

Er lachte und zielte mit dem dritten und letzten Pfeil auf die Dartscheibe.

»Wie viele Punkte fehlen ihm noch, um auf null zu kommen?«, fragte Lilly interessiert.

»Vierzig«, brummte Cliff.

Grinsend blinzelte Sean zu dem Mann hinüber. »Ein Klacks.«

»Hättest du wohl gerne«, entgegnete der. An Lilly gewandt, meinte er: »Ehrlich. Sean darf dieses Spiel nicht gewinnen.«

Lilly wurde misstrauisch. »Wieso nicht?«

Sean ließ seinen Arm sinken und schlenderte auf die beiden zu. »Weil ich sonst meine nächste Release Party hier im *Cassidy's* abhalten darf.«

Irritiert schaute Lilly zwischen den beiden Männern hin und her. »Was ist daran denn so schlecht?«

War das für den Pub nicht eine großartige Gelegenheit, um Gewinne zu machen? Ein Popstar wie Sean O'Sullivan feierte sein neues Album in diesem Irish Pub – dieser Cliff müsste danach lechzen, sollte ihm der Pub gehören.

Stattdessen stöhnte er und fuhr sich durch die dunklen Haare. Dabei fielen Lilly die kleinen Fältchen auf, die sich um seine Augen bildeten und ihm einen äußerst attraktiven Touch verliehen.

»Wir hatten das bei seinem letzten Album. Ich mag den Jungen, echt. Aber dieser Aufwand! Und dann brauchst du diese ganze Security wegen seiner Fans. Das macht einfach keinen Spaß.« Cliff verdrehte die Augen.

Lilly wurde hellhörig.

»Ihr solltet euch geehrt fühlen, wenn Sean sich das *Cassidy's* aussucht. Er bringt eine ganze Menge Aufmerksamkeit, die dem Geschäft mit Sicherheit nicht schaden dürfte«, hielt sie Cliff entgegen.

Sean lachte zufrieden. »Das klingt schon eher nach meiner Agentin.«

Doch Lilly meinte es ernst. »Sicher, der Aufwand ist nicht gerade gering, aber du kannst mir nicht erzählen, dass es sich nicht lohnen würde.«

Fragend betrachtete sie Cliff.

Der hob die Hände und zeigte auf Sean. »Ja, aber dieser Kerl hat einfach zu viele Fans!«

Lilly lächelte, das erste Mal, seit sie hier war. »Nun, das ist richtig.«

Sean nickte grinsend und wandte sich wieder der Abwurflinie zu. Lilly musterte ihn in seinen grauen Chinos, dem dunkelblauen Hemd und den weißen Sneakern. Er hob den Arm und zielte auf die gleiche Stelle wie bei seinem zweiten Wurf. Er musste nicht nur genau vierzig Punkte erreichen, sondern auch erneut ein Doppelfeld treffen, um *501*, so hieß das Spiel, das sie spielten, zu gewinnen.

Sein Oberkörper spannte sich an, und Lilly erkannte die feinen Muskeln, die sich unter seinem Hemd abzeichneten. Seine Unterarme überzog eine leichte Bräune, und trotz des wenigen Lichts im Pub bemerkte Lilly die kleinen rötlichen Funken in seinem Haar. Lilly ließ ihren Blick über seinen Rücken, die schmalen Hüften und langen Beine gleiten. Sie würde lügen, würde sie behaupten, Sean wäre nicht attraktiv. Kein Wunder, dass er es an die Spitze geschafft hatte. Neben seiner einzigartigen Stimme besaß er ein fantastisches Aussehen. Etwas, das noch keinem Sänger geschadet hatte.

Sean rückte seine filigrane Brille zurecht und wollte gerade seinen Siegespfeil werfen, als Lilly sich räusperte und ihr unwillkürlich herausrutschte: »Für die nächste Release Party braucht es erst mal ein nächstes Album.«

Mitten in der Wurfbewegung versteifte Sean sich, was den Pfeil erheblich in seiner Richtung beeinflusste. Statt oben auf dem Doppelfeld der Zwanzig landete er weiter unten – genau in der Mitte der Dartscheibe. Was für den Laien wie ein Erfolg aussah, bedeutete für Sean in dieser Runde eine bittere Niederlage. Fünfzig Punkte. Damit hatte er überworfen und einen sogenannten *No Score* erzielt. Die Konsequenz: Er erhielt gar keine Punkte.

Die Männer buhten, und Cliff grinste zufrieden. Sean hingegen drehte sich mit wütendem Gesicht zu Lilly um und kam schnellen Schrittes auf sie zu, während Cliff ihr zuzwinkerte und meinte: »Gut zu wissen, dich auf unserer Seite zu haben.«

»Oh, so war das nicht ge–«, setzte Lilly an, doch Seans entrüstetes Gesicht brachte sie unerwartet zum Schweigen.

»Scheint, als müssten wir nochmal besprechen, was du unter ›anfeuern‹ verstehst«, presste er hervor und lief an Lilly vorbei. Grollend zog Irlands Liebling von dannen und verschwand unter den Gästen des *Cassidy's*. Irritiert und mit einem großen Fragezeichen im Gesicht wandte Lilly sich Cliff zu.

»Was war das denn?«

Cliff schüttelte schmunzelnd den Kopf. »Er hat verloren. Das ist er nicht gewöhnt.«

»Aber …« Lillys Augen wurden groß. »Das ist doch kindisch!«

Cliff nickte. »Ja, aber keine Sorge. In ein paar Minuten strahlt er wieder über das ganze Gesicht und fordert eine Revanche.«

Nun war Lilly es, die stöhnte und die Augen verdrehte. Was hatte sie sich da nur für einen Klienten geangelt?

Die Jungs beendeten ihre Partie in wenigen Minuten, und Cliff erschien wieder an Lillys Seite.

»Also, was willst du trinken?«

»Wie bitte?«

Er lachte. »Lebenslang Getränke aufs Haus. Ich halte meine Versprechen.«

Lilly erinnerte sich und unterdrückte ein Grinsen. »Ich fürchte, das wäre Sean gegenüber äußerst illoyal.«

Cliff zog seine Stirn in Falten, doch schnell legte sich ein Lachen auf seine Lippen. »Ach was, der Junge muss erwachsen werden. Fangen wir für ihn damit an.« Er musterte Lilly. »Du siehst außerdem nicht so aus, als würdest du dir von anderen sagen lassen, wie es zu laufen hat.«

Lilly freute sich über das Kompliment. Ja – sie sah es definitiv als Kompliment an. Sie lächelte und nickte. »Wohl wahr.« Dann drehte sie den Kopf Richtung Bar und überlegte einen Moment. »Also schön. Ein Byrnes Cider wäre super.«

Cliffs Gesichtszüge entgleisten ihm für einen Moment. Dann brach er in lautes Gelächter aus, legte den Arm um Lillys Schultern und führte sie zur Theke, während er verlauten ließ: »Byrnes? Kein O'Sullivan?«

Lilly wusste wohl, dass Seans Familie zu den einflussreichsten Cider-Brauereidynastien des Landes zählte, aber nur weil er ihr Klient war, würde sie ihrem Lieblings-Cider nicht abtrünnig werden.

»Ich vertrete Sean als Musiker, nicht als Sohn einer Brauerei. Ich nehme Byrnes.« Sie grinste.

Cliff lachte herzlich. »Das wird herrlich. Einfach nur herrlich!«

Drei

Sean beobachtete, wie Cliff seine neue Agentin zur Bar geleitete und ihr eine Flasche Cider servierte. Wenn er es richtig sah, dann gab sein Freund ihr einen verdammten Byrnes aus! Byrnes! Wie konnte Lilly die Agentin von Sean O'Sullivan sein, dem Sohn einer der größten irischen Brauereifamilien, und Byrnes Cider trinken? Die direkte Konkurrenz!

Mit Absicht überging er den Fakt, dass die beiden Brauereien freundschaftlich miteinander verbunden waren. Schließlich war Clare, Seans ältere Schwester, mit James Arthur Byrne, dem Besitzer von *Byrnes Cider*, verheiratet – und zwar überaus glücklich und mit zwei süßen Kindern gesegnet. Seans Nichte Kelly und seinem Neffen Ronan.

Sean nahm einen Schluck seines eigenen Ciders, natürlich *O'Sullivans*, und ärgerte sich. Nicht über Lillys Cider-Wahl. Nein, über sich selbst. Lillys Bemerkung hatte ihn überraschend aus dem Konzept gebracht. Es war ihm gleich, ob er das Dartspiel gewann oder nicht. So oder so würde die nächste Release Party wieder im *Cassidy's* stattfinden. Das war längst gesetzt. Dafür waren Cliff und Sean zu eng miteinander verbunden. Von Beginn an hatte der beste Freund von

Seans Schwester ihn bei seiner Musikkarriere unterstützt. Seinen ersten Auftritt in Dublin hatte Sean im *Cassidy's* gehabt. Damals war er blutiger Anfänger gewesen und hatte sich glücklich schätzen können über Cliffs Einladung. Seitdem waren einige Jahre vergangen, doch Sean würde es seinem Freund nie vergessen, wie sehr er ihn gepusht hatte.

Es war Tradition, die Release Party in diesem Pub abzuhalten. Daran änderten auch die Frotzeleien von Cliff nichts. Die beiden Männer verband eine tiefe Freundschaft. Um nichts in der Welt würde Cliff ihm verwehren, die Party im *Cassidy's* steigen zu lassen. Den damit verbundenen Aufwand nahm er gerne in Kauf. Das wusste Sean.

Insofern war es ziemlich egal, dass er den letzten Pfeil beim Dart ins Bull's Eye gepfeffert hatte. Sprudelnde Magensäure stieg in Seans Speiseröhre auf und verätzte ihm die Innereien. Mühsam schluckte er.

Für die nächste Release Party braucht es erst mal ein nächstes Album.

Lillys letzter Satz kreiste ihm noch immer durch den Kopf. Lächerlich, dass dieser simple Kommentar ihn aus dem Konzept gebracht hatte. Absolut lächerlich. Und doch, Lilly hatte unbewusst sein Bull's Eye getroffen. Dass das allerdings nur die Spitze der Probleme darstellte, die Sean derzeit umtrieben – davon durfte Lilly auf keinen Fall etwas erfahren. Umso mehr ärgerte es Sean, dass er den Beleidigten spielte und einfach abgedampft war. Er musste den Eindruck unbedingt wieder wettmachen. Lilly würde es nicht leicht mit ihm haben, das hatte Sean schnell gemerkt. Sie war resolut und hasste Spielchen. Und nichts anderes tat er. Er spielte mit ihr. Ein Spiel, bei dem der Wurf auf keinen Fall ein *No Score* werden durfte.

Sean verdrängte die dunklen Gedanken, ignorierte ein Kribbeln in seinen Fingerspitzen, nahm einen Schluck von seinem Cider und setzte sein übliches Strahlen auf, als er auf Lilly zusteuerte.

. . .

Cliff hatte sich bei Lilly entschuldigt, und für einen Moment saß sie einfach nur da und überlegte, was sie als Nächstes tun sollte, als Sean sich plötzlich auf den freigewordenen Barhocker neben ihr setzte. Er stellte seine Flasche auf dem Tresen ab und blickte sie unumwunden an.

Da er beharrlich schwieg, ergriff Lilly das Wort. »Was?«

Er schielte auf ihren Cider. »Wenn wir uns zusammen in der Öffentlichkeit zeigen, wirkt es nicht gerade vertrauenserweckend, wenn du O'Sullivans Cider verschmähst.«

Erhaben musterte Lilly ihren neuen Star. »Ich trinke, was ich will. Egal, wer mein Klient ist.«

Sean nickte. Nach einem kurzen Moment der Stille umspielte ein Grinsen seine Lippen. »Könnten wir die Byrnes-Plörre wenigsten in eine O'Sullivans-Flasche schütten und so tun, als würdest du das gute Zeug trinken?«

Lilly bedachte Sean mit einem maßregelnden Blick. Doch dann kam sie nicht umhin und musste lachen. Sie nahm provozierend einen Schluck von ihrem Cider. Dann meinte sie: »Wenn es dich glücklich macht.«

Sean lachte. »Das tut es.«

»Was leiste ich nicht alles, um meine Klienten fröhlich zu sehen ...«, murmelte Lilly und ließ ihre Augen über die Menschen im *Cassidy's* schweifen. Dabei fielen ihr die versteckten Blicke auf, die man ihnen an der Bar zuwarf. Sie landete schließlich wieder bei Sean. Neugierig musterte sie ihn.

»Wie kommt es, dass dich hier noch niemand erkannt hat? Ist es nicht ein unglaubliches Risiko, dich hier zu zeigen?«

Sean zuckte mit den Schultern. »Früher oder später erkennt mich immer jemand. Dann flippen sie kurz aus, und wenn Cliff ihnen droht, sie rauszuschmeißen, falls sie mich nicht in Ruhe lassen, beruhigen sie sich wieder ...«

»... und schmachten dich aus der Ferne an«, vollendete Lilly seinen Satz und blinzelte zu einer Gruppe junger Frauen, die kichernd die Köpfe zusammensteckten und immer wieder zu ihnen herübersahen.

Sean schenkte ihr wieder dieses spitzbübische Grinsen. »Genau.«

»Das scheint ziemlich gut zu funktionieren.«

»Mehr oder weniger. Heute mag wohl so ein Tag sein, an dem es klappt.«

Misstrauisch schaute Lilly ihn an. »Wie oft bist du hier?«

»Oh, manchmal. Ab und zu. Immer mal wieder.« Sean schmunzelte.

»Dann weiß ich wenigstens, wo ich dich finde, wenn du nicht an dein Telefon gehst.«

Sean grinste und bediente sich an seinem Cider.

»Was war so wichtig, dass ich mich unbedingt auf den Weg hierher machen musste?« Lilly brachte es endlich auf den Punkt. Seit sie im *Cassidy's* angekommen war, beschäftigte sie diese Frage. Sie betete, dass es nicht wirklich mit dem Fangirl-Dasein zu tun hatte und Sean eine bessere Erklärung aus seinem aufgerollten Hemdsärmel schüttelte.

Er wippte mit dem Kopf hin und her und schien sich seine Antwort gut zu überlegen. »Ein Test.«

»Ein Test?« Lilly richtete sich kerzengerade auf.

Sean nickte. »Aeryn hat dich bestimmt schon vorgewarnt, aber ich bin ein wenig sprunghaft.«

Eine maßlose Untertreibung, aber das behielt Lilly lieber für sich. Schweigend starrte sie ihn an.

»Ich habe mich lange davor gedrückt, mir einen Agenten zu suchen. Aber ich mache mir das Leben gern einfach und sehe die Dinge nicht so eng. Manchmal bringt mich das in brenzlige Situationen. Ich brauche jemanden, der damit umgehen kann und nicht viele Fragen stellt, bevor er ...« Mit einem Seitenblick auf Lilly ergänzte er: »... bevor sie handelt.«

Lilly überlegte, was sie darauf antworten sollte. Aus Seans Sicht war sein Verhalten durchaus verständlich. Dennoch wollte sie es ihm nicht zu leicht machen.

»Aeryn vertraut mir, wolltest du das daher nicht auch tun?«

Sean nickte. »Ja, aber ich musste sichergehen.«

Stumm musterte Lilly ihn. Schließlich fragte sie: »Und? Habe ich bestanden?«

Seans Augen funkelten, und Lilly entdeckte ein kleines Grübchen auf seiner linken Wange.

»An deinem Fangirl musst du wirklich noch arbeiten, aber ansonsten hast du mit Bravour bestanden.«

Lilly schmunzelte. »Ich bin nicht hier, um dich anzufeuern, schon vergessen? Ich bin für den Tritt in den Hintern zuständig.«

Für einen Moment betrachtete er sie ernst. Seine Augen glitten über ihre ruinierte Bluse, ihre viel zu breiten Hüften und die unförmigen Beine, die sie mit ihren Pumps stets auszugleichen versuchte. Schließlich wanderte sein Blick wieder zurück zu ihrem Gesicht. Kaum merklich lächelte Sean. »Richtig.«

Lilly wandte sich ab und konzentrierte sich auf die aufgereihten Flaschen hinter der Theke, während sie ihren plötzlich trockenen Mund mit Cider zu besänftigen versuchte.

»Na, hat sich unser Verlierer wieder beruhigt?« Cliff tauchte vor ihnen auf und lehnte sich von der anderen Seite an die Theke.

Sean winkte ab. »Ich wollte dich in deinem Pub nicht vorführen, Cliff. Ein Freundschaftsdienst.«

Cliff grinste spöttisch. »Natürlich.«

Mit Blick auf die Uhr, die neben der Bar hing, meinte Sean plötzlich: »Dafür schuldest du mir etwas, Cliff.«

Argwöhnisch betrachtete der Mann im schwarzen Hemd Lillys neuen Klienten. Dann, mit einem Mal schien er zu wissen, worauf Sean hinauswollte.

»Oh nein! Nicht schon wieder«, wehrte Cliff sich.

Sean nickte überzeugt. »Doch, und Lilly hier«, er deutete mit dem Daumen auf sie, »sollte in den exklusiven Genuss kommen. Sie ist schließlich meine Agentin. Sie hat es verdient.«

»Du bist viel zu sehr von dir überzeugt, Sean. Ehrlich.« Cliff schüttelte lachend den Kopf und verschränkte die Arme vor der Brust.

»Ich weiß. Genauso wie du. Also worauf wartest du?« Sean erhob sich grinsend.

Lilly, die kein Wort von der Konversation verstanden hatte, drehte sich zu ihm und warf ihm einen fragenden Blick zu.

Sean hob seine Arme und schnippte mit seinen Fingern im Takt zu George Ezras *Listen to the Man,* das die Band gerade spielte. Er drehte sich einmal um die eigene Achse und bewegte sich geschmeidig zu den unaufgeregten Blues-Tönen. Cliff kam währenddessen hinter der Theke hervor und grinste immer noch kopfschüttelnd.

»Was wird das?«, fragte Lilly und beobachtete das Geschehen aufmerksam und zugleich irritiert.

»You don't have to be there, babe. You don't have to be scared, babe. You don't need a plan of what you wanna do. Won't you listen to the man that's loving you?«, sang Sean ihr statt einer Antwort entgegen und bewies, dass er nicht nur eine fabelhafte Stimme besaß, sondern auch noch wusste, wie man sich taktvoll bewegte.

Cliff nahm Lilly schließlich am Ellbogen, zog sie sanft von ihrem Barhocker herunter und fing ebenfalls zu tanzen an.

»Sorry, Lilly, da musst du jetzt durch. Sean hat den Battle eröffnet. Da dürfen wir nicht sitzen bleiben.«

Entsetzt starrte Lilly den Pubbesitzer an. »Battle?«

»Oh ja!« Sean lachte, griff nach Lillys Hand und drehte sie. Als sie ihm wieder das Gesicht zuwandte und ihn verschreckt ansah, rief er fröhlich: »Bald ist Sperrstunde. Das bedeutet, wir müssen den Gästen einheizen. Sie wollen die beste Nacht ihres Lebens – wir verschaffen sie ihnen. Nicht, Cliff?«

Cliff nickte und zog eine junge rothaarige Frau, die eben noch Gläser eingesammelt hatte, zu sich und tanzte lachend mit ihr. Kurz darauf drehte er sie von sich weg und animierte eine Gruppe junger Männer ebenfalls das Tanzbein zu schwingen. Keiner von ihnen konnte es, und doch bewegten sich alle freudestrahlend zur Musik und erhoben ihre Gläser.

Lilly verstand immer noch nicht. »Aber …?«

Sean hielt weiterhin Lillys Hand in seiner und bewegte sich zu George Ezra, als er ihr erklärte: »Lilly, das Leben ist ernst genug. Zeigen wir den Leuten heute Abend, wie man Spaß hat. Das ist das Mindeste, was wir für sie tun können. Morgen stellen wir uns alle wieder unseren Alltagssorgen. Aber heute Abend«, er breitete die Arme aus und sah für einen winzigen Moment äußerst ernst aus, bevor er wieder ein Strahlen auf seine Lippen legte, »heute Abend sind wir alle gleich und haben einfach nur Spaß.«

Er lachte so ehrlich, dass Lilly Schwierigkeiten hatte, ihm zu folgen.

Cliff tauchte neben ihr auf. »Wehr dich nicht, Lilly. Das ist Seans Ding. Seit er zum ersten Mal im *Cassidy's* aufgetaucht ist, fordert er uns kurz vor Sperrstunde aufs Tanzparkett. Und die Leute lieben es. Genieß es einfach und lass dich anstecken.«

Er deutete auf Sean, der Lilly im nächsten Moment wieder an sich zog und ihr keine andere Wahl ließ, als mit ihm zu tanzen.

In diesem Augenblick endete der Song, und die Band nahm sich Bruce Springsteens *Glory Days* vor. Gesanglich war die Band nicht ganz auf der Höhe von *The Boss*, aber das tat der Stimmung im Pub keinen Abbruch. Lilly fiel es hingegen nicht leicht, sich in die Magie des Abends hineinziehen zu lassen und ihre Bedenken über Bord zu werfen. Zu lange hatte sie sich diesen spontanen Freuden verwehrt. Seans überspringende Lebenslust und die fantastische Atmosphäre machten es ihr jedoch ziemlich schwer, sich an ihre Rolle der bedachten Agentin zu halten. Etwas, das Lilly schon seit Jahren nicht mehr gespürt hatte, loderte auf einmal in ihr auf. Die Musik bahnte sich den Weg durch ihre Sehnen und Muskeln. Und dann, wie von selbst, bewegte sie schließlich ihre Hüften zu der rockigen Melodie, während die Tanzwelle nun auch über den Rest der Gäste schwappte und alle die Zeilen des Rock-Idols schmetterten. *Glory days, well, they'll pass you by. Glory days, in the wink of a young girl's eye. Glory days, glory days.*

Seans Augen funkelten, und Lilly konnte sehen, wie er jede Sekunde genoss. Die ernsten Züge, von denen sie sich eingebildet hatte, sie vorhin bei ihm bemerkt zu haben, waren verschwunden. Er hob die Hände im Takt gen Decke, und obwohl Lilly schon lange nicht mehr getanzt hatte, spürte sie, wie gut es tat, sich mit der Musik zu bewegen. Sie schloss die Augen und ließ sich mitreißen. Ausnahmsweise.

Es war viel zu warm. Die Menschen drängten dicht an dicht. Es roch nach Guinness und Schweiß. Und mittendrin bewegte sich seine neue Agentin hingebungsvoll und mit geschlossenen Augen zu den Klängen von Bruce Springsteen. Sean ließ seinen Blick über Lilly gleiten. Sie war ungefähr genauso groß wie er, anders als heute Nachmittag konnte er nun jedoch ihre gesamte Erscheinung einer Betrachtung unterziehen. Zu der weiten Carmenbluse trug sie weiße Jeans und hochhackige Schuhe, die denselben Farbton besaßen wie ihr Oberteil – nur ohne Guinnessflecken.

Ihm gefiel, dass Lilly eine eher kurvige Figur besaß. Sie war nicht dick, vielmehr hatte ihr der liebe Gott Kurven an den richtigen Stellen geschenkt. Oberweite, Hüften und

Beine – sie waren wohlgeformt und weit entfernt von Haut und Knochen. Ihr dezentes Make-up hatte sich inzwischen aufgelöst, und Sean fielen ihre makellose Haut und die winzigen Sommersprossen auf Nasen- und Wangenpartie auf. Die blonden Korkenzieherlocken kringelten sich um ihre nackten Schultern, und Sean musste sich eingestehen, dass er seine neue Agentin ziemlich attraktiv fand.

Sie hatte seinen Test bestanden, auch wenn es diesen vermutlich gar nicht gebraucht hätte. Doch er hatte sichergehen müssen. Er würde Lilly in nächster Zeit brauchen. So viel Hoffnung legte er auf ihren Tritt in seinen Hintern. Zu viel vermutlich, aber er wusste sich nicht anders zu helfen.

Sean verdrängte den Gedanken an die Zukunft und jubelte gemeinsam mit den anderen Gästen auf, als die Band *Stay the Night* von James Blunt in den Boxen erklingen ließ. Sicher, der Sänger schaffte nicht immer den richtigen Ton, dafür punktete er aber mit einem wirklich breiten Spektrum, was Musik anging. Und das Wichtigste war sowieso, dass der Funke aufs Publikum übersprang. Und das tat er an diesem Freitagabend im *Cassidy's*. Seans und Cliffs Tanzmotivation hätte es wahrscheinlich gar nicht gebraucht. Die meisten Leute waren sowieso schon von ihren Stühlen aufgesprungen.

Trotzdem ... Sean liebte diesen Part. Als er das erste Mal im *Cassidy's* gewesen war, hatte er aus einer Laune heraus damit begonnen. Cliff und er hatten eine Wette abgeschlossen. Würde Sean es schaffen, den gesamten Pub zum Tanzen zu bringen? Und wie er es geschafft hatte! In nicht mal fünfzehn Minuten.

Seither hatten sie es Mal um Mal wiederholt. Und immer wieder fühlte Sean diese ganz besondere Atmosphäre übers *Cassidy's* kommen, wenn die Sperrstunde nahte. Wenn er sich umdrehte, mitten unter den Gästen begann, sich zur Musik zu bewegen, und den Menschen um sich herum keine Chance gab, zu entkommen. Anders als laut Lillys Behauptung am Nachmittag war Sean keinesfalls arrogant, doch er wusste, er hatte etwas an sich, das die Leute begeisterte. Etwas, das ihn unwiderstehlich machte. Etwas, das die Gäste dazu brachte, sich ihm anzuschließen. Zu gern hätte er herausgefunden, was *etwas* war. Vielleicht wäre es die Lösung seiner Probleme. Zumindest von einem.

Seans Blick fiel erneut auf die tanzende Lilly. Sie hatte ihre Augen geöffnet, und während sie ihre Hüften kreiste, die Schultern im Rhythmus wippen ließ und die Zeilen des britischen Popstars mitsang, lächelte sie ihn an. Er hatte sie heute Abend auf die Probe gestellt, und sie war sich für nichts zu schade gewesen. Ihre ruinierte Bluse bewies es. Ihre türkis schimmernden Augen fixierten ihn, und trotz ihres Lächelns spürte Sean, dass sie auf der Hut war. Sie würde ihren neuen Schützling ganz genau beobachten.

Heute Abend mochte er gewonnen haben, aber er war sich ziemlich sicher, dass das nicht zur Regel werden würde. Lilly wusste, wann und wie man durchgriff. Aeryn, Seans Schwägerin, hatte es ihm oft genug erzählt. Nun gut. In den nächsten Tagen würde er Lilly mit seinem Verhalten sicherlich dazu bringen, ihm auf die Finger zu hauen. Und in den Hintern zu treten. Blieb zu hoffen, dass sie ihn damit in die richtige Richtung schubste.

Vier

Lilly hatte einen Ohrwurm. Sie war noch nicht mal richtig wach, und schon kreiste ihr der Refrain von Scouting for Girls *She's so lovely* im Kopf herum. Sie streckte sich und gähnte herzhaft. Ihr Wecker war bereits vor einer Viertelstunde der absurden Ansicht gewesen, es wäre für sie Zeit aufzustehen. Und ja, er hatte ja recht. Aber Lilly war schrecklich müde. Sie hätte gestern Abend nicht auf Sean und Cliff hören und bis zum Schluss im *Cassidy's* bleiben dürfen. Ein Fehler, von dem sie die deutliche Vorahnung verspürte, er würde ihr in den nächsten Wochen noch öfter unterkommen.

Unwillkürlich musste Lilly grinsen. Sean hatte es doch tatsächlich geschafft, dass sich nach wenigen Minuten der ganze Pub zu den Songs der Live-Band bewegte und die Gäste reihenweise gute Laune ausstrahlten. Als der Pub schließlich zur Sperrstunde gerufen hatte, waren die Menschen regelrecht hinaus auf die Straße getanzt. Ein herrlicher Anblick, der Lillys müde Stimmung aufs Abstellgleis geschoben hatte und sie beinahe Seans Angebot auf einen Clubbesuch hätte annehmen lassen. Doch die Vernunft hatte sich rechtzeitig einen Weg in Lillys Verstand gebohrt und nicht nur sie selbst, sondern auch Sean gezwungen, nach Hause zu gehen.

Müde schlug Lilly ihre Bettdecke zurück und tapste auf leisen Sohlen hinüber ins Badezimmer. Heute war Samstag, aber für Lilly gab es so etwas wie Wochenende nicht. Sie war immer im Arbeitsmodus, wobei sie es lieber als *Joy in Progress* bezeichnete. Sie liebte, was sie tat. Deshalb fühlte es sich in erster Linie nicht wie Arbeit an. Wenn man etwas gern machte und Freude und Begeisterung dafür empfand, warum sollte man sich damit nach Wochentagen richten? Ihre Tänzer und Tänzerinnen lebten ebenso – Samstag und Sonntag wurde trainiert, geprobt, aufgetreten. Gleiches galt also auch für Lilly.

Glücklicherweise musste sie nicht immer so früh aufstehen, aber heute hatte sie sich viel vorgenommen. Sie wollte in die *Academy of Irish Dance* fahren, einige ihrer Schützlinge persönlich treffen und ihnen bei den Proben zusehen. Außerdem erledigte sich der Papierkram, den sie gestern Abend zugunsten von Seans Anruf hatte liegen lassen, nicht von allein.

Kurze Zeit später sammelte Lilly frisch geduscht, mit dezentem Make-up und in einem kurzärmligen dunkelblauen Etuikleid und schwarzen Pumps gekleidet, ihre Sachen zusammen, um aufzubrechen. Als sie die Hand schon am Knauf ihrer Wohnungstür liegen hatte, vibrierte plötzlich ihr Smartphone. Sie schielte auf die roséfarbene Uhr an ihrem Handgelenk. Halb acht. Mühsam kramte sie ihr Handy aus der Handtasche und erkannte den Namen ihres neuesten Klienten auf dem Display. Mit einem unguten Gefühl nahm sie den Anruf entgegen.

»Sean, so früh schon wieder auf den Beinen?«

Er schenkte ihr sein markantes Lachen. »Dasselbe könnte ich dich fragen.«

Statt darauf einzugehen, erkundigte sich Lilly freundlich: »Was kann ich für dich tun?«

»Hast du schon gefrühstückt?«

»Gefrühstückt?«

»Ja. Eier, Bacon, Croissants. Frühstück eben.«

Irritiert klemmte Lilly sich ihr Smartphone zwischen Schulter und Ohr, verließ ihre Wohnung und zog die Tür hinter sich zu. »Nicht wirklich. Warum fragst du?«

»Wunderbar.« Sean freute sich hörbar. »Treffen wir uns in einer halben Stunde in *Mary's Café*, gegenüber vom *Cassidy's*?«

»Zum Frühstücken?« Lilly war heute Morgen ungewöhnlich schwer von Begriff. Sie war einfach kein Morgenmensch. Ziemlich mutig von Sean, an einem Samstag so früh bei ihr anzurufen. Normale Menschen schliefen um diese Uhrzeit noch. »Ist das wieder so ein Test, Sean?«

Mit einer Spur Empörung und schlechtem Gewissen zugleich widersprach er ihr leidenschaftlich. »Nein! Über dieses Stadium ist unsere Beziehung längst erhaben.«

»Unsere ...? Sean, was wird das?« Lilly riss bald der Geduldsfaden. Normalerweise gehörte sie zu den geduldigsten Menschen dieser Welt. Das musste sie, anders kam sie mit so manchen Tänzern sonst nämlich nicht weit. Aber heute hatte sie noch keinen Kaffee intus, es war halb acht Uhr morgens, und ihr neuer, leider wirklich wichtiger Klient tanzte ihr auf der Nase herum. Schon wieder.

»Nenn es von mir aus ein Arbeitsfrühstück«, bot Sean hilfreich an. »Wir sollten die nächsten Schritte gemeinsam durchgehen. Du willst doch meine Agentin sein, solltest du da nicht auch auf dem Laufenden bezüglich meines Daily Business sein?«

Sean war nicht im Unrecht. Doch Lilly hatte sich das für kommende Woche vorgenommen. Sie wollte sich in Ruhe mit ihm zusammensetzen, nachdem er seinen Vertrag bei ihr unterschrieben hatte. Sie trat auf die Straße hinaus und warf erneut einen Blick auf ihre Uhr. Für einen Moment schloss sie die Augen und überlegte. Dann meinte sie:

»Sagen wir in eineinhalb Stunden? Ich muss vorher noch etwas erledigen.«

Lilly konnte Seans Strahlen regelrecht durchs Telefon spüren. »Abgemacht. Dann bis gleich!«

Pünktlich auf die Minute stand Lilly eineinhalb Stunden später vor dem Café, von dem Sean gesprochen hatte. Durch die großen Fensterscheiben sah sie das helle, gemütliche Interieur. Bunt zusammengewürfelte Stühle und Tische, kleine Sessel und im hinteren Teil des Lokals eine Theke mit frischem Gebäck und einer riesigen Kaffeemaschine aus Edelstahl. Lilly konnte Sean von draußen noch nicht ausmachen, also wartete sie auf dem Bürgersteig. Wie immer, wenn sie irgendwo Zeit übrig hatte, zückte sie ihr Smartphone, checkte ihre E-Mails, Nachrichten und etwaige Pressekanäle.

Eine SMS ihres Dads ploppte auf.

Guten Morgen, mein Liebling. Wir wünschen dir einen wundervollen Tag! Lass es dir gutgehen. Gruß, Dad.

Lilly lächelte und fühlte einen kleinen Stich im Herzen. Sie hatte ihre Eltern schon eine Weile nicht mehr besucht. Obwohl sie sie vermisste und Vivian und Martin McCarthy sogar in Dublin lebten, hielt sie sie auf Abstand. Doch jeden Tag schickten ihre Mom oder ihr Dad eine Nachricht. Ohne Erwartungen an sie. Einfach nur ein liebevoller Gruß. Lilly tippte eine kurze Antwort und schickte sie ab. Dann verbannte sie den Gedanken an ihre Familie und wandte sich wieder ihrer Arbeit zu.

In der letzten Stunde war sie auf Stippvisite in der *Academy* gewesen, hatte ein Dutzend ihrer Klienten gesprochen, sich nach Proben, Auftritten und der Familie erkundigt. Kurzum, sie hatte Beziehungen gepflegt.

Plötzlich hörte Lilly ein schrilles Kreischen hinter sich. Ihr Kopf fuhr herum, und sie erkannte zwei Teenagerinnen, die aufgeregt in ihre Richtung liefen und eisern ihre Smartphones umklammerten. Lilly blickte sich um, um zu erfahren, was die beiden Mädchen so aus dem Häuschen brachte. Sie musste nicht lange suchen. Nach nur wenigen Sekunden blieben ihre Augen an einem gewissen Sean O'Sullivan hängen. Mit seinen honigbraunen, rötlich gesprenkelten Haaren in einem gestylten Durcheinander, der schmalen Brille auf der Nase, den blauen Chinos, dem weißen Hemd und der Apple Watch am Handgelenk hätte er ein x-beliebiger gutaussehender Kerl sein können, der morgens durch Temple Bar schlenderte. Und doch strahlte er diesen Star-Appeal aus, der ihn auch noch sympathisch rüberkommen ließ.

Kopfschüttelnd beobachtete Lilly, wie die beiden Teenies auf ihn zurasten, vor ihm stolperten, sich schnappatmend gegenseitig auffingen und von einer Sekunde auf die andere schüchtern nach einem Selfie fragten. Ganz der irische Junge mit Herz lächelte Sean charmant und nahm sich alle Zeit der Welt für seine Fans. Er machte das Selfie selbst, positionierte sich optimal vor dem Schriftzug vom *Cassidy's* und strahlte mit den Mädchen um die Wette. Mit geröteten Wangen und schimmernden Augen bedankten sich die beiden Teenies, und Lilly hätte schwören können, dass sie erst wieder nach Luft rangen, nachdem Sean sich von ihnen mit einer Umarmung verabschiedet hatte.

Aufgeregt kichernd betrachteten die Mädchen das Selfie auf dem Smartphone, und Sean entdeckte Lilly vor dem Café und kam zu ihr rüber.

Lilly konnte sich nicht zurückhalten und schmunzelte. »Wenn du beim Dart mal wieder einen Support brauchst«, sie deutete auf die Teenagerinnen, die das Foto mit Sicherheit schon auf Instagram und TikTok geteilt hatten, »dann solltest du die beiden anrufen.«

»Vielleicht mache ich das.« Sean grinste. »Sie sind darin bestimmt besser als du.«

Lilly musterte ihren Star und dann die Mädchen, die ihr Glück immer noch nicht fassen konnten. »Mit Sicherheit.«

Sie schüttelte erneut den Kopf.

»Was ist?«, fragte Sean.

Sie dachte einen Moment nach. »Wie fühlt sich das an, zwei Menschen allein mit seiner Existenz so glücklich zu machen?«

Für einen winzigen Augenblick legte sich ein Schatten über Seans gut gelauntes Gesicht. Doch so schnell, wie er gekommen war, verschwand er wieder.

»Es ist immer noch seltsam.«

Seans Bescheidenheit stand neben ihm wie ein braver Zinnsoldat. Er mochte in manchen Momenten vielleicht zu sehr von sich überzeugt sein, aber Lilly merkte ihm an, dass er seinen Erfolg nicht für selbstverständlich hielt.

Das Strahlen, das Lilly nun längst von ihm kannte, flog über sein Gesicht, als er sie musterte und auf das Café vor sich deutete. »Wollen wir?«

Lilly nickte und lief durch die Glastür, die Sean und sein imaginärer Zinnsoldat ihr galant aufhielten. Das Café war gut besucht, doch schnell fanden die beiden einen gemütlichen Tisch in einer der hinteren Ecken, der durch ein paar Pflanzen abgeschirmt wurde, sodass sie ein wenig Privatsphäre genießen konnten. Sean schien, wie schon im *Cassidy's*, jede Mitarbeiterin persönlich zu kennen, grüßte sie mit einer herzlichen Umarmung und kam schließlich mit Lillys und seiner Bestellung von der Theke zurück.

Neugierig fragte Lilly: »Du kennst die Leute hier?«

»Natürlich!« Er deutete auf die beiden Frauen, die hinter der Theke standen. »Die Rothaarige ist Mara, ihr gehört das Café – und sie ist mit Cliff verheiratet. Und das andere ist Ana, ihre Mitarbeiterin.«

Überrascht sah Lilly auf. »Cliff? Vom *Cassidy's* gegenüber?«

Sean nickte und biss in sein Croissant. Nachdem er gekaut und heruntergeschluckt hatte, erklärte er: »Mara hat das Café geerbt, als ihre Granny vor einigen Jahren starb. Sie und das Café hatten es zu Beginn nicht leicht. Cliff hat ihr ein wenig unter die Arme gegriffen, ihr ein unmoralisches Angebot gemacht, sie ist drauf eingegangen, beinahe gestorben – und am Ende haben sie ihr Happy End gefunden, nachdem meine Schwester Cliff den Kopf gewaschen hat. Er ist manchmal etwas schwer von Begriff.«

Sean grinste und biss erneut von dem buttrigen Croissant ab.

Amüsiert betrachtete Lilly ihn. »Die Geschichte würde ich zu gern ausführlicher hören.«

»Das lässt sich einrichten. Aber wir sollten zunächst über uns sprechen.«

Lilly hob aufmerksam ihren Blick, während sie einen Schluck von ihrem doppelten Espresso nahm. Sie stellte die kleine Tasse zurück auf den Tisch und zog eine schlichte schwarze Mappe aus ihrer Handtasche. In der *Academy* hatte sie ihre guten Kontakte dafür eingesetzt, den Drucker im Sekretariat benutzen zu dürfen. Bevor Sean nicht wenigstens einen vorläufigen Vertrag mit ihr unterschrieb, konnte sie sich nicht darauf verlassen, ihn an Bord zu haben.

Jetzt öffnete sie die Mappe, zog den Vorvertrag heraus und legte ihn mit einem Kugelschreiber zusammen vor Sean auf den Tisch.

Fragend sah er sie an. »Was ist das?«

»Unser provisorischer Agentenvertrag, bis wir einen richtigen ausgehandelt haben. Unterschreib ihn, und dann können wir über die nächsten Schritte sprechen.«

Sean machte keinerlei Anstalten, den Vertrag durchzugehen. Er griff nach dem Stift, blätterte auf die letzte Seite und unterschrieb auf der dafür vorgesehenen Linie.

Verblüfft starrte Lilly ihn an. »Willst du ihn gar nicht durchlesen?«

Sean zuckte mit den Schultern. »Aeryn hat ihn unterschrieben, dann wird es für mich auch passen. Außerdem …« Er warf ihr einen überraschend ernsten Blick zu. »Wenn ich untergehe, gehst du mit. Daran kann kein Vertrag der Welt etwas ändern. Ich denke, das weißt du ebenso gut wie ich.«

Für einen Moment wurde Lilly von Übelkeit übermannt. Sicher, sie hatte einen fairen Vertrag aufgesetzt und diesen noch vor dem ersten Treffen mit Sean von einem Juristen prüfen lassen – obwohl es sich nur um einen Vorvertrag drehte. Sie war keine dieser halsabschneiderischen Agenten, die in verschachtelten Halbsätzen ihre Klienten über den Tisch zogen. Dennoch wunderte es sie, dass Sean einfach so seine Unterschrift unter den Vertrag setzte. Sein Verhalten erinnerte sie fast schon an Leichtsinn. Aeryn hatte sie vorgewarnt, aber trotzdem – Lilly wünschte, er würde etwas mehr Interesse für diese Dinge aufbringen. Für die wichtigen Dinge. Und würde er sie tatsächlich mit in den Abgrund ziehen? Sie wollte nicht darüber nachdenken.

»Sean, nur weil der Vertrag für Aeryn in Ordnung geht, muss das für dich nicht das Gleiche bedeuten. Es geht um ganz andere Aspekte. Und nebenbei auch um eine Menge Geld. Du solltest deine Verträge lesen.«

Sean ließ sein Croissant sinken. Mit undurchdringlichem Blick musterte er sie.

Lilly legte noch einmal nach. »Ich kann deine Agentin sein, Sean. Aber du trägst immer noch Verantwortung für dich selbst. Das fängt bei den Verträgen an, die du unterschreibst, und –«

Sean winkte ab und unterbrach sie. »Ja, ich weiß. Also gut, ich lese ihn mir später durch und melde mich, falls mir etwas missfällt.«

Er zog die Papiere zu sich, trank von seinem schwarzen Kaffee und lehnte sich in altgewohnter guter Laune wieder zurück.

»Kommen wir zum Wesentlichen«, begann er. »Meine aktuelle Tour ist vorbei. Ich habe allerdings noch ein letztes

Konzert hier in Dublin – in fünf Wochen. Es ist für einen guten Zweck, deshalb ist es nicht direkt an die Tour angeschlossen.«

»Für welchen Zweck?«

»Eine Freundin von Cliff und Mara führt eine Stiftung, die sich unter anderem um Waisenkinder in Irland kümmert, die *Soul Healer Foundation*. Die Stiftung veranstaltet ein Charity-Konzert, und sie haben gefragt, ob ich als Haupt-Act auftrete. Die gesamten Einnahmen gehen, abzüglich der entstehenden Kosten für Location und Security, in den Stiftungsfonds.«

»Du erhältst keine Gage?«

»Nein, aber das will ich auch gar nicht. Das würde meiner Meinung nach den ganzen Charity-Gedanken zunichtemachen. Außerdem haben die Kinder dieses Geld viel nötiger als ich.«

Sean sagte das mit einer Selbstverständlichkeit, die Lilly für einen kurzen Augenblick aus dem Konzept brachte. Viele Stars verschrieben sich zwar offiziell einer guten Sache, doch betrachtete man die Verbindungen genauer, blieb oftmals nicht viel für den guten Zweck übrig – und von Aufmerksamkeit allein ließen sich diese Projekte kaum finanzieren.

Sie beließ es daher vorerst dabei und fragte: »Wie sehen deine Verträge mit der Plattenfirma aus? Welche Verpflichtungen hast du aktuell?«

»Drei Alben sind mit meinem ersten Vertrag gesetzt. Die beiden ersten sind bekanntlich schon raus. Das dritte ist in Produktion und soll zum Weihnachtsgeschäft erscheinen. Vermutlich Oktober, November. Die entsprechende Tour folgt dann ab Mitte nächsten Jahres. Wie es danach weitergeht, steht noch nicht fest.«

»Bis Oktober ist nicht mehr viel Zeit – wie weit seid ihr mit der Produktion des Albums?«

Sean stupste einen Krümel seines Croissants von der Tischplatte. »Wir arbeiten dran.«

Lilly musterte ihn eingehender, doch er wich ihrem Blick aus. Ein ungutes Gefühl beschlich sie. »Wie weit seid ihr?«

»Ich bin noch am Schreiben.«

»Wie viele Songs hast du bisher?«

»Ein paar.«

Lilly lehnte sich nach vorne und zwang Sean, sie anzusehen. »Wie viele, Sean?«

»Ich hab da einige Ideen.« Er leerte seine Kaffeetasse in einem Zug.

»Hast du sie nun geschrieben oder hast du lediglich *Ideen*?« Lillys Stimme ließ keine Ausflüchte zu.

»Ich arbeite daran, okay?« Seans Ton wurde ruppiger. Doch davon ließ Lilly sich nicht beeindrucken. Wenn das Album schon Ende diesen Herbstes erscheinen sollte, dann hatten sie nicht mal mehr vier volle Monate bis zum Release. Es war ja schön, wenn Sean das Leben nicht so schwernahm, aber vertraglich zugesicherte Abgabedaten zu brechen, war eine gänzlich dumme und vor allem kostspielige Idee. Außerdem würde Lilly mitnichten ihre Agentenkarriere im Musikbusiness damit beginnen, das Release Date des aktuell gefragtesten Superstars zu verschieben.

»Du arbeitest dran? Sehr gut. Dann ist es ja kein Problem, mir zu sagen, wie weit du bist.« Sie ließ nicht locker. Auf keinen Fall. Dafür war die Verbindung zu Sean zu wichtig.

Er fuhr sich mit einer Hand durch die Haare und rückte seine Brille zurecht. Er hatte gewusst, dass dieser Moment schon bald kommen würde, doch naiverweise gehofft, Lilly noch einige Zeit hinhalten zu können. Wieso hatte er dieses *Arbeitsfrühstück* vorgeschlagen? Er hatte Lillys Hartnäckigkeit eindeutig unterschätzt. Vermutlich war er zu oft mit einem charmanten Lächeln davongekommen. Doch bei seiner neuen Agentin würde er sich damit nicht aus der Affäre ziehen können. Das war ganz offensichtlich.

Er versuchte es trotzdem. Allerdings bereute er es sofort, als er ihrem bohrenden Blick begegnete. War Lilly zuvor noch für eine spaßige Bemerkung in Sachen Fans zu haben gewesen, starrte sie ihn nun unnachgiebig und mit furchtbar ernster Miene an. In ihren türkisen Augen braute sich ein Sturm zusammen, und auf ihrer Stirn grüßten kleine energische Falten zwischen den geschwungenen blonden Brauen. Sie ignorierte die freche Locke, die sich hinter ihrem Ohr hervorstahl, und ließ Sean nicht entkommen. Mit fester Stimme wiederholte sie ihre Frage.

»Wie weit bist du mit dem dritten Album, Sean?«

Was sollte er ihr sagen? Sollte er es wagen, sie anzulügen? Nein, dafür war er nicht der Typ, und sie war zu klug. Das hatte er längst gemerkt. Lilly ließ sich nicht an der Nase herumführen. Er sollte sich glücklich darüber schätzen, schließlich sprach das für ihren Job als Agentin. Gleichzeitig wurde es ihm nun zum Verhängnis.

Er straffte seine Schultern, setzte sich aufrecht hin und entschied, Lilly langsam und bedacht an die Wahrheit heranzuführen. In Häppchen. Ja, vielleicht in Krümeln, so groß wie die seines halb aufgegessenen Croissants. »Ich schreibe an ein paar Ideen, aber mehr gibt es noch nicht. Nichts Finales.«

Lilly unterdrückte ein entsetztes Aufatmen. »Du schreibst an ein paar Ideen?« Mit gestochen scharfem Blick hakte sie nach. »Dir ist klar, dass dir die Zeit davonläuft, oder? Wenn im Herbst Release ist, dann … Sean!«

Sie bemühte sich sichtlich ruhig zu bleiben.

»Ich weiß. Mach dir keine Sorgen. Wenn ich mich mal hinsetze, dann kommt der Rest von ganz alleine. Das war schon immer so.«

Insgeheim fragte Sean sich, wen er mehr zu überzeugen versuchte. Lilly oder sich selbst? Augenscheinlich sie beide. Wohl oder übel.

Eine leichte Blässe überzog Lillys hübsches Gesicht. »Das hoffe ich für dich.« Mit energischer Stimme fügte sie hinzu:

»Ich hätte nicht gedacht, dass ich dir bereits an unserem zweiten Tag in den Hintern treten muss …«

Sean brachte ein, wie er hoffte, überzeugendes Lächeln zustande. »Ich bin eben immer für eine Überraschung gut.«

Innerlich machte sich dieses unheimliche Gefühl in ihm breit, das ihn seit wenigen Wochen verfolgte. Wie würde Lilly nur reagieren, wenn er ihr die ganze Wahrheit sagen würde? Sean bemühte sich, die dunklen Wolken zu verdrängen und die Zukunft zu ignorieren. Er lebte Tag für Tag. Nur so hielt er es aus. Nur so konnte er weitermachen. Nur so würde er überhaupt eine Chance haben.

Verstohlen musterte er Lilly ein weiteres Mal. Mit ihrem Tritt in den Hintern hatte sie so verdammt recht. Sie sollte ihre Sehnen dehnen und ihre Ausdauer proben, denn ein einziger Tritt würde kaum reichen. Zudem sollte sie sich noch etwas zulegen: extrem gute Nerven. Er würde ihr die kommenden Wochen leider viel zu schwer machen.

Wieder stiegen in ihm die quälenden Fragen auf: War es fair, Lilly in all das hineinzuziehen? War es fair, sie im Unwissen zu lassen? Ja, entschied er erneut. Es ging nicht anders. Würde sie wissen, worauf sie sich mit ihm einließ, würde sie zurückschrecken. Und er, Sean, könnte sich für immer von seiner Karriere und seiner Zukunft verabschieden. Es mochte egoistisch sein. Aber die vermutlich einzige Möglichkeit, die ihm geblieben war.

Sean riss sich zusammen und begegnete Lilly mit einem Lächeln. »Wir schaukeln das schon.«

Lilly, die immer noch leicht erschrocken wirkte, nickte. Dann deutete sie auf den Vertrag. »Fangen wir damit an, dass du den da ordentlich liest!«

»Ja, mach ich.«

Als Sean nach den Dokumenten griff, legte Lilly ihre Hand unerwartet auf seine. Mit strengen Augen musterte sie ihn. »Ehrlich, Sean. Es ist vollkommen okay, wenn du das Leben nicht so eng siehst. Aber wenn du auf deiner Erfolgswelle bleiben willst, musst du die Dinge hier«, sie deutete auf den Vertrag, »ernst nehmen.«

Sie zog ihre weichen Finger wieder zurück und legte sie in den Schoß.

Eine Gänsehaut überfiel Sean. Er ignorierte das Vibrieren seiner Smart Watch, das einen eingehenden Anruf ankündigte. Aufmerksam ließ er seinen Blick über Lilly gleiten. Ihre Haut wirkte nicht mehr ganz so blass, und er entdeckte Kampfgeist in ihren blaugrünen Augen. Der drohende Sturm war einem Kompass gewichen. Sie würde ihn leiten. Sie musste.

»Was hast du in den nächsten Tagen vor?«, fragte er.

»Wie meinst du das?«

»So, wie ich es gesagt habe: Was hast du in den nächsten Tagen vor?«

Irritiert sah sie ihn an. »Arbeiten. Beziehungen pflegen. Papierkram erledigen. Für meine Klienten da sein.«

Sean nickte. »Sehr gut. Dann sehen wir uns nun öfter.«

»Inwiefern?«

»Ich bin dein Klient. Du wirst für mich da sein. So hast du es ja versprochen, nicht wahr?«

Schweigend und argwöhnisch schaute sie zu ihm herüber, während sie auf eine ausführlichere Erklärung wartete.

»Ich brauche ein bisschen Ablenkung, um meine Kreativität in Schwung zu bringen. Aber nicht zu viel, sonst fange ich am Ende nie an zu schreiben. Als meine Agentin bist du für das richtige Maß an Schwung zuständig.«

Lilly bemühte sich sehr, ihre Gesichtszüge nicht entgleisen zu lassen, doch so ganz wollte es ihr nicht gelingen. Beinahe hätte Sean amüsiert aufgelacht, doch dafür ging es um etwas viel zu Wichtiges. Sean fühlte regelrecht mit ihr. Er war ein mieser Kerl, ihr das anzutun.

»Was verstehst du unter ›zuständig für das richtige Maß‹?«

Sean gab vor zu überlegen. »Ich brauche Denkanstöße, lockere Konversationen, andere Perspektiven. Ich brauche Ablenkung, und doch muss ich im Hinterkopf ans Texten denken. Du hilfst mir mit deiner Anwesenheit dabei.«

Die Kompassnadel in Lillys Augen spielte verrückt, doch Sean redete weiter.

»Wir werden Dublin in den nächsten Tagen gemeinsam erleben. Wir gehen ins *Guinness Storehouse*, spazieren durch den Phoenix Park und schauen uns das Trinity College an. Wir gehen essen, trinken, tanzen – wir leben. Und wenn ich genügend Kreativität gesammelt habe, nehme ich mir meine Gitarre und fange an zu schreiben. Ein Kinderspiel.«

Wenn es doch nur so wäre, dachte Sean und hielt Lillys entsetzt aufgerissenen türkisen Augen stand.

»Wir *leben*?« Lilly hätte gern eine genauere Beschreibung dessen bekommen, was sie erwartete. Essen, trinken und tanzen – das half ihr nicht unbedingt weiter. Sie fühlte sich wie eine Chorleiterin, die ihren Sängern ein Lied beibringen sollte, das sie weder kannte, noch dessen Noten sie vor sich hatte. Und ihre Erste Stimme schien ganz eigene Pläne für dieses Stück zu haben.

Doch für Sean war wohl schon alles sonnenklar. Er schob den Stuhl ein Stück zurück und lachte. »Und wir fangen heute damit an!«

Er war von allen guten Geistern verlassen. Ganz klar. Anders konnte es nicht sein. Lilly starrte Sean an und fragte sich, ob er noch alle Noten auf seiner Partitur besaß.

»Ich soll dich babysitten?!«

Empört blickte er sie an. »Nein, ich brauche einfach nur Gesellschaft, die mich daran erinnert, warum ich hier bin.«

»Wie stellst du dir das vor? Ich habe noch andere Dinge zu tun, als dich zu bespaßen, Sean O'Sullivan. Ich bin Agentin, keine Animateurin.«

Herausfordernd blitzte er sie an. »Du wolltest meine Agentin werden. Jetzt liegt es an dir, dein Versprechen zu halten.«

Lilly verbarg ihre Emotionen, so gut sie konnte, hinter einem Lächeln. Sie presste die Zähne zusammen und suchte nach der passenden Reaktion. Es war absurd. Sie konnte nicht den ganzen Tag an Seans Seite sein und auf ihn aufpassen. Andererseits – sie war für ihre Klienten da. Egal, wann und wie lange. Gab es ein Problem, kümmerte sie sich um die Lösung. Und Sean *hatte* ein Problem. Ein gewaltiges. Und er verlangte nach einer Lösung. Nach *ihrer* Lösung. Sie hatte kaum eine Wahl. Nicht, wenn sie sich an ihre Versprechen halten wollte.

Sean schien den gleichen Gedanken zu hegen, denn er zitierte Lillys Worte von ihrem ersten Treffen.

»›Wenn ich sage jederzeit, meine ich jederzeit.‹ Das sagtest du doch gestern. Also, stehst du zu deinem Wort? Oder hätte ich«, er deutete auf den Vertrag auf dem Tisch, »den da doch nicht unterschreiben sollen?« Herausfordernd blitzte er sie an.

Er hatte recht. Und das wusste er ganz genau. So wie Lilly. Sie hatte versprochen, sich um seine Belange zu kümmern, egal wann, egal wo, egal wie. Einen Blankoscheck hatte sie ihm gegeben, und nun forderte er ihn unumwunden ein.

Lilly hatte Schwierigkeiten, Luft in ihre Lungen zu transportieren. In ihr stiegen Emotionen auf, die sie schon lange nicht mehr verspürt hatte. Unsicherheit. Unruhe. Aufregung. Bevor sie begonnen hatte, als Agentin zu arbeiten, war Lilly das Gegenteil ihres heutigen Ichs gewesen. Sie war verplant, chaotisch, unorganisiert gewesen. Sie hatte in den Tag hinein gelebt, von der Zukunft geträumt und sich schnell verleiten lassen. Doch ein einziges Mal hatte ausgereicht, um ihre Welt aus den Fugen geraten zu lassen.

Ein Vorfall und nichts schien mehr sicher zu sein. Sie hatte Monate gebraucht, um wieder zurück in die Spur zu finden. Sie hasste es, an diese Zeit ihres Lebens zurückzudenken, und vermied es aufs Äußerste. Von jenem Moment an hatte Lilly sich geschworen, nie wieder abzurutschen. Nie wieder die Kontrolle zu verlieren. Die Folge: Sie hatte sich gezwungen, ihre Planlosigkeit abzulegen, ihr Chaos zu unterbinden und stets zu wissen, welchen Schritt sie als Nächstes gehen würde.

Ihr System hatte funktioniert. Heute war sie erfolgreiche Agentin, hatte einige der besten Tänzer unter Vertrag, beschäftigte Mitarbeiter in einem der hipsten Büros der Stadt – und begann mit Sean O'Sullivan ein neues Kapitel ihres beruflichen Erfolges. Dieser verlangte nun jedoch, dass sie ihre Grundsätze über Bord warf. Für ihn. Dabei kannte sie ihn kein bisschen, konnte sich nicht auf ihn verlassen und wäre besser beraten gewesen, ihn in die Weiten der Irischen See zu schicken.

Lillys Haut vibrierte, ihr Kopf schlug Alarm, ihre Seele hüpfte vor Aufregung. Wie viel würde sie von ihren Prinzipien aufgeben, um Sean entgegenzukommen? Durfte sie riskieren, die Kontrolle für ein paar Tage zu verlieren?

Lilly schloss die Augen und konzentrierte sich auf ihr Ziel. Seit damals war viel Zeit vergangen. Sie war erwachsen geworden, hatte ein Sicherheitsnetz entworfen und an Unabhängigkeit gewonnen. Sie wollte die Zusammenarbeit mit Sean O'Sullivan unbedingt erfolgreich werden lassen. Wenn das nun bedeutete, für ein paar Tage nach seiner Pfeife zu tanzen? Konnte denn so viel schiefgehen? Am Ende konnte sie jederzeit das Stoppschild hochhalten. Sie war dafür da, ihn zum Komponieren zu bringen. Er war die Erste Stimme, sie der Taktstock. Sie würde ihre Kontrolle nicht aufgeben, nur weil sie womöglich nicht wusste, wie der Tagesablauf aussah. Sie behielt sie, indem sie Sean an der langen Leine ließ – und ihn dazu brachte, sein drittes Nummer-Eins-Album zu produzieren.

Lilly öffnete ihre Augen und blickte in das erwartungsfrohe und gutaussehende Gesicht von Sean. Plötzlich musste sie schmunzeln. Er wirkte wie ein aufgeregtes Kind, das endlich nach Disneyland durfte. Und gleichzeitig wie ein erwachsener Mann, dem man sogar als selbstbewusste Frau nur schwer widerstehen konnte.

Nachdenklich musterte sie Sean. »An wie viele Tage hast du gedacht?«

Lässig zuckte er mit den Schultern. »Ein paar. Bis ich in den Flow gekommen bin.«

»Also gut, ich gebe dir –«

Sofort unterbrach er sie. »Nein, nein, nein. Ich hasse es, wenn man Druck auf mich ausübt. Schlimm genug, dass die Plattenfirma mir eine Deadline aufdrückt. Wenn du das jetzt auch noch machst, wird das nie was mit dem neuen Album.«

Lilly schluckte ihren aufkommenden Groll hinunter. Mit Sean würde es wesentlich anstrengender werden als erwartet. Geduldig erwiderte sie: »Das Leben ist kein Wunschkonzert. Wir müssen uns alle nach gewissen Vorgaben richten.«

Sean setzte sich auf und hob aufgeregt seine Hände über den Kopf. »Siehst du, das ist doch das Problem. Immer müssen wir alles so ernst nehmen. Aber die guten Dinge, die kreativen Dinge – die brauchen Zeit und halten sich nicht an Pläne und Vorgaben.«

Lilly leerte ihren Espresso und hoffte, die Wirkung des Koffeins bald zu spüren, während sie Sean betrachtete. »Warum schreibst du keinen Song darüber, wenn dich das so nervt?«

Irritiert starrte er sie an. »So leicht ... So leicht ist das nicht.«

»Life's not a picnic. Bitte schön, deine erste Zeile.«

»Das ist ...« Sean ließ seinen Blick über Lilly gleiten und versuchte, etwas zu sagen. Doch kein weiteres Wort schaffte den Weg über seine Lippen. Ein seltsamer Ausdruck legte sich auf sein Gesicht, und als er noch immer nichts von sich gab, überfiel Lilly eine leichte Gänsehaut. Sie lachte nervös und klopfte auf den Tisch.

»Komm schon, Sean. Das war nur Spaß.«

Er schüttelte den Kopf. »Nein, Lilly. Du hast ... Du hast recht.«

Lilly wusste nicht so richtig, womit sie recht hatte. Aber sie sah es dennoch positiv, dass sie bei irgendwas mal einer Meinung waren.

Sean zog die Augenbrauen grübelnd zusammen, betrachtete sie weiterhin und blieb stumm. Lilly musterte ihn ihrerseits und kam nicht umhin, hinter die Fassade des fröhlichen Weltstars zu blicken. Seine Augen waren so grün wie irische Weiden, und doch schien ein Schatten über ihnen zu liegen. Das Funkeln war vergangen. Als hätte sich das Sternenzelt verabschiedet und den Regenwolken das Feld überlassen. Seine Wangen- und Kiefermuskeln waren angespannt, und er presste seine Lippen leicht aufeinander. Locker sah anders aus. Seine Schultern fielen leicht nach vorn, so als würde er ein Fass voll Cider auf dem Rücken tragen und trotz aller Mühe nicht vom Fleck kommen.

Was ging in diesem Mann wirklich vor? Lilly musste es dringend in Erfahrung bringen, denn aus unerfindlichen Gründen beschlich sie das Gefühl, dass Sean nicht einfach nur einen kreativen Anstoß benötigte. Wenn sie ihn so betrachtete, musste wesentlich mehr dahinterstecken. Sie hoffte, sie würde sich täuschen.

Plötzlich richtete Sean sich auf, verzog seine Lippen zu einem spöttischen Lächeln und fuhr sich betont lässig durch die Haare. Er kehrte zurück in seine Star-Rolle. Lilly verfolgte den Wechsel mit eigenen Augen.

»Ich sollte dich einfach meine Songs schreiben lassen.« Er lachte.

Doch Lilly nahm ihm die entspannte Haltung nicht ab. Sean hatte ein größeres Problem als die knappe Zeit für das neue Album, und er versuchte es zu verbergen. Ohne es zu wissen, hatte er ihr genau das in ebendiesem kurzen Moment gebeichtet. War Lilly vor wenigen Minuten noch empört gewesen über seine selbstverständliche Vereinnahmung ihrer Zeit und darüber, dass er ihr schon wieder seinen Willen aufzwang, hatte sie nun das Gefühl, dass es richtig war, ihm diese Tage zu geben. Sie würde vorerst also mitspielen. So ganz wusste sie immer noch nicht, worauf sie sich einließ. Aber sie würde ihm helfen. Das war ihre Aufgabe. Das war ihr Job. Das war ihr Versprechen an ihn.

Sie atmete tief durch, dann sagte sie: »Ich muss ein paar Anrufe machen.«

Als Sean ein Siegeslächeln aufsetzte, hob sie den Zeigefinger drohend in seine Richtung.

»Aber bilde dir ja nicht ein, dass ich immer tue, was du sagst. Ich bin nicht dein Fangirl.«

Sean grinste, dann erwiderte er besonders ernst: »Davon wäre ich nicht im Traum ausgegangen.«

Lilly nickte und erhob sich, um draußen zu telefonieren. Sie griff nach ihrer Tasche und verwies erneut auf den vorläufigen Vertrag, der noch immer auf dem Tisch lag.

»Während ich schnell ein paar Dinge kläre, liest du den Vertrag. Vorher *leben* wir hier gar nichts.«

Mit diesen Worten klapperte sie auf ihren Absätzen aus dem Café. Kontrolle. Lilly brauchte Kontrolle. Wenigstens ein bisschen.

Hätte sie sich noch einmal umgedreht, sie hätte einen Sean erblickt, der zwar lächelte, doch auf dessen Gesicht sich noch zwei andere Emotionen abzeichneten. Respekt. Und Dankbarkeit.

Eine Viertelstunde später streckte Lilly sich und ließ das Smartphone in ihre Handtasche fallen. Das Gespräch mit Ivy, einer ihrer Mitarbeiterinnen, hatte Lilly lediglich vor Augen geführt, wie seltsam Seans Forderung war.

›Seit wann spielst du Babysitter für aufmüpfige Stars?‹, hatte Ivy sie gefragt, die selbst an einem Samstag für Lilly erreichbar war.

Lilly mochte zwar offiziell ihre Chefin sein, doch hielt sie es in ihrer Agentur für sinnvoller, wenn sich alle auf einer Ebene begegneten. Dazu gehörte auch, skeptische Widersprüche zuzulassen. Und Ivy hatte ja recht, dachte Lilly in einem Anflug von Frustration. Doch statt ihrer Angestellten zuzustimmen, hielt sie ihr die Bedeutung von Seans Betreuung entgegen.

›Sean könnte die Eintrittskarte für uns in einen ganz neuen Businesszweig sein. Wie soll ich dich auf die Grammys schleusen, wenn wir keine Klienten haben, denen ich Einladungen dafür aus dem Kreuz leiern kann?‹

Ivy hatte gelacht und Lilly schließlich beruhigt, dass sie und die anderen beiden Kollegen, Joseph und Francine, alles im Griff haben würden, solange Lilly sich der Sonderbetreuung von Sean annahm.

Gut, dass Lily sich erst heute Morgen in der *Academy* hatte blicken lassen. Ihren Tänzern und Tänzerinnen hatte sie also für die kommenden Tage bereits das Gefühl gegeben, für sie da zu sein. Solange sich bei niemandem eine Katastrophe anbahnte, die weder Ivy noch Francine oder Joseph beheben konnten, würde Lilly fast so etwas wie freie Bahn haben.

Ein seltsames Gefühl.

Lilly blickte in den ungewohnt sonnigen Himmel über sich und atmete die warme Juniluft ein, die von dem malzigen Geruch der nahe liegenden Guinness-Brauerei gewürzt wurde. Was würde sie in den kommenden Tagen wohl erwarten? Aufregung ließ ihre Nerven vibrieren. Sie schüttelte das Gefühl ab und kehrte zurück ins Café.

Während sie auf den Tisch zusteuerte, an dem sie und Sean gesessen hatten, erblickte Lilly die hübsche Frau mit dem kupferfarbenen Haar, die Sean ihr als Mara vorgestellt hatte. Lilly kam gerade an, als die beiden über etwas lachten.

Sean sah auf und lächelte. »Lilly, darf ich dich mit Mara bekannt machen? Wir sprachen vorhin von ihr.«

Lilly nickte lächelnd und streckte Mara ihre Hand entgegen. »Ein wirklich schönes Café – und ein erstklassiger Espresso!«

Mara lachte, und ihre grünen Augen funkelten erfreut.

»Danke!« Neugierig musterte sie Lilly. »Und du willst diesen Kerl unter deine Fittiche nehmen?« Sie deutete auf Sean.

Erneut nickte Lilly. »Das will ich.«

»Möge er Erbarmen mit dir haben.« Sie grinste. »Weißt du, worauf du dich einlässt?«

Lilly überlegte, wie ehrlich sie sein sollte. Sie wiegte den Kopf hin und her. »Ich fürchte, nicht mal im Ansatz.«

Mara kicherte herzlich. »Dann kann es ja nur gutgehen. Das Schlimmste wäre, wenn du denkst, du weißt, was Sean vorhat. Glaub mir – das weiß niemand.« Sie lachte auf. »Er ist charmant und gutaussehend, aber unvorhersehbar.«

»Ich kann dich hören, Mara«, warf Sean ein.

Cliffs Frau schaute ihn frech an. »Ich weiß, deshalb erwähne ich es ja.« An Lilly gewandt, fügte sie hinzu: »Zeig dem Jungen ruhig mal, wo es langgeht. Er kann eine strenge Hand gebrauchen.«

»Bitte?!« Sean richtete sich auf und knuffte Mara liebevoll in den Oberarm, bevor er ihr einen Kuss auf die Wange drückte.

Lilly lächelte und nahm sich den Tipp zu Herzen.

Schließlich gab Mara Sean – und auch Lilly – eine Umarmung und verabschiedete sich. Nach wenigen Schritten drehte sie sich noch einmal um.

»Viel Spaß!« Lachend winkte sie und lief wieder hinter die Theke.

Fünf

»Du kannst so viel betteln, wie du willst. Das mache ich nicht. Vergiss es, Sean. Auf gar keinen Fall!« Lilly wehrte sich mit Händen und Füßen, und doch konnte sie sich ein Lachen nicht verkneifen. Sie fühlte sich immer noch nicht ganz wohl bei dem Gedanken, sich auf Seans Pläne, die ihr vollkommen unbekannt waren, einzulassen. Doch sie gab sich viel Mühe, ihre inneren Bedenken zu zügeln.

Jetzt standen sie mitten in Temple Bar, auf dem *Meeting House Square*. Auf zwei Seiten umgeben von roten Backsteinfassaden, auf den anderen beiden von beige gestrichenen Hauswänden. Ein Schriftzug auf einer der Fensterreihen warb für eine Fotografie-Ausstellung, und in den Ecken des großflächigen Innenhofs streckten sich vier stabile Säulen in die Höhe. An jeder von ihnen breiteten sich am oberen Ende schmale Metallstangen aus, zwischen denen ein heller Stoff gespannt war, ähnlich wie die Blütenblätter einer Lilie. Gemeinsam spendeten die überdimensionalen Blumenköpfe angenehmen Schatten in der warmen Junisonne. Es war Mittagszeit, und wie jeden Samstag fand hier der *Temple Bar Food Market* statt.

Nach dem Frühstück hatte Lilly noch einige Anrufe

geführt und ihre gesamte Tagesplanung über den Haufen geworfen. Nun stand sie an der Seite von Sean, der sich mit einer Kappe und einer Rayban-Sonnenbrille vor neugierigen Blicken schützte, während er versuchte, sie davon zu überzeugen, in Chili-Öl eingelegte Oliven zu probieren.

»Die schmecken fantastisch!« Er schob sich eine schwarze Frucht in den Mund und hatte sichtlich mit den Tränen in den Augen zu kämpfen.

»Nein, danke. Ich verzichte.« Lilly schüttelte schmunzelnd den Kopf und betrachtete Seans verzerrte Gesichtszüge, die gegen die Schärfe anarbeiteten, welche sich durch seine Geschmacksknospen zog.

»Vielleicht hättest du es bei einer belassen sollen«, meinte sie spöttisch.

»Ach was!« Sean stopfte sich ein Stück Weißbrot in den Mund und kaute geschäftig. Nachdem er den Bissen hinuntergeschluckt hatte, schien die Schärfe langsam nachzulassen. »Die sind wirklich gut. Gut durchgezogen.« Er grinste. »Etwas zu gut durchgezogen.«

Lachend lehnte Sean eine weitere Olive ab, und gemeinsam schlenderten sie zum nächsten Stand mit rotweißer Markise. Es war viel los. Einheimische und Touristen drängten sich dicht aneinander vorbei und probierten sich durch frisches Obst und Gemüse, würzige Aufstriche, leckeres Gebäck – und eingelegte Oliven.

Lilly hatte es zu riskant gefunden, sich in die Menschenmassen zu stürzen. Aber Sean hielt nicht viel von ihren Bedenken. Er wollte sich nicht vorschreiben lassen, wo er hingehen durfte und wo nicht. Lillys Einwände, seine Popularität bringe das mit sich, ließ er nicht gelten.

Aufgeregt hatte er sie angesehen. ›Ich bin ein Mensch wie alle anderen auch. Warum dürfen die auf den Markt und ich nicht?‹

Geduldig hatte Lilly erwidert: ›Weil die, im Gegensatz zu

dir, keine Fans haben, die sich auf sie stürzen, sobald sie sie erkennen.‹

Er hatte seine schwarze Kappe und die teure Rayban hervorgezaubert und siegessicher gegrinst. ›Siehst du, deshalb gibt es die hier!‹ Er hatte sich beides aufgesetzt und Lilly angestrahlt.

›Du hast recht. Kaum wiederzuerkennen. Beeindruckend.‹ Lillys Ton hatte vor Sarkasmus getrieft, während sie ihn zweifelnd betrachtete.

Trotz Sonnenbrille hatte sie gesehen, wie Sean die Augen verdrehte, bevor er sie gewinnend anlächelte und nickte. ›Dann hätten wir das ja geklärt.‹

Mit diesen Worten hatte er sich vor *Mary's Café* in Bewegung gesetzt und Lillys weitere Warnungen ignoriert.

Bisher hatte seine *Verkleidung* funktioniert. Aber vermutlich lag das daran, dass die Menschen um sie herum viel zu sehr auf sich selbst und die Marktstände mit allerhand Leckereien fokussiert waren, als einen Prominenten unter ihnen zu vermuten. Lilly blieb dennoch wachsam. Publicity war gut, aber nur, wenn man sie selbst steuerte.

Sean schien all das überhaupt nicht zu kümmern. Stattdessen lief er begeistert von einem Stand zum nächsten, probierte sich durch und erklomm unerfindliche Höhen der kulinarischen Street-Food-Sphäre.

»Man könnte meinen, du hättest heute kein Frühstück gehabt«, bemerkte Lilly verwundert, als Sean vor einem Tisch mit bunten Smoothies stehen blieb.

Sean sah auf seine Smart Watch. »Es ist nach zwölf.«

Er ließ seinen Blick über den Markt schweifen. Die intensiven Farben brachten den Innenhof zum Leuchten, und von den Hauswänden schallten Gelächter und stetiges Gemurmel wider. In irgendeiner Ecke spielte eine junge Frau Gitarre und sang dazu.

»Also, was willst du?« Er deutete auf die Körbe mit frischen Früchten vor ihnen.

Lilly war noch satt von ihrem Rührei und dem Bagel vor wenigen Stunden, doch der Duft und die Farben der Äpfel, Bananen, Erdbeeren und reifen Pfirsiche ließen sie nachgeben.

»Himbeeren.«

»Nur Himbeeren?«

»Ja.«

Amüsiert musterte Sean sie. »Das Prinzip Smoothie hast du noch nicht verstanden, oder?«

Herausfordernd funkelte Lilly ihn an. »Doch, aber was braucht man mehr im Leben als süße Himbeeren? Pfirsiche können da nicht mithalten. Warum diesen wertvollen Geschmack also mit etwas anderem vermischen?«

»Was ist mit Erdbeeren? Bananen?«

Lilly schüttelte den Kopf. »Wie gesagt. Himbeeren sind das Nonplusultra. Das kann man nicht steigern.«

»Also hättest du gerne Himbeersaft?« Sean grinste.

»Nein, ein Smoothie sollte es schon sein«, entgegnete sie ironisch.

»Nur aus Himbeeren?«

Lilly nickte schmunzelnd.

Sean schüttelte den Kopf und bestellte für sie beide. Als er ihr ihren Becher in die Hand drückte, bedachte er sie mit einem skeptischen Blick.

»Wie kannst du Erdbeeren, Blaubeeren und Pfirsiche verschmähen?«

»Ich verschmähe sie nicht«, wehrte Lilly sich. Sie überlegte einen Augenblick. Dann zuckte sie mit den Schultern und nahm einen Schluck von ihrem pürierten Obst. »Sie sind halt nur nicht so cool wie Himbeeren.«

Irgendetwas an der Art, wie Lilly sich gerechtfertigt hatte, schien Sean außergewöhnlich lustig zu finden. Er lachte herzlich und verschüttete beinahe seinen eigenen Smoothie.

Lilly lächelte, doch plötzlich wurden die beiden von einer lauten Stimme unterbrochen. Ein Mann in Seans

Alter stellte sich an ihre Seite und rückte Sean auf die Pelle.

»Sie sehen aus wie Sean O'Sullivan. Dieser Sänger!« Der Mann wirkte zwar ganz nett, aber Lillys Alarmglocken begannen noch im selben Moment zu läuten.

Sean lächelte freundlich. »Oh, wirklich?«

Der Fremde nickte überschwänglich. »Absolut!«

Mit angehaltenem Atem beobachtete Lilly ihren Star, der unbedingt unter Leute gehen wollte. Hatte sie es nicht gesagt? Es war nur eine Frage der Zeit, wann ihnen die Ersten auf die Schliche kommen würden. Lilly arbeitete bereits an einer Exit-Strategie und erwog ernsthaft einen fremdländischen Akzent vorzutäuschen, doch Sean kam ihr zuvor. Und noch während er die ersten Worte sagte, hätte Lilly ihm den Hals umdrehen können.

Sean nahm seine Rayban ab und lächelte. »Tja, dann liegt das wohl daran, dass ich Sean O'Sullivan bin.«

Lilly wollte mit dem Fuß aufstampfen wie ein kleines Kind. Sie wollte Sean schütteln und ihn fragen, wie er nur so dämlich sein konnte! Hatte er in den letzten Jahren denn noch gar nichts gelernt? Sie standen inmitten von rund hundert Menschen, und er erzählte einfach so, wer er war? Panisch blickte Lilly sich um. Einige Passanten blieben bereits stehen und guckten neugierig zu ihnen. Nach und nach stupsten sie einander an und deuteten auf Sean. Er war enttarnt. An einem Samstag, mitten in Temple Bar. Großartig. Ganz toll.

Sean ignorierte ihren bittenden Blick und widmete sich dem Mann, der ihn als Erster erkannt hatte. Dieser konnte nicht glauben, dass er tatsächlich recht hatte. »Wow, du bist es wirklich! Das ist ja … krass! So krass!«

»Möchtest du ein Foto machen?«

Verdattert stand der Mann da, dann riss er sein Smartphone aus der Hosentasche. »Ja, aber so was von. Mann, das ist so krass!«

Wie schon bei den Teenagerinnen heute Morgen übernahm Sean das Tippen auf den Auslöser des Smartphones und gab das Handy schließlich an seinen Besitzer zurück.

»Richtig cool, danke!«

Sean lächelte. »Nichts zu danken! Schönen Tag dir noch!«

Höflich, aber bestimmt nahm er Lilly am Arm und führte sie weiter. Allerdings wurden sie bald schon wieder aufgehalten. Natürlich. Jetzt wussten alle Bescheid.

»Wir sollten hier verschwinden«, raunte Lilly ihm zu, doch Sean blieb einfach stehen, schüttelte Hände, umarmte Kinder, machte Fotos und unterschrieb auf T-Shirts, Taschen und Handgelenken. Lilly wich die ganze Zeit über nicht von seiner Seite und achtete darauf, dass die Leute Sean seinen Freiraum ließen und nicht zu aufdringlich wurden. Nun wurde sie also von der Agentin zur Security berufen. Was für eine Entwicklung.

Sean hingegen wirkte, als wäre der Trubel um ihn herum genau das, was er gerade wollte. Er lächelte, lachte, unterhielt sich, nahm Glückwünsche entgegen, verteilte Komplimente und gab jedem Einzelnen das Gefühl, sich über die Anwesenheit dieser einen Person zu freuen. Obwohl rundherum weitere hundert Menschen an den Star heranwollten. Tiefenentspannt arbeitete er sich Schritt für Schritt, Selfie für Selfie durch die Menge.

Nach etwa einer halben Stunde legte sich die Aufregung auf dem Markt. Lilly hatte zwischendurch mehrmals versucht, Sean ein Zeichen zum Aufbruch zu geben. Doch entweder hatte er es nicht gesehen oder es gekonnt ignoriert. So oder so würden sie an ihrer Kommunikation arbeiten müssen, dachte Lilly.

Jetzt griff Sean nach Lillys Hand und zog sie aus der Menge. Lachend winkte er mit der anderen Hand und verabschiedete sich von seinen Fans.

»Leute, wir müssen jetzt los. Aber wir sehen uns bald wieder. Versprochen!«

Die Menschen jubelten und winkten ihnen hinterher, während die beiden hinaus auf die *Eustace Street* bogen und in der Menge der unwissenden Touristen von Temple Bar untertauchten.

Schweigend gingen sie nebeneinander her. Sean lief zielstrebig die Straße entlang, und Lilly hielt es für besser, ihn zunächst gewähren zu lassen. Er schien einen Plan zu haben. Nach nur wenigen Minuten drosselte Sean das Tempo und ließ ihre Hand los. Sie erreichten die *Millennium Bridge*, die nördlich von Temple Bar über den Liffey führte. Auf der Mitte der Brücke blieb Sean schließlich stehen. Er stützte seine Hände auf die Brüstung und starrte hinunter in das dunkle Wasser des Flusses.

Lilly versuchte herauszufinden, was er wohl denken mochte, doch sie konnte sich keinen Reim darauf machen. Also begann sie mit ihrer vorbereiteten Standpauke. Es musste sein.

»Du darfst das nicht jedes Mal machen.«

Ohne sie anzusehen, fragte er: »Was?«

»Dich in aller Öffentlichkeit zeigen. Bis jetzt hast du Glück gehabt, aber irgendwann geht das gehörig schief.«

Er zuckte mit den Schultern. »Ich verstecke mich nicht, Lilly.«

Sie unterdrückte ein Stöhnen. »Das verlangt ja niemand. Aber du musst einsehen, dass du eben nicht mehr so bist wie alle anderen. Du bist weltberühmt. Die Menschen lieben dich. Ja, manche verehren dich gar. Aber irgendwann nimmt einer von ihnen die Grenzen nicht mehr ernst, und dann kannst du noch so charmant lächeln – dann geht es schief.«

Sean schwieg. Schließlich drehte er sich zu Lilly und nahm seine Sonnenbrille ab. Seine grünen Augen ruhten auf ihr.

»Lilly, diese Menschen«, er deutete auf Temple Bar, das in Lillys Rücken lag, »haben mich überhaupt erst erfolgreich gemacht. Nur weil ihnen meine Musik gefällt, lebe ich dieses

Leben. Nur weil sie zu meinen Konzerten kommen, trete ich auf den größten Bühnen der Welt auf. Wie kann ich mich vor ihnen verstecken und ihnen weismachen, ich wäre nicht ich, wenn sie mich erkennen?«

»Diese Einstellung ehrt dich, Sean. Trotzdem geht das nicht. Was machst du, wenn irgendwann jemand übergriffig wird? Wenn dich jemand für das Ende seiner Beziehung verantwortlich macht, weil seine Freundin in Sean O'Sullivan verknallt ist? Was machst du, wenn jemand kommt und auf dich losgeht? Was dann?«

Sean schüttelte den Kopf. »Das ist Berufsrisiko.«

»Berufsrisiko?«

»Feuerwehrleute können beim Löschen eines Brandes sterben. Trotzdem entscheiden sie sich dafür, in das Haus zu gehen. Es ist ein Risiko, das sie in Kauf nehmen. Sie wissen darum.«

»Du bist aber kein Feuerwehrmann, Sean. Du bist Sänger.«

Sean schaute einer kreischenden Möwe zu, die über dem Liffey kreiste. Dann wandte er sich wieder an Lilly. »Weißt du, was mir die Leute sagen, wenn ich mich so wie eben mit ihnen unterhalte?«

Lilly schüttelte verneinend den Kopf.

»Sie bedanken sich bei mir. Für die Momente, die ich ihnen mit meiner Musik geschenkt habe. Sie erzählen mir, wie meine Songs einen miesen Tag retten. Wie meine Lieder selbst in den traurigsten Momenten Kraft schenken oder wie sie mit meinen Songs zu den Menschen gefunden haben, die sie lieben. Meine Musik bedeutet ihnen mehr als nur ein paar Zeilen Text und Saiten an der Gitarre. Für manche verbirgt sich hinter einem einzigen Song eine gesamte Lebensgeschichte.« Er sprach leise, doch Lilly spürte die Emotionen, die er zu verbergen versuchte.

»Ich habe nicht das Recht, diese Menschen stehen zu lassen. Indem sie meine Musik zu ihrer machen, schulde ich ihnen mindestens den Respekt, mir ihre Geschichten anzuhören.«

Was sollte Lilly darauf antworten? Sie verstand, wie Sean sich fühlte. Zumindest glaubte sie das. Aber trotzdem musste er lernen, wenigstens ansatzweise auf sich selbst zu achten. Sonst würde in wenigen Jahren nicht mehr viel von ihm übrig sein.

Vorsichtig legte sie ihre linke Hand auf seinen Oberarm. »Es ist deine Musik, Sean. Es ist dein Leben. Und deine Privatsphäre. Du darfst bei allem Respekt auch mal Nein sagen und für dich bleiben.«

Flüsternd, kaum hörbar, widersprach er ihr. »Nein zu sagen ist für mich keine Option.«

Besorgt zog Lilly ihre Stirn in Falten. »Was meinst du damit?«

Sean riss den Blick von ihr los und schob sich seine Rayban wieder auf die Nase. Statt ihr zu antworten, packte er seine charmante Fassade aus und lächelte sie an. »Wann hast du das letzte Mal Rehe gefüttert?«

Damit war das Thema für ihn beendet. Lilly bekam keine Chance, nachzuhaken. Sean hatte die Mauern um sich herum wieder hochgezogen und verbot ihr jeden noch so winzigen Blick auf sein Innerstes.

Lilly musterte ihn und vermerkte sich auf ihrem imaginären Notizzettel, der Sache ein anderes Mal auf den Grund zu gehen.

»Du willst in den Phoenix Park?«

Sean nickte und schmunzelte. »Unbedingt!«

Lilly seufzte. »Dann haben wir ein Problem.«

Neugierig schaute Sean sich um. Das, was er sah, passte nicht zu dem, was er erwartet hatte – oder was er für passender hielt. Stattdessen klare Linien, Ecken und Kanten, sterile Oberflächen. Ein gemütliches Zuhause sah anders aus.

Zumindest in Seans Vorstellung. Er dachte an den Hof seiner Eltern. Farbenfrohe Kissen, liebevolle Nuancen und überall spürte man die Geborgenheit, die das Haus der O'Sullivans ausstrahlte.

»Wohnst du wirklich hier, Lilly?«, rief er und starrte auf ein modernes Gemälde, bei dem er sich ernsthaft fragte, warum man dabei von Kunst sprach. Seine Nichte konnte so etwas auf eine Leinwand bringen. Und die war neun.

Lilly streckte den Kopf ins Wohnzimmer. »Ja, warum?«

Sean ließ seine Hände in den Hosentaschen verschwinden und wandte sich zu ihr um. »Es wirkt nicht besonders gemütlich.«

Lilly verdrehte die Augen und verschwand wieder im Schlafzimmer. Von dort rief sie: »Ich habe dich nicht eingeladen, schon vergessen? Also sei nicht unhöflich und erklär mir nicht, dass meine Wohnung ungemütlich ist.«

»Aber sie *ist* ungemütlich!« Sean lief hinüber zum Sofa und setzte sich. Der harte Futon ließ ihn sich kopfschüttelnd zu seiner nächsten Aussage hinreißen und sofort wieder aufstehen. »Sogar dein Sofa ist unbequem!«

»Sean ...« Der warnende Ton in Lillys Stimme entging ihm nicht, trotzdem wollte er es verstehen. Lilly war eine Frau mit weichen Korkenzieherlocken, weichen Kurven und einer weichen Stimme. Wie konnte so eine Frau inmitten so viel Härte wohnen? Ein einziges Foto hatte er entdeckt – von einer Schildkröte, die an einem Salatblatt und einer halben Himbeere mampfte. Nichts Persönliches, keine Bücher, keine Postkarten, keine Familienbilder. In dieser Wohnung hätte jeder wohnen können. Übergangsweise.

»Sollten in der Wohnung einer Frau nicht überall Kerzen und Lichterketten zu finden sein? Ein gutes Buch und eine Sammlung der besten Abende ihres Lebens in Form von Fotos?«

Lilly kehrte zurück in das sogenannte Wohnzimmer, das Seans Meinung nach seinen Titel nicht verdiente. Jede

Lounge des Dubliner Flughafens war gemütlicher eingerichtet.

»Sagt wer?« Sie stemmte die Hände in ihre Taille und funkelte ihn an.

»IKEA. Und meine Schwester. Clare verlässt den Laden nie, ohne mindestens zwei verschiedene Duftkerzen mitzunehmen.«

»Dann tut es mir wirklich leid, dir das mitteilen zu müssen. Aber bei mir gibt es keine Duftkerzen. Ich weiß gar nicht, wann ich das letzte Mal bei IKEA gewesen bin.«

Sean ließ seinen Blick offensichtlich durch den Raum schweifen.

»Ja, das merkt man.«

Immer noch die Hände auf den Hüften musterte Lilly ihn empört. »Was geht es dich überhaupt an, wie ich wohne?« Sie warf die Hände in die Luft und griff nach ihrem Smartphone. »Ich hätte dich draußen warten lassen sollen, angeleint wie einen Hund.«

»Wo du das Thema gerade ansprichst. Was hat es mit dem Foto auf sich?« Sean zeigte auf das gerahmte Bild in einem der weißen Regale und blickte dann zu Lilly.

Statt dem blauen Etuikleid trug sie nun eine kaffeefarbene Leinenhose und eine weiße Sommerbluse. Dazu flache Sandalen mit einer großen Blüte an den Zehen. Lillys Blick verschloss sich, und sie vermied in die Richtung des Fotos zu sehen. »Das ist eine Schildkröte.«

»Ach, tatsächlich? Wäre ich im Leben nicht drauf gekommen.« Er grinste amüsiert und wartete auf eine ausführlichere Antwort.

Doch Lilly beließ es dabei und scheuchte ihn aus ihrer Wohnung.

»Ich wollte mir doch nur etwas anderes anziehen. Wie kam es dazu, dass du meine Wohnung inspizierst?«

»Ich habe –«

Lilly hob die Hand und brachte ihn zum Schweigen. »Die

Frage war rhetorisch gemeint.« Sie schubste ihn in den schmalen Flur, schnappte sich ihren Schlüssel und bugsierte ihn durch die geöffnete Wohnungstür. »Los jetzt!«

»Soll ich dir Clare mal vorbeischicken? Sie würde aus deiner Wohnung ein wahres Schmuckstück machen. Das könnte richtig gemütlich werden!« Sean musste das Thema noch einmal anstoßen. Es bereitete ihm zu viel Spaß.

»Bloß nicht, dann werde ich dich ja nie wieder los.« Lillys ernster Ton übertünchte das Schmunzeln auf ihren herzförmigen Lippen.

Schlagfertig war sie, seine neue Agentin. Sean amüsierte sich prächtig. Zumindest für den Moment. Er ignorierte das Vibrieren seiner Apple Watch. Er würde den eingehenden Anruf mal wieder nicht annehmen. Noch nicht. Er konnte es nicht. Auch wenn er es zu schätzen wusste, dass ein gewisser Mensch sogar am Wochenende für ihn arbeitete. Mit einem Knopfdruck beendete er die Vibration und trat mit Lilly hinaus auf die Straße.

Verständlicherweise wollte sie nicht im Kostüm und hohen High Heels in den Phoenix Park, also waren sie kurzerhand bei Lilly vorbeigegangen, damit sie sich etwas Passendes anziehen konnte. Sie dürfte es inzwischen bereuen, ihn in ihre Wohnung gelassen zu haben. Doch Sean fand diesen Teil des Tages vermutlich am spannendsten.

Lilly überraschte ihn. Sie ließ sich nicht in die Schubladen stecken, die er für sie bereithielt, und das irritierte ihn. Ihr eleganter Kleidungsstil hätte ihn darauf hinweisen müssen, dass sie vermutlich keine gestrickten Socken auf der Sofalehne liegen haben würde. Dennoch hätte er etwas mehr Herz und Wohlfühlatmosphäre in ihren vier Wänden erwartet. Stattdessen wirkte ihr Apartment wie eine vorübergehende Lösung. Jederzeit bereit, die Zelte abzubrechen, ohne Spuren zu hinterlassen. Ja, beinahe kalt und unnahbar.

Dabei strahlte sie das Gegenteil aus. Ihr Lachen spendete Wärme und steckte vom ersten Moment an. Ihre blonden

Locken wippten bei jedem ihrer Schritte, und ihre Worte wählte sie mit Verstand. Als sie auf der *Millennium Bridge* gestanden und er unerwartet einen Moment der Verletzlichkeit zugelassen hatte, hatte er ihre gute Seele gespürt. Sie war da, bereit, ihn aufzufangen, das Beste als seine Agentin für ihn zu geben, immer auf seinen Schutz bedacht. Er hatte richtig gehandelt, sie zu engagieren. Dessen war er sich sicher. Umso mehr verwirrte ihn Lillys vermeintlicher Rückzugsort. Hatte er sie falsch eingeschätzt? Nein, unmöglich.

»Willst du Wurzeln schlagen?« Lilly riss ihn aus seinen Gedanken.

Sean lächelte, charmant wie immer, und gemeinsam liefen sie los. »Also, bezüglich deines letzten IKEA-Besuchs. Wie lange ist der her? Ich mache mir wirklich Sorgen um dich.«

Lilly knuffte ihn mit geballter Faust in die Seite und kicherte kopfschüttelnd.

Sechs

EINIGE STUNDEN später stieg Lilly von dem Fahrrad, das sie sich am Eingang des Phoenix Parks ausgeliehen hatten. Der Park, der zu den größten innerstädtischen Gartenanlagen Europas zählte, war mit mehr als sieben Quadratkilometern ideal für eine ausgiebige Erkundung auf dem Zweirad. Ihre nachmittägliche Route hatte Lilly und Sean am Dubliner Zoo, der beeindruckenden Residenz des irischen Präsidenten sowie Ashton Castle, einer Turmburg, von der allerdings nur noch der restaurierte Burgkern übrig war, vorbeigeführt.

Schließlich waren sie einen Bogen zu einer imposanten Grünfläche im südwestlichen Teil des Parks gefahren und hatten das freilaufende Damwild beobachtet und gefüttert. Danach hatten sie die Kurve geschlossen und waren zur Mitte des Parks zurückgekehrt, hatten die Deerfield Residenz passiert, in der sich die US-Botschaft befand, und waren über die – für Parks eher ungewöhnlich breite – Autostraße zurück zu ihrem Ausgangspunkt im Osten des Parks gefahren, Saint Gate.

Lilly dehnte unauffällig ihre Oberschenkel und bereute die zwölf Kilometer lange Fahrradtour schon jetzt. Auf den Drahtesel zu steigen hatte sie sowieso schon ziemlich viel

Überwindung gekostet. Zusätzlich würde ihr morgen mit Sicherheit alles wehtun – allem voran ihr Hintern! Unauffällig blinzelte sie zu Sean hinüber, der sportlich elegant von seinem Rad hüpfte und nicht einen einzigen Schweißfleck auf seinem Hemd zu vermelden hatte, dabei war es an diesem Junitag auch in Dublin sommerlich warm.

Die Welt war so ungerecht. Lilly verdrehte die Augen und nahm sich vor, endlich wieder von ihrer Fitnessclubmitgliedschaft Gebrauch zu machen. Ihr letzter Besuch war bestimmt schon ein Jahr her. Seitdem zahlte sie munter ihre Gebühren, war aber nie wieder dort gewesen.

Die Ausrede lag auf der Hand: Sie hatte keine Zeit. Aber eigentlich war es vielmehr die chronische Unlust, Sport zu treiben. Früher, als sie noch getanzt hatte, war das ihr Sport gewesen. Danach hatte sie sich nie wieder für irgendetwas in Sachen Bewegung begeistern können und tat sich schwer, nachzuvollziehen, wie andere das konnten. Joggen zum Beispiel. Wieso fuhren die Leute so aufs Joggen ab? Stumpf durch die Gegend laufen, schwitzend, nach Atem ringend und absolut unnötig. Nein, das war nichts für Lilly.

Ihre Leidenschaft für gutes Essen sorgte zusätzlich dafür, dass sie mehr Rundungen besaß, als ihr lieb war. Bisher hatte sie es noch halbwegs im Rahmen halten können, doch sie musste viel Selbstbeherrschung aufbringen und ein strenges Auge auf ihre Waage haben. Sie konnte damit leben, nicht gerade als schlank bezeichnet zu werden. Das war okay. Sie war auch nicht dick – aber ja, vielleicht stromlinienförmig?

Jedenfalls nichts im Vergleich zu Sean O'Sullivan, dem es weder an Muskelkraft noch an Kondition mangelte. Sie würde wohl die Einzige mit einem malträtierten Hintern bleiben. Immerhin hatte sie sich vor der Fahrradtour noch umgezogen. Man stelle sich vor, knapp zwölf Kilometer mit Etuikleid und High Heels auf dem Fahrrad. Herrlich! Sie würde sich in den kommenden Tagen wohl eine eher lockere Garderobe aussuchen müssen. Sean zog das Touristen-Entdeckungsprogramm voll durch. Und sie damit also auch.

Lilly ignorierte die attraktiven Muskeln, die sich unter Seans Hemd abzeichneten, und wandte ihm den Rücken zu, während er sein Fahrrad zwischen ihrem und den restlichen Rädern parkte.

Die Welt war unfair verteilt. Menschen wie Sean bekamen die gesamte Ladung Attraktivität übergeschüttet, während Menschen wie sie sich mühsam abkämpften, um morgens halbwegs ansehnlich das Haus zu verlassen. Ihre Locken taten nie das, worum sie sie bat, ihre Augen waren eine sträfliche Mischung aus Schlumpfblau und Grinchgrün, ihr Mund viel zu groß, ihre Nase zu stupsig – und die Beine zu kurz. Nein, das gute Aussehen hatte sie definitiv nicht mitbekommen. Aber sie versuchte sich das nicht anmerken zu lassen. Solange sie die richtigen Klamotten trug und ein dezentes Make-up auflegte, fühlte sie sich immerhin relativ wohl in ihrer Haut. Sie war eben nicht perfekt. Ihr Körper schon gar nicht. Und das war okay.

Trotzdem ... In Momenten wie diesen fragte sie sich, an welcher Stelle der Evolution sie hätte ›Hier!‹ schreien müssen. Sean hingegen schien genau das gewusst zu haben. Gutgebaute Figur, nicht zu schlank, nicht zu muskelbepackt, eben einfach richtig. Und zwar an jeglichen Stellen, die Lilly ausmachen konnte. Ja, sie hatte während der Fahrradtour den einen oder anderen Blick auf ihn geworfen. Irgendetwas Gutes musste die Quälerei auf dem Drahtesel ja haben. Schlanke Knöchel, lange, muskulöse Beine, schmale Hüften. Ein Oberkörper, der exakt auf den Rest seiner Erscheinung abgestimmt war, und Schultern, die deutlich, aber nicht zu deutlich unter dem Hemd hervortraten. Seine Hände waren mittelgroß, lange schlanke Finger, perfekt für gut gestimmte Gitarren. Und von seinem Gesicht wollte Lilly gar nicht erst anfangen. Das Wort ›gutaussehend‹ war eine Untertreibung. Und sein charmantes

Lächeln, das er perfektioniert hatte, gab sein Übriges. Kein Wunder, dass er die weiblichen Fans aus dem Häuschen brachte.

Nur gut, dass Lilly immun dagegen war. Sie hatte einen Job zu erledigen, und anschmachten gehörte nicht zur Aufgabenbeschreibung. Auch wenn Sean gestern Abend gerne das Fangirl erlebt hätte.

Melancholisch dachte Lilly an ihre Teenagerzeit zurück. Neben ihrer Tollpatschigkeit und dem verplanten Chaos, das sie an den Tag legte, hatte sie kaum Selbstzweifel mit sich herumgeschleppt. Es war ihr egal gewesen, was die Menschen von ihr dachten. Sie war entspannt und leichtfüßig durchs Leben spaziert. So wie Sean. Nur, dass sie es bitter bereuen musste. Ein Moment der Unachtsamkeit und …

Lilly schüttelte unwillkürlich den Kopf. Sie wollte nicht an die Vergangenheit denken. Es war immer noch zu schmerzhaft. Die Schuldgefühle zu groß. Es grenzte schon an ein Wunder, dass sie es auf das Rad geschafft hatte und nicht davongelaufen war, als Sean die Tour vorgeschlagen hatte.

»Sag nicht, du hast es dir anders überlegt?« Seans Stimme durchbrach ihre Gedanken.

Erschrocken drehte sie sich zu ihm und stieß dabei unglücklich gegen ihr abgestelltes Fahrrad, sodass es umkippte. Allerdings nicht auf ihre Seite, sondern von ihr weg, hin zu all den anderen Drahteseln, die in der Reihe standen. Mit einem lauten Scheppern, das an umfallende Dominosteine aus Blech erinnerte, machte ein Rad nach dem anderen Bekanntschaft mit dem Boden. Bis schließlich auch das letzte der rund zwanzig Fahrräder in der Horizontalen lag.

Entsetzt schlug Lilly die Hände vor dem Mund zusammen. Das Geräusch weckte Erinnerungen, die sie lieber ausblenden wollte.

Sean hingegen gab sich äußerst Mühe, sein Lachen

zurückzuhalten, doch nach nur wenigen Sekunden prustete er los, und schon bald wischte er sich Tränen aus den Augen.

Unangenehm berührt und missmutig durchbohrte Lilly ihn mit ihrem Blick.

»Wirst du wohl aufhören zu lachen? Hilf mir lieber, diese dummen Dinger wieder aufzustellen, bevor es jemand merkt.«

»Ich glaube, dafür ist es schon zu spät.« Sean lachte noch immer, als er das erste Fahrrad ergriff und mühelos wieder aufrichtete. Währenddessen lief der Mitarbeiter des Verleihs mit wild fuchtelnden Armen herbei.

»Was machen Sie denn da? Können Sie denn nicht aufpassen?« Er schimpfte ungehalten und sah seinen verdienten Feierabend in weite Ferne rücken.

»Es tut mir so leid, ehrlich. Das war keine Absicht«, versuchte Lilly sich zu entschuldigen.

Sean kicherte wie ein kleiner Junge, vermied jedoch, zu Lilly zu sehen, und brachte mit seinen definierten Oberarmen ein Rad nach dem anderen wieder in eine aufrechte Position.

»Wäre ja noch schöner«, muffelte der etwa Sechzigjährige in seinen nicht vorhandenen Bart und warf Lilly böse Blicke zu.

»Wissen Sie, wenn Sie richtige Fahrradständer hätten, dann würden die Räder viel stabiler stehen. Dann hätte das gar nicht passieren können …« Lilly hatte es mit ihrer Bemerkung gut gemeint. Sie wollte eine Lösung anbieten, um so etwas beim nächsten Mal zu verhindern. Allerdings ging der Schuss nach hinten los. Der Mann baute sich vor Lilly auf und hielt ihr einen endlosen Vortrag, wie lange er im Phoenix Park schon für den Fahrradverleih zuständig war. Aber so etwas sei ihm natürlich noch nie passiert.

Lilly versuchte ein höfliches Lächeln zustande zu bringen und sich ihr schlechtes Gewissen nicht allzu sehr anmerken zu lassen. Wie hatte sie so ungeschickt sein können?

Nach zehn Minuten gesellte sich Sean an ihre Seite und strahlte den schimpfenden Beinahe-Rentner gewinnbringend an.

»Sie haben wirklich tolle Fahrräder! Die sind super in Schuss. Das ist bestimmt viel Arbeit, oder?«

Geschmeichelt ließ der Mann von Lilly ab und wandte sich eifrig an Sean. »Ja, wir sind hier sehr dahinter, dass nichts rostet und alles perfekt funktioniert. Die Fahrräder müssen ja sicher sein für unsere Gäste, nicht?« Mit einem erhabenen Seitenblick auf Lilly fügte er hinzu: »Wenn die Gäste es schon nicht hinbekommen, darauf zu achten, müssen wir es eben umso mehr.«

Lilly unterdrückte ein Augenrollen und entschuldigte sich ein weiteres Mal. »Es tut mir aufrichtig leid.«

Als Sean ihr unauffällig einen kleinen Schubs verpasste, ergänzte sie pflichtschuldig: »Wirklich großartige Fahrräder. So ... so gut in der Handhabung.«

Sie räusperte sich, wandte den Blick ab und dachte an ihren schmerzenden Hintern.

Sean, genauso fröhlich wie eh und je, schaute auf seine Uhr und beschloss augenscheinlich, Lilly aus dieser verdrießlichen Lage zu retten. »Wir müssen jetzt, aber die Fahrräder stehen ja auch wieder an Ort und Stelle.« Er nickte dem Verleih-Mitarbeiter zu. »Genießen Sie den Abend bei einem guten Pint!«

Der Alte grummelte etwas vor sich hin und winkte Sean zum Abschied.

Lilly beeilte sich mit Seans langen Beinen Schritt zu halten und stolperte mehr neben ihm her, als dass sie lief. Mal wieder. Eine Zeit lang schwiegen sie, doch dann kicherte der ausgewachsene Mann neben Lilly plötzlich los. Böse starrte sie Sean an.

»Hör endlich auf, dich zu amüsieren!«

»Aber du hättest dein Gesicht sehen sollen, als ein Fahrrad nach dem anderen umgekippt ist. Einmalig!«

»Das war deine Schuld!«, rief sie empört.

»Was? Meine?« Perplex, aber immer noch lachend, schaute er sie an.

»Du hast mich erschreckt. Nur deshalb bin ich zusammengezuckt, und die Fahrräder sind ... umgekippt.« Noch während Lilly die absurde Situation Revue passieren ließ, musste sie plötzlich selbst lachen. »Schämen solltest du dich, Sean O'Sullivan!«

»Sollte meine Agentin nicht allen Schaden von mir abwenden? Du solltest die Schuld auf dich nehmen.«

»Ich ...« Lilly verstummte plötzlich. Dann versuchte sie ihn anzufunkeln. Ablenkung. Sie brauchte Ablenkung. »Ganz dünnes Eis. Ganz dünn.« Sie hielt ihre Hand hoch und ließ zwischen ihrem ausgestreckten Daumen und Zeigefinger nur einen winzigen Abstand, um ihre Aussage zu verdeutlichen. Er hatte keinen Schimmer, was sein locker hingeworfener Satz in ihr auslöste.

Sean hingegen grinste frech und zuckte mit den Schultern. Dann blickte er sie fragend an.

»Du kommst doch noch mit ins *Cassidy's*?«

Lilly unterdrückte ein Gähnen. »Wenn ich Nein sage, rufst du mich dann wieder mitten in der Nacht an, weil du jemanden brauchst, der dich beim Dart anfeuert?«

Sean zwinkerte ihr zu. »Möglich.«

»Dann habe ich wohl keine Wahl, wenn ich mir den Extraweg sparen will.« Sie atmete die frühabendliche Sommerluft ein und nahm den malzigen Duft der nahegelegenen Guinness-Brauerei wahr. Der Geruch war so typisch für Dublin. Seit siebzehnhundertneunundfünfzig braute man das berühmte irische Bier in der Hauptstadt, und es verging kaum ein Tag, an dem Lilly nicht einen Hauch von geröstetem Malz in der Luft erschnupperte. Es gehörte zu Dublin wie die gelben Taxis zu New York oder die roten Busse zu London. Nur, dass man es nicht sehen konnte. Trotzdem beherrschte es die Stadt.

Lillys Magen knurrte. »Wie sind die Burger im *Cassidy's*?«

»Die besten in ganz Dublin«, antwortete Sean wie aus der Pistole geschossen.

»Du bist viel zu loyal«, meinte Lilly lachend.

Sean zuckte schelmisch mit den Schultern. »Aber wenn es doch wahr ist.«

Eine halbe Stunde und einen Fußmarsch entlang des Liffey später setzten sich die beiden an einen runden Holztisch im hinteren Teil des *Cassidy's*. Lilly bemühte sich, es sich nicht anmerken zu lassen, wie geschafft sie war. Sie konnte zehn Stunden am Stück ihrer Arbeit nachgehen, aber so viel Bewegung an der frischen Luft gehörte in der Regel nicht dazu. Das machte sich jetzt bemerkbar. Sie unterdrückte ein Gähnen und lehnte sich in ihrem Stuhl zurück.

Fasziniert beobachtete sie das Treiben. Es war kurz nach sieben an diesem Samstag, und der Pub war bereits gut gefüllt. Sie hatten Glück, noch einen freien Tisch ergattert zu haben. An der Theke wurden unablässig Bier und Cider gezapft, Whiskeyflaschen geöffnet und die goldene Flüssigkeit ausgeschenkt. Aus der Küche drang der Duft von Frittiertem und Gebratenem.

Lilly überlegte, ob sie statt Burger doch lieber auf einen Salat setzen sollte. Bei all dem Sport, den sie heute getrieben hatte, würde es sich vielleicht ausnahmsweise mal positiv auf der Waage bemerkbar machen.

Eine junge Kellnerin, die höchstens dreiundzwanzig war, erschien an ihrem Tisch.

»Hi Sean! Schon wieder hier?«

»Natürlich, ohne euch wäre ein Aufenthalt in Dublin nicht derselbe.«

Lilly verdrehte die Augen über die übertrieben dicke Schleimspur, doch bei der unerfahrenen Rothaarigen funktionierte es. Errötend lächelte sie ihn an.

»Was kann ich euch bringen?« Sie sprach zwar beide an, doch ihrem Blickkontakt nach zu urteilen, sah sie nur Sean.

»Zwei Cheeseburger. Und eine Runde O'Sullivans.«

Sie tippte auf ihrem iPhone herum und strahlte Sean an. »Kommt sofort.«

»Oh, entschuldige! Ich würde gerne einen Caesar Salat und ein stilles Wasser nehmen«, warf Lilly ein, bevor die Gelegenheit verstreichen konnte.

Irritiert schaute die Kellnerin sie an. »Also kein Cheeseburger?«

Lilly schüttelte schweren Herzens den Kopf. »Nicht für mich.«

»Äh, okay. Ich gebe in der Küche Bescheid.« Sie zwinkerte Sean zu. »Bis später!«

Sean setzte sein charmantes Lächeln auf und nickte ihr zu.

»Ich gehe nie wieder mit dir essen«, murmelte Lilly.

»Wieso?«

»Weil du dauernd für mich bestellst, ohne mich zu fragen, und ich auf deiner Schleimspur beinahe ausrutsche – dabei sitze ich.« Lilly musterte ihn sarkastisch.

»Aber vorhin wolltest du doch noch einen Burger?«, erwiderte Sean überrascht.

»Ja, und ich habe meine Meinung geändert.«

Sean ließ seine grünen Augen über sie gleiten und kniff sie leicht zusammen. »Tatsächlich? Du wirkst nicht glücklich mit deiner Entscheidung.«

»Ich bin glücklich, wenn du aufhörst zu bestimmen, was ich esse oder trinke.« Lilly klang schnippisch. Das wusste sie. Und sie hasste es. Aber sie hatte Hunger und war müde. Diese Kombination schlug immer auf ihre Stimmung.

»Das mache ich doch gar nicht!« Ein Hauch der Empörung huschte über Seans Gesicht.

Lilly bemühte sich um einen freundlichen, geduldigen Ton. »Gestern im *The Winding Stair* hast du den Wein ausgesucht. Ebenso Vorspeise, Hauptgang und Dessert. Heute Morgen hast du mir zwar meinen bestellten Espresso gebracht, kamst aber statt eines Jogurts mit Rühreiern für mich zurück. Und eben hast du einfach einen Cheeseburger und O'Sullivan Cider für mich geordert. Dabei trinke ich erstens Byrnes, und zweitens wollte ich ein Wasser.«

Sean musterte sie stumm. Dann, zu seiner Verteidigung, meinte er: »Aber vorhin sagtest du, du willst einen Burger.«

»Ich habe gefragt, wie die Burger sind, nicht, dass ich einen bestellen werde. Und selbst wenn, wer sagt, dass ich einen Cheeseburger will? Vielleicht hätte ich ja einen mit Bacon gewollt? Oder einen ganz anderen?«

Sean überlegte, während er sie weiter beobachtete. Schließlich nickte er. »Du hast recht.«

»Ich weiß.« Lillys Magen knurrte, und sie hielt es für besser, erst wieder zu reden, wenn sie etwas gegessen hatte. Alles andere würde nicht gut enden.

Glücklicherweise entschuldigte Sean sich kurz darauf, um einige Männer an der Theke zu begrüßen. Lilly atmete auf und war froh, ein paar Minuten für sich zu haben. Sie war erst einen Tag mit Sean unterwegs, und es kam ihr bereits wie eine Ewigkeit vor. Um fair zu bleiben, die meiste Zeit über war Sean ein angenehmer Mensch, mit dem man gerne zusammen war. Aber Lilly spürte die ständige Anspannung, wenn sie mit ihm durch die belebten Straßen von Dublin spazierte.

Sean ging so locker und ja, fast schon fahrlässig mit seiner Bekanntheit um, dass Lilly ihm am liebsten einen Bodyguard zur Seite gestellt hätte. Heute Mittag auf dem Markt war es nochmal gutgegangen, aber Sean durfte es nicht auf die Spitze treiben. Und wenn Lilly ihn dort an der Bar so stehen sah, tat er genau das. Schon wieder.

Sie seufzte auf. Vor ihr lag noch viel Arbeit. Nicht nur, dass sie diesen Kerl dazu bewegen musste, in kürzester Zeit ein Dutzend Songs zu schreiben. Nein, sie musste ihm beibringen, dass er inzwischen zu berühmt war, um sich unter die Menge zu mischen. Ein selbstironisches Lächeln legte sich auf ihre Lippen. Hatte sie gestern Nachmittag noch über seine Starallüren geschimpft, weil er sie so lange hatte warten lassen, versuchte sie heute, ihm genau das einzubläuen. Vielleicht nicht gerade, die Leute warten zu lassen, aber sich zu distanzieren und auf eine gesunde Zurückhaltung zu setzen. Jede seiner Bewegungen wurde beobachtet. Damit musste er sich endlich auseinandersetzen und sich entsprechend benehmen.

Lilly dachte an den Moment auf der *Millennium Bridge*. Für einen winzigen Augenblick hatte Sean so verletzlich gewirkt. Sie verstand durchaus, dass er sich seinen Fans verpflichtet fühlte. Es machte ihn nahbar, menschlich und irgendwie sympathisch. Trotzdem meinte sie es ernst, wenn sie dafür plädierte, er müsse lernen, Nein zu sagen. Es musste eine Option für ihn werden. Nein sagen und die Momente in der Öffentlichkeit dosieren. Das war es, was Sean lernen musste. Und sie würde ihm dabei helfen. Sofern er es zuließ. Denn sie konnte auf ihn einreden, ihm versuchen, die Dinge klarzumachen. Aber am Ende lag es an ihm.

Das Vibrieren ihres Smartphones riss Lilly zurück in die Realität. Da es im Pub zu laut zum Telefonieren war, ging sie kurzerhand vor die Tür, hinaus auf die Straße.

Ohne auf ihr Display zu sehen, nahm sie den Anruf an.

»Hallo?«

»Lilly? Hi, ich bin's.«

Lillys Magen verkrampfte sich. »Sarah. Was kann ich für dich tun?«

Die gütige Stimme ihrer jüngeren Schwester drang an ihr Ohr. »Gar nichts. Ich wollte nur mal hören, wie es dir geht.«

»Gut. Ich habe zurzeit viel zu tun.« Lilly ging ungewollt in die Defensive.

»Ja, das weiß ich. Wie läuft es mit der Agentur?«, erkundigte sich Sarah.

»Großartig. Wirklich!« Lilly überlegte, ob sie von Sean erzählen sollte, entschied sich allerdings dagegen. Sean war unberechenbar, und solange sie sich nicht sicher war, dass er das dritte Album zum Erfolg bringen würde, hielt Lilly sich lieber bedeckt.

»Das freut mich, ehrlich!« Sarahs liebevolle Stimme schnürte Lilly die Luft ab. Nervös begann sie auf und ab zu laufen, während ihre Schwester weiterredete. »Hättest du Lust, mal wieder bei uns vorbeizuschauen? Die Kleinen vermissen ihre Tante. Nur auf einen Kaffee. Oder zum Abendessen. Ganz wie du magst!«

Lilly dachte an ihre beiden Neffen. Obwohl Sarah die Jüngere von ihnen war, war sie bereits verheiratet und Mutter von zwei quirligen süßen Zwillingen, die mit ihren drei Jahren jeden um den Finger wickelten. Sie überlegte, wann sie ihre Schwester das letzte Mal gesehen hatte. Dass Lilly so lange nachdenken musste, bewies, dass es zu lange her war. Doch Lilly hatte einen Grund dafür. Sie würde ihn nie verraten, schon gar nicht ihrer Schwester, doch es war für alle besser, wenn sie sich von ihr fernhielt. Es schmerzte sie, doch es war besser so.

»Ich … ich weiß nicht.« Lilly fuhr sich mit der Hand müde über die Augen. »Zurzeit ist einfach wahnsinnig viel zu tun. Vielleicht …«

»Schon gut, Lilly.« Sarah versuchte ihre Enttäuschung zu verbergen, doch Lilly hörte sie trotzdem. »Versprich mir nur, dass du auf dich aufpasst, okay? Überarbeite dich nicht.«

»Ich verspreche es«, meinte Lilly pflichtschuldig.

»Gut. Ich hab' dich lieb!«

»Ich dich auch!« Lillys Stimme erstarb. »Ich melde mich, ja?«

»Natürlich. Bis bald!«

Ihre Schwester legte auf, und Lilly spürte, wie der Knoten in ihrem Magen noch enger wurde. Sie liebte Sarah. Sie war nur zwei Jahre jünger als Lilly. Früher waren die beiden unzertrennlich gewesen. Als Kinder hatten sie sich auf eigenen Wunsch ein Zimmer geteilt, waren als Teenager zusammen um die Häuser gezogen und im gleichen Freundeskreis gewesen. Sie hatten gemeinsam so viel erlebt und doch ... Lilly schaffte es nicht mehr, Sarah unter die Augen zu treten. Zu tief saßen die Schuldgefühle.

Lilly vermisste die ungezwungenen Zeiten, in denen sie in jeden Tag hineingelebt und spontan entschieden hatte, das Leben zu lieben. Sie vermisste ihre Schwester und den Halt, den sie ihr gegeben hatte. Sie vermisste ihre Eltern, deren Liebe sie sich so gewiss gewesen war. Wie ihre Eltern wohnte auch Sarah mit ihrer Familie in Dublin. Sie lebten in der gleichen Stadt, und trotzdem vermied Lilly jedes Wiedersehen, zögerte es hinaus, solange es ging, und suchte nach Ausreden, um Treffen abzusagen. Sie kapselte sich ab. Aber nicht, weil sie sie hasste, im Gegenteil. Sie mied sie, eben weil sie sie so sehr liebte.

Mit Nachdruck schluckte Lilly den Kloß in ihrem Hals hinunter und steckte das Smartphone in ihre Hosentasche. Obwohl sich erneut ein lauwarmer Juniabend ankündigte, fröstelte sie. Seufzend fuhr Lilly sich durch die blonden Locken und versuchte, die Kiste mit Erinnerungen zu schließen. Es würde nichts ändern, diesen einen Tag vor fünfzehn Jahren wieder und wieder durchzugehen. Vielmehr würde es Lilly den Boden unter den Füßen wegreißen, und das konnte sie gerade jetzt am allerwenigsten gebrauchen. Mit einem schlechten Gewissen holte sie ihr Handy noch einmal hervor und tippte eine Nachricht an ihre Schwester.

Tut mir leid, dass derzeit so viel zu tun ist. Ich hab dich lieb! Knuddel die Zwillinge von mir <3

Nach wenigen Sekunden vibrierte ihr Smartphone kurz auf. Die Antwort ihrer Schwester erschien auf dem Display.

Mach dir keinen Kopf. Ich hab dich lieb!

Eine Träne stahl sich in Lillys Augenwinkel, doch sie

wischte sie rüde weg. Sie hatte es nicht verdient, mit so viel Nachsicht behandelt zu werden.

Zweimal atmete Lilly tief ein und aus, verdrängte den Gedanken an ihre Familie und kehrte dann zurück ins *Cassidy's*. Sean saß bereits wieder an ihrem Tisch, gemeinsam mit den Männern, die er an der Bar begrüßt und mit denen er abends zuvor Dart gespielt hatte. Lilly ließ sich neben ihnen nieder und setzte ein Lächeln auf.

Sean nickte ihr zu und deutete auf den blonden Hünen neben sich. »Lilly, das ist Jacob. Ein einzigartiges Talent an den Drums.« Er zeigte auf den jungen Mann, der ihm gegenüber saß. »Das ist Ethan, meine verlässliche Unterstützung am Bass und nebenbei der vermutlich begabteste Dartspieler, den ich kenne. Und das da ...« Er nickte einem gutaussehenden Mann, Mitte dreißig mit schwarzem Haar und eisblauen Augen, zu. »Das ist Fergus. Glaub nichts, was er sagt. Er will dir höchstens eine Versicherung aufschwatzen.«

»Eine Versicherung?« Lilly schmunzelte amüsiert.

»Er hat die Führung von Irish Insurance übernommen. Dem Familienunternehmen von Cliffs Eltern. Wenn Fergus anfängt zu reden, passt du einen Moment nicht auf, und er hat dir eine Autoversicherung aufgeschwatzt – obwohl du gar kein Auto hast.«

Lilly nickte Fergus zu. »Ich werde auf der Hut sein.«

Fergus lachte und schenkte ihr ein attraktives Zahnpastalächeln. »Keine Sorge, Sean übertreibt.«

»Denk an meine Worte, Lilly. Beschwer dich hinterher nicht bei mir, ich hätte dich nicht gewarnt, falls du für deine Wohnung plötzlich drei Policen an der Backe hast.« Sean wirkte einen Moment nachdenklich. Dann schüttelte er den Kopf. »Das würde sie leider auch nicht gemütlicher machen.«

Lilly rollte mit den Augen und nahm dankbar wahr, dass die Kellnerin ihnen ihr Essen brachte, bevor Sean weiter auf ihrem Apartment herumhacken konnte. Doch sie hatte sich zu früh gefreut. Zwei Teller, jeweils mit einem großen Cheeseburger sowie einer Tüte krossen Fritten, standen auf dem Tisch. Das Einzige, das unter die Kategorie Salat fiel, war ein einsames grünes Blatt mit einer Tomatenscheibe darauf. Die übliche Deko, um dem Teller den Anschein zu geben, gesund zu sein.

»Entschuldigung, ich wollte einen Caesar Salat, keinen Burger«, meldete sich Lilly bei der Kellnerin, die ihren Blick mal wieder nur schwer von Sean wenden konnte.

»Was?«

»Salat. Kein Burger.« Lilly deutete auf die Teller.

»Oh ...« Endlich fiel der jungen Frau der Fehler auf. »Ähm ... soll ich in der Küche nochmal Bescheid sagen?« Lilly wollte bereits nicken, als die Kellnerin ergänzte: »Das könnte dann aber etwas dauern. Wir haben eben ziemlich viele Bestellungen aufgenommen.«

Wie auf Kommando knurrte Lillys Magen. Sollte sie auf ihren Salat bestehen? Ihr Hunger drängte sie, ihre guten Absichten über den Tellerrand zu schubsen und sich dem Burger zu widmen.

Wenig hilfreich warf Sean spöttisch ein, »Lilly, man findet keine Freunde mit Salat«, und biss in eine Fritte.

Lilly schenkte ihm einen strafenden Blick. Wieder knurrte ihr Magen. Ach, zum Teufel mit dem Salat!

»Ich nehme den Burger. Aber mein Wasser hätte ich trotzdem gerne noch.«

»Natürlich, kommt sofort.« Die Kellnerin beeilte sich, ihren Fehler wiedergutzumachen, und lief zur Theke.

Lilly zog den Teller zu sich heran. Der verlockende Duft von gebratenen Zwiebeln, würziger Soße und einem gegrillten Burgerpatty wehte ihr entgegen. Demonstrativ stach sie mit der Gabel zuerst in das klägliche Salatblatt und die verlorene Tomate am Tellerrand. Bevor Lilly sie sich in den Mund schob, deutete sie damit auf Sean.

»Man *findet* Freunde mit Salat.«

Während Sean grinsend in seinen Burger biss, kaute Lilly

auf dem kahlen Salatblatt herum. Ein Spritzer Olivenöl hätte hier sicher nicht geschadet.

Überraschend mischte sich der blonde Hüne, Jacob, in die Unterhaltung ein. »Also, ich finde, so ein Salat ist immer eine gute Abwechslung. Man kann da richtig viel mit machen.« Er lehnte sich nach vorne und stützte seine Ellbogen auf die Tischplatte. »Nimm Feldsalat, rühr ein Honig-Senf-Dressing an, schmeiß ein paar frische Tomaten rein, Knoblauch-Croutons und eine Runde gebratene Speckwürfel, und du hast eine richtig gute Mahlzeit.«

»Danke!« Lilly lachte und stimmte ihm nickend zu.

»Seit wann stehst du auf Salat?« Sean betrachtete seinen Freund skeptisch.

Jacob hob unschuldig die Schultern an und ließ sie wieder sinken. »Meine letzte Freundin hat mich auf den Trichter gebracht.«

»Aber war das nicht die Freundin, die dir die Drumsticks von Larry Mullen Junior zerbrochen hat, weil dir ihre neue Frisur nicht aufgefallen ist?«, fragte Sean misstrauisch.

»Jaaaa«, erwiderte Jacob gedehnt. »Aber das eine hat mit dem anderen nichts zu tun. Und sie hat sich dafür entschuldigt.«

Sean begehrte auf. »Jacob, sie hat dir ein persönliches Geschenk von U2s Schlagzeuger, einer irischen Legende, zerstört. Wegen ihrer Frisur!«

»Nicht *wegen* der Frisur, sondern weil sie ihm *nicht* aufgefallen ist«, korrigierte Lilly ihn unwillkürlich.

Entrüstet drehte Sean ihr den Kopf zu. »Das ist nicht der Punkt.«

Lilly kniff nachdenklich ihr linkes Auge zu, schob sich genüsslich eine Fritte in den Mund und nickte. »Doch, streng genommen schon.«

Jacob nickte ebenfalls.

»Dann würdest du mir meine Gitarre entzweibrechen,

wenn mir dein flotter neuer Kurzhaarschnitt nicht auffallen würde?«, fragte Sean irritiert.

Er steigerte sich ein bisschen hinein, aber Lilly konnte ein wenig Ablenkung von ihren eigenen Gedanken gut gebrauchen. Deshalb ging sie darauf ein.

»Erstens bin ich nicht deine Freundin. Zweitens würde ich mir nie einen Kurzhaarschnitt zulegen. Und drittens würde ich mich nicht an deiner Gitarre vergreifen, sondern nachts vor einem Auftritt deine hübschen Grübchen mit blauem Edding verzieren. Das ist viel effektiver.«

Fassungslos starrte Sean sie an, während seine Freunde in einstimmiges Gelächter verfielen.

»Das würdest du tun?«, hakte Sean nach, in der Hoffnung, sie würde ihm widersprechen. Doch das hatte Lilly nicht vor.

»Eine Gitarre kannst du dir zu Hunderten kaufen. Die kaputtzumachen, bringt doch gar nichts. Aber wenn du dich mit blauen Wangen im Spiegel siehst und damit auf die Bühne musst – dir würde es nie wieder entgehen, sollte ich eine neue Frisur haben.«

Ethan, Seans Bassist, klopfte lachend auf den Tisch und deutete auf Lilly. »Ich mag, wie du denkst!«

»Hey!«, rief Sean dazwischen.

Lilly lehnte sich grinsend zurück, schob sich eine weitere Fritte in den Mund und genoss das prickelnde Salz auf ihren Lippen. Insgeheim war sie froh, dass die Kellnerin die Bestellung durcheinandergebracht hatte. Wie konnte man zu einem guten Burger und knackigen Fritten nur Nein sagen? Ihre Hüften würden sie morgen Früh sicherlich darauf hinweisen, es beim nächsten Mal lieber zu tun.

Fergus' Stimme drang an Lillys Ohr. »Meintest du nicht, Lilly sei deine neue Agentin? Sollte sie nicht auf deiner Seite stehen?«

Sean schaute provokativ in ihre Richtung. »Ja, Lilly. Solltest du nicht auf meiner Seite sein?«

»Nicht, wenn du Mist baust. Dann bin ich dafür da, dir die Leviten zu lesen.«

Fergus lächelte und murmelte: »Ich würde zu gerne mit ihm tauschen.«

Ehe sie sich verhören konnte, verschluckte Lilly sich an dem Wasser, das die Kellnerin ihr zuvor endlich gebracht hatte. Mit großen Augen starrte sie Fergus an, der sich schmunzelnd erhob, um sich an der Theke etwas zu trinken zu besorgen. Selbst war der Mann.

Lilly sah ihm nach und kam nicht umhin, seine Beine und den muskulösen Rücken zu bewundern. Doch lange währte ihr Vergnügen nicht. Ethan und Jacob vertieften sich in ein Gespräch über eine Reise an die Côte d'Azur, doch Sean hatte Fergus' Bemerkung ebenfalls gehört und ermahnte Lilly leise, aber streng.

»Denk nicht mal dran, Lilly.«

Unschuldig wandte sie ihm das Gesicht zu. »Woran?«

Sean schüttelte kaum merklich den Kopf. »Du weißt, was ich meine.«

Lilly zuckte mit den Schultern. »Ich habe keine Ahnung.« Schmunzelnd fügte sie hinzu: »Aber wenn ich es wüsste, dürftest du mir gewiss nicht vorschreiben, nicht daran zu denken. Geschweige denn –«

Seans Stimmung schien eindeutig an ihrem Tiefpunkt angekommen zu sein. »Du wirst nicht mit Fergus –«

»Was, Sean?« Amüsiert und mit erhobener Hand unterbrach Lilly ihn. »Flirten? Was denkst du von mir? Dass ich mit jedem gutaussehenden, zugegeben äußerst attraktiven Mann in die Kiste springe?«

Belustigt musterte Lilly Seans schlechte Laune, die sich deutlich auf seinem Gesicht widerspiegelte. Damit konnte sie ihm also seine Laune verderben? Der Junge mit dem goldenen, immerwährenden charmanten Lächeln wurde verdrießlich, wenn die Frauen in seiner Nähe jemand anderem nachsahen als ihm? So hätte sie ihn nun wirklich nicht eingeschätzt. Lilly unterdrückte ein Grinsen und ignorierte das plötzliche Flattern in ihrem Magen, das mitnichten durch die Fritten hervorgerufen wurde.

Aufmerksam betrachtete er sie. »Ich will dich nur schützen, Lilly. Das ist alles.«

»Ich bin eine erwachsene Frau, du musst mich gewiss nicht beschützen. Und gucken darf man als ledige Dame ja wohl noch.« So weit kam es noch, dachte Lilly kopfschüttelnd. Und nur, um Sean zu ärgern, meinte sie: »Übrigens hat Fergus damit angefangen ...«

Sean ließ seine Augen über ihre Locken, die sie inzwischen zu einem lockeren Pferdeschwanz hochgebunden hatte, und ihr Gesicht gleiten. Sein Blick wanderte über ihren Hals hinunter zu ihren Brüsten und wieder zu ihrem Gesicht.

»Wer kann es ihm verdenken?«, erwiderte Sean leise.

Lilly registrierte plötzlich, welche Wendung dieses Gespräch einschlug, und nahm sich vor, diesen Pfad schleunigst zu verlassen. Je länger Sean sie mit seinen grünen Augen musterte, desto nervöser wurde sie. Mochte sie auch einen kessen Ton anschlagen, in ihrem Inneren sah es gänzlich anders aus. Ihr wurde heiß, das Salz brannte auf ihren Lippen, und ohne darauf vorbereitet gewesen zu sein, schlich sich ein erregendes Gefühl an ihrer Wirbelsäule entlang. Ihr Körper war ein Verräter. Eindeutig!

Fergus kam mit einem Tablett gefüllter Guinness-Pints zurück und stellte es laut klirrend auf dem Tisch vor ihnen ab. Sean riss den Blick von Lilly und räusperte sich, als er nach einem der Gläser griff. Lilly versuchte ihre Gedanken wieder zu ordnen und rückte ein Stück von Seans Stuhl ab. Unauffällig atmete sie tief durch und besann sich auf den Grund, warum sie hier war. Es hatte ein Scherz sein sollen, ein kleines Scharmützel. Welche Frau fühlte sich nicht geschmeichelt, wenn sie von einem gutaussehenden Mann, wie Fergus es eindeutig war, angeflirtet wurde? Lilly hatte einen Moment lang mitgespielt. Warum auch nicht? Sie war eine freie, unabhängige, erwachsene Frau.

Aber an welchem Punkt des Dialogs mit Sean waren sie abgedriftet? Es hatte eine neckende Bemerkung sein sollen, doch der Blick in Verbindung mit dem letzten Satz, den Sean ihr zugeflüstert hatte – etwas war dabei in eine ganz falsche Richtung abgebogen. Lächerlich. Utopisch. Lilly verbot sich weiter darüber nachzudenken. Sie kannte ihn seit etwas mehr als vierundzwanzig Stunden, und er war ihr Klient. Ausgeschlossen.

Während die Männer über etwas lachten und mit ihren Guinness-Gläsern anstießen, blieb Lilly weiterhin bei stillem Wasser. Jetzt erst recht, dachte sie und ignorierte das Prickeln in ihrem Bauch. Dieser Job, nein, dieser Klient schien mit jeder Stunde komplizierter zu werden.

Drei Stunden später beobachtete Sean, wie Lilly sich angeregt mit Jacob, seinem Drummer, unterhielt. Über Salat. Seit einer halben Stunde. Wie konnte man so lange über das grüne Zeug reden? Lilly lächelte und beugte sich über Jacobs Smartphone. Er zeigte ihr eine Rezepte-App und redete gerade davon, dass man die Zutatenliste direkt als Einkaufsliste abspeichern konnte. Lilly strahlte ehrliche Begeisterung aus und suchte im App-Store auf ihrem Smartphone bereits nach der entsprechenden Anwendung, um sie sich herunterzuladen.

Es war dämlich. Lächerlich. Total absurd. Lilly sollte nicht dort sitzen und über die Vorzüge und Kalorienzahlen von Salat reden. Dafür hatte sie jede einzelne Pommes viel zu sehr genossen. Dafür hatten ihre Augen viel zu sehr gefunkelt, als sie in den Cheeseburger gebissen hatte. Warum taten Frauen sich das an? Streng auf ihre Figur zu achten, anstatt das Leben zu genießen? Warum aßen sie Salat, wenn sie verdammt nochmal einen guten saftigen Burger essen wollten? Warum bestellten sie Jogurt, wenn es frische Croissants gab?

Sean hatte noch nie verstanden, weshalb Frauen so ein Aufheben darum machten. Den meisten tat es gut, ein bisschen mehr auf den Rippen zu haben. Statt dick, sahen sie endlich lebendig aus. Auf das richtige Maß kam es an. Viele profitierten von hübschen Kurven, die Männern wesentlich besser gefielen als dürre Gerippe, an denen kaum etwas dran war. Und wenn Sean von Kurven sprach, meinte er ja kein Übergewicht.

Er musterte Lilly ein weiteres Mal. Schon den ganzen Tag über wanderten seine Augen über ihren Körper. Brüste, weder zu klein, noch zu groß, eine definierte Taille, einladende Hüften und so anziehende Beine, dass sie seiner Meinung nach verboten gehörten. Er konnte Fergus' Bemerkung leider viel zu gut nachvollziehen. Umso mehr ärgerte sie ihn.

Lilly hatte mit ihm und seiner Misere, von der sie bisher nur einen minimalen Teil kannte, genug zu tun. Sie sollte sich nicht in Komplimenten, sosehr sie den Nagel auch auf den Kopf trafen, verlieren und womöglich noch auf die Idee kommen, sich mit jemandem wie Fergus einzulassen. Keine Frage, er war ein guter Kerl. Zu gut vielleicht. Aber nicht der Richtige für Lilly. Und schon gar nicht jetzt, da Sean all ihre Aufmerksamkeit und Kraft benötigte.

Aus unerfindlichen Gründen gefiel ihm die Vorstellung nicht, Lilly in Gesellschaft eines anderen Mannes zu sehen. Es war idiotisch. Das wusste er. Sie kannten sich seit eineinhalb Tagen, und schon meinte er, ihr Vorschriften zu machen? Sie hatte recht, ihm den Kopf zu waschen. Er hätte vorhin nicht einschreiten dürfen, hätte ihr keine Vorhaltungen machen dürfen. Doch etwas in Lillys erstauntem Blick hatte ihn dazu getrieben. Als könnte sie nicht glauben, dass Fergus sie attraktiv fand. Was, nebenbei erwähnt, Schwachsinn war. Wer wie Lilly aussah, musste wissen, welche Ausstrahlung sie auf Männer hatte. Die elegante Kleidung, die sie trug, das dezente Make-up, die verführerischen blonden Locken, der herzförmige Mund – sie war eine Verführung auf zwei Beinen.

Sean schloss die Augen und fuhr sich mit beiden Händen durch die Haare. Sein Kopf spielte ihm einen Streich. Oder vielleicht weniger sein Kopf als seine unteren Gefilde. Er hatte genug Probleme, als dass er plötzlich auch noch anfangen wollte, mit seiner Agentin zu schlafen. Aber seit Fergus diese Bemerkung gemacht und er Lillys rosige Wangen hatte glühen sehen, konnte er nicht anders. Er wollte sie berühren, sich in ihr vergraben und alles vergessen, was seine Zukunft aufs Spiel setzte. Er wollte einen freien Kopf bekommen, all die Ungerechtigkeiten ignorieren, die Angst beiseiteschieben und den Moment mit Lilly ausreizen. Er war ein Idiot.

»Oh mein Gott, es gibt Himbeervinaigrette? Warum habe ich das noch nie gegessen?« Lillys begeisterter Aufschrei ließ Sean die Augen öffnen. »Was für eine coole App! Wie bin ich bisher ohne klargekommen?« Lilly strahlte und strich sich eine Locke, die sich aus ihrem Pferdeschwanz gelöst hatte, hinters Ohr.

Sean verkniff sich eine sarkastische Bemerkung dazu. Er hätte ihre überschwängliche Freude nur getrübt, und das wollte er nicht. Nicht jetzt. Nicht, wenn sie dieses Lächeln auf den Lippen trug. Er zwang sie, ihre gesamte nächste Zeit mit ihm zu verbringen, damit er endlich wieder auf einen grünen Zweig kam. Im Gegenzug sollte er ihr ein wenig von ihrer Freude lassen. Mochte sie sich auch um Salat und Himbeeren drehen. Das war er ihr schuldig.

»Sean, was ist los? Wir haben bald Sperrstunde!« Cliff erschien an ihrem Tisch und sah ihn fragend an. Lilly schaute von ihrem Smartphone auf und blickte zu ihm.

Sean lächelte und erhob sich. Dann blieben seine Augen

an Lilly hängen. Unüberlegt meinte er plötzlich: »Nur, wenn Lilly mitmacht.«

»Bitte?« Sie runzelte verwirrt die Stirn.

»Seit wann stellst du Bedingungen?« Cliff musterte ihn argwöhnisch.

Sean zuckte mit den Schultern und zog Lilly von ihrem Stuhl. Doch bevor er auf Cliffs Frage antworten konnte, meinte Lilly amüsiert: »Sein Ego hat heute einen Kratzer abbekommen.«

Cliff, wie schon am Vorabend in schwarzer Anzughose und schwarzem Hemd gekleidet, tat entsetzt. »Unmöglich!«

Lilly, die inzwischen an Seans Seite stand und ein Stück von ihm abrückte, wie Sean interessiert feststellte, erklärte: »Ja, das geht schneller, als man denkt. Aber da müssen sie durch, die Stars von heute.«

Die Live-Band, die an diesem Abend im *Cassidy's* spielte, zauberte Ed Sheerans *Shape of You* aus dem Band-Hut, und statt auf Lillys und Cliffs Sticheleien einzugehen, schob Sean Lilly in die Mitte des Pubs und begann zu tanzen. Während um sie herum bereits einige Gäste mitmachten, wehrte Lilly sich noch.

»Ist das deine Strafe dafür, dass ich Fergus hinterhergeguckt habe?« Lilly rollte mit den Augen und wippte unwillkürlich mit dem rechten Fuß.

Nein, ›Rache‹ würde er es nicht nennen. Dafür war er zu alt. Er hörte auf zu tanzen und stellte sich Lilly dicht gegenüber. Über die Musik hinweg sagte er: »Ich will eine gute Zeit haben. Mit dir. Mit den Leuten hier. Das haben wir uns verdient.«

Lilly beobachtete ihn nachdenklich. Als der erste Refrain einsetzte, gab sie schließlich nach. *Ed Sheeran hat sie noch alle rumgekriegt*, dachte Sean, als sie lächelnd begann ihre Arme zu heben, sich zu bewegen und zu schmunzeln.

»Dann zeig mal, was du dir verdient hast.«

Sean erwiderte ihr Lächeln und bewegte sich zum

Rhythmus des Welthits. Gemeinsam tauchten sie ein in den mitreißenden Takt, tanzten, lachten, sangen und feierten mit all den Gästen um sich herum. Schon bald drängten sich die Menschen wieder dicht an dicht, und Sean vergaß für einen Moment, dass seine Zukunft auf Messers Schneide stand.

Lillys Augen leuchteten in diesem einzigartigen Türkiston. Sie hatte ihr Haargummi gelöst, und die blonden Locken fielen nun wieder offen über ihre Schultern. Während sie sich zu Eds Nummer-Eins-Hit bewegte, wünschte Sean, er hätte sie unter anderen Umständen kennengelernt. Unter völlig anderen Umständen.

Sieben

Der erste Sonnenstrahl des Tages fiel durch Lillys Fenster und kitzelte ihre Augenlider. Gähnend drehte sie sich zur Seite, sodass sie nicht länger geblendet wurde. Dann streckte sie ihre Hand aus und tastete nach ihrem Handy. Als sie es endlich erwischte und auf das Display sah, seufzte sie auf. Es war kurz nach fünf. Viel zu früh und obwohl sie müde war, musste sie aufstehen.

Heute war schon wieder Freitag. Die letzten sechs Tage hatte sie durchgehend mit Sean verbracht. Nach ihrem Ausflug auf den Markt in Temple Bar und die anschließende Fahrradtour im Phoenix Park hatte Sean seine imaginäre Liste an Ausflügen weiter abgearbeitet. Sie waren im Guinness Storehouse, der Jameson Destillerie, im Trinity College gewesen und hatten eine Führung durch die Saint Patrick's Cathedral und Dublin Castle gemacht.

Außerdem hatten sie die Christ Church Cathedral besucht. Lilly war schon immer von der frühgotischen Brücke fasziniert gewesen, die von der Kathedrale über die Straße von Saint Michael's Hill zu einem weiteren Gebäude führte. Während auf der Straße der moderne Verkehr vorbeiraste, stand die Zeit auf der schmalen von Steinmauern umgebenen Brücke geradezu still, wenn sie nicht sogar in die Vergangenheit führte. Das Gebäude auf der anderen Straßenseite, die Dublinia, war nämlich ein zeitgeschichtliches Museum, das sich vor allem mit Dublin während der Wikinger- und Mittelalterzeit auseinandersetzte. Natürlich waren sie auch dort gewesen.

So viel wie in den vergangenen sechs Tagen hatte Lilly noch nie über Dublin erfahren. Es war, als würde sie gemeinsam mit Sean ihre eigene Stadt zum ersten Mal richtig kennenlernen. Zwischen all den Sehenswürdigkeiten und geschichtlichen Exkursen hatten sie sich in den unterschiedlichsten Restaurants, Pubs und Cafés gestärkt. Sie waren durch die belebten Ecken von Dublin geschlendert, angefangen von der O'Connell Street im Norden, über den Liffey, vorbei am Trinity College in die Grafton Street mit ihren zahlreichen Straßenkünstlern, Läden und Blumenständen, bis sie schließlich mit einem Eis im Saint Stephen's Green gelandet waren. Lilly mochte die kleine Parkanlage mit den überschaubaren Teichen, auf denen Schwäne und Enten ihre Kreise zogen, wo jetzt im Sommer regelmäßig kleine Kulturveranstaltungen unter freiem Himmel stattfanden. Abends waren sie durch die Pubs von Temple Bar gezogen – und spätestens um zehn doch wieder im *Cassidy's* gelandet.

Lillys inständiges Bitten, Sean möge sich aus dem öffentlichen Leben etwas zurückziehen, ignorierte er hartnäckig. Mehr als ein Dutzend Mal hatten ihn die Menschen auf der Straße erkannt, trotz seiner umwerfenden Verkleidung bestehend aus Kappe und Sonnenbrille. Jedes Mal hatte er sich Zeit für seine Fans genommen, Selfies gemacht, Autogramme gegeben und sich mit den Leuten unterhalten. Immer auf seinen Lippen: ein charmantes Lächeln.

Lilly wusste nicht, ob sie ihn dafür bewundern oder ohrfeigen sollte. Sie behielt sich ihre Entscheidung noch vor und gab sich stattdessen Mühe, die Fans zwar an Sean heranzulassen, sie aber bei Bedarf freundlich in ihre Schranken zu weisen.

Am Montag hatte sie morgens eine Stunde mit ihren drei Mitarbeitern telefoniert, um für einen reibungslosen Ablauf während ihrer eingeschränkten Erreichbarkeit zu sorgen. Sie hatte offene Themen übergeben, an wichtige Termine erinnert und Ivy, Francine und Joseph bei allem, was wichtig war, auf den aktuellen Stand gebracht. Vermutlich übertrieb sie und war viel zu detailliert, doch sie wollte nicht riskieren, dass auch nur einer ihrer Tänzer unter ihrer ›Fremdbeschäftigung‹, wie sie ihre Zeit mit Sean betitelte, zu leiden hatte. Abgesehen von dem Call am Montag hatte sie am frühen Abend täglich eine halbe Stunde lang eine Handvoll ihrer Klienten angerufen, um sich nach ihrem Befinden, aktuellen Bedürfnissen und den nächsten Projekten zu erkundigen oder ihnen viel Erfolg für den anstehenden Auftritt am Abend zu wünschen. Außerdem blieb sie mit ihren Kollegen aus der Agentur über Messenger-Dienste und E-Mails in Kontakt. Soweit sie sagen konnte, funktionierte das System ziemlich gut. Ihre Leute hatten alles im Griff, und bisher schienen sich keine größeren Katastrophen anzubahnen.

Nur, dass sie das Gefühl hatte, mit Sean nicht richtig weiterzukommen. Sie redeten viel, lachten, stritten und diskutierten über die verschiedensten Themen – aber Lilly rief sich in Gedanken, dass der Raum für Seans drittes Album immer knapper wurde. So spannend die Woche mit ihm in gewisser Weise war, es wurde Zeit, die Zügel straffer zu ziehen.

Außerdem würde ein wenig Abstand gewiss nicht schaden. Immer öfter, wenn sie in Seans Nähe war, spielten ihre Hormone verrückt. Eine feine Gänsehaut überzog sie, wenn er sie aus Versehen berührte, und ihre Gedanken fuhren Achterbahn, wenn er sie zu lange ansah. Sie war zweiunddreißig und über das Stadium eines Groupies weit hinaus.

Umso mehr ärgerte sie ihre körperliche Reaktion auf Sean. Es war absurd.

Die Sonnenstrahlen wanderten über Lillys weiße Bettdecke, und sie entschied, den Morgen sinnvoll zu nutzen. Sie öffnete die Balkontür, ließ frische Luft in das Apartment und setzte sich mit einem doppelten Espresso und ihrem Laptop ans Kopfende ihres Bettes. Die nächsten drei Stunden arbeitete sie E-Mails ab, prüfte Verträge und kümmerte sich um die Platzierungen ihrer Tänzer in der Öffentlichkeit. Das hieß, sie arrangierte Interviews, vereinbarte Shootingtermine und schrieb überzeugende Mails an ihre Pressekontakte, mal wieder eine Story über einen ihrer Klienten zu machen.

Natürlich hatten die Medien längst mitbekommen, dass sich Sean O'Sullivan in Dublin aufhielt, offenbar Tourist spielte und sich in diversen Pubs herumtrieb. Spekulationen, wer die blonde Frau an seiner Seite war, waren bereits in vollem Gange. Also bereitete Lilly eine Pressemitteilung vor, in der sie die Zusammenarbeit zwischen Sean und sich als seine künftige Agentin ankündigte. Abends zuvor hatte sie diese noch kurz mit Sean besprochen.

Das würde den Gerüchten hoffentlich den Garaus machen. Immerhin, und das musste sie Sean lassen, hatten die vielen Selfies und sein charmantes Lächeln sowie sein offenes Ohr für seine Fans ein positives Licht auf seinen Besuch in Dublin geworfen. Medien und Fans liebten ihn gleichermaßen. Sie drückte auf den *Senden*-Button und informierte die Öffentlichkeit damit offiziell darüber, dass Lilly McCarthy die neue Agentin von Sean O'Sullivan war.

Lilly war bereits bei ihrem zweiten doppelten Espresso, als es um viertel nach acht an ihrer Wohnungstür klopfte. Sean und sie waren erst für zehn Uhr in der Stadt verabredet, und anderen Besuch erwartete sie nicht. Sie lief zur Tür und öffnete sie einen Spalt. Als sie die Frau erkannte, zog sie die Tür ganz auf.

»Sarah! Was machst du denn hier?« Lilly sah auf ihre Uhr. »Und so früh. Ist alles okay?«

Ihre Schwester, die die gleichen blonden Locken besaß wie sie, aber wesentlich schlanker war als Lilly, lächelte. »Ja, alles in Ordnung. Entschuldige den Überfall. Ich habe die Kids gerade bei ihrer Turnstunde abgegeben, und da das in der Nähe ist, dachte ich, ich komme auf einen Sprung vorbei – sofern es dir passt.«

Lilly entging das Fragezeichen am Ende von Sarahs Satz nicht. Unschlüssig stand sie im Flur und nickte schließlich.

»Komm rein.« Lilly winkte ihre Schwester zu sich.

Sarah, wie immer elegant lässig in hellen Jeans und einem weißen T-Shirt unterwegs, nahm ihre braune Handtasche in die andere Hand und folgte Lillys Einladung.

»Es ist nicht besonders aufgeräumt. Ich war in letzter Zeit kaum zuhause. Möchtest du einen Kaffee?« Lilly geleitete ihren Überraschungsbesuch ins Wohnzimmer.

Sarah nickte. »Gern!«

Sie stellte ihre Handtasche auf dem Esstisch ab und sah sich um. Als Lilly mit einer Kaffeetasse zurückkehrte, setzten sie sich auf das graue Sofa.

»Ich weiß gar nicht, wann ich das letzte Mal hier war. War das, kurz nachdem du eingezogen bist?« Sarah lachte herzlich. »Viel hat sich seitdem aber nicht getan.«

Lilly lächelte müde. »Fang du nicht auch noch an.«

»Nicht auch noch?«

»Sean ... ein Bekannter hat vor Kurzem die fehlende Gemütlichkeit meiner Wohnung bemängelt und mir geraten, bei IKEA Lichterketten und Kerzen zu besorgen.«

Sarah nahm einen Schluck von ihrem Kaffee und zwinkerte. »Ganz unrecht hat er nicht.«

Lilly überlegte. »Ach, ich weiß nicht. Es ist schon okay, so wie es ist.«

Sarah stellte die Kaffeetasse ab. »Ist das dein Maßstab? Es ist okay, so wie es ist?«

»Was meinst du?«

Lilly musterte ihre Schwester. Wie immer, wenn sie sich sahen, fielen Lilly die winzigen Narben an Sarahs Kinn auf. Schmerzlich zog sich ihr Magen zusammen, und der bittere Geschmack der Vergangenheit wallte in ihr auf.

»Ich weiß genauso wie Mom und Dad, dass du viel zu tun hast«, begann Sarah vorsichtig. »Und du weißt, wie stolz wir auf dich sind. Und auf das, was du aufgebaut hast. Aber findest du nicht ... Denkst du nicht, es wird langsam Zeit?«

Lilly zog sich unwillkürlich hinter ihre sorgfältig gepflegten Mauern zurück. »Zeit wofür?«

»Ein bisschen kürzerzutreten. Du arbeitest rund um die Uhr, bist kaum erreichbar, und selbst zu Familienfeiern erscheinst du immer seltener.«

»Meine Klienten vertrauen auf mich. Ich kann nicht einfach alles stehen und liegen lassen.« Lilly ignorierte, dass diese Woche bewies, dass es theoretisch möglich war. Ein Umstand, den sie selbst kaum erwartet hätte.

Sarah nickte verständnisvoll. Bedacht wählte sie ihre nächsten Worte, und doch spürte Lilly, wie man sie in die Tiefe ihrer eigenen Verzweiflung zerrte.

»Findest du nicht, dass es langsam Zeit ist, zu deiner Familie zurückzukehren? Wir vermissen dich, Lilly. Was ist geschehen, dass du dich so abkapselst?«

Ein eisiger Schauer fuhr über Lillys Rücken, ihr Blick blieb an dem Foto mit der Schildkröte hängen. Ohne ihre Schwester anzusehen, flüsterte sie: »Du weißt genau, was passiert ist, Sarah. Ich kann nicht zurückkommen. Es geht nicht.«

Ihre Schwester verstand sofort, worauf sie anspielte. »Das ist so lange her, Lilly. Warum schließt du damit nicht endlich ab? Wir alle, Mom, Dad, ich – wir haben alle einen Strich unter diese Geschichte gezogen. Das weißt du. Und du solltest das auch tun.«

Lilly wandte Sarah ihr Gesicht zu und schüttelte kaum

merklich den Kopf. »Ich weiß. Aber ich kann nicht. Ich wünschte, ich könnte. Aber ich ... ich schaffe das nicht, Sarah.«

Mit aller Kraft unterdrückte sie eine Träne und erhob sich vom Sofa.

»Es tut mir leid«, wisperte Lilly mit erstickter Stimme.

Sarah erhob sich ebenfalls und umarmte Lilly liebevoll. »Es könnte alles sehr viel einfacher sein, weißt du?«

Energisch straffte Lilly die Schultern und schluckte. »Ich will nicht unhöflich sein, aber ich habe gleich einen Termin. Ich ...«

Sarah nickte, stellte ihre noch volle Kaffeetasse auf den Tisch und griff nach ihrer Handtasche. Bevor sie die Wohnung verließ, drehte Sarah sich noch einmal um, und Lilly erkannte die schimmernden Tränen in den Augen ihrer Schwester. Leise flüsterte sie: »Ich bin immer für dich da, okay? Wann immer du so weit bist. Ich bin da.«

Lilly nickte, und Sarah verschwand aus ihrem Sichtfeld, kurz darauf hörte sie, wie die Wohnungstür zugezogen wurde. Mit zitternden Händen fuhr Lilly sich durch die offenen Haare und versuchte die auftauchenden Bilder zu verdrängen. Immer, wenn sie ihre Schwester traf oder sprach, erschienen diese grauenvollen Erinnerungen in Lillys Kopf. Sie verfolgten sie, wie gefährliche Dämonen, die nur auf den richtigen Augenblick warteten, um sie aus dem Hinterhalt zu überfallen.

Ihre Schwester und ihre Eltern hatten ihr längst vergeben, was vor fünfzehn Jahren passiert war. Aber Lilly – sie konnte sich selbst nicht vergeben. Es war allein ihre Schuld gewesen. Und nur indem sie sich das vor Augen hielt, schaffte sie es irgendwie, auf dem rechten Weg zu bleiben.

Sarah hatte gesagt, sie würden sie vermissen. Lilly erging es ebenso. Sie vermisste ihre Schwester, ihre Eltern, das ungezwungene Beisammensein. Doch sie brachte es nicht über sich. Die Angst war immer noch zu beherrschend.

Lilly zuckte zusammen, als es erneut an ihrer Haustür klopfte. *Bitte nicht*, flehte sie innerlich und hoffte inständig, dass ihre Schwester nicht zurückgekommen war. Doch noch während sie die Tür öffnete, ahnte sie, in welches Gesicht sie blicken würde.

»Sean.«

»Lilly! Du bist zuhause! Sehr gut.«

»Offensichtlich.« Sie warf einen demonstrativen Blick auf ihre Armbanduhr. »Waren wir nicht für zehn Uhr verabredet?« Energisch ergänzte sie: »In der Stadt?«

Sean schob sich an ihr vorbei und lief ins Wohnzimmer. Er wollte sich gerade setzen, als ihm scheinbar einfiel, dass das Sofa nicht besonders bequem war. Also blieb er stehen und fuchtelte wild mit den Händen in ihre Richtung.

»Kleine Planänderung. Das Wetter wird heute fantastisch. Wir fahren nach Howth.«

»Nach Howth?« Fragend starrte sie Sean an, der statt seiner Chinos zur Abwechslung eine Jeans und ein dunkelgrünes T-Shirt trug. Seine Füße steckten in ebenso grünen Nikes.

Sean klatschte in die Hände. »Ganz genau, wir gehen heute wandern. Wir brauchen frische Luft.«

Lilly hätte ihm niemals zeigen dürfen, wo sie wohnte. Sie hatte das blöde Gefühl, dass sich diese unangekündigten Besuche zur Gewohnheit entwickelten.

»Wolltest du heute nicht –«, begann Lilly und stemmte ihre Hände in die Taille, doch Sean unterbrach sie.

»Ja, aber ich habe mich umentschieden.«

Lillys Augen verengten sich. »Großartig.«

Sean überging ihre spitze Bemerkung und schenkte ihr ein gewinnendes Lächeln, das bei ihr allerdings die Wirkung verfehlte. Lilly war nicht gut drauf. Der Besuch ihrer Schwester hatte sie aus dem Konzept gebracht, und wenn Sean nun auch noch meinte, ihr auf der Nase herumzutanzen – ihr fehlte der Nerv dafür. Sie fühlte sich plötzlich müde und geschafft. Ihr Funktionsmodus begann zu kriseln, und das war ein furchtbar schlechtes Zeichen. Mit einem Mal verging ihr die Lust zu diskutieren. Zumal sie sowieso nichts damit ändern würde. Wer wusste schon, was sich in Seans Kopf abspielte. Er würde seine Gründe haben und sich nicht davon abbringen lassen, das hatte Lilly in den vergangenen Tagen gelernt. Vielleicht war ein Ausflug auf die Halbinsel Howth sogar hilfreich. Sie musste mit Sean endlich ein ernstes Wort reden, und ein Wanderweg an den Klippen mochte dafür womöglich hilfreicher sein als ein Museum oder eine belebte Einkaufsstraße.

Trotzdem ließ sie es sich nicht nehmen und funkelte Sean böse an. Sie wies mit dem Finger auf ihre Couch.

»Wage es nicht, mir meine Wohnung wieder madig zu machen, während du hier auf mich wartest. Ehrlich, Sean. Ich bin heute nicht in der Stimmung für kluge Ratschläge.«

Abschätzend musterte Sean sie. Dann nickte er. »Okay.«

Unauffällig schaute Sean zu Lilly hinüber, die auf dem Beifahrersitz ihre Beine von sich streckte und missmutig aus dem Fenster sah. In den letzten Tagen hatte er Lilly häufig zur Weißglut getrieben, doch diesmal war es anders. Als er heute Morgen unangekündigt bei ihr aufgetaucht war, war ihr hübsches Gesicht von einer grauen Blässe überzogen gewesen, ihre Augen hatten leer gewirkt und ihre Schultern angespannt. Schon als sie ihm die Tür geöffnet hatte, hatte er ein schlechtes Gewissen bekommen, sie zu überfallen.

Die vergangene Woche glich einer bunten Abenteuerfahrt quer durch Dublin. Er hatte Lilly überall hingeschleppt, wo es etwas zu entdecken gab, mit ihr in italienischen, französischen, afghanischen und indischen Restaurants gespeist, war mit ihr durch die Pubs der Stadt getanzt, und jedes Mal, wenn er auf seine Fans getroffen und erkannt worden war, hatte sie geduldig neben ihm gestanden und ihn gewähren lassen, während sie wie eine Löwin aufgepasst hatte, dass ihm niemand zu nahe kam.

Obwohl sie so viel gesehen und erlebt hatten, war Sean von einer inneren Unruhe getrieben. Er hatte gehofft, die Zeit im quirligen Dublin in guter Gesellschaft würde ihn ablenken, sodass er endlich wieder anfangen konnte, Songs zu schreiben. Aber das Gegenteil war der Fall. Er war rastlos, wurde von der Realität eingeholt und kam nicht in seinen gewohnten Flow. Er sehnte sich danach, seine Gitarre in die Hand zu nehmen, ein paar Saiten zu zupfen und eine Zeile darüber zu ziehen. Doch es gelang ihm nicht. Die Töne klangen seltsam fremd, die Worte kamen ihm nicht über die Lippen. Er war wie versteinert, sobald er sein Instrument auch nur ansah. Die Angst vor der Zukunft lähmte ihn.

In Lillys Anwesenheit hatte er sich immerhin etwas entspannt. Er genoss es, ihre Ansichten zu hören, mit ihr über die irische Geschichte und Politik zu diskutieren und ihr zuzusehen, wenn sie gutes Essen mit geschlossenen oder verträumten Augen würdigte. Hatte sie in den ersten Tagen noch versucht, ihn von der Straße zu holen, hatte sie schon bald eingesehen, dass er sich nicht verstecken würde. Daran hielt er weiter fest. Jeden Tag fiel es ihm schwerer, sein Lächeln aufzusetzen, den Menschen zuzuhören und in die Kameras zu strahlen, doch er war es ihnen schuldig. Also würde er weitermachen. Wer wusste schon, wie lange er das noch würde tun können.

Schmunzelnd erinnerte sich Sean daran, wie oft Lilly mit ihm diese Woche darüber diskutiert hatte. Sie verstand ihn einerseits, doch andererseits bemühte sie sich, ihm eine neue Richtung zu weisen. Doch Sean blieb dabei. Er hatte die Meldungen in der Presse und den sozialen Medien gesehen. Man wusste, dass er in Dublin unterwegs war, aber das war okay. Und wie er Lilly kannte, arbeitete sie bereits an einer Medienstrategie, um die Aufmerksamkeit in die richtige

Richtung zu lenken. Die Pressemitteilung, die sie ihm gestern unter die Nase gehalten hatte, zeugte davon.

Sie sprachen viel über Lillys Arbeit, und Sean merkte schnell, dass sie voller Hingabe für ihre Klienten einstand. Sie hing mit Herz und Seele an der Agentur, die sie sich mühsam aufgebaut hatte, und wiederholt meldete sich sein schlechtes Gewissen. Er musste Lilly reinen Wein einschenken. Bald. Sehr bald.

Eine knappe halbe Stunde später parkte Sean seinen Mietwagen im Hafen von Howth. Die Halbinsel lag nordöstlich von Dublin und war ein beliebtes Ausflugsziel der Städter. Sean war schon öfter hier gewesen und hoffte auf – ja, worauf denn eigentlich? Einen Wink mit dem Zaunpfahl? Eine zündende Idee? Eine Offenbarung? Alles auf einmal vermutlich. Die belebten Straßen Dublins hatten ihm kaum weitergeholfen. Nun versuchte er sein Glück auf der etwas ländlicheren Seite.

Lilly und er holten ihre Rucksäcke mit etwas Proviant aus dem Kofferraum und liefen an dem beschaulichen Hafen entlang. Neben zahlreichen Fischkuttern und kleinen Segelbooten, die in der Junisonne in den Wellen schaukelten, tauchten immer wieder kugelrunde graue Köpfe mit großen schwarzen Kulleraugen aus dem Wasser hervor. Die Robben gehörten inzwischen zu Howth wie der Leuchtturm *Baily Lighthouse*.

»Wusstest du, dass die Fischer von Howth ihren Beifang früher als Robbenfutter an die Touristen verkauft haben?« Lilly hatte nach einer schweigsamen Fahrt endlich ihre Sprache wiedergefunden.

»Nein, davon habe ich noch nie gehört.«

»Es ist schon lange verboten, aber die Robben haben sich die Futterquelle wohl gut gemerkt und hoffen immer noch auf den einen oder anderen Leckerbissen.« Lilly lächelte und verfolgte mit ihren Augen eine junge Robbe, die sich durch das blaue Wasser schlängelte und schließlich hinter einem der angeleinten Boote verschwand.

Eine Zeit lang blieben sie stehen und beobachteten die bunten im Wind schaukelnden Rümpfe der Segelboote, die in kräftigem Sonnengelb, Rubinrot und Kleegrün gestrichen waren. Einige der Segler wurden von ihren Besitzern für eine Ausfahrt vorbereitet, und auf dem East Pier, einer steinernen Promenade, die ins Wasser hinausführte, waren bereits zahlreiche Menschen unterwegs zum Leuchtturm von Howth. Das helle Steingebäude mit dem kleinen runden Turm, dem roten Geländer und dem spitzen weißen Dach thronte inmitten des Wassers und markierte den Eingang zum Hafen. Von Weitem sahen sie die Wellen an den Mauern hochspringen und die Möwen um die herannahenden Fischerboote kreisen, immer auf ein zweites Frühstück aus. Ein malerischer Anblick gepaart mit salziger Luft, in die sich der Geruch von frischem Fisch mischte.

Schon jetzt wusste Sean, dass es eine gute Entscheidung gewesen war, herzukommen. Wenige Minuten später bogen sie von der Harbour Road auf die Balscadden Road, eine schmale geteerte Straße, die hinauf zum Startpunkt des Howth Cliff Walk, dem Wanderweg rund um die Halbinsel, führte. Es ging ziemlich steil nach oben, doch der Ausblick währenddessen machte die Mühen wieder wett. Über eine niedrige Mauer aus ungleichen grauen Steinen hinweg schimmerte das blaue Meer, und sie konnten Ireland's Eye ausmachen. Die grüne vorgelagerte Insel war ein Paradies für Brutvögel. Zahlreiche Arten nisteten auf dem unbewohnten Fleckchen Erde, darunter Papageientaucher, Trottellummen, Möwen und Eissturmvögel. Zahlreiche Geschichten, sogar von einem Mord, rankten sich um die kleine Landerhebung vor Howth.

Sie überholten ein paar italienische Touristen und passierten die letzten Wohnhäuser, bevor die schmale Straße in einen felsigen Pfad, den offiziellen Wanderweg, überging. Nachdem sie einige größere Stufen hinaufgestiegen waren, eröffnete sich vor ihnen ein etwa ein Meter breiter Schotterweg, durchzogen von großen Steinen. Doch das Beste daran, sie liefen direkt an den Klippen von Howth entlang. Sie waren nicht besonders hoch, aber hoch genug, um Vorsicht walten zu lassen. Nur ein paar Grashalme trennten sie linkerhand von dem Hang, der hinunter in die Irische See führte. Zu beiden Seiten, sowohl auf dem Hang als auch rechts von ihnen, wuchsen unzählige Ginster- und Heidekrautbüsche.

Sean liebte den Anblick der blühenden Heide und der darin versteckten sonnengelben Ginsterbüsche. Doch jetzt im Juni streckten nur wenige kleine Blüten ihre Köpfe empor. Die Hauptblüte zelebrierten die lila Heide und ihr goldener Nachbar erst im Herbst. Trotzdem war der Ausblick in Kombination mit dem weiten blauen Meer atemberaubend. Unten an den Klippen brandeten die Wellen, die direkt von der See auf die Halbinsel zuliefen, und weiße Schaumkronen kündigten immer größer werdende Wassermassen an.

Gemeinsam folgten sie dem schmalen Wanderweg entlang der Klippen für etwa zwei Kilometer. Obwohl Freitag war, trafen sie jetzt am Vormittag glücklicherweise nur auf wenige Touristen und noch weniger Einheimische. Die Schar erreichte Howth meistens erst am Freitagnachmittag oder Samstagmorgen, wenn die Wochenend- und Tagesausflügler die Halbinsel enterten.

Nach einer halben Stunde legte der Wind etwas zu, und der bis dahin stahlblaue Himmel wurde von weißen Quellwolken durchzogen. Doch davon ließen sich die beiden nicht beeindrucken und entschieden sich an einer kleinen Kreuzung für die zwölf Kilometer lange Wanderstrecke, die die Halbinsel beinahe komplett umrundete.

Während sie die frische Seeluft einatmeten und die einmalige Natur um sich herum genossen, hing jeder seinen Gedanken nach. Sie sprachen nur wenig, doch das kam Sean gelegen. Er überlegte, wie er Lilly an den wahren Grund für seine Schreibblockade heranführen konnte. Wie sollte sie ihm helfen, wenn er sie nicht einweihte? Und doch – machte es wirklich einen Unterschied? Das grundlegende Problem von allem konnte sie nicht lösen. Weder sie noch sonst irgendjemand. Es war eine Tatsache, die er lernen musste zu akzeptieren. Er seufzte unauffällig. Wäre es doch nur nicht so schwer.

Die Sonne versteckte sich hinter einer der aufziehenden Wolken, und Sean fröstelte. Er holte während des Laufens einen grauen Kapuzenpulli aus seinem Rucksack und zog ihn über. Als er seine Brille wieder aufsetzte, weckte eine Bewegung draußen auf dem Meer seine Aufmerksamkeit. Er hielt an, und Lilly, die selbst in Gedanken versunken gewesen war, rumpelte in ihn hinein. Erschrocken fuhr sie hoch, und Sean hätte schwören können, dass sie mit einem Satz von ihm wegsprang.

»Was ist?«, rief sie und sah ihn fragend an.

»Warte kurz …« Sean konzentrierte sich auf die Stelle im Wasser, wo er die Bewegung wahrgenommen hatte. Nach wenigen Sekunden wurde er belohnt. Eine längliche graublau glänzende Schnauze bohrte sich aus den Tiefen empor, und mit einer eleganten Bewegung sprang ein Delfin im Bogen über die Wellen hinweg, tauchte unter und wiederholte das Spektakel von vorn.

Sean stellte sich dicht neben Lilly, legte den Arm um ihre Schultern und zeigte mit dem ausgestreckten Finger auf die Stelle im Meer, wo der Delfin seine Sprünge vollführte.

»Da! Siehst du? Ein Delfin.«

Lilly brauchte ein paar Sekunden, doch dann fanden ihre Augen das Tier, und ein Hauch des Erstaunens legte sich auf ihr Gesicht.

Plötzlich hob sie selbst den Arm und deutete auf eine Stelle weiter rechts. »Schau, dort! Da sind noch mehr!«

Seans Blick folgte ihrem Arm und entdeckte die findigen

Meeressäuger. Es mussten mindestens fünf Tiere sein, die an diesem Sommertag durch das kalte Nass der Irischen See sprangen.

Minutenlang beobachteten sie die Delfine, und Sean spürte, wie er diese wundervollen Tiere beneidete. Sie sprangen frei von Grenzen, Vorschriften und Erwartungen durch das offene Meer. Ihnen wurden keine Beschränkungen auferlegt. Trotzdem würde er wohl kaum mit ihnen tauschen können. Er gehörte in diese Welt. Er musste sich seinen Herausforderungen stellen. Und er musste endlich eine Lösung finden.

Mit Seans letztem Gedanken tauchten die Delfine hinab und entfernten sich aus der Bucht von Dublin.

»Wunderschön, oder?«, wisperte Lilly und strich sich eine Locke aus dem Gesicht.

»Einzigartig«, stimmte Sean ihr zu und wurde sich der Nähe zu seiner Agentin bewusst. Noch immer standen sie eng beieinander, doch dann bewegte Lilly sich zwei kleine Schritte vor ihn. Plötzlich drehte sie sich um und blickte ihn fragend an.

»Warum kannst du nicht mehr schreiben?« Ihr Ton war sachlich. Keine Wertung, kein Vorwurf, kein Urteil. Trotzdem fühlte sich die Frage an wie ein Magenschwinger.

Ihre klaren Augen waren auf ihn gerichtet, und geduldig wartete sie, während er versuchte, sich eine Antwort aus den Rippen zu leiern.

Er wandte den Blick wieder hinaus aufs Meer, kickte mit der Schuhspitze einen Kieselstein über den Klippenrand und räusperte sich. Emsig stopfte er seine Hände in die Tasche, die so typisch für Kapuzenpullis war, und ballte die Fäuste.

Gespannt wartete Lilly auf eine Reaktion von Sean. Sie musste das Thema endlich ansprechen, und der Moment schien ihr so passend wie nur möglich zu sein. Ihr war klar, dass Sean sich mit einer Antwort schwertun würde. Aber in den vergangenen Tagen hatten sie so viel miteinander geredet, nur nicht darüber, warum er das *richtige Maß an Schwung* ausgerechnet von ihr benötigte. Sie würde ihm nicht helfen können, wenn er nicht bald Klartext mit ihr sprach. Und ihnen lief die Zeit davon.

»Ich ... Ich habe eine Blockade«, begann Sean leise. »Ich weiß nicht, ob ... ob ich noch so schreiben kann, dass es etwas bedeutet.«

»Warum sollte es nichts mehr bedeuten?«

Sean rang mit sich. Lilly spürte es. Seine immerzu gut gelaunte Mimik fing plötzlich an zu rutschen. Ein Schatten fiel über seine Grübchen an den Wangen. Sein Mund zog sich zu einer starren Linie zusammen. Er presste die Lippen so fest aufeinander, dass sie an Farbe verloren. Die grünen Augen funkelten nicht mehr. Stattdessen wirkten sie müde und erschöpft, als hätte er nächtelang nicht geschlafen. Ein bitterer Zug vereinnahmte das attraktive Gesicht. Zum ersten Mal seit dem Moment an der Millennium Bridge vor einer knappen Woche hörte er auf, Scharade zu spielen. Lilly hatte das Gefühl, in ein gänzlich fremdes Gesicht zu schauen.

»Weil die Bedingungen völlig andere sind«, murmelte Sean.

»Könnte das nicht auch eine Chance für dich sein? Das könnte deinen Songs eine ganz *neue* Bedeutung verleihen.«

Sean wandte ihr sein Gesicht zu. Nachdenklich betrachtete er sie. Eine weitere Emotion lag in seinen Augen. Lilly versuchte zu ergründen, welche das war, aber es gelang ihr nicht.

»Es steht mehr auf dem Spiel als nur ein Album, Lilly. Viel mehr. Einfach alles.«

»Das klingt ziemlich dramatisch. Warum fängst du nicht mit kleinen Schritten an und siehst, wohin sie dich führen?« Sie deutete auf den Weg hinter ihnen. »Vielleicht solltest du dir hieran ein Beispiel nehmen. Der Anfang ist schwer und steil, und sofort zweifelt man an allem. Doch wenn man die ersten Meter geschafft hat und sich einem der großartige Ausblick eröffnet, dann erkennt man, dass der Weg wieder einfacher wird. Man muss nur mal anfangen.« Sie lächelte. »Und manchmal wird man sogar unerwartet belohnt – mit Delfinen, die deinen Weg kreuzen.«

Sean überlegte, doch dann schüttelte er den Kopf. »Es ist komplizierter als das.«

»Okay, fangen wir woanders an. Du sagtest, du brauchst Gesellschaft und das richtige Maß an Schwung für deine Kreativität. Wir sind jetzt fast eine Woche gemeinsam durch Dublin gezogen. Wie sieht es mit deiner Kreativität aus? Tut sich da was?«

Seine Gesichtszüge verhärteten sich, bevor er mühsam an einem Lächeln arbeitete.

»Wir wären nicht hier, wenn es so wäre«, gab er schließlich zu.

Lilly nickte. Das hatte sie sich bereits gedacht. Abschätzend musterte sie den Mann vor sich. Sie bezweifelte, eine Antwort auf ihre nächste Frage zu erhalten, doch versuchen musste sie es dennoch.

»Weißt du, was deine Blockade ausgelöst hat?«

Erneut presste Sean seine Lippen aufeinander. Um seine Augen bildeten sich kleine, feine Fältchen, als er angestrengt aufs Meer hinaus starrte.

Eine Minute verging. Zwei. Dann drei. Lilly wartete geduldig. Ihn zu drängen, würde nichts bringen. Es lag an Sean, zu entscheiden, wie viel er ihr erzählen würde – oder auch nicht.

Nach fast fünf Minuten schüttelte er den Kopf, so leicht, dass Lilly es beinahe übersah.

»Du weißt es nicht?« Sie musste nachhaken.

Sean atmete tief ein und kam einen Schritt auf sie zu. Seine Augen glitten für eine gefühlte Ewigkeit über ihr

Gesicht, und Lilly musste sich zwingen, seinem Blick nicht auszuweichen.

Gerade als Sean etwas sagen wollte, trottete eine Gruppe Wanderer an ihnen vorbei. Die Italiener, die sie zu Beginn ihrer Tour überholt hatten. Melodisch klangen ihre Stimmen zu ihnen herüber.

Sean schwieg und wandte sich von den jungen Leuten ab, die sich an ihm und Lilly auf dem engen Weg vorbeischoben, damit ihn niemand erkannte.

Lilly lächelte den Vorbeiziehenden zu und steckte ihre Hände unter den Gurt ihres Rucksacks, als sie wieder zu Sean schaute. Doch der hob den Blick gen Himmel und deutete auf die dichter werdenden Wolken.

»Wir sollten weitergehen. Sieht so aus, als würde der irische Sommer bald vorbei sein.«

Er zog seine Hände aus der Tasche seines Pullis und lief an Lilly vorbei, den anderen Wanderern hinterher.

Mist, dachte Lilly. Beinahe hätte sie ihn so weit gehabt. Er war kurz davor gewesen, ihr mehr zu sagen. Nun gut. Sie würde nicht aufgeben. Ihr Blick glitt hinauf zu den Wolken. Sean hatte recht. Die wattigen Gebilde verdichteten sich und ließen der Sonne immer weniger Platz. Blieb nur zu hoffen, dass es nicht zu einem der typischen irischen Regenschauer kam, die so heftig wie unerwartet begannen. Sie atmete tief ein und aus und folgte Sean dann über den schmalen Pfad entlang der Küste.

Die Wanderer, die sie vorhin passiert hatten, hatten sich nach nur wenigen hundert Metern eine Bank am Klippenrand gesichert und machten trotz aufziehender Wolken eine Pause, sodass Sean und Lilly schon bald wieder allein auf dem Pfad unterwegs waren.

Kurz darauf rückte *Baily Lighthouse* in ihr Blickfeld. Der Leuchtturm am südöstlichen Ende der Halbinsel. Ähnlich wie der im Hafen von Howth bestand *Baily Lighthouse* aus hellem Stein, einem runden weißen Dach und einer roten

Balkonbrüstung, die den obersten Teil des Turmes umgab. Vor dem Leuchtturm befand sich ein rechteckiges weißes Haus. Da der Turm jedoch an dem abfallenden Ende der Landzunge Howth Head stand, verschluckte die ländliche Erhöhung davor das Gebäude fast vollständig, sodass nur der Leuchtturm zu sehen war. Noch ein Stück in Richtung des Wanderweges befanden sich ein übersichtlicher Landeplatz für Hubschrauber und ein weiteres kleines weißes Häuschen.

Aus der Ferne wirkte *Baily Lighthouse* auf den für Irland so typisch grünen Felsen, umgeben vom wilden blauen Meer, als würde es jeder noch so rauen See trotzen können. Während sie dem Pfad folgten, ließ Lilly den Leuchtturm nicht aus den Augen. Die scharfen Felsvorsprünge rundherum, die intensiven Farben und die Erhabenheit, die *Baily Lighthouse* ausstrahlte, all das wirkte beruhigend auf Lillys aufgewühlte Seele.

Neben dem Geheimnis, das Sean mit sich herumschleppte, und den damit verbundenen Folgen für seine Karriere – und damit in gewisser Weise auch für ihre –, tauchten seit dem Besuch ihrer Schwester an diesem Morgen immer wieder Bilder aus der Vergangenheit in ihr auf. Die ganze Fahrt nach Howth über hatte sie verbissen versucht, die Erinnerungen beiseitezuschieben, zu verdrängen, ihnen keinen Platz in ihrem Kopf zu geben. Doch wie zu erwarten, funktionierte es nicht. Gänsehaut überfiel sie. Die Schuldgefühle überrollten sie. Verzweifelt klammerte sie sich an den Anblick von *Baily Lighthouse*.

Stabil, verlässlich, schützend – so hätte Lilly sein müssen. Vor fünfzehn Jahren. Sie hätte besser aufpassen müssen. Sie hätte vorausschauender sein müssen. Vorsichtiger. Nicht so lebensdurstig. Nicht so chaotisch. Nicht so überschwänglich. Sarah und ihre Eltern hatten ihr diese Fehler verziehen. Doch das hätten sie nicht sollen. Was Lilly getan hatte, war unverzeihlich. Jeden Tag bemühte sie sich, Buße zu tun. In allem, was sie tat, versuchte sie das Gegenteil von dem

Menschen zu sein, der sie vor fünfzehn Jahren gewesen war und der diesen schrecklichen Vorfall zugelassen hatte.

Lillys Hände zitterten, und sie klammerte sich fester an die Träger ihres Rucksacks. *Baily Lighthouse* hatte den Schiffen vor zweihundert Jahren Sicherheit bei der Einfahrt in die Bucht von Dublin gegeben. Als Lilly mit siebzehn eine solch helfende Hand hätte ausstrecken müssen, war sie zu sehr damit beschäftigt gewesen, leichtfüßig durchs Leben zu spazieren.

Lilly schüttelte den Kopf, riss den Blick vom Leuchtturm los und beeilte sich Sean hinterherzulaufen, der inzwischen einen zügigen Schritt an den Tag legte. Nicht nur Lilly schien vor etwas davonzulaufen. Ihr prominenter Klient ebenso. Aber anders als bei ihr mussten sie sein Problem auf dem Tisch sezieren, damit es für ihn wieder aufwärtsging. Bei Lilly würde es nichts nützen, die Schuld saß zu tief. Sie hielt Lilly aufrecht und sorgte dafür, dass sie der Mensch blieb, zu dem sie sich gezwungen hatte zu werden.

Acht

In der nächsten Stunde ließen sie *Baily Lighthouse* hinter sich, zogen an verborgenen, paradiesisch kleinen Stränden vorbei, staunten über imposante Felsvorsprünge und die rauschende Meeresbrandung, beobachteten Möwen und Schmetterlinge und liefen an einer hellen Steinmauer vorbei, in die sich über die Jahre hinweg kleine Muscheln eingenistet hatten und nun ein malerisches Bild abgaben. Lilly liebte den Ausblick, egal wohin sie ihre Augen wandern ließ. Überall war sie umgeben von der rauen irischen Natur – und das, obwohl sie inzwischen bereits den Hafen von Dublin erkennen konnte. Sie waren nicht weit von der pulsierenden Stadt entfernt, selbst auf der anderen Seite der Halbinsel wartete ein geschäftiges Dorftreiben auf sie. Doch hier, an diesem Teil von Howth war nichts als unberührte Natur, blühende Sommerblumen, wilde Himbeer- und Brombeersträucher, felsige Strände, rauschende Wellen und der Duft von salziger Seeluft. Am liebsten wäre Lilly für immer hiergeblieben und nie wieder fortgegangen.

Die Landschaft der Halbinsel änderte sich innerhalb der nächsten vier Kilometer. Sie entfernten sich von den Klippen und wanderten nun weiter unten, beinahe direkt am Wasser entlang. Kurz vor der Zehnkilometermarke verließen sie die Küste und bogen nach rechts ab. Sehr zu Lillys Leidwesen ging es bergauf. Nur ein wenig, doch Lilly reichte das bereits. Zumal sie einem Sean hinterherlief, der scheinbar keinerlei Steigung zu spüren schien. Mit großen Schritten ließ er das Meer hinter sich und erklomm den vor ihnen liegenden Hügel von Howth.

Oben angekommen erwartete sie ein streng gepflegter grüner Rasen. Vorbei war es mit der wilden unbändigen Natur. Irritiert blickte Lilly sich um. Sean wartete zur Abwechslung auf sie und deutete auf ein kleines Schild am Boden neben dem deutlich ausgetretenen Trampelpfad, der im absoluten Gegensatz zu dem peniblen Grün stand. Doch bevor Sean sagen konnte, was er wollte, rauschte plötzlich etwas auf sie zu. Es war so klein und schnell, dass Lilly nicht mehr rechtzeitig reagieren konnte. Auf einmal spürte sie einen heftigen dumpfen Schlag über ihrer linken Braue und stieß einen erzürnten Schrei aus. Es zuckte wie ein Blitz von ihrer Stirn bis in ihren Hinterkopf und ließ ihr für einen Moment schwarz vor Augen werden.

Sekunden später kam Lilly wieder zu sich. Ihre Stirn pochte, und sie hatte höllisches Kopfweh. Und sie saß auf dem Boden. Allerdings nicht allein. Sie hob den Blick und bereute es sofort, denn das Blut rauschte schmerzhaft durch ihren Kopf. Sean kniete neben ihr, den Arm um ihre Schultern gelegt, und beobachtete sie besorgt.

»Da bist du ja wieder. Wie geht es dir? Hast du Schmerzen?«

Lilly versuchte flach zu atmen und keine ruckartigen Bewegungen zu machen. Statt zu antworten, stellte sie die viel wichtigere Gegenfrage. »Was zur Hölle war das?«

Sean deutete erneut auf das kleine Schild neben dem Trampelpfad. »Wir sind auf einem Golfplatz. Normalerweise dürfte das gar nicht passieren. Die Anlage und der

Wanderweg sind aufeinander abgestimmt. Solange man den Pfad nicht verlässt, besteht eigentlich keine Gefahr ...«

Lilly erinnerte sich. Natürlich, der Golfplatz. Sie wusste davon. Oh, verdammt!

»Eigentlich ...«, wiederholte Lilly grummelnd und tastete vorsichtig ihre Stirn ab, wo sie der vermaledeite Golfball getroffen hatte. Kein Wunder, dass sich ihr Kopf anfühlte, als wäre eine Abrissbirne dagegengedonnert. Die kleinen harten Golfbälle konnten eine enorme Geschwindigkeit aufnehmen. Wobei es vermutlich nicht annähernd so schlimm gewesen war, wie es hätte sein können. Lilly hatte Kopfschmerzen, und sie würde eine Beule bekommen, aber sonst ging es ihr gut. Vielleicht nur der Übungsschlag eines Anfängers.

»Ach du liebes bisschen! Haben Sie sich verletzt? Das tut mir ja so leid!« Eine Frau mittleren Alters lief mit einem Golfschläger unbedarft auf sie zu und presste entsetzt die freie Hand auf den Mund, der von rotem Lippenstift dominiert wurde. Sie trug ein professionelles Golfer-Outfit und eine dunkle Sonnenbrille, obwohl die Sonne sich inzwischen hinter den grauer werdenden Wolken versteckte.

»Ich habe dir doch gesagt, das ist die falsche Richtung, Gertrud!« Ein Mann, ebenfalls mittleren Alters und ebenso in passender Golfer-Kleidung, folgte der Frau und redete liebevoll tadelnd auf sie ein.

Auch das noch. Lilly wollte keinen Aufruhr verursachen. Schon gar nicht mit Sean an ihrer Seite. Publicity, auf die sie beide gut und gerne verzichten konnten.

»Hilf mir hoch«, murmelte Lilly zu Sean und beeilte sich aufzustehen. Sie biss die Zähne zusammen, als der stechende Schmerz durch ihren Kopf jagte, und ignorierte Seans besorgten Blick.

Das Ehepaar hielt vor ihnen an, und das schlechte Gewissen stand der Frau sprichwörtlich ins Gesicht geschrieben.

»Wirklich, es tut mir ja so schrecklich leid.« Sie musterte Lillys Stirn. »Haben Sie sich verletzt?«

Lilly winkte ab und bereute es sofort, doch sie blieb stark. »Schon gut. Eine kleine Beule. Das wird schon wieder.«

Sie lächelte höflich.

Sean grunzte neben ihr, aber sie ignorierte es und entzog ihm ihren Ellbogen, an dem er sie immer noch stützte.

»Vielleicht hören Sie das nächste Mal einfach auf Ihren Mann und nehmen die andere Richtung.« Lilly unterdrückte den Impuls, sich erneut an die Stirn zu fassen. Sie wollte so schnell wie möglich weiter, bevor das Paar Sean womöglich noch erkannte.

Die Frau nickte aufgeregt. »Ich weiß auch nicht, wie das passieren konnte. Hattest du nicht in diese Richtung gezeigt, Alfred?«

Sie warf ihrem Mann einen fragenden Blick zu.

Der schüttelte den Kopf. »Sicher nicht, meine Liebe.« Der Mann legte einen Arm um seine Frau und musterte Lilly und ihren Begleiter. »Sie sollten das von einem Arzt untersuchen lassen.« Er holte ein kleines Portemonnaie hervor und zog eine Visitenkarte heraus, die er Lilly reichte. »Sollten irgendwelche Kosten entstehen, lassen Sie es uns wissen. Wir kommen selbstverständlich dafür auf.«

Überrascht nahm Lilly die Karte an. In der Regel versuchten die Menschen jegliche Schuld von sich zu weisen. Dass jemand ohne Diskussion die Verantwortung übernahm, besonders in solch einem Fall, war ungewöhnlich. Sie blickte auf die Karte in ihrer Hand, und ihr Atem stockte. Alfred und Gertrud Sweeney. Sie kannte die Namen. Gänsehaut legte sich über ihre Wirbelsäule. Ihr Kopf pochte. Ihre Hände wurden feucht. Wie klein konnte die Welt sein? Was hatte das Schicksal mit ihr vor? Warum jetzt?

Lilly wurde unruhig. Sie konnte diesem Mann nicht in die Augen sehen. Und wenn er wüsste, wer sie war, würde er sie mit Sicherheit nicht mehr so freundlich anlächeln. Im Gegenteil.

»Das ist sehr nett, aber ich bin sicher, außer einer Beule ist nichts. Einen schönen Tag noch.« Lilly hoffte, dass niemandem das Zittern in ihrer Stimme auffiel. Sie nickte dem Ehepaar zu und griff nach Seans Hand, um ihn mit sich fortzuziehen. Erst jetzt fiel ihr auf, dass er überraschend still gewesen war. Sie würde sich später dafür bei ihm bedanken.

»Melden Sie sich, wenn wir etwas für Sie tun können!«, rief Alfred Sweeney ihnen hinterher, und Lilly winkte mit einem hoffentlich fröhlich wirkenden Lächeln, bevor sie und Sean den kurzen Abschnitt des Wanderweges über den Golfplatz hinter sich brachten.

Die Kanten der Visitenkarte brannten sich in Lillys Handfläche. Plötzlich ertönte Seans einfühlsame Stimme neben ihr. Sie hatte beinahe vergessen, dass er da war.

»Geht's dir wirklich gut?«

Ohne stehen zu bleiben, nickte Lilly vorsichtig.

Sean räusperte sich. »Okay, denn ... ich halte wirklich gern mit dir Händchen, aber wenn du so weitermachst, quetschst du mir mindestens zwei meiner Finger ab.«

Lilly blieb abrupt stehen und ließ entsetzt Seans Hand los. Sie hatte gar nicht gemerkt, dass sie sie noch immer gehalten und vor allem so fest zugegriffen hatte. Ihre Anspannung musste sich ungewollt entladen haben.

Sie standen auf einem kleinen Feld, in der Nähe befanden sich ein Fußballplatz und daran angrenzende Wohnhäuser. Die Wanderung war fast zu Ende, und in wenigen hundert Metern waren sie zurück im bewohnten Teil der Halbinsel.

Sean musterte Lilly aufmerksam, doch sie wich seinem Blick aus.

»Was ist los?« Seine sanfte Stimme schlich sich in Lillys verwundete Seele. Er sollte sie nicht danach fragen. Sie würde es mit sich selbst ausmachen. So wie immer. So wie in den vergangenen fünfzehn Jahren auch.

Die Kopfschmerzen ließen für einen Moment nach. Nur ihre Stirn pochte noch an der Stelle, wo der Golfball sie getroffen hatte. Lilly heftete ihre Augen auf die Häuser und das dahinterliegende Meer, das sie von dem Feld aus sehen konnten. Der Himmel über ihnen war inzwischen tiefgrau, und just in diesem Moment öffneten sich die Schleusen. Kleine feine Tropfen fielen auf sie herab, doch keiner von ihnen rührte sich.

Stattdessen streckte Sean vorsichtig die Hand aus, berührte die Stelle neben ihrer Wunde und zwang Lilly, ihn anzusehen. Obwohl es seit Tagen nur um ihn ging, schaute er sie mit einem ungemein verständnisvollen Gesichtsausdruck an. Es war nicht seine fröhliche Fassade, nicht die verletzliche, ja beinahe verzweifelte Seele, auf die er sie hatte blicken lassen. Nein, er betrachtete sie mit aufrichtigem Verständnis und liebevoller Sorge.

Lilly wollte es hassen. Sie wollte nicht, dass Sean sie so ansah. Sie verdiente kein Verständnis. Sie verdiente keine Sorge. Doch etwas in ihr zerbrach. Die besorgten Worte ihrer Schwester an diesem Morgen. Die aufblitzenden Bilder in ihrem Kopf. Die schicksalsträchtige Begegnung auf dem Golfplatz. Und jetzt dieser aufrichtige Blick von Sean. Sie konnte nicht mehr. Ihre immerzu vorhandene Kraft wurde mit dem Regen weggewaschen. Sie floss zwischen den hohen Grashalmen hinab in die Erde und verbarg sich vor Lilly. Sie flüchtete und ließ Lilly im Stich.

Seans warme Berührung auf ihrer Wange löste etwas in Lilly aus. Mit fast niemandem hatte sie je darüber gesprochen, geschweige denn ihre Gefühle geteilt. Nur wenige wussten davon. Ihre Familie. Und Aeryn. Weil Lilly eines Abends aus Versehen zu viel getrunken hatte, melancholisch geworden war und am Ende eines miesen Tages nach Vergebung gesucht hatte. Doch auch Aeryn, so liebevoll sie damals reagiert hatte, konnte ihr diese unmöglich verschaffen.

Nie, noch nie, hatte Lilly mit jemand anderem darüber gesprochen. Besonders nicht mit einem Mann, der ihr Klient war und sie noch dazu körperlich anzog, wie Sean es in den letzten Tagen getan hatte. Sie wusste, dass es nicht richtig war, und doch spürte sie, wie die Lehmmauern in dem fortwährenden Regen aufweichten und ganz einzubrechen drohten.

Regentropfen verfingen sich in Seans gestylten Haaren, liefen ihm über die Wangen und blieben an seinem Kinn hängen.

»Sag mir, was dich beschäftigt«, flüsterte er in den Regen hinein und strich ihr eine Träne, die sich unter die Tropfen gemogelt hatte, aus dem Gesicht.

Sie wollte und wollte doch nicht. In Lilly tobte ein Kampf, den sie vor Erschöpfung kaum führen konnte. Und plötzlich, für einen winzigen Moment, gestattete sie sich zusammenzubrechen. Für eine kurze Zeit zeigte sie Schwäche. Sie schloss die Augen, ließ ihren Tränen freien Lauf, und als sie ihre Lider wieder hob, wisperte sie: »Alfred und Gertrud Sweeney. Das Paar von eben. Ich habe ihren Sohn getötet.«

Verwirrt blickte Sean sie an.

»Was meinst du damit?«

Als Lilly nicht antwortete, ergriff er ihre Hand und hielt sie ermutigend in seiner.

»Lilly, was meinst du damit?«

»Versprich mir, dass du niemals ein Wort darüber verlieren wirst.« Flehend schaute Lilly zu ihm. »Was ich dir jetzt sage, wird nie wieder thematisiert. Ich erzähle es dir, weil ...« Lilly wusste nicht, weshalb. Und sie ahnte, dass sie es bereuen würde, doch in diesem Augenblick konnte sie nicht anders. Die Worte wollten aus ihr heraus, sie konnte nichts dagegen tun.

»Ich verspreche es.« Sean drückte ihre Hand und gab ihr die Kraft, die sie nicht aufbringen konnte.

In der Vergangenheit gefangen, schaute Lilly über die Häuserdächer hinaus auf die Irische See, die die Halbinsel umgab. Langsam und leise begann sie zu erzählen.

»Ich war siebzehn und so wie du.« Mit einem Seitenblick fügte sie hinzu: »Oder wie du vorgibst zu sein.« Sie räusperte sich. »Ich war chaotisch, planlos, habe in den Moment hineingelebt. Ich hatte zwar ein Ziel für meine berufliche Zukunft, aber all das habe ich nicht so ernst genommen. Der Augenblick war alles, was zählte. Ich habe meine Zeit mit Freunden, Partys und der fantastischen Leichtigkeit des Teenagerdaseins verbracht.«

Lilly kämpfte nicht mehr gegen die Bilder an, die sowieso in ihr auftauchen würden. Stattdessen übersetzte sie sie in Worte, damit Sean sie verstehen konnte.

»Meine Schwester, Sarah, ist zwei Jahre jünger als ich. Sie hat immer zu mir aufgesehen, wollte so sein wie ich. Wir waren beste Freundinnen, und ich nahm sie überall hin mit. Auch wenn meine Eltern es nicht erlaubten, schlichen wir uns gemeinsam aus dem Haus. Ich war der Antrieb für all die verbotenen Dinge, die wir getan haben. Ich habe sie verleitet und dazu ermutigt. Damals sah ich die Risiken nicht, die damit verbunden waren. Ich lebte einfach nur den Moment. Die Folgen waren für mich unerheblich.«

Lilly dachte an ihre Dummheit und lachte sarkastisch auf. Währenddessen regnete es weiter auf die beiden herab, doch keiner von ihnen nahm Notiz davon.

Sean beobachtete Lilly schweigend, während sie fortfuhr.

»Wir waren auf einer Halloweenparty von Freunden. Unsere Eltern wollten nicht, dass Sarah mitkam, doch sie waren an dem Abend im Theater, und ich nahm Sarah kurzerhand einfach mit. Ihr Freund, mit dem sie erst wenige

Wochen zusammen war, kam ebenfalls dazu. Die Party geriet etwas außer Kontrolle. Wir tranken nicht viel, aber es reichte, um unsere Reaktionszeit zu mindern. Irgendwann gegen ein Uhr nachts meinte Sarah schließlich, dass wir nach Hause gehen sollten. Mom und Dad würden sich sicherlich schon fragen, wo wir blieben. Wir hatten ihnen einen Zettel hinterlassen, auf dem stand, dass ich Sarah mit zur Party nehmen würde. Unsere Handys hatten keinen Akku mehr, also waren wir nicht erreichbar. Aber ich dachte mir nichts dabei. Was sollte schon passieren?«

Lilly verstummte, als die schrecklichen Bilder täuschend echt in ihr auflebten.

Wie aus weiter Ferne hörte sie Seans Stimme. »Aber es *ist* etwas passiert.«

»Ja.« Automatisch nickte Lilly. »Zu dritt, mit Sarahs Freund im Schlepptau, fuhren wir mit dem Rad durch die Stadt nach Hause. In meiner damaligen Leichtsinnigkeit spornte ich die beiden zu einem kleinen Wettrennen an. Sarah wollte gar nicht. Aber ich warf ihr vor, eine Spielverderberin zu sein, und drohte, sie nicht zur nächsten Party mitzunehmen, wenn sie nicht mitmachte.« Lilly schluckte, doch der Kloß in ihrem Hals wurde immer größer.

»Also rasten wir zu dritt durch die Straßen. Wir waren schon fast an dem ausgemachten Ziel und nahmen den Schwung der abwärts führenden Straße mit, als die Ampel an der herannahenden Kreuzung plötzlich auf Rot sprang. Sarah und ihr Freund fuhren vor mir und sahen nach hinten, um mich anzufeuern, damit ich aufholte.« Mit jedem Wort wurde Lillys Stimme leiser und zerbrechlicher. Doch sie zwang sich weiterzusprechen und durch den Regen auf das Meer zu schauen, das sich unter grauen Wolken versteckte.

»Deshalb sahen sie die Ampel zu spät und preschten schon weiter, als von rechts plötzlich ein Lastwagen die Kreuzung überquerte. Im Dunkeln sah er die beiden auf ihren Rädern zu spät und erwischte sowohl meine Schwester als auch ihren Freund mit voller Wucht. Sarah wurde quer über die Straße geschleudert. Max, ihr Freund, wurde von dem Laster überrollt.«

Lillys Stimme war nur mehr ein Wispern. »Er starb binnen Sekunden. Meine Schwester lag blutüberströmt am anderen Ende der Kreuzung.«

Ein Nebel legte sich über Lillys Augen. Wie erstarrt stand sie da. Unfähig, etwas zu tun. Die Distanz zu den beiden war so groß gewesen, dass sie durch eine Vollbremsung die Kollision mit dem Lastfahrzeug verhindert hatte und somit unverletzt blieb. Sie sah ihre Schwester durch die Luft wirbeln. Sie hörte das Scheppern von Max' Fahrrad, das unter dem Druck des Lkws zerstört wurde. Die dramatische Dunkelheit dieser Nacht, die blendenden Lichter der eintreffenden Einsatzfahrzeuge und die lauten aufgeregten Stimmen der Notärzte und Polizisten schlugen auf sie ein.

Lilly schnappte nach Luft. Sie würde es zu Ende bringen.

»Sarah lag zwei Monate auf der Intensivstation. Anschließend verbrachte sie fast ein halbes Jahr in Rehabilitationszentren. Und ich ...« Lilly erschauderte. »Ich hatte nicht mal eine Schramme. Dabei war all das meine Schuld.«

Sean strich mit seinem Daumen über ihre Handfläche, und Lilly spürte die Wärme, die er ihr entgegenbrachte.

»Ich bezweifle, dass es deine Schuld war.«

Sie wusste, dass Sean sie trösten wollte, doch damit goss er lediglich Öl ins Feuer. Erbost wandte sie ihm den Kopf zu.

»Ich habe Sarah und Max mit auf die Party genommen. Ich wollte länger bleiben als die beiden. Ich habe sie zu dem Wettrennen überredet. Ich hätte auf sie aufpassen müssen. Doch das Gegenteil war der Fall. Ich habe ihr Leben riskiert. Und ich bin für Max' Tod verantwortlich. Niemand sonst.«

Lilly verstummte. Die Erschöpfung überrannte sie und machte es ihr unmöglich, klar zu denken. Von einer plötzlichen Scheu gepackt, entzog sie Sean ihre Hand und lief an ihm vorbei Richtung Howth. Sie hatte zu viel gesagt.

. . .

Erschüttert blickte Sean seiner flüchtenden Agentin hinterher. Nein, sie war mehr. Nach diesem Geständnis war sie nicht länger nur seine Agentin. Er sah in ihr eine Freundin. Umso stärker spürte er den Schmerz, den sie die ganze Zeit über versuchte zu verbergen. Ohne Zweifel konnte er nachvollziehen, dass sie sich schuldig fühlte. Aber anders als Lilly betrachtete er die Geschehnisse mit einer realistischen Distanz. Sicher, er kannte lediglich Lillys Perspektive, doch er war überzeugt davon, dass sie keine Schuld traf.

Der Regen wurde stetig stärker, und Sean folgte Lilly über das Feld. Verbissen blickte sie zu Boden, zog den Kopf ein und beeilte sich voranzukommen. Sean hinderte sie nicht daran. So wie er sie einschätzte, bereute sie bereits, ihn in ihr Geheimnis eingeweiht zu haben. Doch Sean war dankbar dafür. Es erklärte, warum Lilly so darauf bedacht war, ihn vor der Öffentlichkeit zu schützen. Sie wollte um jeden Preis verhindern, dass den Menschen um sie herum wieder etwas zustieß. Ganz gleich auf welche Art und Weise.

Endlich verstand er, warum sie so aufgebracht war, wenn er sich bedenkenlos in die Massen seiner Fans stürzte. Obwohl sie ihn kaum gekannt hatte, hatte sie sich bereits für ihn verantwortlich gefühlt. Sie nahm ihren Job als Agentin ernster als jeder andere. Wegen ihrer Vergangenheit.

Während ihrer Erzählung hatte Lilly ihn nicht angesehen, doch er spürte den Schmerz, den sie mit sich herumtrug. Die Schuld, die sich in sie hineinfraß. Es war, als bestünde Lilly nur aus diesen beiden Elementen. Ihre schönen türkisen Augen hatten sich verdunkelt, und ihre Haltung war zwar aufrecht, aber von Pein gezeichnet.

Sie ließen das Feld hinter sich und durchquerten ein ruhiges Wohngebiet. Lilly wich einer Pfütze aus, und Sean bemerkte, wie sie sich unbewusst an die Wunde auf ihrer Stirn fasste. Sie musste das unbedingt untersuchen lassen. So ein Schlag konnte gut und gerne eine Gehirnerschütterung verursachen. Wie er Lilly inzwischen kannte, würde sie sich weigern. Er stellte sich mental bereits auf eine Diskussion ein. Hier würde er nicht lockerlassen.

Durch den dichter werdenden Regen bedachte er Lilly mit einem weiteren verstohlenen Blick. Er konnte sich Lilly nicht als unbesorgte, freigeistige Teenagerin vorstellen. Seit er sie vor einer guten Woche kennengelernt hatte, versprühte sie mit jeder ihrer Gesten ihr organisatorisches Talent, Verantwortungsgefühl und eine Zurückhaltung, die nur schwer zu durchbrechen war. Sie musste eine Hundertachtziggraddrehung vollzogen haben. Lilly planlos? Oder gar chaotisch und den Moment lebend, ohne die Konsequenzen zu bedenken? Unmöglich. Selbst wenn sie mit ihm durch die Pubs tanzte, schien sie alles genau im Blick zu behalten. Sean fiel es schwer, diese beiden Personen miteinander in Einklang zu bringen.

Unwillkürlich fragte er sich, wie viel Energie Lilly aufwenden musste, um ihrem Naturell zu widerstehen und eine Person zu sein, die sie in Wirklichkeit gar nicht war. Ein Schauder lief über seinen Rücken. Er dachte an die Momente, in denen er der Öffentlichkeit ein anderes Bild zeigte, das nichts mit seiner wirklichen Gefühlswelt zu tun hatte. Meistens genoss er das Beisammensein mit seinen Fans, doch seit einigen Wochen fiel es ihm in so manchem Moment immer schwerer, das Lächeln in der Öffentlichkeit beizubehalten. Insbesondere wenn gleichzeitig seine unsichere Zukunft vor seinem inneren Auge auftauchte. Er mochte nicht so wirken, weil er mit aller Kraft versuchte, sein ursprüngliches Verhalten fortzuführen und seine Sorgen beiseitezuschieben. Aber das kostete Kraft. Viel Kraft. Ihn strengte das bereits nach wenigen Wochen an. Wie musste es Lilly nur ergehen, wenn sie das seit mehr als zehn Jahren machte? Mitgefühl wallte in ihm auf. Und ein Hauch von

Respekt. Respekt für etwas, das niemand durchmachen sollte.

Eine halbe Stunde später gelangten sie an ihren Ausgangspunkt im Hafen von Howth. Noch immer regnete es in Strömen, und sowohl Lilly als auch Sean waren bis auf die Knochen durchnässt. Lillys Kopf schmerzte, und sie hatte das Gefühl, eine Horde Robben würde über ihre Stirn watscheln und besonders viel Druck mit ihren Flossen ausüben.

In stiller Übereinkunft liefen sie zu Seans Mietwagen, verstauten ihre Rucksäcke im Kofferraum und setzten sich ins Auto. Ohne auf Lillys Geständnis von vorhin einzugehen, meinte Sean: »Ich fahre dich zu einem Arzt.« Er deutete auf ihre Stirn. »Das sollte sich ein Profi angucken.«

Lilly schüttelte vorsichtig, aber wie sie hoffte, vehement den Kopf. »Nein, das geht schon. Ich brauche nur ein paar Schmerztabletten, und dann geht's wieder.«

Sean antwortete nicht und ließ den Wagen an.

»Ehrlich, Sean. Das ist übertrieben. Ich brauche keinen Arzt.«

Mit Blick über die Schulter parkte Sean aus und fuhr auf die Straße Richtung Dublin. Ohne sie anzuschauen, entgegnete er mit einer Strenge, die Lilly überraschte: »Das war keine Bitte. Ich fahre dich zu einem Arzt, und dann sehen wir weiter.«

Lilly verdrehte die Augen und bettete den Kopf an die Lehne. Unruhig schloss sie die Lider und versuchte zu vergessen, was sie Sean mitten im Regen auf einem wild wachsenden Feld erzählt hatte. Sie hätte das nicht tun sollen. Er war ihr Klient. Und doch hatte sie zum ersten Mal in ihrem Leben das Gefühl gehabt, sich jemandem öffnen zu müssen. Sie schob es den Ereignissen des Tages zu.

Man sollte meinen, nach fünfzehn Jahren würde sich das Schuldgefühl irgendwann legen. Dass es vielleicht sogar normal werden würde. Aber das tat es nicht. Stattdessen hatte Lilly den Eindruck, dass es in den letzten Monaten immer schlimmer geworden war. Ihr Leben drohte aus der Bahn geworfen zu werden, und sie konnte nichts dagegen tun.

Sich Sean gegenüber zu öffnen hatte plötzlich wie ein Ausweg gewirkt. Dabei war es alles andere als das. Sie hatte ihre Verletzbarkeit gezeigt und ihm ihre Schwächen eröffnet. Sie war seine Agentin, sie hätte ihm Stärke und Verlässlichkeit geben müssen. Besonders da er selbst derzeit in einer schwierigen Lage war. Ihr Verhalten war unprofessionell, und sie ärgerte sich, wie befürchtet, darüber.

Über die Erschöpfung, die Kopfschmerzen und die pochende Stelle an ihrer Stirn fiel Lilly auf dem Beifahrersitz in einen unruhigen Schlaf. Sie wachte erst auf, als Sean sie leicht am Arm berührte. Mit einem Ruck lehnte sie sich vor und spürte den zuckenden Schmerz durch ihren Kopf jagen. Irritiert blickte sie in eine ihr unbekannte Gegend.

»Wo sind wir?«, fragte sie.

Sean öffnete seine Wagentür. »Bei einem Arzt.«

Er stieg aus, schlug die Tür zu und kam um den Wagen herum, um ihr ihrerseits die Autotür zu öffnen. Während Lilly ausstieg, versuchte sie erneut Sean davon zu überzeugen, keinen Arzt zu benötigen.

»Sean, was soll das? Ich habe doch gesagt, ich brauche keinen Arzt. Das ist nur eine Beule.«

Sean betrachtete sie nachsichtig. »Schau mal in den Spiegel und erklär mir dann nochmal, dass es *nur* eine Beule ist.«

Er legte ihr die Hand auf den Rücken und schob sie über den Gehweg und die wenigen Stufen zu einem Haus aus rotem Backstein hinauf. Mit halbem Auge las Lilly die goldenen Schilder an der Hauswand, die die hier ansässigen Ärzte auflisteten.

Widerwillig ließ sie sich von Sean in eine der Praxen im

ersten Stock führen, und nach nur einer Viertelstunde betrat sie gemeinsam mit ihm das Untersuchungszimmer. Als Sean sich auf einen der Stühle setzte, bemerkte Lilly: »Du musst nicht mit mir warten. Ich kann das hier sehr gut alleine.«

Sie fuhr sich durch die feuchten Locken, die dank des Regenschauers noch wilder von ihrem Kopf abstanden als sonst.

»Ich habe sowieso nichts Besseres zu tun«, erwiderte Sean und lehnte sich betont lässig zurück. »Außerdem will ich sichergehen, dass du dich untersuchen lässt.«

Mit einem Anflug von Ärger in der Stimme echauffierte Lilly sich über ihren Klienten. »Ich bin kein Kind mehr, Sean. Ich kann sehr gut auf mich selbst auf…«

Plötzlich öffnete sich die Tür, und ein Mann in weißem Kittel und mit einem freundlichen Gesicht trat ein. Da Lilly sich in sicherem Abstand zu Sean auf die Liege gesetzt hatte, die hinter der Tür stand, sah der Arzt zunächst nur Sean auf dem Stuhl sitzen.

»Sean, mit Ihnen habe ich gar nicht gerechnet. Haben Sie sich für eine –«

»Ich bin wegen einer Freundin hier.« Sean deutete auf Lilly und fiel dem Arzt ins Wort, sodass Lilly die Frage des Mediziners nicht mehr verstehen konnte. Sie ärgerte sich immer noch über Seans Hinwegsetzen über ihre Wünsche und funkelte ihn böse an.

Überrascht drehte sich der Mann zu Lilly um. Er hob eine seiner buschigen Augenbrauen und kam auf Lilly zu. Er streckte ihr die Hand entgegen und stellte sich vor.

»Doktor Flanagan. Mit wem haben Sie denn Bekanntschaft gemacht?« Er deutete auf ihre Stirn, auf der man anscheinend bereits die Beule sehen musste, die Lilly innerlich spürte.

»Einem Golfball.« Lilly versuchte die Sache runterzuspielen. »Aber das ist wirklich nur halb so schlimm. Es geht schon wieder.«

Von Lillys Ausflüchten unbeeindruckt, begann der Arzt ihren Kopf zu untersuchen.

»Ich nehme an, Sie haben Kopfschmerzen?«

Widerwillig nickte Lilly vorsichtig.

»Übelkeit? Erbrechen?«

»Nein.«

Er tastete behutsam ihr Augenlid sowie Wange und Stirn ab. »Ist Ihr Sehfeld beeinträchtigt?«

Wieder verneinte Lilly wahrheitsgemäß.

»Schwindel?«

»Sie ist nach dem Aufprall ohnmächtig geworden«, mischte Sean sich vom anderen Ende des Raumes ein.

Der Arzt, der Lilly mit den grauen Haaren, den buschigen Brauen und freundlichen Augen irgendwie an Gandalf aus *Herr der Ringe* erinnerte, schaute sie fragend an. »Stimmt das?«

»Ja, aber nur kurz. Danach war alles wieder normal.«

Gandalf der Graue nickte nachdenklich und lief dann zu seinem Schreibtisch. Er blätterte durch den Tischkalender und erklärte, ohne aufzusehen: »Ich denke, Sie haben durch den Aufprall eine leichte Gehirnerschütterung, aber mit ein bisschen Ruhe sollte das in wenigen Tagen auskuriert sein. Allerdings würde ich Sie nur ungern unbeaufsichtigt lassen.«

»Ich gehe nicht ins Krankenhaus«, warf Lilly ein. Sie unterdrückte ein Schnauben. So weit kam es noch.

Der Arzt hob den Kopf, sah von ihr zu Sean und sagte mehr zu ihm als zu Lilly: »Solange sie sich die nächsten Tage und Nächte unter Aufsicht befindet, sollte ein Krankenhausaufenthalt nicht notwendig sein.«

Sean schien sofort zu verstehen, setzte sich auf und nickte. »Sie ist nicht allein. Dafür sorge ich.«

Lilly kam sich vor wie ein Kind, über das entschieden wurde, ohne dass es gefragt wurde.

»Es geht mir gut!«, rief sie.

Der Arzt wandte sich ihr wieder zu. »Das glaube ich

Ihnen, aber eine Gehirnerschütterung ist ernster, als man denkt. Es ist wichtig, Sie jetzt genau zu beobachten, um potenzielle Folgen rechtzeitig zu erkennen und darauf zu reagieren.«

»Keine Sorge, sie ist bei mir in guten Händen.« Seans Ton ließ keinen Widerspruch zu, und Lilly würde gewiss nicht vor dem Doktor mit ihm diskutieren. Das würden sie draußen klären. Also hörte sie geduldig zu, worauf sie achten sollte, und nahm dankbar eine Dose mit Tabletten an sich, die gegen ihre Kopfschmerzen helfen sollten.

Nachdem sie sich von dem Arzt verabschiedet hatte, war Lilly schon draußen im Flur und lächelte der laut telefonierenden Sprechstundenhilfe zu. Als sie sich umdrehte, um zu sehen, wo Sean blieb, bemerkte sie, wie Gandalf der Graue sich energisch an Sean wandte. Dieser nickte ebenso ernst und verabschiedete sich mit einem Handschlag von dem Mediziner.

Als Sean zu ihr in den Praxisflur hinaustrat, musterte Lilly ihn argwöhnisch.

»Worüber habt ihr beide noch gesprochen?«

Sean lief an ihr vorbei und meinte leichtfertig: »Er hat gesagt, wenn du dich nicht wie vorgeschrieben ausruhst, soll ich dich ins Saint Patrick's Universitätsklinikum bringen.«

Lilly folgte Sean auf die Straße. »Das ist total übertrieben! Ich brauche keinen Aufpasser.«

Empört stemmte sie die Hände in ihre Taille.

Sean blickte auf seine Smart Watch, dann schaute er unschuldig zu Lilly. »Hast du Hunger?«

Lilly spürte, wie Entrüstung, Erschöpfung und Trotz in ihrem Inneren miteinander rangen.

»Ich brauche keinen Aufpasser«, wiederholte sie stur.

»Wir haben beinahe die gesamte letzte Woche miteinander verbracht. Ich bin nicht dein Aufpasser, du leistest mir Gesellschaft. Schon vergessen?« Sean zwinkerte ihr zu und begab sich zum Auto. »Jetzt verbringen wir eben auch die

Nacht zusammen. Was macht das schon für einen Unterschied?«, rief Sean ihr über den Fußweg zu und grinste.

Lilly schnappte nach Luft und bemerkte ärgerlich das Kribbeln, das Seans letzter Satz in ihr auslöste.

»Das könnte dir so passen«, fauchte sie und folgte ihm zu seinem Wagen.

Als beide eingestiegen waren, verschwand das Lächeln von Seans Lippen. »Im Ernst, Lilly. Mit einer Gehirnerschütterung ist nicht zu spaßen. Der Arzt hat recht, wenn er dich nicht unbeobachtet lassen will.« Lilly wollte erneut widersprechen, aber Sean fuhr ihr über den Mund. »Und so leid mir deine Verletzung auch tut, aber wir gehen zu mir. In deiner Wohnung halte ich es keine fünf Minuten aus. Oder warst du inzwischen mal bei IKEA?«

Verständnislos starrte Lilly ihn an. Es musste an ihren Kopfschmerzen liegen, dass sie darauf keine passende Antwort fand. Ein letztes Mal begehrte sie auf. »Ich könnte bei einer Freundin übernachten.«

Skeptisch ließ Sean seine Augen über ihr Gesicht wandern. »Die Blöße würdest du dir nicht geben.«

Missmutig kniff Lilly den Mund zusammen. Sean kannte sie besser, als sie erwartet hatte. Natürlich hatte er mit seiner Annahme recht. Zumal Lilly kaum bei Aeryn aufschlagen konnte, die zu den wenigen engen Freunden gehörte, die Lilly überhaupt besaß. Wie sähe das aus?

Hey, ich war mit deinem Schwager unterwegs, habe einen Golfball an den Kopf bekommen und soll jetzt nicht allein sein. Kann ich auf eurer Couch übernachten?

Ebenso wenig wollte Lilly jemand anderem Umstände machen. Sie hätte auch zu ihrer Schwester oder ihren Eltern gehen können – aber das war aus bekannten Gründen definitiv keine Option. Nicht für Lilly.

Sie schielte hinüber zu Sean. Was sollte es also? Er hatte recht. Sie hatten sowieso schon die ganze Woche zusammen verbracht. Und so würde sie vielleicht endlich die Gelegenheit haben, den Grund für seine Blockade herauszufinden. Womöglich kam ihr dieser Aufenthalt ja sogar entgegen? Genau, so würde sie es sehen. Als eine Gelegenheit, mehr über Sean und sein Problem herauszufinden.

Lilly richtete ihren Blick direkt in die irisch grünen Augen ihres Superstars.

»Dann mach dich auf ein paar ungemütliche Tage und Nächte gefasst. Ich werde dich so lange nerven, bis du anfängst zu komponieren. Ich werde unerbittlich sein.«

Sean seufzte theatralisch und setzte den Wagen in Bewegung.

Erschöpft lehnte Lilly sich zurück und fragte sich, wie es so weit hatte kommen können.

Neun

»Hier wohnst du?« Lillys Stimme erklomm schwindelerregende Höhen.

Doch Sean zuckte nur mit den Schultern. »Bin bisher nicht dazu gekommen, mir selbst was zu kaufen. Und Cliff braucht es eigentlich nicht mehr. Deshalb kann ich es nutzen, wann immer ich in Dublin bin.«

Nachdem sie kurz bei Lilly Halt gemacht hatten und sie sich einige Klamotten und Toilettenartikel sowie ihren Laptop und ihr Ladegerät fürs Handy geholt hatte, waren sie Richtung Temple Bar gefahren. Sean hatte in einem Hinterhof geparkt, und über eine unauffällige Hintertür und eine schmale Treppe waren sie hinauf in ein extravagantes Apartment gelaufen, das, wie Lilly mit Blick aus dem Fenster feststellte, exakt überm *Cassidy's* lag.

Die Haustür führte in ein geräumiges Wohnzimmer mit einer ledernen Couch auf einem weißen Teppich und indirekter Beleuchtung an den Wänden. Daneben zahlreiche moderne Kunstwerke. Die Mauern waren unverputzt, sodass der rote Backstein zu sehen war. Am rechten Ende des Raumes trennte ein schmaler Tresen eine mittelgroße Wohnküche ab, in der eine hochmoderne Kaffeemaschine stand.

Neben dem Sofa befanden sich zwei Sessel in ähnlichem Stil sowie ein Couchtisch aus Glas.

Links durch eine Schiebetür konnte Lilly das Schlafzimmer sehen, das ebenso schlicht und modern gehalten war wie das Wohnzimmer. Die Laken lagen ungemacht auf dem breiten Kingsize-Bett verteilt, und Lilly wandte den Blick ab. Das war das Letzte, was sie jetzt noch gebrauchen konnte. Doch die prickelnde Gänsehaut, die sie überfiel, erinnerte sie daran, mit wem sie die nächsten Tage auf engstem Raum verbringen würde. Lilly schalt sich innerlich und rief ihre auf Abwege geratene Lust zur Räson. Sie hatte einen brummenden Schädel, und trotzdem spielten ihre Hormone ihr Streiche.

Sean lief mit Lillys gepackter Tasche in besagtes Schlafzimmer, und Lilly fühlte sich dringend genötigt einzuschreiten.

»Ich bewundere deinen Enthusiasmus, aber ich schlafe auf der Couch.«

Irritiert drehte Sean sich um. Er musterte sie und begann zu grinsen. »Eigentlich wollte ich auf das Sofa ziehen, aber wenn du so bereitwillig auf das Bett verzichtest, will ich dir deinen Willen lassen.«

Lilly wich seinem schelmischen Blick aus und schloss die Augen. Was war los mit ihr? Sie brauchte einen klaren Kopf. Ohne auf Seans Bemerkung einzugehen, schritt sie in die Küche, goss sich ein Glas Wasser ein und nahm eine der Tabletten, die der Arzt ihr mitgegeben hatte.

Sean kam auf sie zu, stellte die Tasche neben der Couch ab und betrachtete sie. Sein Gesicht drückte Fürsorge aus.

»Du solltest eine heiße Dusche nehmen. Du hast immer noch die durchnässten Klamotten von der Wanderung an.«

Lilly wusste seine Sorge zu schätzen, trotzdem war sie ihr unangenehm. Deshalb meinte sie: »Du zuerst. Deine Wunderstimme darf keinen Kratzer abbekommen – falls sie das nicht schon hat.«

Sean wollte etwas erwidern, doch er schien sich anders zu entscheiden und nickte.

»Ich beeile mich.« Er wandte sich Richtung Schlafzimmer, dort musste sich wohl das Badezimmer befinden. Aber nach nur wenigen Schritten drehte er sich noch einmal um. Ernst betrachtete er sie.

»Ich weiß es aufrichtig zu schätzen, dass du mich heute ins Vertrauen gezogen hast.«

Der Kloß kehrte zurück in Lillys Hals und erschwerte ihr das Atmen. Also nickte sie lediglich und mied Seans Blick. Sie wollte nicht an den Moment auf dem Feld erinnert werden. Sie würde sich damit auseinandersetzen müssen, doch jetzt hatte sie noch nicht wieder die Kraft dazu. Sie war in einem Schwebezustand und bemühte sich, sich vor der Realität zu verstecken, während sie gleichzeitig mittendrin gefangen war.

Sean ließ seinen Blick weiter über ihr Gesicht gleiten und blieb an ihren müden Augen hängen. *Geh doch einfach*, flehte Lilly innerlich und hielt die aufsteigenden Tränen zurück.

Leise fügte Sean hinzu: »Ich weiß, du willst es nicht hören. Und ich bin mit Sicherheit der letzte Mensch, dem du Glauben schenken würdest oder dem es zusteht, dir das zu sagen. Aber dich trifft keine Schuld, Lilly. Du warst gewissermaßen fast noch ein Kind. Du solltest diese Schuld nicht mit dir herumtragen.«

Eisern biss Lilly die Zähne zusammen. Seine Worte waren gut gemeint, doch sie trafen auf eine blank liegende Seele, die es sich zur Gewohnheit gemacht hatte, mit dieser Schuld zu leben. Mühsam raffte Lilly ihre Worte zusammen.

Mit starrem Blick auf den Boden ihres Wasserglases erwiderte sie wispernd: »Das ist sehr nett von dir.«

Nett. Nett? Nett! Sean stand unter dem heißen Duschstrahl und ließ sich dieses Wort immer wieder durch den Kopf gehen. Es war nicht nett gemeint, was er zu Lilly gesagt hatte. Es war aufrichtig und ehrlich. Doch wie zu erwarten war, hatte Lilly nichts darauf gegeben. Warum sollte sie auch? Sie kannten sich kaum, und wie sollte sie dem, was Sean über ihre Vergangenheit dachte, Bedeutung schenken?

Sean verstand es seltsamerweise. Trotzdem ärgerte es ihn. Lilly war ein loyaler, verantwortungsvoller und wunderschöner Mensch. Nach innen wie nach außen. Er hatte sie tanzen, singen und lachen gesehen. Zumindest in den wenigen Augenblicken, in denen sie es zuließ. Sie sollte diese Last nicht mit sich tragen. Sie sollte das Leben leben und die Vergangenheit Vergangenheit sein lassen. Sie sollte der Mensch sein, der sie war, und nicht der, der sie glaubte sein zu müssen. Doch wer war Sean, das von ihr zu verlangen, solange er selbst nicht ehrlich zu ihr war?

Die Aussicht, die nächsten Tage und Nächte mit Lilly in diesem Apartment zu verbringen, beflügelte ihn. Das sollte es nicht. Und trotzdem kam er nicht umhin, froh darüber zu sein. Er wusste, dass es bei allem, was um ihn herum passierte, nicht ratsam war, ihre Nähe zu suchen. Und doch zog es ihn immer wieder zu ihr. Er wollte es nicht wahrhaben, und doch gestand er es sich ein. Er brauchte Lilly. Nicht nur ihre Fähigkeiten als Agentin und Problemlöserin. Als Freundin. Er wollte mehr von ihr. Sein Körper wollte mehr von ihr. Mehr als ihm zustand. Viel mehr.

Sean stellte die Dusche ab, band sich ein Handtuch um die Hüften und verließ das Badezimmer. Lilly hatte eine heiße Dusche nötig, er sollte diese Zeit also nicht mit Grübeleien und lustvollen Gedanken vergeuden und sie weiter warten lassen.

Am liebsten hätte Lilly sich die Augen zugehalten, doch sie war eine erwachsene Frau. Es hätte lächerlich ausgesehen, wenn sie mit den Händen vor dem Gesicht an Sean vorbeigehuscht wäre. Warum schaffte er es auch nicht, sich etwas überzuziehen? Lilly hielt ihre Aufmerksamkeit streng auf dem Boden, vermied es, ihren Klienten anzusehen, und doch schummelte sie. Es war unfair. Einfach unfair.

Sie unterdrückte ein ärgerliches Seufzen, schnappte sich ihre Klamotten und das Handtuch, das Sean ihr – in seiner immer noch spärlichen Bekleidung – reichte, und sperrte sich im Badezimmer ein. Die Luft dampfte noch von der heißen Dusche, die Sean zuvor genommen hatte. In Rekordzeit. Er hatte Wort gehalten und sich beeilt.

Ohne in den Spiegel zu schauen, legte Lilly ihre Sachen ab und genoss in der ebenerdigen Dusche das warme Wasser, das auf sie niederprasselte. Ihre Kopfschmerzen wurden langsam besser, doch ihre mentale Verfassung ließ zu wünschen übrig. Immer wieder fragte sie sich, wie der heutige Tag nur hatte geschehen können. Seit fünfzehn Jahren trug sie all das mit sich herum, und sie hatte irgendwie gelernt, damit klarzukommen. Zumindest so weit, dass sie ihr Leben meistern konnte. Sie hatte Maßnahmen getroffen, um zu überleben. Sie waren schmerzhaft, aber erforderlich. Doch heute war es anders gewesen.

Die unerwartete Konfrontation mit Max' Eltern musste der Auslöser gewesen sein. Lilly hatte sie nie persönlich kennengelernt. Ihre Schwester war ja erst kurze Zeit mit Max zusammen gewesen, und nach dem schrecklichen Unfall war Lilly in ein nervliches Trauma gefallen. Sarahs dramatische Situation hatte ihr alles abverlangt, sodass sie selbst der Beerdigung von Max nicht beigewohnt hatte. Lilly war schuld an seinem Tod. Ihr Auftauchen bei der Trauerfeier wäre furchtbar unpassend gewesen.

In Anbetracht der Ereignisse schien das Schicksal heute einen miesen Tag gehabt zu haben. Besonders was Lilly betraf. Sie hatte das dumpfe Gefühl, dass die kommenden Tage nicht besser werden würden. Sie musste Sean dringend dazu bringen, wieder zu schreiben. Vielleicht hatte ihr

Geständnis ja etwas Gutes, und Sean vertraute sich ihr an. All das musste sich wenigstens so weit lohnen, dass sie ihren frisch unter Vertrag genommenen Weltstar zu seinem nächsten Nummer-Eins-Album verhalf.

Nach einer ausgiebigen Dusche zog Lilly sich eine marineblaue Hose, ein schwarzes hochgeschlossenes Top und einen dazu passenden Cardigan über. Entsetzt begutachtete sie die deutlicher werdende Beule über ihrem linken Auge im Spiegel. Mit Schrecken stellte sie fest, dass die Verletzung wesentlich größer war, als sie zunächst angenommen hatte. Kein Wunder, dass Sean darauf bestanden hatte, sie von einem Arzt untersuchen zu lassen. Ihre sonst so glatte Stirn wölbte sich deutlich, und die Schwellung trat tiefblau mit violetten Akzenten hervor. Behutsam tastete sie über die Stelle und atmete scharf ein, als der Schmerz durch sie hindurchblitzte. Neben den Tabletten würde sie wohl auch viel Make-up brauchen, um das zu verdecken. Fürs Erste jedoch würde sie nun mit einer veilchenblauen Blessur an der Stirn herumlaufen. Großartig.

Barfuß und mit noch nassen Haaren – föhnen würde bei ihren Locken Stunden dauern – kehrte sie aus dem Bad zurück. Erleichtert stellte sie fest, dass Sean sich inzwischen ebenfalls angezogen hatte. Er trug eine verwaschene Levi's, ein graues Shirt und seine Brille mit dem dünnen Metallgestell.

»Wie fühlst du dich?«, fragte er und reichte ihr ein Glas Wasser.

»Es geht schon. Das hier«, sie zeigte auf ihre Stirn, »wird mich wohl eine Weile begleiten. Scheint, als müsste ich mein Make-up-Equipment aufrüsten.«

Sean lächelte. Es war ein ehrliches, aufrichtiges Lächeln. »Oder du lässt es einfach so, wie es ist.« Er musterte ihr ungeschminktes Gesicht. »Du bist schön, so wie du bist. Du brauchst kein Make-up.«

Überrascht sah Lilly ihn an. Hatte ihr die Ed-Sheeran-

Konkurrenz vor ihr gerade ein Kompliment gemacht? Eine kleine Wiedergutmachung des Schicksals für diesen furchtbaren Tag? Vielleicht. Lilly lächelte ihn dankbar, aber zurückhaltend an.

Plötzlich klopfte es an der Wohnungstür. Erschrocken drehte Lilly sich um, aber Sean lief in aller Ruhe zum Eingang und öffnete. Er wechselte ein paar Worte mit einem von Cliffs Mitarbeitern, nahm dann eine braune Papiertüte entgegen und schloss die Tür zum Apartment wieder.

Ein verführerischer Duft breitete sich im Wohnzimmer aus.

»Was ist das?«, fragte Lilly neugierig.

»Während du dich frischgemacht hast, war ich so frei und habe uns etwas zu essen bestellt. Der Lieferdienst gibt es meistens unten im Pub ab, und einer von Cliffs Leuten bringt es mir dann hoch.«

Lilly schmunzelte. »Du hast aus ihnen also so etwas wie deine persönlichen Pagen gemacht. Weiß Cliff davon?«

Sean grinste frech. »Möglich.«

Mit Schwung setzte er die braune Tüte auf dem Küchentresen ab und holte eine Box nach der anderen heraus. Es roch nach Sojasoße, Ingwer, Limetten und allerhand leckeren Gewürzen. Erst jetzt spürte Lilly, wie hungrig sie war. Sie hatte während und nach der Wanderung kaum etwas gegessen, und nun war es bereits nach sechs Uhr abends, wie sie mit einem Blick auf die Uhr an der Mikrowelle feststellte.

Lilly schnappte aufgeregt nach Luft und suchte ihr Smartphone.

»Was ist los?«, fragte Sean, während er die Boxen öffnete und zwei Teller aus dem Küchenschrank holte. »Alles okay?«

»Ja, ich muss nur kurz ...« Lilly hatte ihr Handy entdeckt und scrollte durch ihren Kalender, bis sie gefunden hatte, wonach sie suchte. Dann wechselte sie in ihr Adressbuch und tätigte den ersten Anruf. In den nächsten Minuten folgten insgesamt vier Telefonate. Allesamt kurzweilig und doch von Herzlichkeit geprägt. Sie rief ihre Tänzer und Tänzerinnen an, um ihnen Hals- und Beinbruch für die heutige Vorstellung zu wünschen. Ihr Ritual. Das durfte sie auch an diesem Abend nicht vergessen.

Schließlich hatte sie die letzte Konversation mit einem herzlichen Lachen beendet und legte das Telefon beiseite.

»Entschuldige, aber das war wichtig.« Lilly ließ ihren Blick über die verschiedenen Speisen gleiten. »Erwartest du noch Besuch?« Das Essen dürfte für vier Personen reichen, dachte Lilly amüsiert und hoffte zugleich, dass Sean nicht wirklich jemanden eingeladen hatte.

»Wie machst du das?«

Irritiert schaute Lilly auf. »Was meinst du?«

Sean nahm eine Serviette in die Hand und deutete damit auf sie. »Du hast eine Wanderung im strömenden Regen hinter dir, hast dir dank eines Golfballes eine blaue Beule inklusive leichter Gehirnerschütterung eingefangen und danach deine traumatische Vergangenheit aufgrund einer unerwarteten Begegnung durchlebt – und jetzt sitzt du hier und telefonierst fröhlich klingend deine Klienten ab, um ihnen Glück zu wünschen. Wie schaffst du das?«

Lilly erstarrte für einen Moment. Dann griff sie nervös nach dem Besteck, das Sean ihr hingelegt hatte, und ließ sich auf einem der Barhocker am Tresen nieder. Sie wich seinem Blick aus. »Übung.«

»Übung?«

Lilly atmete tief durch. »Du lernst irgendwann die Themen hintanzustellen, die dich beschäftigen. Und dann machst du einfach dein Ding. Anders geht es eben nicht.«

Plötzlich sah sie auf. Siedend heiß überfiel Lilly die Erkenntnis. Unerwartet und beängstigend. Sie war nicht viel anders als Sean. Ebenso wie er hatte sie sich eine Maske zugelegt, die sie der Außenwelt zeigte. Heute Nachmittag auf dem Feld hatte sie ihre fallen lassen. Nur um sie danach aus dem nassen Gras aufzuheben, unverrichteter

Dinge wieder aufzusetzen und sie eisern zu tragen. So wie jetzt.

Lilly lächelte vorsichtig. »Niemandem ist geholfen, wenn ich meinen Job nicht mache und mich heulend in eine Ecke verziehe.« Sie räusperte sich und versuchte das Thema zu wechseln. »Also, welche Rugbymannschaft kommt heute zum Essen vorbei?«

Sean würdigte Lillys Bemühungen und ging darauf ein.

»Da ich mir nicht länger vorhalten lassen will, ich würde entscheiden, was du isst, habe ich kurzerhand von allem etwas bestellt.« Er breitete die Hände aus und lachte. »Du hast also die volle Auswahl.«

Erstaunt ließ Lilly ihr Besteck sinken und begutachtete all die dampfenden Köstlichkeiten. Frühlingsrollen, Wan Tan, Reis, gebratene Nudeln. Hühnchen und Ente in mindestens drei verschiedenen Soßen, gebackene Shrimps und unterschiedliche Gemüsecurrys.

»Du hättest mit der Bestellung auch einfach warten können, bis ich wieder da bin«, hielt Lilly ihm leicht kopfschüttelnd entgegen.

Sean verzog seine Lippen zu einem gewinnenden Lächeln. »Aber dann hätte ich mich für ein Gericht entscheiden müssen. So kann ich dich als Ausrede nutzen, einfach alles zu bestellen, was lecker klingt.«

Lilly konnte nicht anders, als zu lachen. Hier saß sie mit dem angesagtesten Popstar, den die westliche Welt derzeit zu bieten hatte, und er hatte nichts Besseres zu tun, als die gesamte Karte des asiatischen Lieferdienstes zu bestellen – um so zu tun, als würde er ihr die Wahl lassen. Dabei kam er insgeheim seinen verborgenen Gelüsten nach.

»Ist das jetzt zuvorkommend oder hinterlistig?«, fragte Lilly und lachte erneut.

»Eindeutig zuvorkommend. Die gute Erziehung meiner Eltern würde nichts anderes zulassen.«

Während sich beide an den reichhaltigen Köstlichkeiten

bedienten, nutzte Lilly die Gelegenheit, mehr über die O'Sullivans zu erfahren.

»Was hält deine Familie von deiner Karriere?«

Sean stellte den Reis zurück an seinen Platz. »Mein Dad ist ziemlich stolz, und meine Mom wünscht sich immer noch, dass ich sie eines Tages mit Paul McCartney bekannt mache.« Er lachte, und seine grünen Augen funkelten wieder. »Meine Brüder sind da schon strenger. Wenn ihnen meine Songs nicht gefallen, sagen sie es freiheraus. Wobei ich glaube, dass sie nur einen Grund suchen, mich zu ärgern. Und Clare, meine Schwester, liebt sowieso alles, was ich fabriziere.« Er griff nach einem der Gemüsecurrys. »Ich liebe sie alle gleichermaßen, aber am meisten Wert lege ich doch irgendwie auf die Meinung von Cil.«

»Cil?«

»Cillian.«

Lilly nickte. Sie kannte Seans älteren Bruder, er war schließlich mit Aeryn verheiratet. »Wieso das?«

Sean zuckte mit den Schultern und stellte das Curry beiseite.

»Cillian war für mich immer ein Orientierungspunkt. Er hat viel durchgemacht und trotzdem seinen Weg gefunden. Mehrfach. Das bewundere ich. Er hat mir meine erste Gitarre geschenkt. Ohne ihn wäre ich vermutlich nicht so früh zur Musik gekommen.«

Lilly erinnerte sich an ein Gespräch mit Aeryn. »Ich dachte, Cillian ist total unmusikalisch? Aeryn meinte mal, er hätte überhaupt kein Taktgefühl.«

Sean nickte schmunzelnd. »Das stimmt. Aber das hat ihn nicht davon abgehalten, zu spüren, was Musik mir bedeuten kann, und mich in die richtige Richtung zu schubsen.«

»Wie alt warst du, als er dir die Gitarre geschenkt hat?«

»Sieben.«

Lilly biss von ihrer Frühlingsrolle ab, die sie zuvor in die süßsaure Soße getaucht hatte. Nachdem sie den knusprigen

Teig und das knackige Gemüse hinuntergeschluckt hatte, meinte sie: »Das ist wirklich früh.«

»Vielleicht. Aber es war genau richtig.« Sean überlegte einen Moment. »Die Musik hat mir Selbstbewusstsein gegeben. Ich konnte mich damit besser ausdrücken. Das fiel mir als Kind oft schwer. Mit der Musik wurde es einfacher.«

»Ist das immer noch so?«

»Was?«

Lilly bediente sich an den gebratenen Nudeln. »Dass du dich mit Musik besser ausdrücken kannst.«

»Ich ...« Sean hielt in seiner Bewegung inne. »Ich glaube, ...« Er lachte nervös auf. »Ja, vermutlich schon.«

»Das klingt nicht gerade überzeugt«, hakte Lilly vorsichtig nach und betrachtete Seans attraktive Gesichtszüge.

Er zog seine Stirn in Falten und dachte sichtlich nach. Dann legte er seine Hände in den Schoß und zuckte wieder mit den Schultern. »Es ist anders geworden, seit ich um die Welt reise. Jeder meiner Songs hat eine Message. Hinter jedem Lied steckt eine Geschichte, die ich den Menschen erzählen will. Doch je mehr Konzerte ich gespielt habe, desto öfter habe ich mich dabei ertappt, wie ich die Zeilen nur noch auswendig singe – sie aber nicht fühle.«

Ein wehmütiger Ausdruck legte sich auf sein Gesicht.

»Woran liegt das? Was glaubst du?«

»Ich weiß nicht, ob ich dir das als meiner Agentin erzählen sollte. Es dürfte nicht in deinem Interesse liegen.«

Überrascht schaute Lilly ihn an. »Sag es mir trotzdem.«

Sean lehnte sich ein Stück zurück und legte seine Ellbogen auf den Tresen.

»Es waren zu viele Konzerte. Ich habe vor Hunderttausenden gespielt, ohne ihre Gesichter zu sehen. Ich ... ich hatte niemanden, dem ich meine Geschichten erzählen konnte, obwohl so viele Menschen vor mir standen und mit mir meine Songs sangen.«

Lilly nahm einen Schluck Wasser, dann erwiderte sie

milde: »Vielleicht solltest du dorthin zurückkehren, wo du den Menschen deine Geschichten erzählen kannst.«

In Lilly reifte eine Idee, und je länger sie Sean betrachtete, desto überzeugter war sie von diesem Plan. Doch bevor sie ihn mit Sean teilte, musste sie sichergehen. Suchend blickte sie sich um.

»Hast du deine Gitarre hier?«

»Einige, ja. Wieso?«

Lilly deutete auf Seans Teller. »Wenn du nachher fertig bist, hol sie.«

»Die Gitarren?«

Sean schien schwerer von Begriff zu sein, als Lilly erwartet hatte. Also nickte sie. »Eine reicht vorerst.«

»Was hast du vor?« Sean erhob sich sogleich und zog einen schwarzen Gitarrenkoffer unter dem Sofa hervor.

Lilly griff nach der Box mit den Frühlingsrollen und setzte sich ans Ende der ledernen Couch. Während sie eine weitere frittierte Köstlichkeit in den kleinen Soßentopf tunkte, meinte sie: »Spiel mir was vor.«

»Jetzt?«

Geduldig nickte Lilly. »Ja. Erzähl mir die Geschichten, die du erzählen willst.«

Unschlüssig stimmte Sean sein Instrument.

»Ich habe mir deinetwegen heute einen Golfball an die Stirn pfeffern lassen. Es ist das Mindeste, dass du dich mit einem Privatkonzert dafür entschuldigst.«

Ein angedeutetes Lächeln zog über Seans Lippen. Er ließ sich im Schneidersitz in Lillys Nähe nieder und platzierte die Gitarre so, dass er entspannt die Saiten zupfen konnte.

»Ich bin ein bisschen eingerostet«, warnte er vor.

Lilly bezweifelte das. Schließlich war er vor Kurzem erst von seiner Welttournee zurückgekehrt, doch sie unterließ ihre Bemerkung dazu und wartete ab.

. . .

Sean fragte sich, was Lilly bezweckte. War sie wirklich nur auf eine private Jamsession aus, wie sie vorgab, oder steckte mehr dahinter? Ein weiteres Mal überprüfte Sean die Saiten an seiner Gitarre. Laut auszusprechen, was ihm während der letzten Konzerte aufgefallen war, hatte sich seltsam angefühlt. Sicher, das allein war nicht der Grund für seine Schreibblockade. Trotzdem war es bedrückend. Es stellte sein Künstlerdasein, so wie es aktuell war, infrage. Neben all dem anderen, was auf ihm lastete.

Ein erneuter Blick auf Lilly, die genüsslich über die Frühlingsrollen herfiel und ihn mit ihren türkisen Augen geradezu herausforderte, weckte in ihm jedoch den Willen zu zeigen, was er meinte. Für einen kurzen Moment schloss er die Augen und entschied sich für einen Song von seinem ersten Nummer-Eins-Album. *My Father's Heart*. Der Song erzählte die Geschichte, wie sein Vater vor Jahren einen Herzinfarkt erlitten hatte, worauf das Familienleben der O'Sullivans auf den Kopf gestellt worden war.

Leise und bedacht spielte Sean die Akkorde und ließ Lilly Zeile für Zeile an den Emotionen und den Zweifeln teilhaben, die ihn in jener Zeit begleitet hatten.

When you were falling down,
I was falling apart.
It was your heart that kept us going.
It was your power that made us believing.
It was your laugh that gave us hope.
Still I didn't know how to cope.

Lillys Blick ruhte auf ihm, und berührt fuhr sie sich durch die feuchten Locken. Sie stellte die Box mit den Frühlingsrollen auf den Couchtisch und konzentrierte sich ganz und gar auf ihn. Sean wiederholte den Refrain und spürte, wie die Emotionen aus den Tiefen seines Herzens hervorkamen, während er Lilly direkt in die Augen sah. Er dachte nicht nach. Kein Scheinwerferlicht blendete ihn, und keine tosende Menge schaute zu ihm auf. Da war nur Lilly. Lilly und diese Augen, die ihn immer wieder an das Zusammenspiel von grünen Klippen und blauem Meer erinnerten.

Ohne Scheu erzählte er ihr die Geschichte von seinem Vater. Anders als in Tokio, Sydney und Seoul spürte er, welche Empfindungen ihn zum Schreiben dieses Songs verleitet hatten. Jedes Wort hatte seinen Grund, jeder Ton war eine Offenbarung, jede Sekunde fühlte sich echt an. Und doch, Sean spürte, dass etwas fehlte.

Der Song endete, und Sean verstummte.

Lilly beobachtete ihn, sagte allerdings nichts. Erst nach einiger Zeit fragte sie leise: »Hast du etwas gefühlt?«

Sean legte die Gitarre auf die Couch. »Schon irgendwie.« Er dachte nach. »Ich kann aber wohl kaum Einzelkonzerte auf all den Sofas dieser Welt spielen, oder?«

Lilly legte den Kopf schief und kniff die Augen zusammen. »Wieso denn nicht?«

»Genauso gut könnte ich meine Karriere offiziell beenden.«

»Willst du das denn?«

Um Himmels willen, welche Richtung nahm diese Unterhaltung? Sean musste in sicherere Gewässer steuern. Ohne es zu ahnen, schaffte sie es, gleichzeitig meilenweit von dem wahren Grund für seine Schreibblockade entfernt zu sein und ihn doch nur um Haaresbreite zu verfehlen. Er musste es ihr sagen. Aber nicht heute. Nicht jetzt. Nicht, wo sich ihre türkisen Augen auf ihm niederließen, als gäbe es niemand anderen auf der Welt.

Also sagte er schmunzelnd: »Dann hätte ich ja keinen Grund mehr, dich zu zwingen in meiner Nähe zu bleiben.«

Lilly lächelte. Sie schob ihre Beine in den Schneidersitz und stützte sich mit den Ellbogen auf ihren Knien ab. Ernst betrachtete sie ihn.

»Du wirst es mir irgendwann sagen müssen, Sean. Weih mich in dein Geheimnis ein. Sonst kommen wir hier nicht weiter.« Ihr Ton war sanft. Trotz ihrer Bitte nahm er keinen

Druck ihrerseits wahr. Sie ließ ihm die Wahl. Auch wenn er wusste, dass sie recht hatte.

Seans Brust wurde eng. Er wich ihrem Blick aus und griff wieder zu seiner Gitarre. Ein leichtes Kribbeln durchfuhr seine Fingerspitzen, und er erstarrte kaum merklich für einen winzigen Augenblick. Als das Kribbeln aufhörte, räusperte er sich, und ohne Lilly anzusehen, begann er mit den Akkorden seiner Single von Album Nummer zwei.

Zehn

Zu gut kannte Lilly die Melodie. Als das Album veröffentlicht worden war, war es bei ihr auf Dauerschleife gelaufen. Sie hatte nicht genug davon bekommen können. Die ausgekoppelte Single *After All* nun live und in dieser Umgebung zu hören, verursachte eine Gänsehaut auf Lillys Armen. Sie kletterte bis zu ihren Schultern hinauf und manifestierte sich in ihrem Nacken. Seans seidenweiche Stimme mit den rauen Kratzern an den richtigen Stellen, die strahlenden Höhen und die darauffolgenden gefühlvollen Tiefen – gebannt hörte Lilly zu. Trotz der Emotionen, die Sean in ihr hervorrief, verspürte sie eine unausgesprochene Distanz zwischen ihm und dem Song. Er lebte ihn nicht. Nicht so, wie er es könnte. War es das, wovon er gesprochen hatte? Fehlte ihm die Bindung zu seinen eigenen Geschichten?

Lilly zog die Beine enger an sich, schlang ihre Arme darum und legte ihr Kinn auf dem rechten Knie ab. Was mochte so gewaltig sein, dass es Sean aus der Bahn warf? Die fehlenden Emotionen auf der großen Bühne allein konnten es kaum sein. Bestimmt mochte es ihn verunsichern. Aber würde er sich von so etwas aus dem Konzept bringen lassen?

So sehr, dass er nur wenige Monate vor Veröffentlichung seines dritten Albums noch keine einzige Zeile geschrieben und komponiert hatte?

Nein. Es steckte mehr dahinter. Davon war Lilly überzeugt.

Do you remember when you and I were a child,
Chasing rainbows, pinching apples and being wild.
And after all we're sitting here,
Waiting for life to happen without fear.

Sean bewegte die Fingerspitzen über die zarten Saiten und ließ die letzten Akkorde verklingen. Seine tiefgrünen Augen, die er bis eben geschlossen hatte, ruhten nun auf Lilly. Er sagte kein Wort. Schweigend musterte er sie, und Lilly war, als würde sich die Luft zwischen ihnen mit kleinen Funken aufladen. Sie erwiderte seinen Blick und wünschte, sie würde wissen, was sich in seinem Kopf abspielte. Lediglich die letzten beiden Zeilen hatte er mit so viel Schmerz in der Stimme gesungen, so leise und doch voller Emotionen. Lillys Gänsehaut breitete sich über ihre Wirbelsäule aus, und je länger sie einander ansahen, desto seltsamer wurde ihr. Sie sollte es beenden. Sie sollte den Blick abwenden, ein Gespräch anfangen, von der Couch aufstehen. Aber nichts davon tat sie. Nichts davon war ihr möglich. Stattdessen konnte sie die Spannung, die sich zwischen ihnen aufbaute, beinahe aus der Luft greifen.

And after all we're sitting here, waiting for life to happen without fear. Ohne es laut auszusprechen, verspürte Lilly eine eigenartige Verbundenheit zu Sean. Sie beide spielten den Menschen um sich herum etwas vor. Mal mehr, mal weniger. Beide waren sie getrieben von Angst. Lilly wurde zudem von tiefen Schuldgefühlen verfolgt. Hatten Sean und sie womöglich mehr gemeinsam, als sie ahnten?

Und neben alldem nahm Lilly immer stärker den Drang in sich wahr, Sean näherkommen zu wollen. Es war unprofessionell. Eine Schwärmerei für einen attraktiven Klienten. Er war nicht der erste gutaussehende Mann, den Lilly unter Vertrag nahm. Doch Sean war der Erste, bei dem Lilly es immer schwerer fiel, Berufliches und körperliches Verlangen zu trennen. Mit allen Sinnen nahm sie seine Anwesenheit wahr. Seine Nähe. Seine Ausstrahlung.

Noch immer sagte Sean nichts. Doch in ihm begann es zu arbeiten. Sein Blick glitt über ihr Gesicht, hinab zu ihrem Hals, ihren Brüsten und wieder zurück zu ihren Augen. Es war, als würde er mit Lilly kommunizieren – ohne ein einziges Wort dabei zu verlieren.

Er fühlte die Anziehung zwischen ihnen. So wie Lilly. Ihr wurde warm. Ihr Atem beschleunigte sich, und sie spürte das verräterische Ziehen in ihrem Unterleib. Sie musste dagegen ankämpfen. Es war nicht der richtige Moment, nicht das richtige Ende für diesen Tag und schon gar nicht der richtige Mann. In einem viel zu kurzen klaren Augenblick ließ Lilly ihre Knie sinken und stand eilig auf. Dankbar fiel ihr Blick auf die offenen Boxen auf dem Tresen. Nervös begann sie, die Essensreste zu verpacken und in den Kühlschrank zu stellen.

Die aufgeladene Stille wurde lediglich vom Rascheln und Knacken der Schachteln gestört, und Lilly wünschte sich, sie könnte einfach aus dem Apartment laufen und sich irgendwo verstecken. Ihr Leben war gut gewesen. Halbwegs gut. Sie liebte ihren Job, hatte ehrgeizige Ziele und ab und zu ein kurzweiliges Vergnügen ohne Verpflichtungen. Das war genug. Absolut. Mehr als ihr zustand.

Und jetzt? Sie hatte einen schrecklich aufwühlenden Tag hinter sich, eine leichte Gehirnerschütterung, und auf einmal drohte sie ihre Kontrolle zu verlieren, weil ein charmanter Sean O'Sullivan ihr ein paar Lieder vorsang? Lächerlich! Lilly gehörte doch gar nicht zu den Frauen, die sich so billig einfangen ließen. Ganz gewiss nicht. Es musste an ihrer Matschbirne liegen. Eindeutig. Ihr gab Lilly auch die Schuld für die unkontrollierte Hitze, die unaufhörlich in ihrem

Körper aufstieg. Und wenn sie es sich so richtig schönredete, dann war die Gehirnerschütterung bestimmt auch für das nervige Verlangen verantwortlich. Ihre Gehirnareale waren durcheinandergeraten. Das war es. Mit Sicherheit.

Lilly warf die Tür des Kühlschranks energisch zu und schrak zusammen, als sie in Seans Gesicht blickte. Ohne dass sie es bemerkt hatte, musste er herübergekommen sein. Das Nachdenkliche in seinem Gesicht war einem brennenden Verlangen gewichen. Lilly konnte es sehen. Es war verrückt. All das.

Sean nahm ihr den Teller aus der Hand und stellte ihn auf den Küchenschrank. Dann hob er die Hand und fuhr mit den Fingerspitzen, die eben noch über die Gitarre gestrichen hatten, sanft über ihre Wange, hinab zu ihrer Kinnpartie und ihrem Hals. Er war ihr so nah, sie hätte sich nur ein kleines Stück nach vorne lehnen müssen und hätte alles haben können. Doch Sean nahm ihr die Entscheidung ab. Er beugte sich langsam zu ihr und fuhr mit seinen weichen, warmen Lippen über ihre. Mehr nicht. Und doch stand Lilly in Flammen. Ihre Gedanken rasten. Ihr Blut pulsierte und pumpte das Adrenalin durch ihren erstarrten Körper.

»Nicht«, wisperte sie in einem letzten Versuch, die Kontrolle wiederzuerlangen.

Kaum hörbar erwiderte Sean: »Lass uns leben, Lilly. Einfach nur leben.«

Sie spürte den Drang, nachzugeben. Ohne an die Konsequenzen zu denken. Einfach das zu tun, wonach ihr Körper verlangte. In Lilly tobte ein Kampf, und sie wusste nicht, von welcher Seite sie sich mehr wünschte, dass sie gewann.

Sean hingegen hatte sich längst für eine Seite entschieden. Offensichtlich. Langsam und bedacht folgten seine Hände ihren Kurven, bis sie über ihre Taille auf ihren Rücken wanderten und er Lilly leicht an sich zog. Dann neigte er sich erneut zu ihr und bat liebevoll neckend an ihrem Mund um Einlass. Bevor ihr Kopf reagieren konnte, kam Lilly ihr hinterlistiger Körper zuvor, und sie öffnete ihre Lippen. Stück für Stück eroberte Sean sie, spielte mit ihr, zog sich zurück und begann von vorn. Vergeblich versuchte Lilly sich gegen ihre Lust zu wehren. Sie war machtlos und von ihrem eigenen Körper im Stich gelassen worden. Mit jeder Faser spürte sie, wie er nach mehr verlangte und begierig auf jede von Seans Berührungen reagierte. Ihr Verstand rief sie zur Ordnung, während ihr Körper alle Bedenken über Bord warf und sich auf das Abenteuer stürzte.

Ohne auch nur einen Zentimeter Abstand zuzulassen, zog Sean sich für wenige Sekunden von ihr zurück. Er ließ seinen erregten Blick über sie gleiten, und noch nie hatte sie so viel Respekt, gepaart mit Verlangen, in dem Gesicht eines Mannes gesehen.

»Kämpf nicht dagegen an, Lilly«, flüsterte er. »Wir haben es verdient. Jeden Tag versuchen wir das Richtige zu tun. Lass uns dieses eine Mal wann anders entscheiden, ob das hier richtig ist oder nicht.«

Lilly musterte seine ernste Miene. Sie bemerkte einen seltsamen Schmerz in seinen Augen. Eine Angst, die ihn verfolgte, und die Hoffnung, all seine Sorgen für einen Moment zu vergessen. Obwohl sie keine Ahnung hatte, woher diese Gefühle stammten, konnte sie es so furchtbar gut nachvollziehen. Erging es ihr doch genauso.

Sie wollte ihn. Ihn und diesen einen Moment, in dem nichts von Bedeutung war außer dem gegenseitigen Verlangen nacheinander. Langsam schloss Lilly ihre Augen. Sie hatte sich für eine Seite entschieden. Mutig hob sie ihre Lider und beendete den innerlichen Kampf. Sie bestimmte, welche Seite siegen sollte. Wenigstens dieses eine Mal. Nur ein einziges Mal, bevor das echte Leben wieder nach ihnen rief und sie mit Schicksalsschlägen überhäufte.

Von einem berauschenden Gefühl gepackt, legte sie ihre Arme um Seans Nacken. Sie spürte, wie seine Anspannung nachließ und er binnen Millisekunden verstand. Lilly gab ihnen diese Nacht. Diesen einen Augenblick von Unbeschwertheit, Sorglosigkeit und grenzenloser Freiheit. Diese kurze Zeit, in der sie beide ihre Masken fallen ließen und einander begehrten, sich gegenseitig von ihren Sorgen ablenkten und in eine andere Welt flohen.

Ein erleichtertes Lächeln huschte über Seans Lippen, bevor er diese wieder auf die ihren legte und sie mit einem intensiven, aufreizenden Kuss versiegelte. Währenddessen drehte er Lilly ein Stück zur Seite, sodass sie mit dem unteren Rücken an die Küchentheke lehnte, und wich nicht von ihr. Behutsam drückte er sich gegen sie, und Lilly spürte, dass er längst bereit für den nächsten Schritt war. Doch ohne Hast fuhr er mit seinen Händen über ihren Rücken, ihre Hüften und ihre Taille hinauf. Seine warme Haut verdrängte die Gänsehaut, die Lilly zuvor fast vollständig umgeben hatte, und das Verlangen in Lilly wuchs mit jeder Sekunde weiter an.

Sie schmeckte die süßlich scharfen Nuancen, die das Mangocurry auf Seans Lippen hinterlassen hatte, und spürte, wie sich ihr Kopf schließlich ganz ausschaltete. Sie ließ sich auf Sean ein. Auf seine grünen Augen, seine geschickten Hände und den Körper, der viel zu schade war, um ihn nur von Weitem zu beobachten. Dank der Medikamente spürte Lilly ihre Kopfschmerzen kaum mehr, und Sean zügelte seine Leidenschaft sichtlich, um auf ihre Blessuren Acht zu geben.

Noch während Sean sie mit seinen weichen Lippen um den Verstand brachte, schob er Lilly den Cardigan mit einer winzigen Bewegung von den Schultern, zog ihn über ihre Arme und ließ ihn zu Boden fallen. Nur wenig später segelten ihr Top und sein T-Shirt, das er sich mit einem Ruck über den Kopf gezerrt hatte, ebenfalls auf die Fliesen unter ihnen.

Mit einem Hauch Ehrfurcht ließ Sean von ihren Lippen ab und seinen Blick über ihren Oberkörper gleiten. Lilly widerstand dem Reflex, ihre Brüste, die in einem burgunderfarbenen Spitzen-BH verpackt waren, mit ihren Händen zu verdecken.

Lilly war nicht perfekt. Weder war sie schlank noch sportlich. Sie war weiblich. Zumindest versuchte sie sich das einzureden, um ihre körperlichen Makel irgendwie positiv klingen zu lassen. Sean hingegen beglückte die Menschheit mit einem definierten Oberkörper, einer schlanken Taille und Hüften, die vermutlich nicht menschengemacht waren. Dafür riefen sie in Lilly ein viel zu ausgeprägtes Verlangen hervor. Lilly hätte eingeschüchtert sein sollen. Aber seltsamerweise war sie das nicht. Sean wollte sie. Er hatte sich für sie entschieden, obwohl er offensichtlich wusste, dass sie keine Schönheitskönigin war. Und doch schien Lilly in ihm die Lust hervorzurufen. Also hatte sie keinen Grund, sich auch nur im Ansatz für irgendetwas zu schämen. Sie war, wie sie war. Und Sean nahm sie genauso.

»Wunderschön«, murmelte er ausgerechnet in diesem Augenblick.

Lillys Mund wurde trocken. Sie wollte widersprechen, doch sie konnte nicht. Der letzte Hauch Unsicherheit, der in ihr schlummerte, löste sich in Luft auf. Fortan war nur noch Platz für das Verlangen und die Leidenschaft, die Sean in ihr hervorrief.

Sean beugte sich erneut zu ihr. Bevor er sie allerdings küssen konnte, flüsterte Lilly kaum hörbar: »Ich will mehr. Mehr als das.«

Er ging einen Schritt zurück und beobachtete sie. Dann lächelte er herausfordernd und breitete die Arme für einen kurzen Augenblick aus.

»Nimm dir, was du willst.«

Er provozierte sie. Und Lilly genoss den Anblick seiner Muskeln, der kleinen Sommersprossen auf seiner Brust, der starken Schultern und der kräftigen Oberarme. Langsam ließ sie ihren Blick über den Mann vor sich gleiten. Sie würde sich kaum an ihm sattsehen können, und sie wusste nicht, wie lange sie einfach nur dastand und ihn betrachtete.

Nach einer gefühlten Ewigkeit presste Sean hervor: »Wenn du mich noch länger so anschaust, kann ich für nichts mehr garantieren, Lilly. Ehrlich nicht.«

Lilly erwachte aus ihrer Trance, hob den Kopf und schmunzelte.

»Also gut.« Sie überbrückte den Abstand zwischen ihnen, griff nach seiner Levi's, öffnete den Kopf und schob sie von seinen Hüften.

Sean kämpfte sichtlich um seine Beherrschung, doch er ließ Lilly gewähren und hielt sich selbst zurück. Mit den Fingerspitzen fuhr Lilly über seine Konturen, folgte der Linie über den Bauchnabel hinab in die verbotene Gegend, die so dringlich nach ihrer Aufmerksamkeit verlangte. Ein leises Stöhnen entfuhr Sean, und trotz aller Zurückhaltung griff er in Lillys blonde Locken und zog sie noch näher zu sich heran.

Liebevoll knabberte er an ihrer Unterlippe, und Lilly spürte seinen heißen Atem über ihre Haut hinwegfliegen. Sie selbst hatte das Gefühl, als würde sie längst nicht mehr auf dem Boden stehen. Sie begann zu schweben, drängte sich so dicht wie nur möglich an Seans Körper und genoss die Lust, die in ihr aufflammte. Heiß und begehrend berührte sie ihn.

»Lilly ...« Seans Atmung stockte, als er ihren Namen wisperte und sie davon unbeeindruckt weiter ihre Erkundungspläne durchführte.

Während Lilly sowohl ihre Unterwäsche als auch noch ihre Hose trug, stand Sean inzwischen gänzlich unbekleidet vor ihr. Gerade als sie ihre Hand ein weiteres Mal über ihn gleiten ließ, verlor Sean ein Stück seiner Kontrolle. Er stieß sie vorsichtig von sich, machte sich an ihrer Hose zu schaffen, und kurz darauf entledigte er sie ihres BHs und Slips. Lilly vergaß ihre Atmung, sie nahm nichts mehr um sich herum wahr außer dem Mann, der vor ihr stand und sie begehrlich musterte. Besitzergreifend legte er die Hände um ihre runden Hüften, schob sie ein Stück zurück, bis sie wieder gegen den Küchenschrank stieß. Dann griff er hinter sie, rückte den zuvor abgestellten Teller beiseite, hob sie hoch, als wäre sie ein Fliegengewicht, und setzte sie auf der niedrigen Anrichte ab. Liebevoll schob er ihre Schenkel auseinander.

Schnell und unkontrolliert sog Lilly die Luft ein. Ihre Brust hob und senkte sich, während die Leidenschaft sich tiefer in jeder ihrer Zellen absetzte und sie schon bald in eine ganz eigene Welt hineinzog.

Für einen winzigen Augenblick starrte Sean sie an. Von oben bis unten musterte er sie, strich hier und dort über ihre Haut und hinterließ kleine Feuerwerke, die heiße Funken in allen Farben versprühten. Mit den Fingerspitzen fuhr er über Lillys Brüste, umrundete sie, drückte leicht zu, nur um dann mit den Fingern über ihren angespannten Bauch hinabzufahren und sich dem Teil zu nähern, der schon jetzt kurz vor einer überwältigenden Explosion stand.

Doch das Vergnügen währte viel zu kurz. Sean zog die Hand zurück und legte sie stattdessen um ihren Hintern. Während er ihre Lippen mit einem intensiven Kuss verzauberte, näherte er sich Lilly so weit an, dass schon bald kein Lufthauch mehr zwischen sie beide passte. Mit jeder Pore nahm Lilly seine Nähe wahr und wurde sich der heißen Spannung bewusst, die sich mit ihnen auf den Weg zum Gipfel machte.

»Lass uns leben, Lilly«, flüsterte Sean an ihren Mundwinkeln. Mit diesen Worten hob er sie leicht hoch, drückte ihre Oberschenkel noch ein weiteres Stück auseinander und drang kraftvoll in sie ein. Scharf zog Lilly die Luft ein und nahm ihn in sich auf. Heiß und feucht, stark und energisch. Immer wieder.

Es gab nichts, was die beiden hätte trennen können. Nichts, was sie hätte abhalten können. Nichts, was sie sich nicht geben würden. Endlich flohen sie gemeinsam vor der

Realität. Sie waren gefangen in einer Blase, aus der Lilly nie wieder ausbrechen wollte. Lust, Verlangen, Leidenschaft, Respekt und noch etwas, das Lilly nicht beziffern konnte, strömten durch ihren aufgeheizten Körper.

Gemeinsam eroberten sie eine Welt, die ihnen beiden unbekannt war. Erstürmten einen Gipfel, von dem sie nicht ahnten, wie hoch er war. Zusammen begaben sie sich in einen Moment der völligen Bedeutungslosigkeit, und gleichzeitig bedeutete er ihnen alles.

Mit einem Aufschrei katapultierten sie sich an die Spitze, hielten sich gegenseitig fest, gaben sich so viel Freiheit und so viel Sicherheit, wie sie benötigten, und erlebten gemeinsam einen Augenblick, der größer war als alles, was sie je zuvor erlebt hatten.

Langsam, ganz langsam ebbte die Spannung ab. Die letzten Funken des Feuerwerks stoben zur Seite und überließen der darauffolgenden Dunkelheit das Feld.

Plötzlich wurde jene Dunkelheit von grellen Blitzen und lautem Donnerrollen durchzogen. In Lillys Kopf startete eine Maschinerie, und von einer Sekunde auf die andere riss ihr Verstand sie aus der Blase, die sie eben noch so sicher umgeben hatte.

Immer noch umschlang Sean sie mit seinen starken Armen und hielt sie fest. Beide versuchten ihre Atmung unter Kontrolle zu bringen, und Sean lehnte seinen Kopf an Lillys Schulter. Die wiederum unterdrückte das Zittern in ihren Händen und fuhr Sean sacht über den Nacken. Stumm verweilten sie so, bis Sean sich schließlich zurückzog und zu Lilly aufsah. In ihrem Verstand tobte ein zerstörerisches Feuer, das sich von Zweifeln, Selbstgeißelung und fehlender Liebe zu sich selbst ernährte. Lilly wollte fliehen, doch sie konnte nicht.

Sean sagte kein Wort und beobachtete sie. Lilly bemühte sich seinem Blick auszuweichen, aber mit einer liebevollen Geste drehte er ihren Kopf wieder zu sich.

»Wag nicht, das für falsch zu halten«, murmelte er und schaute ihr direkt in die Augen. Er hatte ihr Bull's Eye getroffen. Das Feuer in ihr fraß sich durch die nächsten Vorhaltungen.

Lilly schluckte. Sie öffnete den Mund, um etwas zu erwidern, doch Sean schüttelte ganz leicht den Kopf.

»Nicht, Lilly.«

Von Gefühlen überrannt, starrte Lilly ihn an. Sie wusste, worauf Sean abzielte, und sie hasste sich selbst dafür, dass so kurz nach diesem Moment ihr Hirn schon wieder die Zügel in die Hand nahm. Und noch viel mehr ärgerte sie, dass Sean es auch wusste. Woher, verdammt nochmal?

Unbedarft rutschte Lilly von der Küchentheke und schnappte sich ihre Kleidung. Sie musste Abstand zwischen sich und Sean bringen, doch er griff nach ihrem Handgelenk und hielt sie fest.

Erzürnt drehte sie sich zu ihm um.

»Wir hätten das nicht tun dürfen.« Ihre Stimme zitterte. Sie wollte das nicht sagen. Das Gegenteil war der Fall. Um keinen Preis der Welt wollte sie das, was soeben geschehen war, missen. Viel mehr noch. Sie sehnte sich erneut danach. Nach seiner Nähe. Doch ihr Kopf war wieder da. Er arbeitete auf Hochtouren und hielt ihr eine Standpauke, die sich gewaschen hatte. Das Feuer der Missachtung wurde größer und größer.

Sean lockerte seinen Griff, ließ Lilly aber nicht los und betrachtete sie mit einer Mischung aus Verständnis und Mitleid. Er sollte derjenige sein, der sich schlecht fühlte. Ohne Rücksicht hatte er sich Lilly genähert, sie um den Verstand gebracht und sich genommen, was er so dringend gebraucht hatte. Sicher, sie hätte Nein sagen können, und er hatte gesehen, wie die Zerrissenheit in ihr getobt hatte. Und doch sollte er nun derjenige sein, der sich in Erinnerung rief, dass sie seine Agentin und mit ebenjener Frau zu schlafen eine ziemlich dumme Idee war.

Allerdings – er wollte es kein bisschen als etwas Schlechtes betrachten. Dafür hatte es sich viel zu gut angefühlt. Ja, beinahe richtig. Es war verrückt, und trotzdem hatte er so etwas noch nie erlebt. Lilly war eine sinnlichere Frau, als sie sich zugestand oder nach außen zeigte. Mit jeder Faser hatte sie sich ihm hingegeben, ihn gereizt und schier verrückt gemacht. Noch nie war er einer Frau in so kurzer Zeit so verfallen wie ihr. Ihr Körper umnebelte seinen Verstand, brachte ihn in Wallung, und bereits jetzt hätte er Lilly am liebsten hinüber ins Schlafzimmer gezogen und genau dort weitergemacht, wo sie soeben aufgehört hatten.

Doch der Blick in Lillys gespaltenes Gesicht zeigte ihm eindeutig seine Grenzen. Nur kurz nachdem sie beide wieder im Hier und Jetzt angekommen waren, hatte er gespürt, wie Lillys Kopf arbeitete. Sie hielt die Luft an, hin- und hergerissen zwischen der aufregenden Befriedigung und den Regeln, die sie sich auferlegte. Sie war zerrissen von ihrem eigentlichen Ich und der Person, die sie sich zwang zu sein.

Er konnte förmlich sehen, wie sie sich von der spontanen, lebenshungrigen und unbekümmerten Frau wieder in die organisierte, bedachte Agentin verwandelte, die niemals mit einem ihrer Klienten schlafen würde. Geschweige denn etwas anderes tun würde, dessen Konsequenzen sie nicht exakt absehen und einschätzen konnte. Der Kampf flammte erneut in ihr auf, nur dass diesmal eindeutig die ernste Seite den Sieg für sich beanspruchte – und den Teil von Lilly, den Sean zu gern besser kennengelernt hätte, in seine Schranken wies.

Lillys türkise Augen starrten ihn an, während sie sich ihre Kleidung schützend vor den Körper hielt.

»Lass mich los«, hauchte sie verzweifelt und legte ihre schöne Stirn in Falten.

»Nur, wenn du aufhörst, das hier als Fehler anzusehen.«

Widerspenstig schüttelte sie ihre blonden Locken, die, wie er vorhin festgestellt hatte, nach Mandeln und Himbeeren dufteten.

»Und ob das ein Fehler war, verdammt!« Sie zog an ihrem Handgelenk. Da er ihr keinesfalls wehtun wollte, gab er sie schließlich frei, verbaute ihr mit einem schnellen Schritt vor sie gleichzeitig allerdings den Weg ins Wohnzimmer.

»Warum denn?«

Wütend funkelte sie ihn an.

»Weil es unprofessionell ist, mit seinen Klienten zu schlafen. Deshalb.« Aufgebracht fuhr sie sich mit einer Hand erneut durch die Haare.

»Wir sind zwei erwachsene Menschen, die sich zueinander hingezogen fühlen. Was kann schon falsch daran sein?« Sean verbarg seine Enttäuschung darüber, dass die Chance auf eine Wiederholung dieses Abenteuers in weite Ferne rückte. In sehr weite Ferne. Wenn sie nicht gar für immer verschwand.

Lillys Fingerknöchel traten weiß hervor, so energisch drückte sie ihre Kleidung an sich. Sie drohte innerlich zu Boden zu gehen, Sean sah es ihr an. Umso wichtiger war es, nun gegenzusteuern. Sie durfte das nicht in falscher Erinnerung behalten. Denn ohne anmaßend zu sein, hatte Sean genau gespürt, wie sehr auch Lilly ihr Zusammenspiel genossen hatte. Das stand außer Frage. Und nun lag es an ihm, ihr das klarzumachen.

Mit weicher, aber bestimmter Tonlage sprach Sean auf sie ein. »Lilly, wir hatten Spaß, haben uns gut gefühlt und in den Moment hineingelebt. Da ist doch nichts dabei.«

»Nichts dabei?«, rief Lilly. »Das zeigt, wie wenig Ahnung du vom Leben hast.« Verbittert presste sie ihre schwungvollen Lippen, die noch von Seans Küssen geschwollen waren, aufeinander.

Nachdenklich schüttelte er den Kopf. »Ist es nicht vielmehr anders herum? Sich fallen zu lassen, ist keine Sünde. Es ist menschlich.«

»Wenn Menschlichkeit bedeutet, nicht an die Folgen zu denken und Dinge in Kauf zu nehmen, die das Leben anderer zerstören, dann will ich nicht menschlich sein.«

Sean dachte an Lillys Geständnis auf dem Hügel von Howth. Ihre Vergangenheit hatte sie stärker im Griff, als er für möglich gehalten hatte.

»Übertreibst du nicht ein bisschen?« Liebevoll strich er über ihre Wange, doch Lilly zuckte zusammen, sodass er seine Hand wieder zurückzog. »Hier geht es um Sex, Lilly. Nichts weiter.«

Stur sah sie ihn an. »Umso besser. Dann sind wir uns ja einig, dass sich das auf keinen Fall wiederholen wird.«

Sie schob sich an ihm vorbei, immer darauf bedacht, ihn so wenig wie nur möglich zu berühren.

»So habe ich das nicht ge–«, begann Sean zurückzurudern, doch Lilly unterbrach ihn.

Ohne ihn eines weiteren Blickes zu würdigen, lief sie ins Bad und rief: »Doch, und zwar ganz genau so. Wenn ich darin keinen Fehler sehen soll, wirst du es gefälligst genau als solchen betrachten. Und deiner Karriere zuliebe solltest du diesen Fehler nicht wiederholen.«

So seltsam es klang, aber Sean konnte tatsächlich Lillys verquere Logik nachvollziehen. Mochte sie sie auch wirklich komisch darstellen. Das hieß allerdings nicht, dass er ihr zustimmte. Im Gegenteil. Er wollte diesen *Fehler* unbedingt wiederholen.

Sean hob seine Klamotten vom Küchenboden auf und zog sich an. Dann wusch er sich die Hände im Spülbecken und begann die Küche fertig aufzuräumen. Währenddessen versuchte er Lilly zu verstehen. Sie war leidenschaftlich, energisch und unwiderstehlich. In jeglicher Hinsicht. Sowohl beim Sex als auch in den Momenten, wenn sie ihre ganz eigene Logik an den Tag legte und diese mit ihrer Meinung nach stichhaltigen Argumenten untermauerte. Das war ihm in den letzten Tagen immer wieder aufgefallen. Manchmal versuchte sie ihn von etwas zu überzeugen, das einzig in ihrem Kopf wirklich einen Sinn ergab. Sei es, einen Smoothie nur aus Himbeeren zu bestellen, auf einen Burger zu verzichten, obwohl man keine Lust auf den bestellten Salat hatte, oder in einer ungemütlichen Wohnung zu leben und das als stilvoll zu verkaufen.

Doch heute hatte sie Sean für einen kleinen Augenblick die Frau gezeigt, die sie tief im Inneren war. Eine Frau, die hungrig nach Leben war. Eine Frau, die sich nicht um Konsequenzen scherte. Eine Frau, die einfach nur den Moment genießen wollte. Und nun versuchte sie mit aller Macht, diese Offenbarung zu verdrängen und sich in ihr altes Korsett zu zwängen.

Doch Sean würde diese Frau nicht vergessen. Nein, er zehrte schon jetzt von der Erinnerung daran. Denn was Lilly nicht ahnte, war, dass er genau das brauchte. Einen Menschen, der sich dem Leben verschrieb, ihm eine Orientierung gab und ihn mit naiver Unbekümmertheit und neuer Struktur von seinen Dämonen befreite. Er brauchte ihre Verdrängung genauso wie ihre Offenbarung an das Leben. Es war unfair, Lilly diese unmögliche Aufgabe zuzuschreiben. Doch in der vergangenen Woche hatte Sean mit jedem Tag stärker gespürt, dass Lilly etwas in ihm auslöste. Etwas, das ihm Hoffnung gab. Und das war viel wert, denn er befand sich in einer Phase, in der er sich von der Welt im Stich gelassen fühlte. Vom Schicksal hintergangen und um die Zukunft betrogen.

Für Lilly seine Songs zu spielen und die Leidenschaft durch ihren Körper strömen zu sehen – das hatte ihn von allem abgelenkt, was auf seinen Schultern lastete. Für einen Augenblick war er seinen Sorgen entflohen. Und nun wollte Lilly dem ein Ende bereiten, wo sie gerade erst angefangen hatten? Es war egoistisch, aber nein, Herrgott nochmal! Sean brauchte sie, und er würde sie davon überzeugen. Wenigstens bis er endlich wieder schreiben konnte. Alles hing davon ab. Er spürte es. Und er hatte das Gefühl, dass es Lilly guttun würde, ihr altes Ich an die Oberfläche zu lassen. Oder wünschte er sich das bloß?

Elf

Lilly spritzte sich kaltes Wasser ins Gesicht und begutachtete die größer werdende Beule im Spiegel. Wie lange würde sie wohl damit rumlaufen müssen? Sie atmete tief durch und trocknete sich Gesicht und Hände mit einem flauschigen Handtuch ab. Sie blickte auf ihre Armbanduhr. Es war Samstagmorgen, neun Uhr.

Nachdem Lilly sich abends zuvor zunächst im Bad wieder angezogen hatte, hatte sie sich anschließend vor Seans Vorschlag gedrückt, mit ihm hinunter ins *Cassidy's* zu gehen. Sie hatte ihre Kopfschmerzen vorgeschoben, die aber gar nicht so schlimm waren, und Sean überredet, allein im Pub vorbeizuschauen. Sie hatte ihm hoch und heilig versprechen müssen, ihn anzurufen, würde sie sich plötzlich schlechter fühlen oder gar übergeben, wie es bei Gehirnerschütterungen durchaus vorkommen konnte. Widerwillig hatte er sie schließlich im Apartment allein gelassen. Aber er hatte akzeptiert, dass sie Abstand brauchte, und ihn ihr gegeben.

Lilly hatte sich daraufhin ihren Laptop geschnappt und gearbeitet. Dankbar überflog sie die tägliche Zusammenfassung, die Ivy ihr hatte zukommen lassen, um sie über alles auf dem Laufenden zu halten. Sie, Francine und Joseph hatten den Laden voll im Griff, und Lilly hätte stolzer nicht sein können auf ihre Crew. Sie widmete sich einigem Papierkram, E-Mails und ging die Planung für das kommende Halbjahr durch. Alles, bloß um zu vergessen, dass sie kurz vorher nur wenige Meter entfernt mit Sean den Akt vollzogen hatte.

Das Gefühl von Verlangen stieg erneut in ihr auf, und sie kämpfte es mit aller Macht herunter. Sie war schwach gewesen, hatte ihrem inneren Drang nachgegeben und sich auf Sean eingelassen. Etwas, das sie auf keinen Fall wiederholen durfte. Er war ihr Klient. Er sollte ihr die Tür ins Musikbusiness öffnen. Sie durfte nicht riskieren, das für Sex aufs Spiel zu setzen. Guten Sex. Fabelhaften Sex. Ja, vielleicht sogar den besten Sex, den sie je gehabt hatte – obwohl er auf einem Küchenschrank stattgefunden hatte. Vielleicht zeugte das aber auch von der mittelmäßigen Männerauswahl, die sie bis dato getroffen hatte.

Sean war anders. Und trotzdem musste Lilly die Finger von ihm lassen. Vermutlich hatte sie gestern überreagiert, doch ihr Verstand hatte sich so plötzlich eingeschaltet und sie in eine Krise gestürzt, dass sie sich kaum dagegen hatte wehren können. Sean mochte den ›Zwischenfall‹, wie Lilly es im Geiste nannte, locker sehen. Doch genau aus diesem Grund brauchte er eine Agentin, die ihm den Ernst der Lage verdeutlichte. Er sollte sich auf die Lösung seiner Schreibblockade konzentrieren, nicht auf etwaige Abenteuer, die lediglich seine als auch ihre Karriere zerstören konnten. Das würde sie ihm klarmachen müssen, während sie ihm künftig gegenübertrat und wohl für immer diesen fantastischen Körper und die damit verbundene Erregung verspüren würde. Sie konnte nur hoffen, dass diese Anziehung mit der Zeit nachließ. Ansonsten würden die nächsten Tage und Wochen eine schreckliche Qual werden.

Ein letztes Mal atmete Lilly tief durch, fuhr sich durch die blonden Locken und öffnete schließlich die Tür des Badezimmers. Stoisch vermied sie den Blick auf das Bett im Schlafzimmer, denn sofort spürte sie wieder die verräterische Lust in sich aufsteigen. Es wäre wirklich praktisch, wenn man diese abwegigen Gefühle mit der Erläuterung von Konsequenzen eindämmen könnte. So ein Ausschaltknopf wäre toll. Doch von wegen. Lillys erogene Zone interessierte es einen Dreck, was für Folgen ihre Leidenschaft haben könnte.

Lilly kehrte ins Wohnzimmer zurück, gerade als Sean durch die Tür zum Apartment hereinkam. Fröhlich lächelte er sie an und hob eine Tasche hoch, die er in der Hand trug.

»Ich habe uns Frühstück besorgt.«

Lilly konnte etwas zu essen vertragen, auch wenn sie sich bei Seans Anblick immer noch am Riemen reißen musste. Es war ein bisschen wie dieser unangenehme Moment, wenn man seinem One-Night-Stand am nächsten Tag zufällig im Flur begegnete, während man sich gerade ungesehen davonschleichen wollte. Also tat Lilly, was sie am besten konnte. Verdrängen. Und sich auf das Geschäft konzentrieren.

»Wir sollten über die kommenden Tage sprechen.«

Sean lief zur Küche und legte die Tasche auf den Tresen. Während er allerhand Lebensmittel auspackte, fragte er: »Was meinst du?«

»Die Zeit läuft uns langsam davon. Wir sollten versuchen, deine Blockade endlich zu durchbrechen. Es ist höchste Eisenbahn.«

Unauffällig kniff Sean die Lippen zusammen. Er holte zwei Teller und Schüsseln aus dem Wandschrank und erwiderte betont gelassen: »Wir haben noch genug Zeit.«

Lilly unterdrückte einen genervten Aufschrei und stellte sich stattdessen auf die gegenüberliegende Seite der Bar. Energisch schaute sie Sean an.

»Wir haben alles andere als *genug* Zeit«, korrigierte sie ihn. Sie würde das Zepter in die Hand nehmen. Seans Konzept hatte nicht funktioniert. Lilly war an der Reihe, ihm den nötigen Schubs zu verpassen. Und er würde sich ein

Bein ausreißen können, aber jetzt hatte Lilly das Sagen. Mit diesem Plan war sie gestern eingeschlafen und heute Morgen aufgestanden, als Sean bereits das Apartment verlassen hatte, um – wie Lilly nun wusste – Frühstück zu besorgen.

Und ja. Lilly hatte auf dem Sofa geschlafen. Sehr zum Missfallen von Sean, was er ihr nach seiner Rückkehr vom *Cassidy's* zwar versucht hatte zu verheimlichen, doch sie hatte es ihm angesehen. Und so schwer es ihr auch fiel, sie war standhaft geblieben. Und darauf war sie wirklich stolz. Traurig, aber wahr.

Während Sean Eier aufschlug und in einer Pfanne erhitzte, schob Lilly sich auf einen der Barhocker und begann, ihren Plan in die Tat umzusetzen.

»Du sagtest gestern, deine Kreativität ist noch nicht wieder angekurbelt worden, richtig?«

Sean warf ihr einen undurchdringlichen Seitenblick zu, nickte und wendete die stockenden Eier in der Pfanne.

»Wunderbar«, meinte Lilly. »Also nein, nicht wunderbar. Egal. Was ich damit sagen will, ist, wir machen es ab jetzt auf meine Weise.«

Skeptisch musterte Sean sie. »Und die lautet wie?«

Lilly räusperte sich. »Wir machen, was ich für richtig halte.«

Sean hob eine Augenbraue, blieb aber stumm.

»Deine Touristentour hat nicht funktioniert, also werden wir den Tag etwas anders gestalten. Wir fangen dort an, wo du einst begonnen hast.«

Fragend blickte Sean sie an.

»Bevor du berühmt wurdest, hast du auch als Straßenmusiker gearbeitet, nicht? Grafton Street, O'Connell Street, Saint Stephen's Green. Du erinnerst dich?« Lilly wusste, er würde sich erinnern, schließlich hatte er ihr letzte Woche auf ihren gemeinsamen Streifzügen durch Dublin davon erzählt.

Argwöhnisch nickte er. Dann schüttelte er irritiert den Kopf. »Bist du nicht diejenige gewesen, die mich aus der

Öffentlichkeit verbannen wollte und einen Herzinfarkt bekommt, sobald ich mich auch nur einer größeren Gruppe Menschen nähere?«

Lilly wog ihren Kopf hin und her. »Ja, das stimmt. Aber wir müssen die Sache jetzt anders angehen. Aber keine Sorge, ich habe auch diesen Umstand bedacht.«

Sie verschwieg, was genau sie in Bezug auf die öffentlichen Auftritte geplant hatte. Sean würde ihr früh genug deshalb an die Gurgel gehen. Sie hatte ihre kurze Auszeit gestern Abend, als Sean im Pub gewesen war, gut genutzt. Für die gesamte Woche hatte sie einen Plan aufgestellt, die meisten Programmpunkte waren bereits heute Morgen bestätigt worden, und bei den ausstehenden würden mit Sicherheit am heutigen Samstag noch die entsprechenden Zusagen kommen.

Lilly hatte eine Menge ihrer Kontakte spielen lassen. Den Rest hatte Seans Name erledigt. Jeder wollte ihn haben. Es war Fluch und Segen zugleich. Seit gestern die offizielle Mitteilung rausgegangen war, dass Lilly Seans neue Agentin war, liefen ihr E-Mailpostfach und ihre Mailbox über. Alle Welt meldete sich bei ihr, um den fantastischen Sean O'Sullivan für sich zu gewinnen. Lilly hatte sich immer wieder gefragt, wie Sean es bis heute ohne Agenten oder eigenen Manager geschafft hatte, nicht unterzugehen und gleichzeitig seine Berühmtheit zu forcieren. Stammten seine dunklen Augenringe, die nur in seltenen Momenten hervorblickten, daher?

Sean verteilte das Rührei auf zwei Tellern, legte jeweils ein frisches buttriges Croissant dazu und reichte Lilly einen der Teller. Die Kaffeemaschine ratterte, und kurz darauf duftete ein doppelter Espresso vor Lillys Nase. Sean packte eine Flasche Orangensaft aus und stellte anschließend eine Schüssel Himbeeren und ein Glas Naturjogurt auf den Tresen.

Lillys Herz hörte für einen Moment auf zu schlagen.

Langsam hob sie ihren Blick, Sean lächelte sie an und zuckte mit den Schultern.

»Ich dachte, du könntest ein paar Vitamine gebrauchen.« Er deutete auf ihre Beule und schob sich eine volle reife Beere in den Mund.

Mit aller Macht ignorierte Lilly ihren auf und ab hüpfenden Magen und steckte ihre Nase in die kleine Espressotasse. Sie brauchte Koffein. Dringend. Schon nach dem ersten Schluck spürte sie den Effekt durch ihren Körper schnellen.

Aufmerksam musterte sie Sean. »Bist du bereit für die Straße?«

Sean stocherte in seinem Rührei herum, dann sah er auf. »Habe ich eine Wahl?«

Lilly schüttelte den Kopf.

Er zuckte mit den Schultern. »Dann bin ich wohl bereit.«

Zu gern hätte Lilly gewusst, was Sean von ihrem Vorhaben hielt. Doch er ließ sich nicht in die Karten schauen. Er setzte sein Pokerface auf, und Lilly konnte nur hoffen, dass ihre Ahnung sich bestätigen würde. Sie hatte einige gute Ideen, und sie betete inständig, dass irgendeine davon etwas in Sean bewirken würde. Gleichzeitig nahm sie sich weiterhin vor, hinter den wahren Grund für Seans Blockade zu kommen. Würde sie das nicht herausfinden, war alles, was sie tat, lediglich Symptombekämpfung. Er aber benötigte eine Lösung für die Ursache.

Dreieinhalb Stunden später wurde Lilly, wie schon befürchtet, der Hals umgedreht. Von Sean. Ihrem Superstar.

»Das ist lächerlich. Das kommt nicht infrage.«

Geduldig erwiderte Lilly: »Es ist notwendig, Sean. Oder möchtest du von Menschenmassen überrannt und erdrückt werden?«

Sie standen in einer kleinen Seitengasse der Grafton

Street, einer Fußgängerzone mit zahlreichen Geschäften, die von der Parkanlage Saint Stephen's Green bis zum Trinity College führte. Die breite Straße war bei Musikern und Künstlern äußerst beliebt, da sich hier viel Publikum vorbeibewegte. Besonders jetzt am Wochenende.

Sean zeigte auf die belebte Straße. »Ich verstecke mich nicht, Lilly. Und ich fange ganz sicher nicht an, mit«, er warf den beiden Männern neben Lilly einen genervten Blick zu, »Security herumzulaufen!«

Lilly wandte sich entschuldigend an den Sicherheitsdienst, den sie beauftragt hatte, sie heute zu begleiten. »Ich kläre das. Geben Sie uns einen Moment?«

»Sicher.« Die breitschultrigen Männer in schwarzen Hosen und T-Shirts zuckten mit den Schultern und zogen sich unauffällig zurück.

Lilly stemmte die Hände in die Taille und drehte Sean ihr Gesicht zu. »Wir machen es auf meine Weise. Das haben wir heute Morgen vereinbart, erinnerst du dich?«

Sean schob trotzig das Kinn vor. »Da war aber nicht die Rede davon, dass ich von Bodyguards umgeben durch die Stadt laufe. Ich will meinen Freiraum. Und …«

»… einen Milchshake, einen Bagel und Kleidergröße acht. Ja, ich wünsche mir auch viel und bekomme es trotzdem nicht«, hielt Lilly ihm entgegen. »Es ist doch nur für deine Sicherheit, Sean. Zwei Leute, die aufdringliche Fans von dir fernhalten. Mehr nicht.«

Sean grummelte etwas vor sich hin.

Lilly legte ihm eine Hand auf den Arm, ignorierte das Flattern, das die Berührung seiner warmen Haut auslöste, und sah ihm in die beleidigten Augen, die sie anstarrten.

»Ein Kompromiss. Du stehst allein mit deiner Gitarre da draußen auf der Straße.« Lilly deutete auf die Fußgängerzone. »Und meine beiden Freunde hier mischen sich unters Volk, behalten alles im Auge und schreiten nur im äußersten

Notfall ein.« Versöhnlich blinzelte sie Sean an. »Einverstanden?«

Sean schien abzuwägen, wie kindisch er noch widersprechen durfte, entschied sich aber offenbar für den erwachseneren Weg.

»Okay.« Er nickte. »Aber im Ernst, Lilly. Das ist total übertrieben.«

Sie zuckte mit den Schultern. »Ja, vielleicht. Aber so ist mein Job. Gewöhn dich dran.« Lilly wandte sich ab. »Ich gebe den beiden kurz Bescheid. Dann kannst du loslegen.«

Sie lief zu den Security-Männern hinüber und unterdrückte ein siegessicheres Grinsen. Außer Hörweite von Sean sagte sie: »Wir machen es wie besprochen. Ihr mischt euch einfach nur unter die Leute und behaltet alles im Blick.«

Der Größere der beiden nickte und warf Lilly einen verständnisvollen Blick zu. »Die Stars sind aber auch nie zufriedenzustellen, nicht?«

Lilly ließ das Grinsen endlich über ihre Lippen huschen und meinte leise: »Oh, er *ist* zufrieden. Er denkt nämlich, er hat sich durchgesetzt. Was er nicht weiß, ist, dass wir«, sie deutete zwischen sich und den Sicherheitsleuten hin und her, »genau das von Anfang an so vereinbart haben.«

»Warum haben Sie ihm das nicht gleich so gesagt und stattdessen mit ihm diskutiert?«

Lilly fuhr sich durch die blonden Locken und verdrehte die Augen. »Weil der werte Herr sich dann komplett quergestellt hätte. Und so gebe ich ihm das Gefühl, als hätte er die Situation für sich entschieden. Alles eine Frage der Perspektive.«

Die Männer lachten. »Sie haben es faustdick hinter den Ohren.«

Lilly grinste. »Möglich.« Sie wurde ernst. »Achten Sie auf ihn, ja? Sobald Ihnen etwas auffällt, informieren Sie mich und reagieren.«

»Selbstverständlich.« Der Jüngere der beiden nickte. »Wir

beziehen dann mal Position.« Damit drehten sich die Bodyguards um und liefen hinaus in die Menschenmenge.

Lilly atmete tief durch und betete, dass sie diese Entscheidung nicht bereuen würde. Für einen Moment schloss sie die Augen und konzentrierte sich auf das, was vor ihr lag. Dann hob sie die Lider und drehte sich schwungvoll um, nur um beinahe in Sean hineinzustolpern, der sich ihr in der Zwischenzeit von hinten genähert hatte.

»Bereit?«, fragte Lilly und ging unauffällig einen Schritt zurück, um Abstand zwischen sich und ihn zu bringen. Sie musterte ihn, wie er in grauem T-Shirt, schwarzen Chinos und weißen Sneakern vor ihr stand, seine Gitarre bereits in der Hand. Seine haselnussbraunen Haare lagen in einem geordneten Chaos, und seine Augen betrachteten sie eingehend.

»Ich habe lange nicht mehr auf der Straße gespielt.«

»Deshalb wird es Zeit dafür. Vergiss die großen Bühnen in New York, Rio und Tokio. Das hier ist die härteste Bühne, die es für einen Musiker geben kann. Beweis dir selbst, dass du sie immer noch beherrschst.«

Ein unsicherer Ausdruck legte sich auf Seans Gesicht. Ein ungewohnter Anblick, war er doch sonst immer mit einem gewinnenden Lächeln unterwegs.

»Und wenn ich nicht mehr in der Lage dazu bin? Wenn mich etwas verändert hat?«

Lilly lächelte ihn aufmunternd an. »Erinnerst du dich an unseren ersten gemeinsamen Abend im *Cassidy's*? Du hast mich angerufen, weil du ein Fangirl gebraucht hast – und mich testen wolltest.«

Ein Grinsen schummelte sich auf Seans Lippen, und seine Grübchen traten wieder hervor.

»Du hast kein Fangirl nötig, Sean.« Lilly wechselte in einen aufrichtigen Ton. »An dem Abend im Pub hast du sie alle zum Tanzen gebracht. Durch dein Lächeln, deinen Charme und dein Gefühl, das sofort auf jeden überspringt, den du ansiehst. Das hier ist nichts anderes. Zünde den Funken und lass ihn überspringen.«

Seans Lächeln erlosch. Er öffnete den Mund, um etwas zu erwidern, hielt dann jedoch inne. Er ließ seinen Blick auf Lilly ruhen und schwieg. Und dann wieder, er schien Anstalten zu machen, etwas zu sagen, doch schüttelte dann kaum merklich den Kopf, setzte ein Lächeln auf und beugte sich ohne Vorwarnung zu ihr, streifte ihr einen flüchtigen Kuss auf die Lippen und lief an ihr vorbei hinaus auf die Straße.

Hitzewellen stoben durch Lilly, ihre Lippen bitzelten noch von Seans unerwartetem Kuss, und sie hätte am liebsten schon wieder auf der Stelle aufgestampft. Widersprüchliche Gefühle kämpften in ihrem Inneren um die Vorherrschaft. Aufregung, Lust, Ärger, Freude und noch viel mehr. Es war zum Haareraufen. Energisch atmete sie durch, straffte die Schultern und folgte Sean hinaus ins Getümmel. Wie würde er sich wohl schlagen?

Seans Hände zitterten. Nicht vor Aufregung. Er fuhr mit der Zungenspitze über seine Lippen und schmeckte den Himbeersmoothie, den Lilly auf dem Weg in die Stadt getrunken hatte. Er wusste nicht, weshalb er Lilly einfach geküsst hatte, doch er hatte auf einmal den Drang verspürt. Ihre weichen Lippen übten eine Anziehungskraft auf ihn aus, der er sich nur schwer erwehren konnte. Sicherlich würde sie ihm dafür später noch die Leviten lesen.

Warme Sonnenstrahlen tanzten über Sean hinweg, während er sich am Rand der Fußgängerzone in Position begab. Lilly hatte ziemlich exakt die Mitte der Einkaufsstraße für seinen Auftritt ausgesucht. Vermutlich hatte sie es sogar mit der Stadtverwaltung abgesprochen, denn Sean erblickte zwei Dutzend Polizisten in der Nähe, die ihn und seine Umgebung unauffällig beobachteten. Von wegen zwei Bodyguards, Lilly hatte ihn an der Nase herumgeführt. Sie war wirklich um seine Sicherheit besorgt. Vielleicht sollte er sich ein Beispiel daran nehmen.

Sean blinzelte dem blauen Junihimmel mitsamt der strahlenden Sonne entgegen. Dann musterte er die Geschäftszeile. Hinter ihm ein Schuhgeschäft, gegenüber eine Boutique von *Victoria's Secret* und *Rayban*. Ein Stand mit roten Sonnenschirmen bot farbenfrohe Blumensträuße an. Gelbe Sonnenblumen, rote Tulpen, blaue Kornblumen und weiße Lilien. Daneben ein kleiner Stand mit frischem sommerlichem Obst. Erdbeeren, Blaubeeren, Aprikosen – und natürlich Himbeeren. Der leichte Wind wehte den herrlichen Duft der Blumen und des süßen Obstes zu Sean herüber. Typisch für einen Samstagmittag schlenderten zahlreiche Menschen durch die Fußgängerzone und genossen den warmen Sommertag.

Wie oft hatte er hier und an anderen Stellen der Grafton Street gestanden und Musik gemacht? Bei jeder Wetterlage. Neben seinen Auftritten in verschiedenen Pubs der Stadt hatte es zu seinem Alltag gehört, hier zu stehen und die Aufmerksamkeit vorbeieilender Passanten zu ersingen. Und es war ein Kampf gewesen. Lilly hatte recht.

Straßenmusik war die härteste Herausforderung eines Musikers. Die Menschen zogen vorbei, manchmal ohne den Sänger oder die Sängerin überhaupt eines Blickes zu würdigen, und eilten zu ihrem Ziel. Termine, schlechtes Wetter, Kopfhörer – mit alldem konkurrierten Straßenmusiker. Ein guter Sänger zu sein, reichte auf der Straße nicht aus. Der Funke musste überspringen. So schnell, dass die Menschen trotz ihrer Pläne stehen blieben, zuhörten und vielleicht sogar bis zum nächsten Song blieben und eine Verspätung in Betracht zogen. Nirgends wechselte das Publikum so rasch wie auf der Straße. Nirgends war die Konkurrenz stärker. Und nirgends fällten die Menschen ihr Urteil über die Musik des Künstlers so eilig wie hier. Millisekunden entschieden über Wohlwollen oder Ignoranz.

Die ersten Tage waren hart gewesen. Sean hatte lernen müssen, diese Ignoranz nicht persönlich zu nehmen. Blieben Passanten auch nur für eine halbe Minute stehen, drückte das bereits Respekt für seine Leistung aus. Sein sonniges, charmantes Gemüt war Sean allerdings schon bald zugutegekommen. Neben seiner Stimme und den Fertigkeiten an der Gitarre schien er etwas an sich zu haben, das die Menschen begeisterte. Innerhalb kürzester Zeit hatte er sich unter den Passanten eine Fanbase aufgebaut. Nach wenigen Wochen an den immer gleichen Plätzen waren Leute bereits stehen geblieben, wenn er noch dabei war, sein Equipment aufzubauen. Sie kannten ihn inzwischen und warteten schon auf ihn. Das wohl größte Kompliment, das man auf der Straße als Musiker bekommen konnte.

Seit gut vier Jahren hatte er nun schon nicht mehr auf der Straße gestanden. Er hatte nicht länger um die Aufmerksamkeit der Menschen buhlen müssen. Stattdessen rissen sich die Leute um die Tickets für seine Shows und zahlten horrende Preise, um ihm in den größten Stadien der Welt zuzuhören.

Schaffte er es, seinen alten Charme wieder hervorzuholen und die Menschen zum Stehenbleiben zu bewegen? Lilly hatte ihn ermutigt. Sie glaubte an ihn. Das Zittern seiner Finger und das damit verbundene Kribbeln sorgten in ihm jedoch für das Gegenteil. Zweifel. Angst. Unsicherheit. Sein sonniger Optimismus hatte sich von ihm abgewandt.

Seine Augen suchten die Menge nach Lilly ab. Sean fand ihre blonde Lockenmähne, die über ihre Schultern fiel, auf der gegenüberliegenden Straßenseite. In ihrem grünen Designer-Sommerkleid, das ihre Figur perfekt betonte, und den weißen Sandalen, die ihre Beine noch attraktiver machten, als sie es sowieso schon waren, lehnte sie an der Hausmauer neben den Schaufenstern des Victoria's-Secret-Ladens und beobachtete ihn. Sie lächelte ihm zu. Ihre Augen funkelten herausfordernd, und Sean erinnerte sich daran, wie sich ihre Haut unter seinen Händen angefühlt hatte.

Nein, er durfte sich nicht von dem Kribbeln einschüchtern lassen. Er mochte ein Handicap haben, das er vor vier Jahren noch nicht besessen hatte, und es jagte ihm eine Heidenangst ein. Doch je länger er Lilly betrachtete, desto ruhiger wurde er. Seine Hand regenerierte sich, und er spürte stattdessen die Leidenschaft für seine Musik aufsteigen.

Sean schloss die Augen, atmete tief durch und begann zu spielen. Ohne Mikrofon. Ohne Verstärker. Einfach nur er und seine Gitarre. Inmitten von hunderten vorbeiziehenden Fremden, deren Aufmerksamkeit er für sich gewinnen wollte. So wie früher. Und doch unter völlig anderen Bedingungen.

Anders als am Abend zuvor begann Sean nicht mit einem seiner eigenen Songs. Stattdessen bediente er sich bei seinen Kollegen von Coldplay und spielte eine Akustikversion ihres Erfolgshits *A Sky Full of Stars*. Es war ungewohnt, ohne die üblichen technischen Hilfsmittel zu auszukommen. Um sich Gehör zu verschaffen, musste er sich stärker in seine Stimme legen, und durfte gleichzeitig nicht die Emotionen vernachlässigen. Strudelte er noch in der ersten Strophe, gewann er im Refrain seine alte Sicherheit zurück. Langsam aber stetig steigerte er sich. Die hohen Töne hatten ihm glücklicherweise noch nie Schwierigkeiten bereitet, sodass er von einem Akkord zum nächsten flog, die Songzeilen verinnerlichte und vergaß, dass er in der Fußgängerzone stand.

Nach der Hälfte des Songs öffnete er seine Augen und stellte erstaunt fest, dass sich bereits eine Menschentraube um ihn herum bildete. Die Leute hatten ihn erkannt. Sie zückten ihre Smartphones, und obwohl er Coldplay spielte, sangen sie mit.

'Cause you're a sky, you're a sky full of stars
Such a heavenly view
You're such a heavenly view

Yeah, yeah, yeah, ooh

Seans Blick glitt über die leuchtenden und überraschten Gesichter. Immer mehr Menschen blieben stehen, stupsten sich gegenseitig an und zeigten auf ihn. Sie hielten inne, hörten zu, schwelgten mit. Dankbarkeit überfiel ihn, erfüllte ihn, und wieder wurde er sich bewusst, welches Glück er doch hatte. Er stand hier, spielte auf seiner Gitarre, sang einen Welthit, und Dublin lauschte ihm. Der Funke war übergesprungen.

Noch während der letzte Akkord von Coldplays *A Sky Full of Stars* erklang, ging er über zu einem seiner eigenen Songs. *A Wild Girl's Heart*. Ein peppiger Sound mit guter Laune, motivierend und voller Enthusiasmus. Eine Gruppe junger Teenagerinnen begann mitten auf der Straße zu tanzen, zu hüpfen und mitzusingen. Sie wurden zu seinem Chorus.

Sean teilte sein Strahlen, seinen Charme und alles, was er geben konnte, mit der Straße, lebte diesen Augenblick und sog auf, was die Menschen ihm entgegenbrachten. Er fühlte die Energie, die von ihm auf das Publikum überging und wieder zu ihm zurückgespielt wurde. Deshalb machte er Musik. Wegen dieses Gefühls.

Er erzählte seine Geschichte von dem jungen Mädchen, das sich seinen Platz in der Welt suchte, von Zweifeln durchzogen und doch so wild und stark war. Er sang von dem Mädchen, das zu viel Verantwortung auf sich lud und in unbemerkten Momenten lernte loszulassen. Von dem Mädchen, das ihm beibrachte, für sich einzustehen und für seine Träume zu kämpfen. Er sang von dem Mädchen, das seine Schwester war. Clare.

Während der letzten Strophe blieb sein Blick erneut an Lilly hängen, die noch immer auf der anderen Seite stand. Die Sommerbrise ließ das Kleid um ihre Beine wehen und brachte ihre offenen Haare durcheinander. Doch das schien sie zur Abwechslung nicht zu kümmern. Vielmehr beobachtete sie die Menge. Ein Glänzen legte sich auf ihr Gesicht. Sie erkannte, dass ihr Plan, welche Absichten auch dahinter gestanden hatten, funktionierte. Sean sah es ihr an. Und er war dankbar.

Dankbar, dass sie an seiner Seite war und für ihn kämpfte, obwohl er ihr das Leben schwermachte, ihr die Wahrheit verschwieg und sie stattdessen in einen Sumpf zog, aus dem er selbst nicht rauskam. Zum ersten Mal seit langer Zeit spürte er so etwas wie Boden unter seinen Füßen. Er war längst nicht so weit, selbstständig aus dem Moor emporzuklettern. Doch seit Wochen war dies der erste Augenblick, in dem er das Gefühl hatte, es würde sich lohnen zu kämpfen. Lillys Augen trafen auf seine, und sie lächelte ihm zu.

Siehst du. Du kannst es noch. Ihre süße, besserwisserische Stimme ertönte in seinem Kopf, und ein Lächeln arbeitete sich in ihm empor.

Fighting for her dreams, she spent the nights working
Fighting for her dreams, she went on writing
Accompanied by a wild girl's heart
A wild girl's heart ...

Die Zeilen beschrieben das Leben seiner älteren Schwester, doch Sean hätte schwören können, dass sie ebenso auf Lilly zutrafen. Nur anders. Sie hatte ein wildes Herz, das sie in eine Form zwängte, für die dieses Herz viel zu groß und lebendig war. Ein Sonnenstrahl schlängelte sich über ihre frechen Locken, und Sean nahm sich bei ihrem Anblick eines fest vor.

Egal, ob Lilly es schaffte, ihn aus seinem Sumpf hervorzuholen, oder nicht. Er würde ihr zeigen, dass es in Ordnung war, lebensdurstig, chaotisch und wild zu sein. Das Leben war nämlich genauso. Was brachte es ihr, sich ein Kostüm überzustülpen, wenn sie selbst dabei verloren ging? Das Leben war zu kurz, um nur an Konsequenzen zu denken. Das wusste er selbst am allerbesten. Auch wenn ihn die Angst lähmte. Ein seltsamer Widerspruch.

Zwölf

Lilly war zufrieden. Nein, sogar mehr als das. Lächelnd zog sie ihren Lidstrich nach und betrachtete sich kritisch in dem kleinen Spiegel. Sie hatte ihr grünes Sommerkleid gegen eine schwarze Stoffhose, die kurz über dem Knöchel endete, und eine luftige dunkelblaue Sommerbluse ohne Ärmel getauscht. Die Beule hatte sie, so gut es eben ging, überschminkt, und dank der Medikamente blieben auch ihre Kopfschmerzen in einem aushaltbaren Rahmen.

Der relativ spontane Straßengig war ein Erfolg gewesen. Sean hatte fast zwei Stunden durchgehend gespielt, und die Leute hatten es geliebt. Der Start war etwas holprig verlaufen, doch schon bald hatte er abgeliefert. Und nicht nur das. Er hatte gefühlt, was er sang. Lilly hatte es eindeutig gespürt. Er hatte zwischen eigenen Songs und den Liedern von anderen Musikern abgewechselt, sodass er Coldplay, Elton John, die Beatles und One Republic auf Dublins Einkaufsstraße holte. Seans Augen hatten gefunkelt, die Saiten seiner Gitarre geglüht, und Lilly fühlte sich bestätigt.

Sie hatte ihn an seine Anfänge erinnern wollen. Daran, wie schwer es zunächst schien, die Herzen der Menschen für sich zu gewinnen. Nur um dann festzustellen, dass es, wenn man einmal begonnen hatte, doch gar nicht so schwierig war. Die Leute liebten Sean, und das musste er nicht nur verstehen, sondern spüren. Er sollte merken, dass sie seinen Geschichten lauschen wollten, dass sie ihn nahmen, wie er war. Er brauchte keine große Bühne für seinen Auftritt. Ihm reichten eine Gitarre, eine Fußgängerzone und eine Handvoll Songs, denen er Leben einhauchte. Er gab den Zeilen eine Bedeutung, er vermittelte die Emotionen, und er hatte es selbst in der Hand. Lilly wollte, dass er merkte, dass seine Songs noch immer voller Bedeutung waren. Und wenn sie seinen Gesichtsausdruck am Ende des Gigs richtig gedeutet hatte, wurde er sich dessen langsam wieder bewusst.

Nachdem immer mehr Menschen auf Sean und seinen Auftritt in der Grafton Street aufmerksam geworden waren, hatte Lilly hart an sich arbeiten müssen, um den Trubel nicht zu beenden. Gott sei Dank war ihr Sicherheitsplan aufgegangen, ohne dass Sean viel davon mitbekommen hatte. Die beiden Security-Männer hatten unauffällig ihre Verstärkung von rund zwanzig Mann um Sean herum platziert, und die angeforderte Polizei war ebenso wachsam gewesen und hatte für einen reibungslosen Ablauf im Hintergrund gesorgt. Ganz so, wie Lilly es sich erhofft hatte.

Der Auftritt hatte Geld und viel Überredungskunst bei den städtischen Behörden gekostet, doch für Sean war die Summe nicht mehr als ein Fingerschnippen – und die Stadt konnte sich rühmen, mal eben ein spontanes Straßenkonzert eines Weltstars gestemmt zu haben. Und spontan war es gewesen. Nur dank ihrer engen Kontakte zu einigen Leuten in der Stadtverwaltung hatte sie noch Samstagmorgen eine Genehmigung für den Auftritt erhalten. Es zahlte sich eben aus, auch die Privatnummern der Leute zu besitzen, dachte Lilly grinsend.

Sie würde Sean später erklären müssen, weshalb er eine Rechnung für zwei Dutzend Security-Leute und einen mittelgroßen Polizeieinsatz übernehmen musste. Aber das

Strahlen in seinen Augen war es wert. Sie war auf dem richtigen Weg.

Ein letzter prüfender Blick in den Spiegel und Lilly verließ die Toilette des kleinen Pubs, in dem sie heute Abend waren. Nach dem erfolgreichen Intermezzo auf der Grafton Street, einer daran angeschlossenen eineinhalbstündigen Signieraktion und viel Überredungskunst von Lilly hatte Sean sich schließlich von seinen Fans getrennt. Danach hatten sie eine Runde durch die Stadt gedreht, ein spätes Mittag- oder auch frühes Abendessen eingenommen, und Lilly hatte eine kleine Erholungspause für sich eingefordert, die Sean ihr widerstandslos zugestand. Oder besser gesagt, empört aufdrückte. Und zwar mit den Worten: ›Schäm dich, dass du heute den ganzen Tag auf dich genommen hast! Natürlich gehen wir nach Hause, und du legst dich hin.‹

Lilly hatte nur die Augen verdreht und sich den Rest des Weges einen Vortrag über die Auswirkungen von nicht auskurierten Gehirnerschütterungen angehört. Ihren Einwand, dass er noch am Morgen nichts gegen den geplanten Gig in der Stadt gehabt hatte, hatte Sean mit einer Handbewegung abgetan und ihr erklärt: ›Da bin ich naiverweise davon ausgegangen, dass du dich währenddessen schonst. Mein Fehler.‹

Also hatte Lilly sich brav für eine Stunde hingelegt, ausgeruht und war nun wieder so weit fit, ihren nächsten Programmpunkt mit Sean in Angriff zu nehmen. Sie durchquerte den spärlich ausgeleuchteten Pub und setzte sich zu Sean an den kleinen runden Tisch.

»Verrätst du mir, was wir hier machen?« Er hatte während Lillys kurzer Auszeit eine Dusche genommen und trug nun ein hellblaues Hemd, eine seiner unzähligen Chinos, diesmal in Weiß, und dunkle Sneaker. Seine Brille verlieh ihm diesen hippen intelligenten Touch, und sein Charme tat sein Übriges, um Lilly vom Grund ihres Hierseins abzulenken. Ärgerlich über sich selbst riss sie sich zusammen und schlug die

Beine übereinander, nur um sich dabei zu verschätzen und sich das Knie an der Tischkante zu stoßen.

»Oh, verdammt!«, zischte sie und rieb sich über die Kniescheibe. Der nächste blaue Fleck ließ grüßen. Wenn sie so weitermachte, konkurrierte sie bald mit der Haut eines Schlumpfes.

Sean besaß die Frechheit, sie maßregelnd anzusehen. »Was machst du denn?«

»Meine Grenzen ausloten«, erwiderte Lilly genervt und bemühte sich, ihren inneren Aufruhr zu zügeln. Dieser Mann sorgte für Chaos in ihrem Körper. Das musste dringend aufhören!

Lilly atmete tief durch und konzentrierte sich auf den Bierdeckel, der vor ihr auf dem Tisch lag und die abperlenden Tropfen ihres stillen Wassers auffing. Wenigstens hatte Sean sich an ihren Getränkewunsch gehalten. Ein kleiner Fortschritt. Lilly unterdrückte ein schmerzhaftes Stöhnen, während Sean mit den Fingern auf die zerkratzte Tischplatte trommelte.

Der Pub war nicht besonders groß. Inklusive Stehplätze passten vielleicht vierzig bis fünfzig Personen in den Raum, der nach Guinness, Whiskey und kaltem Frittierfett roch. Zugegeben, es war nicht der gemütlichste Pub in Dublin, aber deshalb waren sie auch nicht hier. Das *Little Lion* lag im Norden der Stadt, in einer versteckten Seitenstraße der O'Connell Street, und bot Künstlern aller Art eine Bühne. So fanden hier regelmäßig Literaturlesungen, Stand-up-Comedy aber auch kleine Konzerte statt. Die Wände waren voller Autogrammkarten unbekannter und berühmter Künstler. Als Signierunterlage diente übrigens alles, worauf man schreiben konnte. Fotos, Bierdeckel, Servietten, sogar Geldscheine. Der Pub galt als Schmiede für die Stars von übermorgen. Schauspieler, Sänger, Autoren – von allem tummelte sich hier etwas. Und natürlich ein breites wohlgesonnenes, aber kritisches Publikum.

Wer es schaffte, im *Little Lion* Standing Ovations einzuheimsen, der schaffte es auch in der Welt da draußen zu großem Erfolg. Heute Abend sollte Sean sich allerdings nicht der Kritik stellen, sondern einfach nur Zuschauer sein. Kunst aller Art wirkte inspirierend. Die Arbeit anderer zu schätzen war dabei genauso wichtig wie die eigene Kreativität. Und manchmal galt sie sogar als Nährboden für neue Werke.

An diesem Samstagabend fand im *Little Lion* ein Poetry-Slam statt. Ein literarischer Wettbewerb, bei dem eigens verfasste Texte innerhalb eines Zeitlimits von etwa fünf Minuten vorgetragen wurden. Lilly war erst zweimal auf einer solchen Veranstaltung gewesen, doch jedes Mal hatte sie hinterher eine eigenartige Inspiration in sich aufflammen gefühlt, und sie hoffte, diese Empfindung auch bei Sean hervorrufen zu können.

Die sowieso schon spärlichen Lichter wurden noch ein bisschen stärker gedimmt, sodass sich die gesamte Aufmerksamkeit des Publikums auf die ausgeleuchtete kleine Bühne am hinteren Ende des Pubs richtete.

»Was wird das hier?«, fragte Sean leise und beugte sich zu Lilly hinüber.

Der Duft seines Deos erinnerte sie an den gestrigen Abend, und Lilly bemühte sich sehr, die Bilder aus ihrem Kopf zu verdrängen und sich auf das Hier und Jetzt zu konzentrieren.

»Hör einfach zu«, flüsterte sie und hoffte, Sean würde einmal tun, worum sie ihn bat.

Eine kleine Frau mit grauem Haar, verknitterter Bluse und einem Rock aus rotem Kordstoff betrat die Bühne. Mit einem strahlenden Lächeln sah sie sich in dem Pub um und griff nach dem Mikrofon. Der Ton knarzte, doch schon bald lief er einwandfrei vonstatten.

»Toll, dass ihr alle hier seid. Wir fangen auch gleich an. Vorher noch kurz ein paar Regeln.« Sie gestikulierte mit ihrer freien Hand durch die Luft. »Wir haben ein paar tolle

Künstler und Künstlerinnen hier, und wie immer bitten wir euch, ihnen eine faire Chance zu geben.«

Aus der gegenüberliegenden Ecke ertönte ein kurzer Jubel.

Die Frau lachte und nickte.

»Ja, ich weiß, ihr könnt es kaum erwarten. Ich will mich also beeilen.«

In wenigen Sätzen erläuterte sie die Regeln des Wettbewerbs, und Lilly bemerkte, wie Sean sich neben ihr entspannte und gebannt das Geschehen verfolgte.

Maximal fünf Minuten Sprechzeit, direktes Feedback vom Publikum in Form von Jubel, Applaus oder Tischklopfen bei eher negativer Bewertung war ausdrücklich erwünscht – dem mussten sich die Künstler mutig entgegenstellen. Schließlich wurde am Ende der Vorträge abgestimmt und anhand kleiner Zettel, die später eingesammelt wurden, ein Sieger oder eine Siegerin des Abends gekürt. Die Künstler durften über jedes beliebige Thema sprechen und bestimmten selbst, welche Art von Poesie, Sprache und Textform sie wählten.

»Und denkt dran: Wir werden alle verrückt geboren. Einige bleiben es«, zitierte die ältere Frau den berühmten irischen Schriftsteller Samuel Beckett. »Deshalb sind wir alle hier, oder?« Sie lachte und rief die erste Künstlerin auf die Bühne.

Eine junge Frau, Anfang zwanzig mit einem schwarzen Kurzhaarschnitt, einer zierlichen Gestalt und unzähligen silbernen Ringen an den schmalen Fingern stellte sich an das Mikrofon. Ernst blickte sie ins Publikum und begann mit fester Stimme ihren Vortrag.

Lilly schenkte der Performance zunächst nur ihre halbe Aufmerksamkeit. Vielmehr beobachtete sie neugierig, wie Sean sich nach vorn beugte, die Ellbogen auf den Tisch stützte und gespannt verfolgte, was sich auf der Bühne entwickelte. Es ging um das Konstrukt Zeit, ein Glas Gurken und noch etwas, das Lilly überhört hatte. Ein Lächeln umspielte Seans Lippen, seine Augen waren wachsam, und es schien, als saugte er jedes Wort auf, das über die Lautsprecher ertönte. Aus dem Publikum hörte man immer wieder begeisterte Zwischenrufe, vereinzelten Applaus und Gelächter.

Schon bald wurde Sean mit der Kunstform warm und schloss sich dem Publikum an. Als der erste Vortrag endete, klatschte er begeistert und wandte Lilly sein überraschtes Gesicht zu. »Das war großartig!«

Sie lächelte zufrieden und entspannte sich. Jetzt war es an Sean, sich seine Inspiration zu holen und vielleicht sogar etwas von diesem Abend für sich mitzunehmen.

Der nächste Künstler, ein Mann mittleren Alters in Anzughose, weißem Hemd und dazu passender Weste trat auf die Bühne. Auf seinem Kopf trug er eine Schiebermütze und erinnerte Lilly an die Männer aus der Serie *Peaky Blinders*, die im England der Zwanzigerjahre spielte.

Schon nach den ersten fünf Sätzen tobte das Publikum vor Begeisterung. Hier waren sie genau richtig, dachte Lilly und lächelte.

Fast fünf Stunden später trat Lilly hinaus in eine laue Sommernacht und freute sich über die frische Luft in ihren Lungen. Nach dem Auftritt der insgesamt neun Künstler hatte das Publikum abgestimmt und den zweiten Beitrag von Mister Peaky Blinders, wie Lilly ihn aufgrund seines Outfits getauft hatte, zum Gewinner gekürt.

Im Anschluss hatten sie sich unter die Gäste gemischt, und ohne Lillys Zutun hatte Sean begierig Kontakte zu den Künstlern geknüpft. Ein Leuchten hatte sein Gesicht erhellt, und schnell hatte er sich inmitten intensiver Gespräche über den Poetry-Slam, die Kunstszene und gesellschaftliche Normen in Irland befunden. Lilly hatte die Zeit ebenfalls für spannende Kennenlerngespräche genutzt und sich zwischendurch immer wieder mal zurückgezogen, um die eine oder andere E-Mail zu bearbeiten.

Jetzt hob Lilly den Blick und schaute in den dunklen Himmel über Dublin. Dieser Abend war fantastisch gewesen. All die unterschiedlichen Vorträge und die Leidenschaft, die in den Künstlern und Künstlerinnen brannte und die sie nach dem Wettbewerb untereinander ohne Neid oder Missgunst teilten, war berauschend. Sie hoffte, dass es Sean ähnlich ging.

Sein markantes Lachen ertönte hinter ihr, und sie drehte sich zu ihm um. Er winkte einem der Poetry-Slamer zu, der sich ebenfalls auf den Heimweg machte, und wandte sich dann mit einem Strahlen im Gesicht an Lilly.

»Wow! Was war das denn bitte?«

»Hat es dir gefallen?«

»Es war großartig. Richtig gut. Das müssen wir wieder machen!« Er sprudelte vor Energie, während Lilly sich ihrer Kopfschmerzen bewusst wurde. Sie war eben doch nicht ganz fit. Dass sie bei stillem Wasser geblieben war, mochte ihr zwar helfen, aber die Beule war noch zu frisch für ausgiebige Nächte im Pub. Doch der Blick in Seans funkelnde Augen bestätigte Lillys Hoffnung. Das war es wert gewesen.

Er musterte sie aufmerksam. »Was macht der Kopf?«

Schon wieder las er ihre Gedanken. Wurde das jetzt zur Gewohnheit? Lilly hoffte sehr, dass das nicht der Fall war. Zu brenzlig könnte es sonst für sie werden.

Sie wandte den Blick von ihm ab und lief los Richtung O'Connell Street.

»Nicht der Rede wert.«

Sean folgte ihr und beobachtete sie kritisch. »Warum glaube ich dir nicht?«

Lilly fuhr sich müde durch die blonden Locken und hob ihre Handtasche auf die Schulter. Ohne ihn anzusehen, rutschte ihr heraus: »Weil du mich zu gut kennst.«

Hastig biss Lilly sich auf die Lippen, unterdrückte ein

ärgerliches Seufzen und beschleunigte ihre Schritte. Ihre Bemerkung war Quatsch. Sean kannte sie nicht besser als andere. Sie mochten in den letzten Tagen viel Zeit miteinander verbracht haben, aber deshalb kannte er sie längst nicht. Gewiss nicht. Unmöglich. Sie war müde, kaputt und hatte Kopfschmerzen. Sie brauchte Schlaf und Abstand zu diesem Mann, der ihre Hormone durcheinanderbrachte und sie selbst in diesem Moment, da sie sich völlig erledigt fühlte, körperlich anzog.

Lilly vermied es, Sean anzuschauen, und konnte daher nicht erkennen, was er wohl denken mochte. Sie fühlte seinen Blick auf sich, doch er war klug genug, nichts zu sagen. Schweigend liefen sie die nächste Viertelstunde durch Dublin, überquerten den dunklen Liffey und schlugen den Weg Richtung Temple Bar ein. Schon bald kam das *Cassidy's* in ihr Blickfeld, und über die Hintertreppe stiegen sie unbemerkt hinauf ins Apartment.

Angespannt schlüpfte Lilly aus den Sandalen und hängte ihre Tasche über einen Haken neben der Tür. Der kühle Boden unter ihren nackten Füßen hätte sie erden sollen, doch das Gegenteil war der Fall. Sie war unruhig. Erschöpft, aber aufgekratzt. Müde und doch hellwach. Ihr Kopf summte, aber nicht wegen der Beule an ihrer Stirn.

Plötzlich spürte sie Seans kräftige Hand auf ihrer Schulter, der sie vorsichtig zu sich herumdrehte.

Das Apartment lag im Dunkeln, keiner von ihnen hatte Licht gemacht, als sie hereingekommen waren. Nur die nächtliche Straßenbeleuchtung schien durch die Fenster. Lillys Herz klopfte so laut, ganz Temple Bar musste es hören. In ihr herrschte Chaos. Ihre wohlsortierte Welt, die sie so streng strukturiert hatte, stand kopf, und sie wusste nicht, weshalb. Eine Gänsehaut überfiel sie, und mit aller Kraft versuchte sie, Seans Blick auszuweichen. Sie durfte nicht in diese Augen sehen, die so viel mehr in ihr lasen, als sie sollten.

Der Abend, nein, der ganze Tag war ein Erfolg gewesen. Vom Straßengig auf der Grafton Street bis zum Poetry-Slam und dem anschließenden Austausch unter Künstlern. Wenn sie Sean musterte, hatte sie das Gefühl, tatsächlich etwas bewegt zu haben. Sie konnte nicht sagen, was, doch in seinen Zügen lag etwas, das wie Zuversicht aussah.

Aber jetzt, in diesem Moment würde sie etwas anderes erkennen, würde sie es wagen, ihn zu betrachten. Es war kein Verständnis, keine Hoffnung, keine Angst – nein, es wäre liebevolles Verlangen, und sie war zu schwach, sich dem entgegenzustellen. Sie spürte diesen einen Teil ihrer Teenagerzeit in sich emporsteigen, der für all die schrecklichen Erinnerungen verantwortlich war. Jener, der sich nicht um Konsequenzen scherte.

Warum machte er sich ausgerechnet jetzt bemerkbar? Jahrelang hatte sie ihn unter Kontrolle gehabt. Doch seit wenigen Tagen spielte ihre Seele verrückt, peitschte durch ihren Körper, stellte sich quer und erschwerte ihr das Leben viel mehr, als sie es ertragen konnte. Und zu allem Überfluss stand Sean vor ihr und forderte diesen Teil von ihr geradezu heraus. Wieso, verdammt?

Wut flammte in Lilly auf. Wut und Hilflosigkeit. Sie hasste es, zum Spielball ihrer Emotionen zu werden und die Kontrolle zu verlieren. Sie hatte zu viel Angst, was passieren würde, wenn sie es nicht schaffte, sich dagegen zu wehren.

»Warum tust du dir das an, Lilly?« Seans sanfte Stimme schubste sie in die dunkle Tiefe, vor der sie sich so sehr fürchtete.

Trotzig hob sie den Blick. »Ich weiß nicht, was du meinst.«

Nachsichtig schüttelte er den Kopf und strich ihr über die Wange. »Es könnte viel einfacher sein. Du musst es nur zulassen. Das ist alles.«

Lilly wollte sich an seine Brust lehnen. Sie wollte loslassen. Und gleichzeitig hatte sie nur einen Gedanken: Flucht. Sie musste weg. Um sich selbst zu retten.

»Es ist viel mehr als das«, erwiderte sie leise.

»Lass mich dir helfen.« Zärtlich hob Sean Lillys Kinn an und zwang sie, ihm in die Augen zu sehen. Sie erkannte das Verlangen. Doch es lag noch etwas anderes in dem tiefen Grün. War es Angst? Unsicherheit? Aber auch ... Hoffnung? Lilly verstand die Welt nicht mehr. Was ging hier vor sich?

Seans Stimme hörte sich seltsam zerbrechlich an, als er den Kopf vorsichtig an ihren lehnte und leise sagte: »Wir können uns gegenseitig helfen. Sind Freunde nicht dafür da? Um sich Halt zu geben und einander zu helfen?«

Freunde? Waren sie das? Nein. Sie hatten eine geschäftliche Beziehung. Und ... nein. Wem wollte Lilly etwas vormachen? Geschäftlich war es längst nicht mehr. Aber ... Freunde?

Sie sehnte sich nach einer klaren Orientierung. Ihre Gedanken schweiften zurück nach Howth, zu *Bailey Lighthouse*. Das war es, was sie brauchte. Einen Leuchtturm, der sie vor den rauen und gefährlichen Küstenstreifen warnte und ihr half, ihren Weg durch die aufbrausende See zu finden. Ein Licht, das das Chaos in ihr beleuchtete und sie dabei unterstützte, die Ordnung wiederherzustellen.

Lillys Schiff kam weiter vom Kurs ab. Schnell und unkontrollierbar näherte sie sich den zerklüfteten Klippen, eine Welle rauschte über ihren Kopf hinweg, und das ohnehin schon beschädigte Segel rüttelte unaufhörlich an dem schwankenden Mast.

»Ich will doch nur weg von diesem Chaos«, flüsterte Lilly mit erstickter Stimme.

»Ich weiß.« Sean strich sanft mit seinen Lippen über ihre Wange. »Ich weiß genau, was du meinst.«

Seans raue, aufrichtige Stimme spülte über Lillys wankende Schiffsplanken hinweg. Was sagte es über sie als doch so unabhängige emanzipierte Frau aus, wenn sie so verzweifelt nach Halt suchte? Und wie schwach war sie, wenn sie einfach nachgab? Ihrem körperlichen Verlangen, ihren seelischen Unruhen und alldem, wofür sie keine Worte fand?

Freunde. Freunde fingen einander auf, stärkten sich gegenseitig den Rücken und waren da, wenn sonst niemand da war. Freunde waren da, um gemeinsam Fehler zu begehen, um anschließend um Entschuldigung zu bitten und in die Spur zurückzufinden. Sie sollte doch die Person sein, die Sean diesen Halt gab, warum war er nun derjenige, der ihr genau das anbot?

Lilly sah auf. Jede Zelle ihres Körpers sehnte sich nach seinen Berührungen und Liebkosungen. Er fühlte sich an wie ein Sturm, der über ihr brüchiges Gefährt fegte, und gleichzeitig wie der Hafen, der ihr wenigstens für kurze Zeit Sicherheit bieten würde. Konnte es noch so viel schlimmer werden? Ihr Schiff befand sich auf Kollisionskurs. Niemand würde es retten können. War es in Ordnung, sich vor dem großen Aufprall der Illusion hinzugeben, in Sicherheit zu sein?

Sean musterte sie schweigend und fuhr mit den Fingerspitzen vorsichtig über ihre verwundete Stirn. Ihre Narben lagen viel tiefer. Er würde sie nicht heilen können. Und das war okay. Es war egal. Alles. Morgen würde sie aufwachen, ihre Fehler an beiden Händen abzählen, dann mit voller Wucht gegen die spitzen Felsen donnern und Schiffbruch erleiden. Aber vielleicht sollte es so sein. Vielleicht lag in alldem ein Sinn. Das Schicksal würde sich etwas dabei gedacht haben. So versuchte Lilly es sich einzureden.

»Sean, ich ...« Lilly wollte es ihm erklären, doch sie konnte nicht. Ihre Stimme versagte.

Doch Sean verstand. Er neigte den Kopf zu ihr, legte seine Lippen auf ihre, und mit unendlicher Geduld küsste er sie. So lange, bis ihr Zittern aufhörte, das sie bis dato gar nicht bemerkt hatte.

Lilly spürte, wie sich kleine Blitze in jeglichen ihrer Körperteile entluden. Sie vergaß die beängstigende Welt um sich herum und nahm nur noch Seans warmen, sicheren Körper wahr. Kurz darauf schaltete ihr Kopf sich endlich aus, und Lilly wünschte, es würde für immer so bleiben.

Innerhalb kürzester Zeit entledigten sie sich ihrer Kleidung, und Sean zog Lilly sanft hinüber ins Schlafzimmer. Sie hatte es verdient, dass sie es diesmal richtig machten. Nicht auf einer Küchentheke. Sean hatte keine Ahnung, was in ihr vorgegangen war, doch es hatte ihm das Herz zerrissen, die Qualen auf ihrem Gesicht zu sehen. Trotz der Dunkelheit war er nicht davon verschont geblieben. Er wollte ihr helfen und diese schrecklichen Zweifel aus ihren Augen wischen.

Er wusste wohl, dass Sex nicht die Lösung war. Aber er würde ihr helfen. Immerhin für einen Moment. Sie würde loslassen, sich nehmen, was ihr zustand, und vielleicht erkennen, dass es mehr als nur einen Weg für sie gab.

Und Sean? Er handelte nicht nur aus Nächstenliebe. Nach dem aufreibenden Tag war er in einen Strudel aus Zuversicht, Hoffnung und Angst gestolpert. Das Straßenkonzert und der Poetry-Slam hatten eine Schleuse in ihm geöffnet, vor deren Wassermassen er sich fürchtete. Und Lilly war die Einzige, die ihm das Gefühl gab, sich diesen Wellen stellen zu können. Trotz ihrer eigenen Unsicherheit. Er brauchte sie. Sie brauchten sich gegenseitig. Jetzt. Mehr denn je.

Dreizehn

Nach dem Moment des inneren Zwistes etablierte sich in den darauffolgenden Tagen beängstigend schnell eine Routine zwischen Lilly und Sean. Tagsüber spielte Lilly ihr vorbereitetes Programm für Sean ab, schubste ihn in unerwartete Herausforderungen und brachte ihn mit Menschen in Kontakt, die pure Inspiration ausstrahlten. Am Sonntag besuchten sie das Rock'n'Roll-Museum nahe Temple Bar, und abends nahm Lilly ihn mit in einen Pub außerhalb von Temple Bar, im Süden der Stadt. Wie der Zufall es wollte, hieß dieser ebenfalls *Cassidy's* – keine Seltenheit in Dublin. Es gab so viele Pubs, irgendwann gingen die wirklich kreativen Namen flöten, und jeder dritte Pub trug den gleichen Namen. Verabredete man sich daher in einem Pub, war es von Vorteil, wenn man nicht nur den Namen des Lokals, sondern auch die Adresse nannte. Sonst kam es durchaus vor, dass beide vor dem *O'Mally's* warteten – nur in verschiedenen Teilen der Stadt.

Dieses *Cassidy's* befand sich also in der Camden Street Lower, südlich von Temple Bar und erinnerte in jeglicher Form an den Ursprung der irischen Pubkultur. Kurz nachdem Lilly und Sean auf zwei Barhockern Platz genommen und sich etwas zu trinken bestellt hatten, schoben einige Gäste im hinteren Teil des Pubs Tische und Stühle beiseite, holten ihre Instrumente heraus und spielten traditionellen irischen Folk. Lilly ließ Sean wissen, dass die Musiker ganz normale Jobs hatten, aber jeden Sonntagabend trafen sie sich hier und musizierten gemeinsam.

Nach nur wenigen Minuten fühlte es sich an, als wäre man zu Gast bei Freunden, trank gemeinsam im Wohnzimmer ein Guinness, einen Whiskey oder einen Cider und ließ den Tag bei gemütlichen Gesprächen ausklingen.

Am Montag scheuchte Lilly ihren Popstar durch die historische Bücherei des Trinity College, vorbei am sagenumwobenen *Book of Celts* – weil er den Duft von Buchstaben inhalieren sollte, wie sie es ausdrückte. Beim anschließenden Mittagessen eröffnete sie Sean, er würde an diesem Abend in einem Pub in Temple Bar einen Auftritt haben.

Ähnlich ging es bis einschließlich Donnerstag weiter. Sie besuchten Kunst-, Fotografie- und Literaturausstellungen, trafen sich mit beteiligten Künstlern, und abends spielte Sean in irgendeinem Pub, den Lilly für ihn organisiert hatte. Auch auf einen weiteren Straßengig vor dem O'Connell Monument nahe des Liffey schleppte sie ihn.

Lilly tat alles, nur nicht stehen bleiben. Auf keinen Fall durfte sie innehalten und ihre Gefühle genauer unter die Lupe nehmen. Abseits ihrer gemeinsamen Aktivitäten, die sie durch ganz Dublin führten, war Lilly schließlich schwach geworden. Jede Nacht verbrachte sie gemeinsam mit Sean. Es war längst klar, dass sich ihre leichte Gehirnerschütterung bereits besserte und keine Komplikationen zu befürchten waren. Trotzdem blieb sie bei Sean im Apartment. Idiotisch. Das war ihr klar.

Anfangs hatte sie noch die naive Hoffnung, der Reiz und die Anziehung würden nach ein paar sensationellen Ekstasen vergehen. Aber davon konnte nicht die Rede sein. Jeder Augenblick, den sie unbekleidet miteinander verbrachten, entfachte ein stärkeres Feuer in ihnen. Sie bekamen nicht genug voneinander. Einfach nie. Und jedes Mal fühlte es sich richtig an. Das machte es für Lilly umso schlimmer. Und umso notwendiger, nicht weiter darüber nachzudenken.

Heute war Freitag. Vor genau zwei Wochen hatte Lilly im *The Winding Stair* auf Sean gewartet und sich über seine stundenlange Verspätung echauffiert. Jetzt saßen sie wieder in dem Restaurant mit Blick auf den Liffey und das dahinterliegende Temple Bar.

Lilly schob den Dessertteller beinahe unberührt von sich.

Erstaunt kniff Sean die Augen zusammen. »Was ist los?«

»Ich kann nicht mehr.« Lilly nahm einen Schluck Wasser. »Diese Tortellini vorhin ...«

Ungläubig starrte Sean sie an und deutete mit seinem Löffel auf den kleinen Teller vor Lilly.

»Das sind Himbeeren. Lilly. Himbeeren! Seit wann verschmähst du deine kleinen roten Freunde?«

Lilly lachte. »Ich liebe sie, aber das heißt nicht, dass ich sie esse, um sie hinterher wieder hervorzuwürgen, weil ich zu viel gegessen habe.«

Immer noch nicht überzeugt zog Sean Lillys Dessert zu sich heran und nahm einen Löffel der exquisiten Schokomousse. Er schluckte die dunkle Creme hinunter und spielte mit seinem Löffel, dabei sah er Lilly provozierend in die Augen. Sie ahnte bereits, was folgen würde, und schmunzelte.

»Gut. Wirklich gut. Ein Jammer, dass du nicht mehr kannst.« Sean schob sich eine der frischen roten Himbeeren in den Mund. »Herrlich. Genau richtig gereift.« Er schloss die Augen und seufzte übertrieben. »Fantastisch!«

Dann nahm er einen weiteren Löffel von der Mousse und gab vor, Bedauern auszudrücken. »Zu schade. Du verpasst echt was.«

Lilly lachte. Darauf würde sie diesmal nicht hereinfallen. Sie wusste, was ihr entging, aber sie war einfach viel zu voll.

Außerdem war es für ihre abendliche Planung nicht besonders von Vorteil, wenn sie zu viel aß.

Es überraschte Lilly, dass Sean diese Woche beinahe widerstandslos ihren Anweisungen gefolgt war. Gut, ab und an murrte er, doch er folgte ihr überallhin, nahm die Aktivitäten ernst, und beinahe jedes Mal hatte er Lilly im Anschluss daran angestrahlt, und sie hatte das Gefühl, ihn einen weiteren kleinen Schritt in die richtige Richtung gewiesen zu haben.

Er hatte bisher noch nicht mit dem Schreiben begonnen, aber Lilly war sich sicher, dass sich das bald ändern würde. Sie kannte das Geheimnis um seine Schreibblockade immer noch nicht, aber sie versuchte nicht, ihn zu drängen. Er musste selbst entscheiden, ob er sie einweihen würde oder nicht. Und bis es so weit war, gab sie ihr Bestes.

In der Agentur hatten Ivy, Francine und Joseph weiterhin alles beeindruckend gut im Griff. Lilly klinkte sich zwischendurch immer wieder aus und kümmerte sich um wichtige Anliegen ihrer Klienten, erledigte Anrufe, vereinbarte Pressetermine und prüfte Verträge. Beispielsweise wenn Sean morgens länger schlief, duschen war oder selbst ein paar Erledigungen tätigte. Irgendwo fand sie immer ein bisschen Zeit, die sie zu nutzen wusste. Eines war klar: Langweilig wurde ihr nicht.

Sean schob sich den letzten Bissen ihrer Mousse in den Mund und schaute sie neugierig an.

»Was machen wir heute Abend? Bin ich wieder Anschauungsobjekt in irgendeinem Pub?«

»Als ob du ein Problem damit hättest«, meinte Lilly grinsend.

Er schmunzelte und zwinkerte ihr zu. Es war faszinierend, wie Sean bei seinen Auftritten in den Pubs aufblühte. Es schien, als hätte er wieder gelernt, wie er dem Publikum seine Geschichten, verpackt in lauten wie leisen Songs, erzählen konnte. Durch die Bank weg hörten sie ihm aufmerksam zu, feierten mit ihm oder tupften sich Tränen aus den Augen, wenn er *Father's Heart* zum Besten gab. Und Lilly konnte es ihnen nicht verübeln. Sie selbst spürte in jedem Pub mehr, wie Sean sein Herz öffnete, den Blickkontakt suchte und seine Emotionen ungefiltert hervorkommen ließ. Keine anonymen Massen in einem riesigen Stadion, stattdessen schaute er den Menschen, die ihm zuhörten, direkt in die Augen.

Lilly hingegen starb regelmäßig tausend Tode. Sie war in den vergangenen zwei Wochen, und besonders in den letzten Tagen, viel zu hohe Risiken eingegangen. Statt Sean aus der Öffentlichkeit rauszuhalten, worum sie ihn zu Beginn ihres Kennenlernens noch gebeten hatte, platzierte sie ihn gezielt dort, wo Menschen waren. Sie wusste, dass er es brauchte. Und das war alles, was zählte. Ihre eigenen Ängste und Befürchtungen waren nicht der Maßstab, nach dem sie sich richten würde. Sean musste seine Schreibblockade loswerden, und Lilly gab alles, um dieses Ziel zu erreichen. Selbst wenn es bedeutete, einen kleinen Teil ihres alten Ichs zuzulassen und sich in Situationen zu stürzen, die sie nicht kontrollieren und deren Konsequenzen sie nicht immer zu hundert Prozent abschätzen konnte.

Eines allerdings behielt sie sich bei alldem vor. Ohne Seans Wissen waren bei jedem Event, das Lilly mit ihm veranstaltete, Sicherheitsleute mit von der Partie. Lilly überließ in dieser Hinsicht nichts dem Schicksal. Meistens hielten die Fans sich zurück, aber es hatte sich herumgesprochen, dass Sean in Dublin auftrat. Geschickt lenkte Lilly die Berichterstattung und schaffte es, die Versuche, Seans kreativen Schreibfluss wieder in Gang zu bringen, in der Öffentlichkeit als nahbares Auftreten eines Weltstars zu verkaufen. Der irische Junge, der nach einer langen Tournee rund um den Erdball wieder nach Hause kam und seine dortigen Fans, die ihn von Stunde eins an begleitet und unterstützt hatten, nicht vergaß. Besser konnte es für sie nicht laufen.

Die Medien folgten ihnen auf Schritt und Tritt, aber bisher hatte Lilly sie unter Kontrolle. Noch schaffte sie es außerdem, sämtliche Kooperationsanfragen zu vertrösten, ohne die Stars von Welt zu verprellen. Doch lange konnte sie sie nicht mehr hinhalten. Wenn Sean an seine Erfolge anknüpfen wollte, musste er schon bald wieder mit dem Komponieren anfangen. In seiner derzeitigen Stellung konnte er es sich erlauben, sich rar zu machen. Es half ihm sogar, denn jeden Tag erreichten Lilly neue Anfragen von renommierten Künstlern. Doch irgendwann musste er sich dem stellen. Auch eine Taylor Swift hatte das Warten irgendwann satt. Aber darüber würde Lilly sich später wieder Gedanken machen.

Sie blickte auf ihre Armbanduhr und ließ ihre Lippen übereinandergleiten.

Seans Augen verengten sich sogleich, und sein Blick strich aufreizend über ihr heutiges Outfit. Eine schwarze Jeans und ein dazu passendes schwarzes Oberteil, das ihr auf einer Seite hartnäckig von der Schulter rutschte. Unter Seans Augen, die auf ihr ruhten, flammte Verlangen in Lilly auf. Er sollte sie in der Öffentlichkeit nicht so ansehen. Nicht, wenn sie bei der Berichterstattung keine bösen Überraschungen erleben wollten.

Sie schoss ihm einen warnenden Blick zu, lächelte, holte zwei schmale Papierstreifen aus ihrer Handtasche und schob sie über den Tisch. Neugierig nahm Sean sie hoch. Seine Brauen schnellten erstaunt in die Höhe, und mit einer Mischung aus Begeisterung und Irritation musterte er Lilly.

»Flogging Molly? Wir gehen zu Flogging Molly?«

Lilly nickte.

»Woher weißt du …?«

Lilly grinste. »Ich bin deine Agentin. Ich habe dir vor zwei Wochen an dem Tisch da drüben«, sie deutete mit dem Kopf zu dem Platz, an dem sie damals gesessen hatten, »gesagt, dass ich weiß, was du brauchst, bevor du es tust. Insofern: Bitte schön.«

Natürlich war Lilly keine Hellseherin, lediglich eine aufmerksame Zuhörerin. In einem der vielen Gespräche, die sie mit Sean während der letzten zwei Wochen geführt hatte, hatte er in einem Nebensatz erwähnt, dass die irisch-US-amerikanische Band ihn seit seiner Jugend begleitete und mit ein Grund war, weshalb er Musik machte. Sie waren für ihn Vorbild und Inspiration zugleich.

Ehrlicherweise war Lilly nicht sicher, ob es so klug war, zu diesem Konzert heute Abend zu gehen. Ihr Kopf schmerzte glücklicherweise nicht mehr so stark, und auch ihre Beule zog sich, wenn auch weiterhin sichtbar, langsam zurück. Allerdings waren Flogging Molly nicht gerade für ihre leisen Songs bekannt. Aber wenn eine Gruppe als Folk-Rock-Punk-Band betitelt wurde, konnte man schlecht eine Akustikgitarre erwarten. Immerhin konnte sie das Risiko eines Fan-Aufstands verhindern, indem Lilly es geschafft hatte, dass sie und Sean exklusiven VIP-Zugang erhielten. Ja – und vermutlich waren bei dem Konzert nicht gerade vorrangig Fans von Sean O'Sullivan zugegen. Sein Musikstil war dann doch ein wenig anders. Zum Glück.

Sean starrte zwischen den Karten in seiner Hand und Lilly hin und her. Er schüttelte ungläubig den Kopf und lächelte. »Du bist unglaublich.«

Lillys Mund wurde trocken. Nein, nein, nein. Auf gar keinen Fall. Halt, stopp! Sie setzte ein Lächeln auf, doch innerlich wappnete sie sich gegen alles, was Sean ausstrahlte. Es war gefährlich genug, mit ihm zu schlafen. Die ganze Woche über hatte sie es halbwegs erfolgreich geschafft, seinem liebevollen Charme – abgesehen von den nächtlichen, dezent ausufernden Liebesspielen – zu widerstehen. Sie würde jetzt nicht damit anfangen, ihr Todesurteil zu unterschreiben. Es gab einen Grund, weshalb sie diesen Teil ihrer Seele in den vergangenen Tagen weggesperrt hatte.

Ebenso wie sie sich in die Arbeit mit Sean stürzte, um nicht an die Vergangenheit erinnert zu werden, die seit dem Vorfall auf dem Golfplatz in Howth unausweichlich um sie herumschwirrte. Denn wenn sie es zuließ, würde sie untergehen. Endgültig. Und das war keine Option. Sie hatte sich in der Nacht von Samstag auf Sonntag gehen lassen. Sie war verzweifelt gewesen, hatte gekämpft und beinahe verloren. Die Folgen davon waren deutlich spürbar. Sie war in Seans Bett gelandet und mental zu schwach, diese Affäre zu beenden. Sie würde es tun müssen. Aber sie konnte nicht an allen Fronten gleichzeitig schwierige Manöver fahren. Und so hoffte sie, dass ihr beschädigtes Schiff noch eine Weile durchhalten und sie von der tödlichen Küste fernhalten würde. Sie musste auf Kurs bleiben. Vorläufig um jeden Preis.

Zwei Stunden später schob Sean seine Agentin durch die Menschenmenge in der legendären *Vicar Street*. Anders als es der Name erwarten ließ, handelte es sich dabei nicht um eine Straße, sondern ein Performing Arts Center. Neben Konzerten fanden hier auch Theateraufführungen und Stand-up-Comedy-Abende statt. Stars wie Bob Dylan, Neil Young, Adele, Paul Simon und Ed Sheeran hatten bereits vor dem rund eintausendfünfhundertköpfigen Publikum gespielt – und natürlich auch Sean.

Er erinnerte sich noch gut daran. Es war eines seiner ersten größeren Konzerte gewesen. In den Wochen vor dem Ticketverkauf hatte er lange befürchtet, den Saal niemals füllen zu können. Am Ende waren die Leute in langen Schlangen vor dem Gebäude gestanden und hatten gehofft, doch noch eine von den Karten zu ergattern – die online zuvor innerhalb weniger Minuten ausverkauft gewesen waren. Seans Sorge war völlig unberechtigt gewesen, und das Konzert zählte bis heute zu den besten, die er jemals gegeben hatte.

Plötzlich zog Lilly an seinem Arm und bugsierte ihn in eine andere Richtung. Fragend wandte er ihr das Gesicht zu und bemerkte das Funkeln in ihren türkisen Augen.

»Komm mit«, rief sie und führte ihn durch die Empfangshalle, die mit rotem Teppich ausgelegt und in goldenes Licht getaucht war. Die Vorband hatten sie längst verpasst, und das Konzert würde gleich beginnen, doch sie lief am Durchgang, der in die Veranstaltungshalle führte, vorbei. Wenige Meter weiter zeigte sie einer Security-Mitarbeiterin einen Ausweis, und kurz darauf fanden sie sich seitlich hinter den Kulissen des Bühnenaufbaus wieder – mit perfektem Blick auf Bühne und Publikum. Sean hätte nur die Hand ausstrecken und zwei Schritte nach vorne gehen müssen, und er hätte selbst auf der Bühne gestanden.

»Was machen wir hier?«, fragte er und blickte auf die zahlreichen Menschen, die sich ungeduldig und in prickelnder Vorfreude in dem Saal tummelten.

»Wozu bist du berühmt, wenn du nicht von den VIP-Beziehungen profitierst?« Lilly reichte ihm ein Band mit einer glänzenden Karte daran. Neugierig drehte er sie um. *Backstage-Pass.*

»Mach dich auf deinen persönlichen Fanboy-Moment gefasst, wenn du später dein Autogramm bei den Jungs abholen darfst.« Lilly grinste frech und fuhr sich mit der Hand durch die offenen Haare.

In diesem Augenblick erlosch das Licht im Saal, Scheinwerfer kreisten über der Bühne, und der springende Ton eines Banjos erklang. Gleich darauf folgten Schlagzeug, E-Gitarre, Bass und Geige, und unweit von Sean und Lilly sprang Dave King auf die Bühne, schnappte sich das Mikro und kratzte in irischer Manier über die erste Strophe von *Drunken Lullabies.*

Noch während der Eröffnungssong ertönte, starrte Sean Lilly an. Seit Tagen folgte er ihrem Programm, das sie sich für ihn überlegt hatte, und immer wieder schaffte sie es, ihn zu überraschen. Sie war unvorhersehbar. Für sie musste es die Hölle sein. Er wusste, wie viel Wert sie auf Struktur und Planung und besonders auf die absehbaren Folgen legte. Doch mit jedem Auftritt auf den Straßen Dublins und all den Besuchen in den Ausstellungen und Pubs ging sie ein Risiko ein. Für ihn. Er konnte sich vermutlich kaum vorstellen, welche Überwindung es sie kosten musste, ihn inmitten der O'Connell Street auftreten oder gar auf dieses Konzert gehen zu lassen!

Trotz all der Ängste und Schuldgefühle, die Lilly mit sich herumschleppte, sprang sie mit Anlauf über ihren Schatten und gab alles, nur um ihn wieder auf Erfolgskurs zu bringen.

Er musterte Lilly, die inzwischen auf die Bühne blickte und die Szenerie kritisch in sich aufnahm. Vermutlich ging sie in Gedanken sämtliche Gefahren durch, die hier lauern könnten. Sean verspürte auf einmal den Drang, Lilly von ihren Sorgen abzulenken. Sie tat alles für ihn und sein Seelenheil, obwohl er ihr noch immer nicht den Grund für all das genannt hatte. Es war an der Zeit, ihr wenigstens ein bisschen was davon zurückzugeben. Er wusste, das, was er vorhatte, würde gegen sämtliche ihrer Prinzipien und fein ausgearbeiteten Pläne verstoßen. Aber er hatte das unbedingte Gefühl, dass es richtig sein würde. Er wollte die Lilly, die gedankenlos, frei und ohne Vorsicht durchs Leben lief. Er hatte sie gesehen, er wusste, dass es sie gab. In Lillys Augen spürte er die Sehnsucht, diesen Teil von sich zulassen zu dürfen, doch sie selbst verwehrte es sich.

Sean dachte nicht nach. Er folgte seinem Gefühl. Wie so oft. Er griff nach Lillys Hand, überwand die wenigen Zentimeter zwischen ihnen und beugte sich zu ihr vor. Ehe sie etwas sagen konnte, legte er seine Lippen auf ihre und küsste sie. So als wären sie vollkommen allein, ohne Rücksicht oder Regeln. Sie hatte es verdient. Er wusste es. Und sie sollte es auch wissen.

Nach Atem ringend und mit einem Lächeln auf den

Lippen lehnte er sich zurück und schaute in ihr erstauntes Gesicht.

»Vertraust du mir?«, fragte er über die Lautsprecher hinweg, die die irische, punkige Musik in alle Richtungen erklingen ließen.

Misstrauisch betrachtete Lilly ihn und nickte langsam.

»Sehr gut.« Er hielt weiterhin ihre Hand und zog sie mit sich, als er nun den VIP-Bereich verließ.

»Sean, was tust du da?« Lillys Stimmte klang panisch. »Warte doch! Sean!«

Doch er wartete nicht. Die Musik ging in seinen Körper über. Das Lebensgefühl, das er so dringend brauchte, floss endlich wieder durch seine Adern. Wegen Lilly. Sie hatte es entzündet. Und nun wollte er ihr etwas zurückgeben. Sie sollte leben, lieben und lachen. Ohne Angst und Schuldgefühle. Einfach den Moment erleben und genießen.

Mit leuchtenden Augen drehte er Lilly den Kopf zu und stürmte mit ihr hinein in die Menschenmenge, die sich inzwischen wild tanzend zu *What's Left of the Flag* bewegte. Rockige irische Akkorde mit Ausflügen zum wilden Punk. Die Leute hüpften, sprangen und waren voll in ihrem Element. Es war eine einzige große Party.

»Sean!« Lilly brachte ihn mit aller Kraft zum Stehen und funkelte ihn böse an. »Was tust du da?« Sie schrie. Anders konnte man sich hier nicht mehr verständigen.

Sean ging einen kleinen Schritt auf sie zu. »Leben, Lilly. Leben!« Er gab ihr einen flüchtigen Kuss. »Vertrau mir!«

»Aber …« Lillys Gesicht wurde von Sorge gezeichnet. Unbehaglich blickte sie sich um und versuchte sich gegen die tanzenden Massen, die immer wilder wurden, zu behaupten. Immer wieder rempelte man sie an, doch wer schon mal auf einem Konzert der Band gewesen war, wusste, dass das bloß der Anfang sein würde. Das Publikum machte sich gerade erst warm.

Sean streckte die Hand aus und strich ihr zärtlich über

die Wange. Eine Geste, die inmitten eines Flogging-Molly-Konzerts seltsam hätte wirken müssen, doch es fühlte sich richtig an. Sean sah in Lillys unsichere Augen, durch die ein aufwühlender Sturm wirbelte. Während ihr Korsett die Richtung vorgeben wollte, kämpfte ein verbitterter Teil von ihr um die verdiente Freiheit. Sean ließ seinen Blick über ihr Gesicht gleiten, nahm ihre Hand erneut in seine und bewegte sich langsam, viel zu langsam für den aktuellen Song.

»Sei du selbst, Lilly. Trau dich.« Er lächelte ihr ermutigend zu. »Lass los und tanz mit mir.«

Sean war ein Mistkerl. Ein fieser Bastard, der Lilly keine Wahl ließ. Er wusste es. Und doch konnte er nichts dagegen tun. Er verließ sich auf seinen Instinkt, der ihm genau dazu riet. Lilly sollte endlich wieder frei sein, und dafür musste sie loslassen.

Der Kampf, der in ihren Augen tobte, weitete sich auf ihr schönes Gesicht aus. Hin- und hergerissen zwischen der Vergangenheit und der Gegenwart starrte sie ihn an. Ähnlich wie schon am Wochenende zuvor, als sie sich schließlich auf ihn eingelassen und seitdem jede Nacht in seinen Armen verbracht hatte. Etwas, das er nicht missen wollte.

Würde sie ein weiteres Mal den Mut aufbringen, um gegen ihr Korsett und ihre selbst auferlegten Prinzipen zu rebellieren? Sean hoffte es, und der verrückte, fantastische Dave King, der oben auf der Bühne stand und sich die Seele aus dem Leib sang, half ihm dabei. Die mitreißenden Akkorde von *Life is Good* hielten Einzug in *Vicar Street* und versuchten Lilly Mut zuzusprechen und sie zum Loslassen zu überreden.

She said, make this pain disappear
And lead me to this light you'll one day fear
Don't make me belong where I don't belong
Who lets us suffer in this silence I can't hear?

Lilly schloss ihre Lider, ihre Gesichtszüge, die eben noch verhärtet gewesen waren, lockerten sich allmählich. Sie atmete mehrmals tief ein und aus. Aus ihren geschlossenen Augen stahl sich eine winzige, kaum wahrnehmbare Träne.

Sean legte beide Arme um sie und zog sie sanft an sich heran.

»Es ist okay, Angst zu haben und die Kontrolle behalten zu wollen. Aber du darfst dir von deiner Schuld nicht das Leben bestimmen lassen. Es ist dein Leben, und du hast ein Recht darauf, es zu genießen. Wir können die Konsequenzen nicht immer vorherbestimmen. Manche Dinge passieren. Und das ist okay, Lilly.«

Sean spürte die Anspannung in Lillys schönem Körper. Er litt mit ihr. Es tat so schrecklich weh zu sehen, wie Lilly mit sich selbst kämpfte.

An ihrem Ohr murmelte er beruhigend und ermutigend auf sie ein. »Es ist okay loszulassen, Lilly. Es ist okay.«

Sean bewegte sich kaum wahrnehmbar zu der Musik, und als der erste Refrain einsetzte, bemerkte er, wie ihre Anspannung nachließ. Sie hob ihre Lider und ebenso den Kopf, um ihn anzusehen. Er bemerkte die Unsicherheit in ihrem Gesicht und lächelte sie erneut ermutigend an. Noch etwas breitete sich langsam, aber stetig in ihren Augen aus. Der Hunger nach Leben. Die Bitterkeit über verpasste Gelegenheiten. Und die Sehnsucht, unbekümmert den Moment zu genießen.

Sean fühlte es ihr nach. Ihre ständige Zurückhaltung und das Unterdrücken ihres eigentlichen Seins machten sie kaputt. Er wollte ihr helfen, ihr eine Hand reichen und sie ins Leben hineinziehen. Er wollte ihr die Sicherheit geben, sich wirklich zu trauen.

Langsam beugte er sich zu ihr, sah ihr tief in die Augen und lächelte. »Du kannst es, wenn du nur willst. Du bist viel stärker, als du denkst.«

Dann küsste er sie. Vorsichtig, ja beinahe scheu. Er schenkte ihr seinen eigenen Hunger nach Leben, der ihn bis hier hatte kommen und sich behaupten lassen. Sie fühlte sich so zerbrechlich an. Und so umgab er sie mit seinen Armen, schenkte ihr Halt und Stabilität, damit sie den Mut aufbringen konnte, loszulassen – immer in dem Wissen, dass er da sein würde, um sie aufzufangen, wenn die Folgen auf sie hereinprasselten.

Lilly erwiderte den Kuss, schob sich ihm entgegen, und schließlich spürte Sean eine Veränderung in ihr vonstattengehen. Sie legte ihr Korsett ab, und endlich, endlich gab sie ihrem Naturell einen Augenblick der Freiheit. Eine letzte überwältigende Berührung ihrer Lippen, dann zog sie sich von ihm zurück und lächelte. Zunächst noch schüchtern, so als würden sie einander das erste Mal berührt haben. Doch als sie die Musik um sich wahrnahm, kehrte das Leben in ihren Körper und ihren Geist zurück. Ihr Lächeln wurde größer und immer schöner. Sean konnte und wollte den Blick nicht von ihr abwenden.

Gemeinsam ließen sie sich von der Menge mitreißen und tanzten. Sie ließen sich gemeinsam fallen und hielten nichts zurück. Lillys herrliche Locken wippten, ihre Augen füllte ein Strahlen, wie er es noch nie zuvor wahrgenommen hatte, und Sean fühlte, wie ihm ein Stein vom Herzen fiel. Er wünschte, dieser eine Moment würde nie vergehen, und Lilly würde sich trauen, dieses wunderschöne Ich ihres Seins immer zuzulassen.

Die Band gab den Takt vor, und eintausendfünfhundert Menschen, inklusive Sean und Lilly, sangen aus tiefster Seele mit.

Life is good
Life is fine
Life is everything we loathe, it's so unkind
They say death is cruel
But death unwinds
It comes naturally to all us here alive.

Sean schloss die Augen und verdrängte seine eigenen Ängste, die ihn zu überrennen drohten. Er zog Lilly an sich und tanzte. Er tanzte einfach nur und dachte nicht an morgen. Er dachte nicht an sein Schicksal, das ihn erwartete und vor dem er sich so fürchtete. Im Rhythmus des Liedes, im Takt des Lebens tanzte er mit Lilly und all den anderen um sich herum. Er hörte auf zu denken und sog dankbar den Duft von Mandeln und Himbeeren ein, den Lilly selbst hier verströmte. Was immer Sean in der Zukunft erwartete, diesen Moment würde ihm nichts und niemand nehmen können.

Er spürte Lillys Körper an seinem, ihre Locken an seinem Kinn und ihre unwiderstehlichen Hüften an seinen. In einem Anflug von Melancholie spürte er die unendliche Dankbarkeit. Lilly hatte alles für ihn getan, ja sich sogar mit ihren eigenen Ängsten auseinandergesetzt. Er würde es ihr endlich sagen. Sie hatte es verdient. Es war längst überfällig, ihr reinen Wein einzuschenken. Heute Nacht. Der Grund für seine Schreibblockade, er würde ihn Lilly beichten.

Doch für die nächsten zwei Stunden verdrängte er seine eigenen Ängste und Zweifel. Lilly tanzte mit ihm. Sie lebten. Nur das zählte.

Vierzehn

Dunkelheit umgab sie. Sean spürte Lillys Atem auf seiner Brust. Ihre regelmäßigen Züge verrieten ihm, dass sie eingenickt sein musste. Sanft strich er über ihre nackte Schulter und gab ihr vorsichtig einen Kuss auf den Scheitel ihrer Locken. Er wünschte für immer so verharren zu können. Schon wieder.

In den letzten Stunden war ihm, als hätte nicht nur Lilly gegen ihre Dämonen gekämpft. Er ebenso. War ihr erster Liebesakt in dieser Nacht nach dem spektakulären Konzert in *Vicar Street* noch von einer unausgesprochenen Verzweiflung getrieben gewesen, so war darauf eine unfassbar zärtliche, beinahe zurückhaltende gegenseitige Erkundung gefolgt, die in einer Ekstase geendet hatte, wie er sie noch nie zuvor erlebt hatte. Und trotzdem hatten sie nicht genug voneinander bekommen und waren nach einer Pause ungefragt in die dritte Runde gegangen.

Sean konnte nicht von Lilly lassen. Lag es daran, dass er wusste, dass ihre gemeinsame Zeit endlich war? Sie gab ihm alles, was sie geben konnte, und er nahm es mehr als bereitwillig an. Und umgekehrt. Nur mit dem Unterschied, dass Lilly versuchte, ihre Ängste wenigstens für einen Augenblick zu bekämpfen. Er hingegen verdrängte weiterhin. Und Lilly – sie schenkte ihm Hoffnung, die er nicht haben durfte.

Plötzlich bewegte Lilly sich, und Seans Gedanken wurden unterbrochen. Sie hob den Kopf und blickte ihn durch die Dunkelheit an. Die Qual war endlich verschwunden, stattdessen beherrschte Zärtlichkeit ihre Gesichtszüge.

»Du bist ja noch wach«, flüsterte sie und gab ihm einen Kuss auf die Brust, bevor sie den Blick wieder auf ihn richtete.

Er setzte sich auf und lehnte sich gegen die Wand, ein Kissen in seinem Rücken.

»Komm her«, wisperte er sanft und zog Lilly in seine Arme, sodass ihre Locken über seine Brust fielen und er ihren weichen Körper mit seinem Arm umfing.

Sie lehnte sich gegen ihn und betrachtete ihn vorwurfsvoll. »Ich habe mindestens fünf blaue Flecken und einen angeknacksten Zeh.«

Wie Sean erstaunt festgestellt hatte, war dies das erste Konzert von Flogging Molly gewesen, dem Lilly beigewohnt hatte. Ihr war vorher also nicht klar gewesen, wie wild es unter dem tanzenden Publikum werden konnte. Schon bald hatte er sie sicherheitshalber aus der Mitte der Leute, dem Epizentrum, herausgeholt, und sie hatten sich eine etwas entspanntere Ecke gesucht, in der die Menschen allerdings nicht minder begeistert ihr Tanzbein geschwungen hatten. Nur eben nicht ganz so brutal, wie es in den vordersten Reihen schon mal zugehen konnte.

»Ich hätte eine Versicherung für dich abschließen sollen«, murmelte Sean schmunzelnd. »Ständig verletzt du dich in meiner Gegenwart.«

Lilly seufzte. »Ich hätte einfach eine Gefahrenzulage in den Vertrag aufnehmen sollen.« Sie zuckte grinsend mit den Schultern. »Aber man lernt ja nicht aus. Bei der nächsten Verlängerung, die du sowieso nicht durchlesen wirst, werde ich dich mit Wiedergutmachungen fesseln.«

Plötzlich zuckte Lilly zusammen. »Oh, verdammt!«

»Was ist?« Sean beugte sich besorgt nach vorn, doch Lilly winkte ab.

»Stichwort ›Wiedergutmachung‹. Ich habe total vergessen, dass meine Neffen morgen Geburtstag haben. Aber kein Problem, ich sage meiner Schwester Bescheid, dass ich es nicht schaffen werde.«

Sean dachte einen Moment nach. Dann meinte er leise: »Warum willst du nicht hingehen?«

Lilly versteifte sich in seinem Arm. »Wir haben zu tun.«

»Du drückst dich.«

»Tu ich nicht.«

Liebevoll strich er über ihren nackten Arm. »Doch, du drückst dich.«

Lilly schwieg.

Auf einmal hörte Sean sich sagen: »Lass uns gemeinsam hingehen.«

Überrascht drehte Lilly sich zu ihm. »Du willst zu der Geburtstagsfeier meiner vierjährigen Neffen?«

Wollte er? Ja, warum nicht? Lillys Familie kennenzulernen würde sicherlich spannend werden. Er nickte.

»Ich … ich weiß nicht.« Lilly lehnte sich wieder an ihn.

»Schieb mir einfach den schwarzen Peter zu. Schließlich zwinge ich dich, mir Gesellschaft zu leisten, damit meine Kreativität wieder in Schwung kommt. Ich dränge mich also der Familienfeier geradezu auf, und da du eine äußerst engagierte Agentin bist, gibst du deinem wichtigsten Klienten natürlich nach.«

Lilly lachte leise auf. »Du hast dir das ja schon sehr genau überlegt.«

Sean lächelte. »Hab ich.«

Ein warmes Gefühl breitete sich in Sean aus. Er fühlte sich Lilly so nah, fühlte sich sicher und geborgen. Es hatte ihm nie daran gefehlt, und doch war es in diesem Moment genau das, was er so bitter brauchte. Langsam strich er mit den Fingerspitzen immer wieder über Lillys Schulter, den Arm hinab und schließlich wieder hinauf.

Mit einem Mal kehrte das Kribbeln zurück. Sean erstarrte mitten in der Bewegung. Eine Gänsehaut überzog ihn, und mit aller Kraft wehrte er sich gegen die Angst, die in ihm aufstieg. Er holte tief Luft und konzentrierte sich auf seine Atmung. Es würde vergehen. So wie die letzten Male auch.

Lilly schien zu merken, dass etwas mit ihm geschah. Besorgt rückte sie ein Stück von ihm ab und betrachtete ihn mit gerunzelter Stirn.

»Alles in Ordnung?«

Sean räusperte sich. Das Kribbeln verschwand so schnell, wie es gekommen war. Doch Lillys Frage blieb.

»Ich schulde dir noch eine Antwort«, murmelte Sean und versuchte sich die Worte im Kopf zurechtzulegen. Sein Mund wurde trocken. Der Schatten, der ihn in den vergangenen Wochen immerzu verfolgt hatte, nahm sich wieder seinen Platz und setzte sich auf seine Schultern. Er musste es Lilly endlich sagen.

Lilly spürte eine Veränderung, die Sean vereinnahmte. Allerdings bezweifelte sie, dass es sich dabei um etwas Gutes handelte. Sie drehte ihm den Oberkörper zu und setzte sich aufrecht hin, während sie das dünne Laken um sich schlang. Eine kühle nächtliche Brise wehte zum halboffenen Fenster herein, und Lilly fragte sich unwillkürlich, ob sie der Nachricht, die Sean ihr mitteilen würde, gewachsen war. Ein mulmiges Gefühl breitete sich in ihr aus.

Diese letzten zwei Wochen mit Sean hatten ihr Leben auf den Kopf gestellt. Ständig kämpfte sie mit Bildern aus ihrer Vergangenheit. Schuld und Angst krochen durch ihre Knochen, und mittendrin spürte sie den Lebensgeist in sich erwachen und auf sein Recht pochen. Sie war innerlich aufgewühlt, haderte mit sich, ihrer Vergangenheit, ihrer

Gegenwart und ihrer Zukunft, und neben alldem war sie einem Mann verfallen, mit dem sie aus Prinzip nicht hätte zusammen sein dürfen. Noch hatte sie keinen Schiffbruch erlitten. Vielmehr fühlte sie sich wie eine Meerjungfrau, die den drohenden Unfall erahnte, aber naiv an das Gute glaubte und deshalb in einer Welle der Euphorie und des Moments umherschwamm, bevor der große Crash sie ereilte und in die harte Realität zurückholte.

Sie fuhr sich durch die Haare und legte sie auf ihrer linken Schulter ab. Sie ignorierte das Pochen an ihrer Stirn, wo die Beule inzwischen nur noch ein heller grünlich gelber Fleck war, und konzentrierte sich allein auf den Mann vor sich. Was war es nur, das Sean so beschäftigte und worüber zu sprechen es ihm so schwerfiel?

»Du schuldest mir gar nichts«, flüsterte Lilly. »Aber vielleicht macht es manches einfacher, wenn du mir davon erzählst.«

Sean schüttelte den Kopf, dann plötzlich nickte er.

»Vielleicht.« Er überlegte.

Schließlich nahm er Lillys Hand in seine und fuhr mit dem Daumen immer wieder über dieselbe Stelle. Sie genoss die intime Geste und fragte sich dennoch, was nun folgen würde.

Geduldig wartete sie und gab Sean Zeit, sich zu sammeln. Nach einigen Minuten der Stille erhob er schließlich seine weiche Stimme, die verräterisch rau und erstickt klang.

»Vor ein paar Wochen war ich noch voller Enthusiasmus. Ich hatte Ideen, Pläne, das dritte Album war eigentlich schon komplett in meinem Kopf. Ich hätte es nur noch aufschreiben und im Studio vertonen müssen.«

Lilly hörte die Sehnsucht in seiner Stimme. Die Sehnsucht, zurück zu ebenjenem Moment zu kehren, in dem noch alles gut gewesen war.

»Vor meinem letzten Konzert der Tournee fühlte sich mein linker Arm plötzlich komisch an. Ein intensives Kribbelgefühl. Kleine Blitze, die von den Fingerspitzen hinauf in den Oberarm jagten und wieder zurück. Ich verlor für wenige Sekunden die Kontrolle über meinen Arm. Dazu kamen Kopfschmerzen und Sehstörungen. Ich schob es auf den Stress. Schließlich war ich wochenlang unterwegs gewesen, spielte ohne Unterlass, bekam zu wenig Schlaf und ernährte mich vorrangig von Fast Food. Es legte sich größtenteils wieder, sodass ich das Konzert am nächsten Abend durchziehen und die Tour zum Abschluss bringen konnte. Doch die Kopfschmerzen und das seltsame Gefühl gingen nicht ganz weg. Also suchte ich hier in Dublin einen Arzt auf.«

Lillys Magen verknotete sich. Der Weg, den diese Erzählung einschlug, gefiel ihr nicht. Sie war sich sicher, es nicht wissen zu wollen. Aber sie blieb stumm und hörte zu.

»Ich ließ unzählige Untersuchungen über mich ergehen. Sie jagten Strom durch meine Nerven, maßen die Geschwindigkeit, mit der die Impulse durch meinen Körper schnellten. Mehrfach fertigte man ein MRT meiner Wirbelsäule und meines Kopfes an. Gott weiß, was sie noch alles getestet haben.«

Lilly betete still. Doch insgeheim war ihr bereits klar, dass am Ende dieses Gesprächs etwas wartete, von dem sie wünschte, es niemals erfahren zu müssen. Wenn es so losging, war der Ausgang unvermeidlich. Sie ahnte nicht, was es war. Nur, dass es nichts Gutes war.

Sean verstummte für wenige Sekunden. Dann räusperte er sich.

»Es ist eine Ausschlussdiagnose. Es gab zunächst keine hundertprozentige Sicherheit, doch alle Hinweise sprachen dafür. Dann, vor vier Wochen, noch während der ganzen Arzttermine hatte ich einen sogenannten Schub. Das Kribbeln, das ich zuvor schon öfter verspürt hatte, legte sich über meine Hände, meine Arme, und nichts vermochte es zu stoppen.« Sean zog die nächtliche Luft in seine Lungen. »Die

Kopfschmerzen wurden unfassbar stark, und die Sehstörungen waren wieder da. Da die Symptome länger als einen Tag andauerten, überwies mein Neurologe mich sofort in die Klinik. Dort erhielt ich eine Kortisontherapie mit Infusionen. Es wurde besser. Das Kribbeln verschwand, wenngleich die Kopfschmerzen zunächst blieben und ich völlig im Eimer war.«

Mitfühlend drückte Lilly seine Hand.

»Was ist es?«, fragte sie kaum hörbar.

Sean atmete aus. Dann, nach einer Weile, meinte er beinahe tonlos: »Multiple Sklerose.«

»Oh mein Gott ...« Lilly hatte es nicht laut aussprechen wollen, doch der Schock war zu groß. Ihr wurde schlecht, und Tränen stiegen in ihren Augen auf. Mit aller Kraft unterdrückte sie sie. Sean war nicht geholfen, wenn sie zu heulen begann. Sie hatte von dieser Krankheit gehört, wusste aber zu wenig darüber. Nur so viel, dass es eine lebenseinschneidende Diagnose war.

»Aber es gibt doch Therapiemöglichkeiten, oder?« Sie bemühte sich, optimistisch zu klingen, nahm es sich aber selbst kaum ab. Sie versuchte sich naiv in Hoffnung zu retten.

»Gibt es. Und mein Neurologe flippt aus, weil ich mich noch nicht entschieden habe, sie zu beginnen. Er ruft mich deshalb dauernd an. Er scheint mich besonders gernzuhaben, denn er ruft selbst am Wochenende an, damit ich mich endlich für eine Therapie entscheide.«

Plötzlich wurde Lilly wachsam. Sie erinnerte sich an die ständigen Anrufe, die Sean nicht angenommen hatte. In ihrem Kopf ergab es mit einem Mal Sinn. Als sie vor einer knappen Woche in der Arztpraxis gewesen waren ... Die vermeintliche Frage des Doktors an Sean, das leise Gespräch ...

»Der Arzt, zu dem du mich wegen des Golfballs geschleppt hast, Doktor Flanagan, er dachte, du wärst der

Patient gewesen. Nicht ich. Deshalb hat er dich gefragt, ob du dich entschieden hast ... *Er* ist dein Neurologe.«

Sean nickte. »Er sagt, die Chancen stünden gut, mit einer entsprechenden Therapie den Verlauf der Krankheit zu verzögern.«

»Und was denkst du?«

Seans Hand fuhr ihren Arm hinauf und streichelte die empfindliche Stelle in ihrer Armbeuge.

Leise sagte Sean: »Ich weiß es nicht. Ich will das alles nicht. Ich will keine Therapie. Ich will mir nicht überlegen, was es bedeutet, wenn die Krankheit stärker voranschreitet. Ich will mir keine Gedanken darüber machen, wie lange ich noch Gitarre spielen kann, wie lange ich noch laufen kann oder wie lange ich meine Arme noch bewegen kann. Ich will nicht, dass ich jeden Moment von einem neuen Schub erfasst werden könnte. Ich will nicht, dass mein Körper sich selbst zerstört.«

Atemlos ließ er seine Hand sinken.

»Lilly, ich will das alles nicht«, wisperte er.

Lilly schluckte, und eine kleine Träne rollte ihre Wange hinab. Sie wusste nicht, was sie tun sollte, außer sich vorzubeugen und Sean mit ihrem Kuss das Leid aus der Stimme zu nehmen. Ihn den Schmerz vergessen zu lassen und ihm Trost für etwas zu spenden, das das gesamte Leben infrage stellte.

Mit beiden Händen umfing sie sein Gesicht und strich liebevoll und Kraft spendend mit ihrem Mund über seine Lippen. Schützend legte er seine Arme um sie und nahm alles, was sie ihm in diesem Moment geben konnte. Als Lilly sich vorsichtig von ihm löste, wischte sie sich unauffällig die Träne aus dem Gesicht und verdrängte den Schmerz in ihrem Herzen.

Die nächste Frage tat ihr schrecklich weh, aber sie musste sie stellen, um sich ein besseres Bild machen zu können.

»Was genau tut die Krankheit mit dir?«

»Einfach ausgedrückt«, meinte Sean, »zerstört mein

Körper sich selbst. Stell dir die Nerven als elektrisches Kabel vor, das die Befehle vom Gehirn in die Extremitäten weiterleitet. Bei Multipler Sklerose bilden sich in sogenannten Herden im Gehirn oder der Wirbelsäule Antikörper, die die Kabelummantelung, die Myelinschicht der Nerven, angreifen.« Sean sprach so nüchtern, als würde er eine Speisekarte vorlesen. Doch Lilly vermutete, dass es ihn eine Menge Kraft kostete, ihr seinen künftigen Leidensweg aufzumalen.

»Je stärker die Kabelummantelung zerstört wird, desto schwieriger wird es, die elektrischen Signale weiterzuleiten. Irgendwann liegt die Leitung, in dem Fall der Nerv, so frei, dass es unmöglich wird, die Befehle, die vom Gehirn kommen, weiterzugeben.«

»Und dann kannst du deinen Finger irgendwann gar nicht mehr bewegen, weil der Befehl von deinem Gehirn nicht im Finger ankommt?«

Sean nickte. »Es gibt verschiedene Verläufe, und jede Erkrankung ist äußerst individuell. Bei mir scheint es sich um eine schubförmige MS zu handeln. Ein aktiver Schub äußert sich bei mir zum Beispiel in diesem Kribbeln, dem Kontrollverlust, vereinzelten Sehstörungen und den Kopfschmerzen. Je nach Verlauf kommen diese Schübe häufiger oder weniger häufig. Aber sie kommen. Und jedes Mal besteht das Risiko, dass die Nerven unwiderruflich beschädigt werden. Der Nerv kann seine Ummantelung zwar regenerieren, aber nur wenn der Schub rechtzeitig unterbrochen wird.«

»Woher kommt das?«

Sean griff erneut nach ihrer Hand. Lilly hörte das Zittern in seiner Stimme, das er ärgerlich wegräusperte. »Das wüsste ich auch gerne. Männer sind wesentlich seltener betroffen als Frauen, und meist taucht die Krankheit bei Männern erst nach dem vierzigsten Lebensjahr auf. Ich bin nicht mal fünfunddreißig. Aber das ist eben das Problem. Niemand weiß genau, wie es wirklich dazu kommt. Die Wissenschaft ist dran, aber …«

Seine Stimme verklang in der Nacht.

»Also ist es eine Autoimmunerkrankung?«

Er nickte.

»Und es gibt eine Form der Therapie?«

Wieder nickte er. »Keine, die die Krankheit heilt. Aber sie könnte die MS und ihren Verlauf verlangsamen. Wenn ich Glück habe.«

Lilly zügelte sich, doch es fiel ihr verdammt schwer. »Aber du hast noch nicht damit begonnen?«

Sean schwieg, dann nickte er ein drittes Mal in Folge.

»Aber warum nicht?«, flüsterte Lilly verzweifelt.

»Warum hinauszögern, was unausweichlich ist?«

»Ausgerechnet du!« Lilly blieb die Luft weg. Sie entzog Sean ihre Hand. »Erklärst du mir nicht bei jeder Gelegenheit, dass wir das Leben leben sollen? Es genießen sollen? Es voll ausschöpfen sollen? Weil wir es verdient haben?« Lilly bemühte sich, nicht auszuflippen, aber sie war nahe dran. »Sean, es gibt Möglichkeiten, diese Krankheit aufzuhalten, und du willst sie nicht nutzen?«

»Verlangsamen, nicht aufhalten«, korrigierte er sie.

»Na und? Das ist doch besser als nichts!«

Aufgewühlt fuhr Sean sich durch die Haare. »So leicht ist das nicht, Lilly.«

Energisch bot sie ihm die Stirn. »Es ist ziemlich leicht, glaube ich. Ruf deinen Arzt an, sag ihm, du machst die Therapie, und nutze jeden Tag, den du dadurch gewinnst.«

Sean schwieg eisern, und Lilly versuchte, geduldig auf ihn einzugehen.

»Was beschäftigt dich, Sean? Sag es mir.« Sanft legte sie ihm ihre Hand auf den Arm.

»Ich …« Er suchte nach den richtigen Worten. »Mir ist schon klar, dass es sinnvoll ist, die Therapie zu machen. Aber …« Er wandte sich ab, und Lilly gab ihm Zeit.

Schließlich meinte er leise: »Ich habe Angst, Lilly.«

Es war zu dunkel, um es zu erkennen, doch Lilly hätte schwören können, eine Träne auf Seans Wange glitzern zu sehen.

»Ich will nicht abschätzen müssen, wie lange ich noch ein normales Leben, geschweige denn *dieses* Leben führen kann. Ich habe Angst vor dem, was kommt. Ich ...« Er seufzte und räusperte sich sogleich. »Nichts wird je wieder so sein, wie es war. Alle meine Entscheidungen werden von dieser Krankheit überschattet. Ich werde keine Familie gründen können. Wie könnte ich es einer Frau zumuten, sich an mich zu binden in dem Wissen, dass die Krankheit eines Tages dafür sorgen könnte, dass ich zum Pflegefall werde? Es wäre egoistisch. Niemals könnte ich das tun.«

Schmerz durchzog seine Stimme. Ebenso wie Lillys Herz. Sean versagte sich nicht nur eine Therapie, sondern war sogar der Meinung, damit das Recht auf eine eigene Familie zu verlieren. Ein Zittern durchfuhr Lilly. Ihr fehlte die Luft zum Atmen.

Sean musterte sie verzweifelt. »Warum ich, Lilly? Was hat das Schicksal gegen mich, dass ausgerechnet ich diesen Scheiß abbekomme? Ich hasse Selbstmitleid, im Ernst. Aber ... warum ich?«

Ein Kloß bildete sich in Lillys Hals, und sie wünschte, sie hätte eine kluge Antwort auf die schreckliche Frage, die Sean ihr stellte. Tapfer überging sie ihre eigenen aufgewühlten Emotionen und richtete sich liebevoll an Sean.

»Sie lähmt dich. Die Angst. Nicht wahr? Deshalb kannst du nicht mehr schreiben.«

Sean nickte. »Wozu soll ich ein drittes Album komponieren? Wer weiß, ob ich es je live spielen können werde? Worüber soll ich singen, wenn alles, was ich spüre, Angst ist? Das ist nichts, was die Menschen hören wollen.« Leise fügte er hinzu: »Das ist nichts, worüber ich singen will.«

Lilly dachte einen Moment lang nach. »Ich glaube, du tust den Menschen unrecht.«

»Was meinst du?«

»Sind es nicht genau diese Schicksalsschläge, die uns berühren? Die uns Kraft geben? Uns inspirieren, selbst für das zu kämpfen, was uns wichtig ist? Weil Menschen wie du sich nicht geschlagen geben.« Lilly wusste, dass es zu früh dafür war, trotzdem wagte sie einen Vorstoß. »Du könntest zum Vorkämpfer für all die Menschen werden, die nicht stark genug dafür sind. Gib ihnen eine Stimme. Zeig der Welt, was in dir vorgeht, was dich bewegt – sag ihnen, wie scheiße sich so eine Diagnose anfühlt. Und was sie mit dir macht.«

»Das meinst du nicht ernst?« Sean lehnte sich ein Stück nach vorne, und Lilly erkannte die Ungläubigkeit in seinem Gesicht.

Sie nickte. »Absolut.«

Lilly war überzeugt, dass Sean genau das machen musste. Für sich. Er war der lebenslustigste Mensch, den sie kannte. Immerzu schien er von einer Leichtigkeit begleitet zu werden, trug ein Lächeln oder ein herzliches Lachen auf den Lippen und genoss den Augenblick. Er lebte für den Moment. In allem sah er etwas Positives, immerzu saß ihm der Schalk im Nacken, und er ließ keine Gelegenheit aus, auf die guten Dinge im Leben anzustoßen. In den vergangenen zwei Wochen hatte Lilly ihn dabei beobachtet. Das war Sean. Es war keine Maske, es war ein Teil seiner selbst. Zumindest zu neunzig Prozent der Zeit.

Und hinter alldem verbarg sich eine schreckliche Krankheit, die ihn aus der Bahn geworfen hatte, doch immer wieder hatte er es verdrängt und sich hinter dem lebensfrohen Sean versteckt. Lilly bewunderte ihn genauso, wie sie sauer auf ihn war. Er war so tapfer, so würdevoll und gleichzeitig so dumm. Statt sich um sich zu sorgen, hatte er sich auch noch ihre Schuldgefühle aufgeladen und bemühte sich, sie davon zu befreien. Ihr einen Ausweg zu zeigen. Ein Ding der Unmöglichkeit, dennoch versuchte er es. Er hatte ihr seinen Lebensmut geschenkt, obwohl er ihn selbst viel nötiger hatte. Besonders jetzt. Sean hatte …

Ein Zittern durchfuhr Lilly. Ihre Stirn pochte. Erschütterung erfasste sie bis ins Mark. Über ihrem Kopf schlugen die Wellen zusammen, und der wankelmütige Mast ihres Schiffes wurde fortgerissen. Die schäumenden Wassermassen brachen den Rumpf entzwei. Ihr Herz krampfte sich zusammen, und eine schreckliche Erkenntnis nistete sich tief in ihrer Seele ein. Sie hatte sich verliebt.

Sie liebte Sean. Einen Mann, der das Gegenteil von dem war, was sie mit aller Macht versuchte zu sein. Organisiert, strukturiert, immer auf die Konsequenzen bedacht. Er war nichts davon. Er war chaotisch, planlos, lebenshungrig und genoss den Augenblick. Und gleichzeitig – Sean war krank. Ihm stand eine der wohl schwierigsten Zeiten überhaupt bevor, und er rang mit sich, wie er diesen Weg beschreiten sollte. Zwei Seiten, die nicht zusammenpassten. Ein Widerspruch in sich. In diesem einen Mann, der ihre Welt aus den Angeln hob. Dem Mann, der selbst vor den Scherben seines Lebens stand und sich trotzdem um ihre Bedürfnisse kümmerte und ihr Sicherheit gab, während er von Ängsten und Zweifeln gezeichnet war. Der sie zum Lachen brachte. Und zum Leben. Und der sich selbst die Liebe einer Frau versagte.

Lilly schnappte stumm nach Luft, sie drohte zu ertrinken. Sean hatte sich in ihr Herz geschlichen. Ungefragt, lachend, verständnisvoll, tanzend, singend und verletzt. Es war kein Mitleid. Nein. Das würde sich anders anfühlen. Sie sehnte sich mit jeder Faser ihres Körpers nach ihm. Ihr Herz klammerte sich an ihn, an sein Lächeln, seine grünen Augen und diese frechen Grübchen, die er so gern mit einem Grinsen hervorblitzen ließ. Niemals hätte sie mit ihm schlafen dürfen. Seine rücksichtsvolle, fordernde und doch liebevolle Art, sie hätte sie nie kennenlernen dürfen. Doch es war zu spät. Viel zu spät. Lilly schloss ihre Augen und bemühte sich, sich nichts anmerken zu lassen, während sie versuchte, für Sean stark zu bleiben, und gleichzeitig mit krachenden Planken in den aufbrausenden Wellen Schiffbruch erlitt.

Heute Nacht ging es um Sean. Nicht um sie.

Fünfzehn

»Du bist gekommen!« Sarah strahlte über das ganze Gesicht und lief Lilly auf dem schmalen Kiespfad durch den Vorgarten ihrer Eltern entgegen. Ohne ein weiteres Wort ihrer Schwester abzuwarten, erdrückte Sarah sie beinahe.

Kaum hörbar flüsterte Sarah ihr ins Ohr: »Willkommen zuhause.«

Lilly erwiderte die Umarmung und zwang ihren Kopf, eine Pause zu machen. Der Tag würde für sie schlimm genug werden, sie sollte nicht auch noch ihre Gedanken einladen, das zu kommentieren.

Nach einer gefühlten Ewigkeit ließ Sarah sie los und schaute neugierig über Lillys Schulter. Ihre Augen leuchteten, und Lilly konnte sehen, wie bei ihrer Schwester der Groschen fiel. Doch anstatt sich auf den ungeladenen Gast und Prominenten zu stürzen, schürzte sie die Lippen und schaute Lilly gespielt maßregelnd an.

»Du hast nicht erwähnt, dass du eine plus Eins mitbringst.«

Lilly hatte einen Kloß im Hals. Sie versuchte zu lächeln, aber ihre Worte wollten trotzdem nicht heraus. Also sprang

Sean ein. Er lachte sein herzliches, markantes Lachen und streckte Sarah seine Hand entgegen.

»Hi, ich bin Sean. Ich hoffe, ich bringe die Sitzordnung nicht durcheinander.«

Sarah grinste und schüttelte die angebotene Hand. »Als ob es so etwas wie Ordnung im Hause McCarthy geben würde.«

Lillys Schwester winkte die beiden hinter sich her, und sie folgten ihr in das Heim ihrer Eltern. Angestrengt überlegte Lilly, wann sie das letzte Mal hier gewesen war. Das Einfamilienhaus lag im Norden der Stadt, in einer gemütlichen Wohngegend, in der ein Gebäude dem anderen glich. Brauner Backstein, gepaart mit hellgrauen verputzten Wänden. Die gärtnerische Leidenschaft der Nachbarn sorgte glücklicherweise dafür, dass das Viertel nicht im grauen Dunst versank. Vielmehr strahlten in den kleinen Vorgärten die Sommerblumen miteinander um die Wette. Sonnenblumen, die ersten Rosenknospen, Ranunkeln, die letzten Tulpen und noch so viel mehr, das Lilly nicht benennen konnte.

Das Zuhause der McCarthys unterschied sich allerdings von den umliegenden Häusern. Denn trotz der blütenreichen Bepflanzung vertrat Lillys Mom eher die Einstellung, der Natur ihren Lauf zu lassen. Während also in den anderen Gärten streng angelegte Blumenbeete und Tonkübel die farbenfrohe Schönheit präsentierten, regierte bei Vivian McCarthy die wilde unbezwungene Natur. Aber in schön. Keine Ahnung, wie ihre Mom das hinbekam. Der Vorgarten wirkte wild und doch irgendwie systematisch und gemütlich.

An der Haustür baumelten ein paar bunte Luftballons, und Lilly entdeckte ein neues Klingelschild.

»Tante Lillyyyyyyy!« Zwei kleine Rabauken rannten auf Lilly zu und umschlangen stürmisch ihre Hüften.

»Das ist meine Tante!«

»Nein, meine!«

Sarah versuchte vergeblich ihre Zwillinge zu erziehen. »Einigen wir uns darauf, dass Lilly die Tante von euch beiden ist.«

Argwöhnisch schauten Tony und George zu ihrer Mutter, dann blickten sie einander an. Eine Millisekunde lang waren sie still. Dann plapperten sie gleichzeitig los, und Lilly bemühte sich im Hauseingang ihren aufgeregten Erzählungen zu folgen.

»Was ist denn hier los?« Die sanfte Stimme ihrer Mutter ertönte im Flur, und kurz darauf stand Lillys Mom vor ihnen.

»Lilly!« Unerwartete Freude breitete sich auf ihrem Gesicht aus. Liebevoll strich sie ihren Enkeln über die Köpfe und beugte sich zu ihnen hinab.

»Grandpa presst gerade Orangensaft. Wollt ihr zwei ihm nicht dabei helfen?«

»Au ja!«, riefen die Zwillinge aus einem Mund und düsten in die Küche im hinteren Teil des Hauses. George drehte sich noch einmal um und musterte Lilly mit seinen wachen Kinderaugen.

Dann rief er, »Tante Lilly, wir haben dich vermisst!«, und folgte seinem Bruder in die Küche.

Tränen stiegen in Lillys Augen auf, als sie ihm hinterherschaute und die vertrauten Möbel und Bilder in dem Haus ihrer Kindheit erblickte. Mit aller Macht verdrängte sie die salzige Flüssigkeit mit einem Blinzeln. Stumm und fast schüchtern sah sie ihrer Mutter in die gütigen Augen.

Sarah und Lilly waren ihr wie aus dem Gesicht geschnitten. Nur, dass sich inzwischen ein Dutzend graue Haare unter die blonden kinnlangen Locken ihrer Mutter gemischt hatten. Sie war ebenso wie Lilly etwas üppiger gebaut, aber nicht zu viel, und mochte sie auch noch so herzlich sein – wenn ihr etwas gegen den Strich ging, wusste Lilly nur zu gut, dass ihre Mom sich selbst gegen eine angsteinflößende Rugby-Mannschaft durchsetzen konnte.

Vivian McCarthy näherte sich langsam ihrer Tochter und

strich zärtlich mit der Hand über ihre Wange. Wortlos drückte sie ihre Tochter voller Liebe an sich.

Lilly sehnte sich nach dieser Umarmung, und gleichzeitig wollte sie nur weg. Doch Seans flache Hand auf ihrem Rücken hielt sie unauffällig, wo sie war. Wieder gab er ihr Halt.

Nachdem ihre Mom sich von ihr gelöst hatte, stellte Sarah ihr Sean vor.

»Wenn mich nicht alles täuscht, haben wir heute prominenten Besuch.« Sarah schmunzelte. »Mom, das ist Sean. Lillys …« Fragend blickte sie zu Lilly.

Doch die war immer noch auf der Suche nach ihrer Stimme.

»Klient«, half Sean aus. »Freut mich wirklich sehr!« Er packte sein charmantestes Lächeln aus und gewann sofort das Herz ihrer Mom.

»Herzlich willkommen«, meinte Vivian McCarthy fröhlich und fügte mit einem Blick ins Haus hinzu: »Wir sollten in den Garten gehen. Euer Vater ist sicherlich gleich fertig mit den Vorbereitungen.«

Lilly schluckte. Sie hatte bisher kein einziges Wort gesagt. Im Kopf rief sie sich zur Ordnung und versuchte, ihre Gedanken zu sortieren. Sie war zu lange nicht hier gewesen. Immerzu hielt sie sich fern, von allem, was sie an ihre Vergangenheit erinnerte. Von allem, was sie an den Unfall erinnerte. Und an ihre Schuld. Schon jetzt spürte sie, wie sich die dunkle Wolke über ihre Schultern legte und sie zu Boden drückte. Aber jetzt war nicht der Zeitpunkt, um weiter davonzulaufen. Sie war hier. Nun musste sie es auch bis zum Schluss durchziehen.

Vielleicht lenkte sie das wenigstens von ihren Gefühlen für Sean und seinem nächtlichen Geständnis ab. Nachdem Lilly sich ihrer Liebe zu ihm bewusst geworden war, hatte sie die Erkenntnis mühsam von sich geschoben und sich ganz und gar auf Sean und seine Krankheit konzentriert. Stundenlang hatten sie geredet. Er hatte sie unumwunden in seine Seele blicken lassen. Hatte ihr seine Ängste gezeigt und nichts beschönigt. Mehr und mehr hatte Lilly verstanden, was Multiple Sklerose mit dem Körper anstellte und warum es so schwer war, vorherzusehen, was wann und in welchem Ausmaß passieren würde. Es war eine grausame Erkrankung. Ohne Erbarmen.

Gegen vier Uhr morgens hatte sich zwischen ihnen ein einvernehmliches Schweigen ausgebreitet. Es war alles gesagt. Lilly hatte in Seans sicheren Armen gelegen, ihm Wärme und Trost gespendet, und gemeinsam waren sie schließlich eingeschlafen.

Jetzt, sieben Stunden später, durchquerten sie zusammen Lillys Elternhaus und folgten ihrer Schwester und ihrer Mutter in den hinteren Teil des Gebäudes. Aus dem Augenwinkel heraus erkannte Lilly die sonnengelben Wände, das weiße Sofa und die zahlreichen gerahmten Fotos an den Mauern. Das Bücherregal war immer noch heillos überfordert mit der Masse an Papier, von der ihr Vater sich zu trennen weigerte. Bis auf das Klingelschild mit den geschwungenen Buchstaben an der Haustür schien sich rein gar nichts verändert zu haben. Dieser Umstand wirkte fast tröstlich auf Lilly.

Sie straffte die Schultern und spürte die Kraft, die Seans Hand erneut auf ihrem Rücken ausstrahlte. Kurz darauf traten sie hinaus auf die gekieste Terrasse. Das Wetter war perfekt für einen sommerlichen Vormittagsbrunch. Die Sonne schien herrlich warm auf sie herab, und in dem ebenso wild wachsenden Garten auf der Rückseite des Hauses tummelten sich allerhand Bienen, Hummeln und Schmetterlinge.

Der Tisch war mit frischem Obst, Gemüsestreifen, leckeren Pancakes, Spiegeleiern und knusprigem Bacon gedeckt. Kaffeeduft verbreitete sich in der Luft, und ein riesiger Strauß Sonnenblumen stand auf einem kleinen

Beistelltisch, daneben ein halbes Dutzend eingepackter Geschenke und ein Schokoladenkuchen mit vier brennenden Kerzen.

Lilly schluckte. Genauso hatten sie früher die Geburtstage von ihr und Sarah gefeiert. Vermutlich war es sogar das exakt gleiche Rezept, das ihre Mom für den Schokokuchen verwendet hatte.

Ungefragt legte Sarah einen Arm um Lilly und drückte sie herzlich, als plötzlich eine gut gelaunte Männerstimme in Lillys Ohren erklang.

»So, hier wäre dann der Orangensa…« Die Stimme ihres Vaters brach ab. Langsam drehte Lilly sich um und starrte unsicher in das schmale Gesicht ihres Dads, das deutlich seine Überraschung ausdrückte. »Lilly! Du … Wie lange ist es her?«

Martin McCarthy drückte die gläserne Karaffe mit dem frisch gepressten Orangensaft in die nächstbesten Hände, die sich ihm boten – Seans –, und kam auf seine älteste Tochter zu. Beinahe ehrfürchtig legte er seine kräftigen Hände auf ihre Schultern, musterte sie liebevoll von oben bis unten und zog sie an sich. Der vertraute Duft seines nie wechselnden Aftershaves hüllte Lilly ebenso ein wie die starken Arme, denen sie sich als Kind stets anvertraut hatte.

»Meine Lilly«, flüsterte er über ihre Locken hinweg und hielt sie einfach nur fest.

»Dad«, wisperte sie und spürte, wie sehr ihr ihr Vater gefehlt hatte.

Sekunden später drängten sich zwei kleine Wirbelwinde zwischen Lilly und ihren Dad, und Lilly wischte sich unauffällig eine Träne von der Wange. Sie atmete tief durch und setzte ein Lächeln auf.

»Wir haben Hunger!«, ertönte es von dem kleinen George, und sein Bruder, der ihm bis aufs Haar glich, stimmte ein.

»Hunger! Hunger! Hunger!«

»Werdet ihr euch wohl benehmen!« Hinter Lillys Vater

tauchte ein gutaussehender Mann in Jeans und dunkelrotem Poloshirt auf. Erstaunt hielt er inne, dann nickte er Lilly freundlich zu. »Schön, dich zu sehen, Lilly.«

»Gleichfalls, Phil.« Lilly nickte ihrem Schwager ebenso zu und folgte dessen neugierigem Blick zu Sean. Sie beeilte sich zu sagen: »Ich hoffe, es ist in Ordnung, dass ich Sean mitgebracht habe. Er ...« Sie verstummte, aber das Lächeln, das er ihr zuwarf, gab ihr die Kraft, die sie suchte. Sie räusperte sich und bemühte sich um einen strengen, aber doch ironischen Tonfall. »Er hat eine kleine Schaffenskrise, und ich sorge dafür, dass er sein nächstes Album auf die Reihe bekommt. Deshalb klebt er mir tagein, tagaus an der Backe. Wenn er sich danebenbenimmt, sagt mir einfach Bescheid. Dann leine ich ihn im Vorgarten an, bis ich wieder gehe.«

Ihre Familie lachte, und ihr Vater tätschelte ihr liebevoll die Schulter. »Erst mal bleibt ihr beide hier.« Er reichte Sean die Hand. »Schön, dich kennenzulernen.« Dann musterte er ihn. »Du bist Musiker?«

Lilly unterdrückte ein nachsichtiges Lächeln. Ihr Vater konnte sämtliche Werke von Bach, Chopin und Mozart aufzählen und historisch einordnen, aber von der heutigen Musik hatte er keinen Schimmer.

Doch Sean nahm es nicht persönlich. Im Gegenteil. Er nickte bescheiden. »So ist es.«

»Hunger!« Tony und George rannten zwischen den Erwachsenen herum und gaben ihren wachsenden Unmut kund.

Lillys Mom und ihre Schwester fingen die beiden blonden Lockenköpfe ein und verfrachteten sie auf ihre Plätze. Phil holte einen weiteren Teller und Besteck aus dem Haus, und schließlich setzten sie sich gemeinsam an die reichlich gedeckte Geburtstagstafel.

Bevor sie allerdings mit Essen begannen, zwinkerte Sarah dem unbekannten bekannten Gast an Lillys Seite zu. »Wir singen normalerweise noch ein Geburtstagsständchen.« Sie schmunzelte. »Vielleicht heute zur Abwechslung mal mit jemandem, der wirklich singen kann?«

Sean ließ sich nicht zweimal bitten und stimmte lächelnd mit seinem seidig rauen Timbre den Refrain von *Happy Birthday to you* an.

Eine Gänsehaut überzog Lillys Arme. Ihr Herz hüpfte aufgeregt, und ihr Magen wurde von einfältigen Schmetterlingen durcheinandergewirbelt. Sie sollte nicht so fühlen, wenn Sean ein Lied zum Besten gab. Schon gar nicht, wenn es das Geburtstagsständchen für ihre vierjährigen Neffen war. Während ihre Familie mit einstimmte, musterte sie Sean neben sich verstohlen. Er trug seine üblichen Chinos, ein schlichtes graues T-Shirt und darüber ein hellblaues Hemd, offen und mit aufgerollten Ärmeln, passend zu den sommerlichen Temperaturen. Sein Haar war wie eh und je perfekt chaotisch und geordnet zugleich, und seine grünen Augen sprühten kleine Funken, während er den weltbekannten Text mit einer leicht abgeänderten Melodie vortrug.

Nichts erinnerte mehr an den verzweifelten Gesichtsausdruck von vergangener Nacht. Lilly hörte keinen Schmerz in seiner Stimme, keine Angst und keine Unsicherheit. Die Sonne schien auf Sean herab, hüllte ihn in ein warmes Licht, und Lilly hatte das Gefühl, als wäre er das Sinnbild für Lebensfreude. Wäre sie heute Nacht nicht bei ihm gewesen, sie würde kein Wort glauben, würde ihr jemand von Seans MS-Diagnose und den damit verbundenen Ängsten erzählen. War das vielleicht das Problem?

Sean hatte Angst. Zu Recht. Sein bisheriges Dasein zeichnete sich durch seine Lebenslust und seinen Optimismus aus. Beides wurde nun erschüttert, aber wenn Lilly ihn richtig einschätzte, ließ er das kaum zu. Bis auf die wenigen Augenblicke, in denen er Lilly auf der Millennium Bridge, an der Küste von Howth und schließlich heute Nacht Einblick gewährt und ihr abseits seines Lächelns seine Emotionen offenbart hatte, gab er sich keine Zeit, die veränderte Situation zu betrachten und zu bewerten.

Je länger Lilly ihn musterte und darüber nachdachte, desto überzeugter war sie, dass er erst dann wieder in die Zukunft blicken und komponieren konnte, wenn er sich gestattete, seine Gefühle über den Ausbruch der Multiplen Sklerose zuzulassen. Es war tapfer von ihm, immer weiterzumachen, nach vorne sehen zu wollen und sein Lächeln zu behalten. Aber seine Seele brauchte etwas anderes. Er musste die Wut, die Verzweiflung, den Schmerz und die Ohnmacht zulassen. Erst danach würde er lernen können, die Diagnose zu akzeptieren, eine Therapie zu beginnen und seinen alten Optimismus in neue Bahnen zu lenken.

So wie Lilly auf dem Konzert am Abend zuvor gekämpft hatte, das Leben wieder zuzulassen und zu spüren, so musste Sean sich trauen, seine Ängste zuzulassen und ihnen Raum zu geben.

Lillys Herz klopfte, und ihre eigene Seele schlug gefährlich hohe Saltos. War es so einfach, wie sie es sich gerade ausmalte? Nun ... ›Einfach‹ war sicherlich die falsche Bezeichnung. Und sie hatte gut reden. Ein unbändiges Gefühl der Zuneigung erfüllte Lilly. Ihre Liebe manifestierte sich, und sie wünschte, sie könnte Sean diesen schweren Prozess abnehmen.

So oder so, sie würde ihm helfen. So wie er ihr gestern Abend geholfen hatte.

Das Geburtstagsständchen endete, und alle fielen über die Köstlichkeiten auf dem Esstisch her. Seans Blick streifte Lilly. Er lächelte. Und Lillys Herz wurde erneut von ungewollten Gefühlen geflutet. Schnell wandte sie den Kopf ab und griff nach dem Teller mit den duftenden Pancakes.

Der Tag verging wie im Flug. Lillys nicht mehr ganz so weiße Leinenhose flatterte um ihre endlosen Beine, ihr zitronengelbes Oberteil strahlte mit der Sonne um die Wette, und ihre offenen Haare wippten fröhlich auf und ab, während sie vor den Zwillingen durch den Garten davonlief. Lachend drehte sie sich um, blieb stehen, und ihre Neffen stürmten auf sie zu und rissen sie laut kreischend zu Boden. Gemeinsam tobten sie von einer Ecke des Gartens zur anderen.

Sean beobachtete das rege Treiben und unterdrückte ein Lächeln. Als sie heute Vormittag bei den McCarthys angekommen waren, war Lilly die Unsicherheit deutlich anzumerken gewesen. Hier zu sein, schien für sie eine Tortur zu sein, doch gleichzeitig spürte Sean, wie sehr sie ihre Familie vermisste. Und andersherum genauso.

Die ersten Minuten im Haus ihrer Eltern hatten sich wie ein hochemotionales Wiedersehen nach einer unendlich langen Trennung angefühlt. Alle hatten Tränen in den Augen gehabt, selbst Lillys bodenständig wirkender Vater hatte seine Rührung kaum zurückhalten können.

Der Unfall, der Sarah fast das Leben gekostet und Lillys Schuldgefühle ausgelöst hatte, schien die gesamte Familie entzweit zu haben. Aber nicht im eigentlichen Sinne. Wenn er es zwischen den Zeilen richtig heraushörte, dann war Lilly diejenige, die sich zurückgezogen hatte. Sie mied den Kontakt zu ihren Eltern, ihrer Schwester und deren Familie. Und obwohl er die McCarthys erst wenige Stunden kannte, spürte er, wie viel Raum sie Lilly ließen. Ihr mochte es nicht auffallen, doch statt Lilly für ihre Abwesenheit zu gängeln oder sie zu bitten, doch öfter vorbeizuschauen, akzeptierten sie ihr Verhalten. Keine versteckten Vorwürfe oder Seitenhiebe. Stattdessen schenkten sie ihr in den wenigen Momenten, die Lilly ihnen gestattete, all die Liebe und Zuneigung, die sie ihr sonst nicht zeigen konnten – weil sie nie da war.

Sean dachte an seine Familie. Die O'Sullivans waren eine eingeschworene Bande. Manchmal erdrückend, aber immer herzlich und füreinander da. Als seine Schwägerin unerwartet verstorben war, waren sie alle zusammengerückt und hatten seinem Bruder Cillian und dessen damals dreijährigem Neffen durch die schwere Zeit geholfen. Und doch war es am Ende die Begegnung mit Aeryn, Lillys Tänzerin, gewesen, die Cil und Liam zurück ins Leben geholt hatte.

Manchmal kann Familie nicht das leisten, was die Menschen brauchen. Und trotzdem war es so wichtig, diesen Halt zu spüren. Aber das tat Lilly nicht. Sie igelte sich ein, ertrank in Schuldgefühlen und riss sich ein Bein aus, um ihrem wahren Ich zu entfliehen.

Zwei Stunden hatte Lilly heute gebraucht, um aufzutauen und ein halbwegs normales Verhalten an den Tag zu legen. In jeder Bewegung, jedem Lächeln und jedem Augenaufschlag erkannte Sean, wie schwer es ihr fiel, hier zu sein und ihre Erinnerungen zu unterdrücken. Es musste sie innerlich zerreißen. Umso dankbarer war Sean, als er Tony und George nun über Lilly herfallen sah, wie sie sie mit ihren kleinen Fingerchen kitzelten und diese wunderbare Frau zum Lachen brachten.

»Es ist lange her, dass wir Lilly bei uns im Haus hatten.« Lillys Vater gesellte sich mit einem Glas Wasser in der Hand zu Sean, der am Rande der Terrasse stand. Seine leise angenehme Stimme war von Sorge und Liebe gezeichnet.

»Wie lange?«, hörte Sean sich fragen.

Wie aus der Pistole geschossen antwortete Martin McCarthy. »Ein Jahr, vier Monate und sechs Tage.«

Überrascht wandte Sean ihm das Gesicht zu. Ein bitteres Lächeln huschte über die Züge des Mannes, der sowohl schlank als auch groß und mit freundlichen Augen ausgestattet war. Sean schätzte ihn auf Ende sechzig.

»Es war der fünfundsechzigste Geburtstag meiner Frau. Wir haben eine kleine Party im Haus gegeben. Lilly schaffte es für eine ganze Stunde. Dann floh sie. Wir telefonieren und schicken uns Nachrichten, aber sie war seitdem nie wieder hier.«

Sean überlegte, ob es ihm zustand, darüber zu sprechen. Für Lillys Eltern war er nur ein Klient, ein Unbekannter aus Lillys Leben, den sie kaum kannten. Doch der Blick in das traurige Gesicht ihres Vaters rührte etwas in ihm.

»Sie gibt sich immer noch die Schuld an dem, was passiert ist«, sagte Sean leise und verfolgte Lilly mit seinem Blick.

»Sie hat davon gesprochen?« Erstaunen quoll aus Martins Stimme.

Stand es ihm wirklich zu? Es war Lillys Leben. Nicht seins. Er hatte genug eigene Probleme. Und doch – er konnte nicht anders. Lilly war ihm zu wichtig geworden, und sie leiden zu sehen, verursachte ihm Übelkeit.

Vorsichtig nickte er.

»Interessant«, murmelte Lillys Vater und musterte Sean. »Es geht mich zwar nichts an, aber ... Was hat sie dir erzählt?«

Sean räusperte sich und warf einen weiteren langen Blick in den Garten zu Lilly hinüber, die von alldem nichts bemerkte. Nun war sie diejenige, die ihren Neffen barfuß hinterherlief.

»Sie fühlt sich verantwortlich für den Unfall auf dem Rückweg von der Party, zu der sie ihre Schwester nicht hätte mitnehmen dürfen. Sie gibt sich die Schuld an dem Tod von Sarahs damaligem Freund – und an Sarahs Verletzungen.«

Martin nickte kaum merklich. Dann schüttelte er den Kopf. Nach einer Weile erhob er leise das Wort.

»Ich wünschte, wir könnten ihr endlich begreifbar machen, dass es nicht ihre Schuld war. Sie war ein junges Mädchen. Solche Dinge sind schrecklich, aber sie passieren. Ja, Sarah sollte nicht zu dieser Party. Wir fanden sie zu jung dafür. Aber wären Sarah und Max nicht gewesen, vielleicht hätte der Lastwagen dann Lilly erwischt, während sie allein auf dem Heimweg gewesen wäre. Das wäre ebenso schlimm gewesen.« Martin seufzte. »Wir können lange darüber reden, was wenn gewesen wäre. Aber das würde nichts ändern. Was passiert ist, ist passiert. Lilly hat sich selbst zu einer lebenslangen Haft verurteilt. Zu Unrecht.«

Martin stellte sein Glas auf dem Tisch ab und beobachtete seine älteste Tochter und seine beiden Enkel im Garten.

»Bei diesem Unfall hat sich eine unserer Töchter schrecklich verletzt. Doch sie hat sich tapfer geschlagen und zurück ins Leben gekämpft. Unsere andere Tochter haben wir bei diesem Unfall verloren. Sie hatte nicht einen Kratzer, und doch ist ein Teil von ihr gestorben.« Die Stimme von Lillys Vater brach. »Entschuldige mich.« Abrupt drehte er sich weg und ließ Sean auf der Terrasse stehen.

Sean sah ihm nach und spürte den Schmerz, den Martin mit sich herumtrug. Es musste sich furchtbar anfühlen, das eigene Kind so leiden zu sehen und nichts dagegen tun zu können. Sean überlegte. Konnte man wirklich nichts dagegen tun? Es musste etwas geben.

Viel Zeit, weiter darüber nachzudenken, blieb ihm allerdings nicht.

»Und? Hast du schon genug von uns?« Sarah erschien neben ihm und drückte ihm einen Becher Eistee in die Hand.

Sean lächelte. »Ich bin Schlimmeres gewöhnt.«

Sarah nickte wissend. »Großfamilie, nicht?«

Sean grinste. »Jep.«

So war es, wenn man berühmt war und nebenbei noch einer der bedeutendsten Brauereifamilien des Landes angehörte. Die Leute wussten bereits alles. Oder vielleicht nicht alles. Aber so einiges.

»Lilly hilft dir also bei deinem nächsten Album?«, erkundigte sich Sarah freundlich und nahm einen Schluck von ihrem Eistee, der mit frischen Himbeeren, Orangenscheiben und Eiswürfeln versetzt war.

»Sozusagen.«

Sarah lächelte. »Mach dir keine Sorgen, Lilly findet immer eine Lösung.«

Aufmerksam musterte er die Schwester seiner Agentin.

Sie sahen sich äußerst ähnlich, nur dass Sarah etwas schlanker war als Lilly. Aber sie hatten beide diese türkisen Augen und die blonden Locken, die sie eindeutig von ihrer Mutter geerbt hatten, wie Sean heute bereits festgestellt hatte.

»Gut zu wissen.«

Sarah lachte auf. »Einmal habe ich meinen Aufsatz für die Schule zuhause vergessen. Mir drohte eine schlechte Note, wenn ich nichts abgeben würde. Also hat Lilly kurzerhand die Schule geschwänzt, ist nach Hause gerannt und hat ihn mir geholt, während ich brav im Unterricht saß und gewartet habe. Beim nächsten Stundenwechsel hat sie ihn mir schließlich heimlich auf dem Flur zugesteckt und mich gerettet.« Sarah zupfte ihren Pferdeschwanz zurecht. »Lilly hatte immer für alles eine Lösung. Sie pfiff auf die Konsequenzen und hat einfach gemacht, was sie für richtig hielt.«

Sean hörte aufmerksam zu und versuchte sich Lilly als unbekümmerte Jugendliche vorzustellen. Ohne die Sorgenfalten, die regelmäßig auf ihrer Stirn auftauchten. Dann fiel ihm auf einmal ein Foto ein, das er gesehen hatte, als sie durch das Wohnzimmer hinaus in den Garten gegangen waren. Er blickte Sarah fragend an.

»Dieses Foto mit der Schildkröte, das im Wohnzimmer steht. Was hat es damit auf sich?« Es war dasselbe Foto, das er auch in Lillys Wohnung gesehen hatte.

Sarah lächelte. »Das ist Curtis.«

»Curtis?«

»Unser Haustier. Ich bekam ihn zu meinem elften Geburtstag geschenkt.« Sarahs Stimme wurde weich. »Er war mein Ein und Alles. Als ... als ich wegen eines Unfalls mehrere Monate im Krankenhaus verbringen musste, hat Lilly sich um ihn gekümmert. Vor ein paar Jahren wurde Curtis allerdings krank und ist bald darauf gestorben.« Sarah deutete auf eine große Hecke aus Himbeersträuchern im hinteren Teil des Gartens. »Wir haben ihn da drüben begraben, so ist er weiterhin unter uns.«

Sean nickte. Warum hatte Lilly ausgerechnet von dieser Schildkröte ein Foto in ihrer Wohnung, nicht aber von ihrer Familie? Er bildete sich ein, Lilly zu kennen, doch das Gegenteil war der Fall. Tausend Rätsel umgaben diese Frau, die seinen Verstand zunehmend vereinnahmte.

Prustend und lachend kam ebenjene wunderschöne Frau auf sie zu, zwei kleine ebenfalls giggelnde Vierjährige im Schlepptau.

»Was gibst du den beiden zu essen, Sarah? Ihre Energie ist unersättlich!«, rief Lilly, schnappte sich Seans Eistee und nahm einen großen Schluck.

Sarah lachte. »Wenn ich das wüsste!«

»Himbeeren! Grannys Himbeeren!«, rief George und stopfte sich, wie um seine Aussage zu unterstreichen, eine Handvoll reifer Beeren, die er kurz zuvor gepflückt hatte, in den Mund.

Tony, sein Bruder, nickte. »Das sind geheime Kraftbeeren.« Er schaute zu Lilly. »Stimmt's, Tante Lilly?«

Sie lachte. »So ist es.«

Sean entdeckte einen verräterischen roten Fleck auf Lillys gelbem Oberteil und der weißen Hose.

»Scheint, als hättet ihr alle drei von den geheimen Kraftbeeren genascht.« Sean schmunzelte.

Lilly zuckte unschuldig grinsend mit den Schultern. »Wir? Niemals.«

Tony und George kicherten verräterisch. »Aber Tante Lilly! Du hast doch damit angefangen.«

George hielt seine andere Hand hoch, in der ein Dutzend flaumiger Beeren lag.

»Tante Lilly hat gesagt, Himbeeren können Zauberkräfte freisetzen.«

Sarah hockte sich hin, um auf Augenhöhe mit ihren Söhnen zu sein. »Zauberkräfte?«

Tony stibitzte sich eine Frucht, schob sie sich in den kleinen Mund und kaute genüsslich darauf herum. Dann nickte er. »Ja! Wenn man nur genug von ihnen findet und sie alle aufisst, dann wird man super stark.«

Sean beobachtete, wie Lilly lächelnd nickte und ihre beiden Neffen liebevoll betrachtete. Er bemerkte die Sehnsucht in ihren Augen. Die Sehnsucht nach ihrer Familie.

Sarah wuschelte den Zwillingen durch die Haare und lachte.

»Na, dann ist ja gut, dass es bei Grandma im Garten eine ganze Menge davon gibt.«

Die Kinder nickten und liefen zu ihrem Dad, um ihm von den Kraftbeeren zu berichten.

Gemeinsam setzten sie sich schließlich zu Vivian und Phil an den Esstisch auf der Terrasse. Und dann passierte es. Sean sah es kommen, noch bevor jemand das Wort ergriff. Er las es in Vivians Gesicht. Die Frage, die sie bereits seit ihrer Ankunft heute Vormittag umtrieb und die sie nun stellte, ohne zu ahnen, was sie damit bei ihrer Tochter auslöste.

»Lilly, mein Schatz, was ist eigentlich mit deiner Stirn passiert? Das sieht wirklich schmerzhaft aus.« Besorgt musterte Vivian ihre Tochter.

Sofort erstarrte Lillys Miene. Ihr Lachen erlosch, ihre Augen zuckten, und Sean hätte sie am liebsten schützend in seine Arme geschlossen, doch das konnte er nicht. Nicht jetzt.

Zeitgleich kehrte Lillys Vater aus dem Haus zurück und beobachtete seine Tochter aufmerksam. Er hatte die Frage seiner Frau gehört. Alle Blicke waren auf Lilly gerichtet, und Seans Herz krampfte sich zusammen, als er das Leid in den Augen seiner Agentin aufblitzen sah. Könnte er doch nur die Uhr zurückdrehen und sie davor bewahren.

. . .

Lilly saß am Kopfende des Tisches und starrte den besorgten Gesichtern ihrer Familie entgegen. Nachdem sie heute Vormittag den ersten Schwall an Erinnerungen überwunden und sich auf das Hier und Jetzt konzentriert hatte, war es langsam, aber stetig besser geworden. Sie hatte es sogar geschafft, den Gesprächen zu folgen, Fragen nach ihrer Agentur zu beantworten und gemeinsam mit ihren Eltern, ihrer Schwester, ihrem Schwager und den Kindern zu lachen. Seans Anwesenheit hatte ihr aus seltsamen Gründen Kraft gegeben.

Immer wieder hatte er unauffällig eine Hand auf ihren Rücken gelegt, ihr über den Arm gestrichen oder zugelächelt. Mit jeder dieser Gesten schenkte er ihr den Mut, eine weitere Stunde zu bleiben und den schrecklichen Erinnerungen zu trotzen.

Doch jetzt war es vorbei. Hilfesuchend blickte sie zu ihm und hasste sich gleichzeitig für ihre Schwäche. Ihr Mund wurde trocken. Bilder tauchten vor ihrem inneren Auge auf. Die Dunkelheit übermannte sie. Grelle Scheinwerfer, das laute Klappern eines Fahrrads, das über den Asphalt schlitterte. Die Kälte kroch in ihre Knochen, und die Gesichter des freundlichen Ehepaares vom Golfplatz in Howth, den Sweeneys, tauchten vor ihr auf. Den Menschen, denen sie den Sohn genommen hatte.

Die Stille um sie herum schien im Gegensatz zu ihrem Kopf zu stehen. Hätte sie gesprochen, sie hätte ihre eigene Stimme nicht gehört, so laut rauschte es in ihren Ohren. Die Schuldgefühle streckten ihre Klauen nach ihr aus, ließen nicht von ihr ab und drückten sie zu Boden. Plötzlich, durch ihren Nebel hindurch, hörte sie Seans rettende Stimme.

»Das ist meine Schuld.«

»Wie bitte?« Sarah blickte empört zu ihm, und auch ihre Eltern legten die Stirn in Falten. Einzig ihr Schwager schien amüsiert auf die passende Erklärung zu warten, während die Zwillinge es sich bei ihm auf dem Schoß gemütlich machten.

Zerknirscht fuhr Sean fort. »Wir waren letztes Wochenende in Howth wandern, und als wir das kurze Stück über den dortigen Golfplatz nehmen wollten, hat sich ein Golfball in seiner Flugbahn verirrt.«

Lilly bemühte sich einzuschreiten. »Das war nicht deine Schuld.«

Sean widersprach. »Ich habe dich zu dieser Wanderung gezwungen, insofern ist es irgendwie meine Schuld.«

Er schien ganz erpicht darauf zu sein, die Verantwortung zu übernehmen.

»Ein Golfball hat den blauen Fleck verursacht?«, rief Sarah erstaunt, und Lilly wünschte, sie hätte die Stelle mit mehr Make-up bedeckt. Hatte sie sich schon so an den Anblick gewöhnt, dass sie ihn gar nicht mehr als schlimm wahrnahm?

»Welcher Vollidiot schlägt seine Bälle denn in Richtung des Wanderweges ab?«, rief Lillys Mutter erzürnt und schüttelte ärgerlich den Kopf.

»Wie geht es dir, Liebes?«, fragte ihr Vater und beugte sich besorgt über sie, um sich die verblichene Wunde anzusehen.

»Mir geht es gut, wirklich. Das verheilt bald wieder.«

Das Letzte, was Lilly brauchen konnte, war die übertriebene Sorge um eine Beule, die schon nächste Woche nicht mehr zu sehen sein würde. Um Sean sollten sich die Menschen sorgen. Um ihn. Nicht um sie.

Hin- und hergerissen zwischen Dankbarkeit und Ärger, betrachtete sie ihn, wie er neben ihrer Mutter am anderen Ende des Tisches saß. Warum tat er das?

»Ich hoffe, dieser Kerl hat sich ordentlich bei dir entschuldigt«, warf Sarah ein und musterte sie abwartend.

Dieser Kerl. Alfred Sweeney und seine reizende Frau. Die freundlichen Augen des Paares tauchten vor Lilly auf. Zwischen ihnen das junge Gesicht von Max. Wenn Sarah nur wüsste, über wen Lilly auf dem Golfplatz gestolpert war. Sie würde anders davon reden. Vielleicht war das die Art und

Weise des Schicksals, Lilly zu zeigen, dass sie dem nie entkommen würde. Sie konnte sich noch so sehr anstrengen, sie würde immer für den Tod von Max und die Verletzungen ihrer Schwester verantwortlich bleiben.

»Ich … Sie …«, stammelte Lilly, überfordert von der Situation. Sie musste hier weg. Sofort.

Sean schien ihre Panik zu spüren. Entschuldigend erhob er sich mit einem Blick auf seine Smart Watch.

»Ich habe ganz vergessen, dass Lilly und ich gleich einen Termin mit meinem Team haben. Das Album schreibt sich schließlich nicht von allein.« Er lachte, wickelte ihre Familie mit seinem Charme ein und ebnete ihr einen Fluchtweg. Einfach so.

Lilly stand ebenfalls auf und griff zitternd nach ihrer Handtasche.

»Lilly, Schatz. Pass bitte auf dich auf. Mit so einer Verletzung ist nicht zu spaßen.« Ihre Mom kam zu ihr und drückte sie herzlich.

Ihr Vater legte den Arm um sie. »Schön, dass du da warst, Lilly. Lass sicherheitshalber einen Arzt auf das Ding da schauen.«

Er deutete auf ihre Stirn.

Sie nickte automatisch. »Mach ich.«

Durchhalten, Lilly. Gleich hast du es geschafft, sagte sie sich. Sarah tauchte vor ihr auf, und Lillys Blick fiel auf die kleinen Narben am Kinn ihrer Schwester. Ein Schauder rann über ihren Rücken. Lillys blauer Fleck war nichts im Vergleich zu dem, was Sarah hatte durchmachen müssen. Zahlreiche Knochenbrüche, schwere innere Verletzungen und eine komplizierte Schädelfraktur. Sarah hatte lange gebraucht, um sich davon zu erholen.

Dunkelheit, Scheinwerfer, Fahrradklappern. Lilly wurde es nicht los. Die Schleife in ihrem Kopf wiederholte sich endlos und zerrte sie hinab in ihren Sumpf aus Schuld.

Sarah zog Lilly dicht an sich, umarmte sie fest und flüsterte: »Ich hab dich lieb.«

Mit erstickter Stimme erwiderte Lilly: »Ich dich auch.«

Dann umarmte sie die Zwillinge und ihren Schwager und floh aus dem Haus ihrer Eltern. Im Vorgarten fiel ihr auf, dass Sean noch mit ihrem Vater an der Haustür sprach. Beide blickten zu ihr, und am liebsten wäre sie davongerannt. Sorge und Kummer lagen in dem Blick ihres Vaters. Lilly war dafür verantwortlich, und sie hasste sich dafür. Sie hätte nie herkommen sollen. Ihre Dämonen nahmen immer stärker Besitz von ihr und redeten ihr ein, dass es besser gewesen wäre, auf Abstand zu bleiben.

Lilly zwang sich ruhig abzuwarten, als Sean und ihr Dad durch den verwilderten und doch wunderschönen Vorgarten auf sie zukamen. Schließlich reichte Sean ihrem Vater die Hand und verabschiedete sich. Ihr Dad beugte sich zu ihr, umarmte sie ein letztes Mal, und kaum hörbar wisperte er ihr ins Ohr: »Es ist nicht deine Schuld, Lilly. Das war es nie und wird es nie sein.«

Sie versteifte sich und nahm dankbar wahr, wie Sean ihr schließlich eine Hand auf den Rücken legte und sie auf den Gehweg hinausschob.

»Bis zum nächsten Mal«, rief er und winkte ihrem Vater fröhlich zu.

Lilly fühlte sich wie eine offene Wunde, in die Salzwasser geraten war. Es brannte, es tat höllisch weh, und sie wünschte, es wäre nie geschehen.

»Wir hätten nicht herkommen sollen«, murmelte Lilly und kämpfte gegen die Tränen, die sich unbedingt auf den Weg machen wollten. Entnervt von ihren eigenen Emotionen und dem daraus resultierenden Verhalten zog sie die Stirn in Falten und schob ihre Handtasche über die Schulter.

Sie bogen um die nächste Ecke, und Sean ergriff ihre klammen Finger. Er sagte nichts. Er hielt nur ihre Hand, drückte sie bestärkend und lief neben Lilly her. Er bot sich als Stütze an und war für sie da. Dabei sollte sie diejenige sein, die ihm Halt gab und für ihn einen Ausweg aus seinem Problem fand. Wie hatte sich die Aufgabenverteilung so drehen können?

Viel zu deutlich spürte Lilly, wie ihre Liebe zu Sean wuchs. Eines nahm sie sich fest vor. Sie würde mit aller Kraft dafür sorgen, dass der Grund für Seans Schreibblockade ihm nicht länger im Weg stand. Er musste seine Angst vor der Multiplen Sklerose und der damit verbundenen Zukunft akzeptieren und ihr den Schrecken nehmen. Dann, davon war Lilly überzeugt, würde er wieder auf den richtigen Weg gelangen.

Unauffällig blickte sie zu Sean. Sie wusste, was sie zu tun hatte. Es würde ihr furchtbar schwerfallen und schrecklich wehtun, aber Sean brauchte diesen einen Tritt in den Hintern. Es würde vehement sein und ihn vielleicht sogar aus den Fugen springen lassen, bevor er sich dann endlich wieder berappeln konnte und anfing zu schreiben. Es würde grausam wirken, aber es war notwendig. Lilly wusste keinen anderen Ausweg für Sean.

Ihr graute vor dem, was sie tun musste. Aber gleichzeitig war es für sie vielleicht auch besser so. Sean hatte sich in ihr Herz geschlichen und ihre Lebensgeister geweckt. Es würde kaum lange genug gutgehen. Davon war sie überzeugt. Es hatte einen Grund, dass sie sich von ihrem alten Ich abgewendet und sich zu der Person entwickelt hatte, die sie heute war. Aus diesem Konstrukt auszureißen war spannend und aufregend gewesen. Aber jetzt durfte sie ihr Glück nicht länger strapazieren. Alles hatte ein Ende. Auch die verrückte gemeinsame Zeit mit Sean. Um ihm die Angst zu nehmen, musste sie ihn nun mit voller Wucht in ebenjene hineinschubsen. Ohne zu zögern.

Sechzehn

»Was ist in dich gefahren?« Sean hob entsetzt seine Arme und funkelte Lilly verständnislos an.

Davon unbeirrt fuhr Lilly damit fort, ihre Sachen in Seans vorübergehendem Apartment zusammenzusammeln und in ihrer Tasche zu verstauen. Vor einer halben Stunde waren sie von der aufwühlenden Geburtstagsfeier ihrer Neffen zurückgekehrt. Sofort hatte Lilly sich an ihren Auszug gemacht. Sie war bereits zu lange geblieben. Es ging ihr gut, sie musste zurück in ihre Wohnung. Das sagte sie auch Sean.

Doch der tigerte aufgebracht hinter ihr her und widersprach eisern. »Aber wieso? Es läuft doch gut, wir sind auf der Zielgerade. Ich kann es spüren. Wir haben es fast geschafft, Lilly.«

Er bemühte sich, ein Lächeln zustande zu bringen, und Lilly hielt inne.

»Ich bin nicht aus der Welt, Sean. Ich ziehe nur zurück in meine Wohnung.« Ihr war durchaus klar, dass es sich für Sean anders anfühlen musste. Es zerriss ihr das Herz. Trotzdem packte sie tapfer weiter.

»Das macht die Wege doch nur länger! Und überhaupt alles komplizierter«, grummelte er.

Lilly hatte alle Mühe, ihre Linie beizubehalten. War es richtig, Sean allein zu lassen? So kurz nachdem er ihr von seiner Krankheit und dem Grund für seine Schreibblockade erzählt hatte? Ja. Ja, es war richtig. Immer wieder sagte sie sich das. Sie verließ ihn nicht ohne Grund. Es musste sein. Sie musste ihren Plan durchführen. Für Sean.

Sie schloss ihre Tasche und setzte sich auf die Couch. Kritisch musterte sie Sean, der immer noch ärgerlich dreinblickte und sich ungerecht behandelt fühlte.

»Ich habe dich ins Vertrauen gezogen, Lilly. So dankst du es mir?« Seans Raunen peitschte über Lilly hinweg und hinterließ eine tiefe Narbe in ihrem Herzen.

»Im Gegenteil«, wisperte sie und griff nach Seans Hand, die sich seltsam kalt anfühlte, als er sich zu ihr setzte. »Ich weiß es zu schätzen, dass du es mir erzählt hast.«

»Ha ...« Sean blickte sie enttäuscht an.

Lilly fuhr sich nervös durch die blonden Locken. Der Zeitpunkt war nicht der richtige, aber gab es so etwas überhaupt? Das war doch sowieso nur eine Erfindung aus Hollywood, um den Liebeskomödien einen möglichst dramatischen Schliff zu verpassen.

Sie öffnete den Mund, doch Sean kam ihr zuvor. Er machte seiner Enttäuschung Luft. »Du rennst weg, nicht?«

Eiskalt erschauderte sie. »Wie kommst du darauf?«

»Du kannst nicht anders. Seit dem Unfall vor fünfzehn Jahren unterdrückst du, wer du wirklich bist, und überhäufst dich mit Schuldgefühlen, die dir gar nicht zustehen. Diese Woche hast du gemerkt, was Leben bedeutet. Du hast gemerkt, wie sehr es dir fehlt. Und jetzt hast du Angst davor, dass dein Korsett, in das du dich seit Jahren zwängst, der unerwarteten Kraft, die aus dir hinausbrechen will, nicht standhält.«

Lillys Herz blieb stehen. Sie zog ihre Hand zurück und schluckte schwer. Nein. Sean hatte keinen Schimmer, wovon er sprach. Er bildete sich ein, sie zu kennen, aber das tat er nicht. Nein. Einfach nein.

»Ich sehe, dein Sinn für herzzerreißende Songs kehrt zurück.« Lilly nickte. »Dann haben wir unser Ziel erreicht. Hol dir einen Stift und Papier und schreib das auf.« Sie meinte es ernst, aber Sean bewegte sich nicht. Stattdessen ruhte sein Blick auf ihr. Mitleid trat aus seinen Augen. Ein Gefühl, das Lilly nicht sehen wollte.

»Du verpasst dein Leben und merkst es nicht, Lilly.«

Sie schnappte nach Luft. Ihre Erschöpfung verwandelte sich in Ärger. In ohnmächtige Wut über alles und jeden. Ohne Unterlass kroch sie aus ihrem Magen, hinauf in ihr Herz und ließ sie Dinge sagen, die sie nicht sagen wollte.

»Ich verpasse mein Leben?« Ihre Stimme wurde laut. Sie zeigte mit dem Finger auf ihn.

»Was ist mit dir, Sean? Du bist krank. Ja, verdammt. Das ist eine richtig miese Sache. Aber statt dich damit auseinanderzusetzen und deinen Ängsten und Sorgen Platz einzuräumen, unterdrückst du sie. Du lachst, singst und tanzt, als wäre nichts geschehen. Und gleichzeitig verwehrst du dir die Möglichkeit, gegen die Krankheit anzukämpfen. Ihr die Stirn zu bieten und deine Zukunft zu planen. Du gibst vor, das Leben zu feiern und jeden Augenblick zu genießen, den du noch hast. Aber in Wahrheit gibst du einfach auf.«

Lilly hatte heute Nacht nur wenig geschlafen. Nach nur drei Stunden war sie unruhig aufgewacht, hatte sich vorsichtig aus Seans Umarmung befreit und mit ihrem Laptop auf das Sofa verzogen. Akribisch hatte sie begonnen, sich in das Thema Multiple Sklerose einzulesen. Erfahrungsberichte von Betroffenen, medizinische Hintergründe, wissenschaftliche Studien und Therapiemöglichkeiten. Es gab so viel, womit man der Krankheit entgegentreten konnte. Die Forschung hatte in den vergangenen Jahren Erstaunliches geleistet, und mitunter war es möglich, ein beinahe normales Leben zu führen. Es stimmte, jeder Verlauf war individuell. Aber es gab eine Chance. Und die nutzte Sean Lillys Meinung nach nicht.

Sein Gesicht verspannte sich. »Du weißt nicht, wovon du da sprichst.«

Lillys Mundwinkel lächelten gequält. »Ich weiß ganz genau, wovon ich spreche. Ich habe gesehen, wie schnell ein Leben vorbei sein kann. Einfach so. Wegen einer falschen Entscheidung. Du hingegen hast eine Zukunft, Sean.«

»Zukunft!« Er sprang vom Sofa auf und raufte sich die Haare.

»Du verlangst von mir, mein wahres Ich rauszulassen und meine Prinzipien aufzugeben. Wie wäre es, wenn du im Gegenzug damit beginnst, der Welt nicht nur deine Frohnatur zu zeigen, sondern zuzulassen, dass du Angst hast? Gib dem Schmerz einen Platz in deinem Leben. Du hast jedes Recht darauf, wütend zu sein und dich vom Schicksal ungerecht behandelt zu fühlen. Und wenn du damit fertig bist, gib dem Schicksal einen Tritt in den Allerwertesten, pack deinen Lebensmut und gestalte deine Zukunft selbst.« Lillys Stimme wurde zerbrechlich. »Du hast es in der Hand, wenn du nur willst.«

Lilly fühlte sich schrecklich. Es stand ihr nicht zu, Sean so anzugehen. Was er durchmachte, konnte sie kaum begreifen, und doch nahm sie es sich heraus, ihm zu sagen, was er zu tun hatte. Es war falsch. Und gleichzeitig hatte sie das Gefühl, dass er genau das hören musste. Er brauchte jemanden, der ihn aus seiner Trance wachrüttelte und ihm einen Wegweiser ins Hirn rammte.

»Dann bist du über Nacht zur Expertin für Multiple Sklerose geworden, ja?« Seans Stimme nahm einen eisernen Klang an. Sein Lächeln war mitsamt seinem irischen Charme fast vollständig verschwunden.

Lilly schüttelte den Kopf. »Gewiss nicht.«

Sie hielt einen Moment inne und musterte Sean, der sie anstarrte, die Hände in die Hüften gestemmt. In seinen grünen Augen erkannte sie auf einmal den Schmerz, den sie in der Nacht zuvor nur gehört hatte.

»Wer weiß noch, dass du krank bist?«, fragte sie leise.

Sean presste die Lippen zusammen. Dann meinte er: »Niemand.«

Lilly nickte. »Sprich darüber, Sean. Nimm der MS ihren Schrecken und rede darüber. Lass dir von ihr nicht vorschreiben, wie dein Leben auszusehen hat.«

»Was ist mit dir?« Sean kam einen Schritt auf sie zu. »Du hältst hier tolle Reden, aber bist du selbst nicht das beste Beispiel für das, worüber du bei mir schimpfst?«

Lillys Herz blutete. Er hatte recht. Er hatte verdammt nochmal recht. Sie hasste es. Und gleichzeitig liebte sie ihn dafür umso mehr. Weil er wusste, wie sie fühlte. Und sie verstand.

»Zeig mir, wie es geht. Vielleicht schaffe ich es dann auch irgendwann«, flüsterte Lilly und hielt ihre Tränen zurück.

»Gib mir noch ein paar Tage, Lilly. Nur ein paar Tage.«

In seiner Stimme hörte Lilly einen flehenden Ton, der ihr Herz in Stücke riss. Das war das Schwerste, was sie je hatte tun müssen. Sie durfte jetzt nicht nachgeben. Diesmal musste sie eisern bleiben. Nur, wenn er sich seiner Angst endlich stellte – ohne von Lilly abgelenkt zu werden –, nur dann würde er wieder zu sich selbst finden. Sie hatte ihm einen Schubs gegeben, nun musste er einmal fallen, um wieder aufstehen zu können. Das war alles, was sie für ihn tun konnte. Er brauchte niemanden, der ihm die Hand hielt. Er brauchte die harte Konfrontation mit seinen eigenen Emotionen. Darauf musste er sich einlassen. Das hatte sie ihm zu verstehen gegeben. Alles Weitere lag bei ihm. Lilly hob ihre gepackte Tasche von der Couch und wandte sich ein letztes Mal an Sean.

»Ich bin immer da, wenn du mich brauchst. Versprochen.« Sie kämpfte die aufsteigende Panik in sich herunter und zwang sich, ihn anzulächeln. Dann gab sie ihm den letzten Stoß. »Aber melde dich erst, wenn du mir zwölf Songs für dein Album präsentieren kannst und dich entschieden hast, um dein Leben zu kämpfen.«

Bevor Sean die Tränen in ihren Augen sehen konnte, lief Lilly zur Wohnungstür, öffnete sie und verließ das Apartment, ohne Sean einen weiteren Blick zuzuwerfen.

Da es bereits früher Abend war, war das *Cassidy's* gut gefüllt, und Lilly floh durch die Hintertür, um neugierigen Gästen zuvorzukommen. Durch einen Tränenschleier winkte sie sich ein Taxi heran und ließ sich zu ihrer Wohnung bringen.

Auf sie wartete Arbeit. Das einzige Mittel, um ihren Gefühlen zu entkommen. Sie wollte nicht über das nachdenken, was Sean ihr an den Kopf geworfen hatte. Auch wenn sie tief in ihrem Inneren bereits wusste, wie recht er hatte. Der Besuch bei ihren Eltern, die Konfrontation mit Sean und ihren Gefühlen – das alles war zu viel für Lilly. Mehr ertrug sie an diesem Samstag nicht.

Sean starrte in sein halbleeres Guinnessglas. Er nahm den Lärm im *Cassidy's* viel stärker wahr als sonst. Mit zusammengesunkenen Schultern und einer Menge Falten auf der Stirn saß er an der Bar und ließ sich Lillys Worte immer wieder durch den Kopf gehen. Er hatte gar keine Lust gehabt, in den Pub zu gehen, doch die Stille und der Duft nach Mandeln und Himbeeren oben im Loft waren noch schlimmer zu ertragen.

Dank seiner schlechten Stimmung ließen ihn die Leute in Ruhe. Man sah ihm scheinbar an, dass ihm nicht nach Gesellschaft zumute war. Er nahm einen Schluck von der dunklen malzigen Flüssigkeit und donnerte das Glas zurück auf die Theke. Er war wütend.

Mitnichten konnte er verstehen, warum Lilly heute so plötzlich das Weite gesucht hatte. Die letzten zwei Wochen gehörten aus unverständlichen Gründen zu den besten und schlimmsten seines Lebens. Er hatte Lillys Gesellschaft genossen und sogar das Gefühl, mit ihr gegen seine Schreibblockade ankommen zu können. Und dann, kurz nachdem er ihr die Wahrheit eröffnet hatte, ließ sie ihn im Stich. Was war in sie gefahren?

Und wie kam sie verdammt nochmal darauf, ihm vorzuwerfen, er würde aufgeben? Sie verstand nicht, was es bedeutete, eine Diagnose zu erhalten, die die gesamte Zukunft infrage stellte. Sie wusste von seiner Angst. Er hatte eine halbe Nacht lang mit ihr darüber gesprochen. Wie konnte bei ihr der Eindruck entstehen, er würde seiner Angst keinen Platz einräumen? Was für ein Mist!

Nur weil er nicht allen auf die Nase band, dass er krank war, bedeutete es nicht, dass er sich geschlagen gab. Darüber zu sprechen würde bedeuten, es zu akzeptieren. Die Multiple Sklerose anzunehmen und sie fortan als Teil seines Lebens zu betrachten. Nur konnte Sean das nicht. Er war nicht stark genug dafür. Ohnmacht überkam ihn. Noch so ein Gefühl, von dem Lilly behauptete, er würde es nicht zulassen. Von wegen. Ständig spürte er diesen Schatten um sich herum. Aber was half es ihm, dem einen Namen zu geben? Es änderte nichts an der Tatsache. Oder?

Lillys Worte kreisten in seinem Kopf herum. Sie war eine kluge Frau, auch wenn sie sich selbst nicht das Leben zugestand, das sie verdient hatte. Aber das war ein anderes Thema, über das Sean sich bei Gelegenheit aufregen würde. Allein der Gedanke daran brachte ihn beinahe aus der Fassung. Vorhin im Apartment hatte er in ihre traurigen Augen gesehen und das dringende Bedürfnis gehabt, ihr alle Sorgen aus dem Kopf zu küssen. Doch dann war sie auf ihn losgegangen, und Sean hatte sich überrumpelt gefühlt.

Du hast jedes Recht darauf, wütend zu sein und dich vom Schicksal ungerecht behandelt zu fühlen. Und wenn du damit fertig bist, gib dem Schicksal einen Tritt in den Allerwertesten, pack deinen Lebensmut und gestalte deine Zukunft selbst.

War er wütend? Oh, ja. Fühlte er sich vom Schicksal ungerecht behandelt? Auf jeden Fall! Hatte er diesen Gefühlen Raum gegeben? Nein. Wenn er ehrlich war, nicht. Seit Wochen wusste er um die Krankheit in seinem Körper, doch er bemühte sich nach Kräften, es auszublenden. Lilly warf ihm vor, der Welt lachend und tanzend vorzuenthalten, was tatsächlich in ihm vorging. Aber so war er nun mal. Das war seine Art, mit den Dingen umzugehen. Aber vielleicht ... vielleicht hatte Lilly recht? War es für ihn an der Zeit, den Menschen um sich herum die andere Seite von sich zu zeigen? Die, die verletzlich und ängstlich war? Die Seite, die sich so furchtbar vom Schicksal im Stich gelassen fühlte? Blödsinn!

Seans Finger ballten sich unwillkürlich zur Faust.

Plötzlich spürte er eine kräftige Hand auf seiner Schulter.

»Sean, mein Lieber. Wir haben dich eine gefühlte Ewigkeit nicht gesehen!« Cliff setzte sich neben ihn und lachte. Dann deutete er hinter sich in die Menge. »Gleich ist Sperrstunde. Wie schaut's aus?«

Sean hob den Kopf und starrte seinen Freund an, der auf die übliche Showeinlage anspielte. Nein, Sean war nicht nach tanzen zumute. Nicht jetzt. Nicht heute. Er war wütend, enttäuscht und ...

Wortlos erhob sich Sean, kehrte seinem Freund den Rücken zu und lief in den hinteren Teil des Pubs. In seinem Kopf hatte es einen Kurzschluss gegeben. Er musste reagieren. Sofort.

»Tolles Gespräch!«, rief Cliff ihm kopfschüttelnd hinterher.

Sean steuerte das schmale Treppenhaus an und hetzte mehrere Stufen auf einmal nehmend hinauf in das Apartment. Ein kurzer hektischer Blick, dann fand er, wonach er gesucht hatte. Er griff nach seiner Gitarre, holte einen alten

Notizblock und Stifte aus einer der Küchenschubladen, und in der schützenden Dunkelheit der Nacht begann er Akkorde aneinanderzureihen und seinen Schmerz aufzuschreiben. Ehrlich, schonungslos und unwiderruflich.

Lilly starrte in ihrer kargen Wohnung auf den Bildschirm ihres Laptops. Seit halb sechs Uhr früh versuchte sie zu arbeiten, doch es gelang ihr nicht, auch nur einen sinnvollen Satz auf die Beine zu stellen. Die Zeiger auf ihrer Armbanduhr rückten unaufhörlich vorwärts, aber sie saß einfach nur da. Unfähig etwas zu tun.

In ihrem Kopf spielte sie ihr letztes Gespräch mit Sean ein ums andere Mal durch. Hatte sie richtig gehandelt? Hätte sie vielleicht doch bleiben sollen? Hatte sie Sean in seiner schwersten Stunde allein und orientierungslos zurückgelassen? War sie sich der Konsequenzen überhaupt bewusst, die ihre Worte bei ihm verursachten? Lilly hatte keine Ahnung, und das machte sie rasend. Das altbekannte Gefühl der Angst und der damit verbundenen Schuld breitete sich in ihr aus. Sie hatte bereits einmal einen unverzeihlichen Fehler begangen. War sie gerade auf dem besten Weg, wieder einen zu machen? Nur anders?

Unruhig erhob sie sich von dem unbequemen Futon ihres Sofas und lief in die Küche. Ohne bestimmtes Ziel kehrte sie nach nur wenigen Sekunden zurück ins Wohnzimmer. Sie klappte ihren Laptop zu, ging ins Bad und stellte sich unter eine eiskalte Dusche. Irgendwie musste sie ihr Gehirn zum Schweigen bringen. Die Zweifel, Ängste und Schuldgefühle wurden immer lauter und übertönten alles andere.

Kurze Zeit später ließ sie sich erneut auf der Couch nieder. Halb zehn. Der Blick durchs Fenster vermeldete einen weiteren herrlichen Sommertag und stand im völligen Gegensatz zu Lillys Gefühlslage.

Du hältst hier tolle Reden, aber bist du selbst nicht das beste Beispiel für das, worüber du bei mir schimpfst?

Seans Stimme ertönte in ihrem Kopf. Schmerzhaft zog sich ihr Herz dabei zusammen, und Lilly fragte sich, wann damit wohl Schluss sein würde. Bald, hoffte sie. Bald!

Plötzlich vibrierte ihr Handy. Kurz darauf wieder. Und wieder. Schließlich ging die Vibration in ein dauerhaftes Summen über. Lilly nahm ihr Smartphone in die Hand und überflog die eintreffenden Nachrichten.

Fuck!

Das hatte ihr gerade noch gefehlt! Wie hatte das passieren können? Wie, verdammt nochmal? Sie musste dem sofort beikommen, bevor sich die Gerüchte verselbstständigten. Wieder vibrierte es in ihrer Hand. Doch diesmal war es ein eingehender Anruf.

Lilly zwang sich ruhig durchzuatmen. Sie setzte sich aufrecht hin und nahm das Telefonat schließlich an. »Aeryn. Was kann ich für dich tun?«

Die herzliche Stimme ihrer Freundin und Klientin – und Seans Schwägerin – ertönte in ihrem Ohr. »Das wollte ich dich eigentlich gerade fragen.«

»Inwiefern?« Lilly spielte die Unwissende, dabei war ihr vollkommen klar, dass Aeryn viel zu klug dafür war.

Ihre Freundin klang nachsichtig und fordernd zugleich. »Du hast die Meldungen sicherlich gesehen, oder?«

Stille.

»Du *hast* sie gesehen«, stellte Aeryn unumwunden fest. Sanft fragte sie: »Willst du darüber reden?«

Lilly dachte nach und murmelte: »Eigentlich nicht.«

»Das habe ich mir gedacht.« Nach einer kurzen Pause fügte Aeryn hinzu: »Bekommst du das wieder hin?«

Lilly begrüßte die Geradlinigkeit ihrer Freundin für gewöhnlich, doch heute wünschte sie, sie würde nicht sofort auf den Punkt kommen. So hätte Lilly Zeit gehabt, sich eine Lösung auszudenken.

Also blieb ihr nur eine ausweichende Antwort. »Definitiv.«

Lilly hörte das milde Lächeln und den verständnisvollen Ton ihrer besten Tänzerin und Freundin, als diese leise nachhakte. »Ist an den Gerüchten etwas dran?«

Lilly öffnete den Mund, doch statt Worten kam nur ein kurzer erstickter Laut aus ihr heraus. Sie räusperte sich und versuchte es in einem zweiten Anlauf, doch wieder scheiterte sie. Ihre Stimme versagte auf ganzer Linie.

»Ich verstehe«, meinte Aeryn am anderen Ende der Leitung nachsichtig.

»Es ... tut mir leid. Ich bringe das wieder in Ordnung«, flüsterte Lilly.

»Wie bitte?« Aeryns empörter Ausruf irritierte sie. »Das ist doch nicht deine Schuld, Lilly! Die Presse findet immer irgendetwas. Ich weiß, wovon ich spreche.«

Lillys Hand zitterte, und sie versuchte ruhig durchzuatmen. Es war kein Weltuntergang, aber trotzdem schlimm genug. Und es war ihre Schuld. Sie hatte es zugelassen.

»Soll ich vorbeikommen?«, fragte ihre Freundin, bereit, es mit der ganzen Welt aufzunehmen.

»Nein!«, schoss es aus Lilly hervor. Ruhiger fügte sie hinzu: »Das ist lieb, danke. Aber ... ich muss mir eine Lösung überlegen und ein paar Leute anrufen. Ich ... ich kümmere mich darum.« Sie bemühte sich um einen zuversichtlichen Ton. »Außerdem musst du dich auf London vorbereiten. Die Briten erwarten Bestleistungen von unserer Irish Dance Queen.«

»Ruf an, wenn du es dir anders überlegst, ja? Du bist wichtiger als eine Woche Auftritt im *London Palladium*.« Nachdrücklich meinte Aeryn: »Und wenn du Sean zu fassen bekommst, dreh ihm den Hals um. Dieser leichtsinnige Bengel!«

Das würde Lilly wohlweislich nicht tun, dennoch war sie dankbar für Aeryns ungeteilte Unterstützung. Noch während

Lilly sich verabschiedete und den Anruf beendete, erschienen weitere Meldungen auf ihrem Smartphone. Sie tippte auf die erstbeste und wünschte, sie hätte es nicht getan.

Sean in love! Superstar Sean O'Sullivan zeigt sich frisch verliebt – mit seiner Agentin.

Unter der Titelstory prangte ein Foto davon, wie Sean sie mitten im Publikum auf dem Flogging-Molly-Konzert in *Vicar Street* küsste. Die Aufnahme war so gut geschossen, man erkannte Sean, Lilly, und die Szene ließ keinen Zweifel daran, dass zwischen den beiden mehr lief als eine geschäftliche Beziehung.

Lillys Magen drehte sich, ihr wurde schlecht, und die Folgen ihres Handelns prasselten auf sie ein. In allen Klatschmedien waren das Foto und die Story, die sich die Reporter und Journalistinnen dazu aus den Fingern saugten, Titelthema.

Die Überschriften variierten, aber alle waren sich einig, dass zwischen Sean und Lilly etwas am Laufen war. Es hätte Lilly egal sein sollen, aber das war es nicht. Sie hatte so hart daran gearbeitet, Sean die beste Agentin zu sein. Zugegeben, sie war nicht besonders professionell gewesen, als sie mit ihm ins Bett gegangen war und sich obendrein auch noch in ihn verliebt hatte. Aber verdammt, sie hatte einen guten Job gemacht.

Die Medien interessierte das allerdings wenig. Sie stürzten sich auf das, was ihnen Klicks und damit Geld einbrachte. Sean würde sich von der Geschichte erholen, sobald er endlich sein neues Album präsentierte. Im Herbst dachte niemand mehr daran, wen Sean O'Sullivan im Sommer auf einem Konzert geküsst hatte.

Aber Lilly? Für Lilly hätte es kaum schlimmer laufen können. Ihr erster großer Klient aus der Musikbranche, in der sie unbedingt Fuß fassen wollte, und dann das! Die Leute würden sie nicht mehr ernst nehmen. Wie konnte sie sich ihnen als gute Agentin verkaufen, wenn sie die Klatschgeschichten über sich selbst nicht in den Griff bekam – und so etwas überhaupt erst publik wurde? Eine Affäre mit ihrem Klienten? Unprofessionell. Damit in den Klatschspalten zu landen? Extrem unprofessionell.

Wieder kündigte ihr Handy einen eingehenden Anruf an. Lilly wollte schreien, ihr dämliches Smartphone gegen die Wand werfen und mit dem Fuß nachtreten. Natürlich tat sie es nicht. Mit ruhiger Stimme ging sie ans Smartphone.

»Ivy, was kann ich für dich tun?«

Ihre Mitarbeiterin und Beinahe-so-etwas-wie-eine-Freundin plapperte aufgeregt los. »Süße, was kann ich für dich tun? *Du* hast es wesentlich nötiger, dass man dir hilft, wenn man den Social-Media-Kanälen glauben darf.«

Lilly seufzte entnervt. »Ich weiß, ich arbeite dran.«

Tat sie nicht. Streng genommen. Aber sie hatte es vor, wenn man sie nicht dauernd mit Anrufen unterbrechen würde.

»Wie kann ich helfen?«

»Ich habe keine Ahnung«, gestand Lilly in einem kurzen Moment der Verzweiflung. Sie brauchte einen Masterplan. Weniger um Sean, sondern um sich selbst aus dieser Misere zu retten.

»Ihr könnt nicht zufällig einfach heiraten?«, fragte Ivy hoffnungsvoll. »Dann wärst du aus dem Schneider. Niemand würde denken, dass du mit jedem Klienten ins Bett steigst, sondern eben nur mit dem einen, weil er halt *der Eine* ist.«

Dieses Gespräch war absurd, aber Lilly musste doch tatsächlich lachen. Für einen kurzen Augenblick. Bis ihr Herz anfing zu bluten und sie sich der schrecklichen Wahrheit in Ivys dahingeworfenen Worten bewusst wurde.

»Nein, das geht nicht«, erwiderte sie schließlich mit hoffentlich fester Stimme.

»Schade.« Nach einem Moment der Stille fragte Ivy:

»Aber ihr habt schon ... Also ... War da mehr, als dieses Foto zeigt?«

Wem wollte Lilly etwas vormachen? Ivy kannte sie zwar nicht so gut wie Aeryn. Trotzdem hätte es keinen Sinn gehabt, Ivy etwas vorzugaukeln. Sich diese Affäre jedoch öffentlich als Fehler einzugestehen, schmerzte Lillys verwundetes Herz beinahe so sehr, wie zu wissen, dass alle Welt sie nun für leicht zu haben und alles andere als integer hielt.

»Möglich.« Ehrlicher konnte Lilly im Moment nicht sein.

»Oh ...« Ivy verstummte überrascht. Schnell fing sie sich allerdings wieder und schlug sich auf Lillys Seite. »Er ist aber auch ein elf von zehn. Da könnte selbst die Queen nicht widerstehen, wenn er ihr zulächeln würde.«

Lilly wusste Ivys Eifer zu schätzen, doch der half ihr im Moment nicht weiter.

»Zum ersten Mal habe ich wirklich keine Ahnung, wie ich das drehen soll, Ivy. Wenn ich bei den Leuten anrufe, werden sie mich mit Fragen bombardieren, statt mir zuzuhören. Ich bin befangen. Die werden mir kein Wort glauben, weil ...« Lillys Stimme brach.

Das hatte sie nun davon. Sie hatte losgelassen. Sie hatte gelebt, wie Sean es ausdrückte. Statt überlegt zu handeln und die Folgen abzuschätzen, hatte Lilly nicht nachgedacht, sich fallen und den Teil von ihr bestimmen lassen, den sie jahrelang unter Verschluss gehalten hatte. Genau aus diesem Grund! Weil aus Fehlern Dramen entstanden. Sie konnten Leben zerstören. Lilly übertrieb vermutlich. Aber für sie fühlte es sich so an. Wie ein weiterer Fehler, der ein Leben zerstörte. Er war diesmal vielleicht nicht tödlich, zumindest nicht für ein Menschenleben. Aber für ihre Karriere. Es war ihre Schuld. Sie hatte es zugelassen. Erneut.

Lilly schloss erschöpft die Augen, als Ivys Stimme zu ihr durchdrang.

»Betrachten wir das Ganze doch mal nüchtern. Was ist das Problem?«

»Die Leute denken, Sean und ich haben eine Affäre, obwohl ich seine Agentin bin und …«

»Aber woher wollen sie denn wissen, ob ihr vor oder nach Vertragsabschluss zusammengekommen seid?« Ivy überlegte. »Vielleicht wart ihr ja bereits zusammen, als Sean entschied, dich zudem als Agentin zu beschäftigen.«

»Das ist lächerlich. Wie hätten wir –«

Ivy unterbrach sie. »Sean ist doch der Schwager von Aeryn Fitzgerald. Es wäre nicht verwunderlich, wenn ihr euch über sie schon vorher kennengelernt hättet.«

Lilly dachte nach, aber ihre Gedanken bewegten sich in einer Einbahnstraße, und ein riesengroßer Müllcontainer voller Klatschspalten hinderte sie am Weiterkommen.

Ivy hingegen schien sich für ihre Version der Geschichte zunehmend zu erwärmen.

»Ihr habt euch über Aeryn kennengelernt, seid miteinander ausgegangen, fandet euch sympathisch. Dann habt ihr eine Beziehung begonnen, habt es aber geheim gehalten, weil – offensichtlich.« Sie holte Luft und plapperte aufgeregt weiter. »Schließlich hast du Sean, typisch Berufskrankheit, überzeugt, dass er endlich einen eigenen Agenten braucht. Natürlich vertraute Sean nur dir, was dazu führte, dass du fortan nicht nur seine Freundin, sondern eben auch Agentin warst. Ich finde, das klingt schlüssig. Ich glaube es ja selbst fast!«

Lilly ging Ivys Geschichte Schritt für Schritt durch. Sie hatte recht. Es klang tatsächlich nachvollziehbar. Je länger Lilly die Rahmenbedingungen prüfte, desto sicherer wurde sie, dass das vielleicht tatsächlich die Lösung sein könnte.

Sie stand auf und lief zum Fenster. Es könnte wirklich funktionieren. Wäre da nicht ein Problem. Sean. Wenn diese Geschichte funktionieren sollte, musste er mitspielen. Einerseits wollte Lilly genau das auf gar keinen Fall, und andererseits war es ihre einzige Option, wenn sie nicht als Agentin für unsympathische Zirkusclowns enden wollte.

Lillys Magen rebellierte. Ihr Kopf pochte, und ihre Hände wurden feucht. Sie würde mit Sean sprechen müssen. Daran führte kein Weg vorbei. Ihr Herz zog sich schmerzhaft zusammen. Sie wollte Abstand zu diesem Mann, und nun musste sie ihn davon überzeugen, sich öffentlich zu einer Beziehung mit ihr zu bekennen. Nur, um ihren Ruf zu retten. Es fühlte sich falsch an. Es *war* falsch. Er hatte ganz andere Probleme. Probleme, die wirklich welche waren.

»Ich bespreche das mit Sean. Vorher unternehmen wir nichts«, hörte sie sich sagen.

»Dann solltest du dich aber beeilen. Du weißt selbst am besten, wie schnell sich die Gerüchte ihre Wege suchen und nach spätestens zwei Tagen nicht mehr aufzuhalten sind.«

Danke für die Erinnerung, dachte Lilly gequält. »Ich weiß«, murmelte sie. »Halt die Fäden für mich zusammen, bis ich mit Sean geredet habe. Danach starten wir eine Gegenkampagne. Bereite eine Pressemeldung und ein Statement vor.« Lilly unterdrückte das Zittern in ihrer Stimme. »Ich melde mich.«

Sie legte auf und atmete tief durch. Es bestand eine Chance. Eine winzig kleine Chance, dass sie das Ding noch drehen konnte. Sie biss sich auf die Unterlippe.

Nein, sie würde nicht drum herumkommen. Mühsam errichtete sie die schwersten und stabilsten Mauern um ihr dummes Herz, die sie aufbringen konnte, und suchte Seans Namen in ihren Kontakten. Sie tippte auf seine Nummer. Sofort hörte Lilly seine Stimme.

Siebzehn

In der Ferne hörte Sean die Möwen kreischen. Eine angenehm warme Brise brachte seine sowieso schon unordentlichen Haare noch ein bisschen mehr aus der Form, aber das machte ihm nichts. Er legte den Bleistift neben das große Notizbuch, stellte die halbleere Kaffeetasse auf den Holztisch und schloss die Augen, während seine Fingerspitzen erneut über die Saiten seiner Gitarre zupften.

Sanfte Töne erklangen im Wind, und leise wiederholte er die Zeilen, die er soeben zu Papier gebracht hatte. Sein Fluss war endlich wieder in Bewegung. Die Worte brachen aus ihm hervor, Melodien bildeten sich zunächst in seinem Kopf, dann auf dem Instrument auf seinem Schoß. Ein schmerzliches Lächeln glitt ihm über das Gesicht, und er öffnete die Augen. Der Akkord verklang, und Sean starrte hinaus auf die Hausdächer und das dahinterliegende Meer. Vor einigen Tagen war er aus der Stadt geflohen.

Noch am selben Abend als Lilly ihn verlassen hatte, war es bei ihm zu einem seltsamen Moment gekommen. Plötzlich wollte er schreiben. Auf einmal musste er Musik machen. Die Gefühle, die sich so lange in ihm angestaut hatten, brachen sich Bahn. Er drohte davon überwältigt zu werden und verspürte den Drang nach Einsamkeit. Er wollte sich sortieren, und das konnte er nur, wenn ihn nichts und niemand ablenkte. Und so hatte er noch in der gleichen Nacht einen verdutzten Freund angerufen, sich bei ihm die Schlüssel zu dessen Wochenendhaus besorgt – und saß nun hier auf der Terrasse eines gemütlichen Häuschens aus grauem Stein und blickte hinaus auf die Irische See. Das ausgebaute Cottage befand sich etwas nördlich von Howth, der Halbinsel, auf der Sean und Lilly gemeinsam wandern gewesen waren.

Lilly. Er dachte ständig an sie und ihre Worte, aber er hielt sich an ihre Vorgaben. Er meldete sich nicht bei ihr, obwohl sie ihm fehlte. Er ging sogar noch einen Schritt weiter. Als er mitten in der Nacht seine Sachen gepackt und sich auf den Weg zu dem Haus seines Freundes an der Küste nördlich von Dublin gemacht hatte, hatte er sein Handy ausgeschaltet. Nichts sollte ihn mehr von sich selbst ablenken. Lilly hatte recht gehabt. Er musste sich seinen Gefühlen stellen, und das würde er nur können, wenn er mit ihnen ganz und gar allein war.

Und so war er seit einigen Tagen völlig von der Außenwelt abgeschnitten und mit sich und seinen Emotionen allein. Nicht mal seine Familie wusste, wo er zu finden war. Er würde sich deshalb später etwas anhören müssen, aber sie würden es überleben, dachte er lächelnd.

Plötzlich verspürte Sean wieder das altbekannte Kribbeln in den Händen. Er legte die Gitarre auf den Stuhl neben sich und massierte seine Handflächen, wie er es so oft tat, wenn das Prickeln auftauchte. Es änderte nichts an dem störenden Reiz, der sich in seinem Körper ausbreitete, aber er hatte wenigstens das Gefühl, etwas dagegen zu tun. Er machte sich selbst etwas vor.

Wie lange tat er das schon? Sich selbst etwas vormachen? Seit er die Diagnose erhalten hatte, war er vor ihr davongerannt. Er wollte sie nicht wahrhaben, und doch tat er so, als würde er damit leben können. Gleichzeitig bestand seine Seele nur mehr aus Angst, Zweifeln und Wut. Er war so wütend. Auf die Welt. Auf seinen Körper. Auf die Wissenschaft. Auf sich selbst. Was hatte er getan, dass er diese Erkrankung verdiente? Wie lange würde sie gnädig mit ihm sein? Wie würde es ihm ergehen, wenn die Krankheit fortschritt? Wann veränderte die Multiple Sklerose sein Leben so sehr, dass es sich vielleicht gar nicht mehr lohnte?

In den ersten Wochen hatte sich Sean durch allerhand medizinische Berichte gewühlt und sich Antworten auf seine Fragen gesucht. Er hatte häufig mit seinem Neurologen gesprochen und sich Zweitmeinungen eingeholt. Aber von allen war die Diagnose bestätigt worden. Und alle hatten das Gleiche geschlussfolgert: Es war unvorhersehbar. Niemand würde Sean sagen können, was ihn in den nächsten Wochen, Monaten oder Jahren erwartete. Es konnte der beste Fall eintreten, und die kommenden Schübe würden lange Zeit auf sich warten lassen und höchstens geringe Schäden verursachen. Genauso gut könnte aber schon nächsten Monat ein so starker Schub auftreten, dass nachhaltige Beeinträchtigungen bei ihm bleiben würden, beispielsweise mobile Einschränkungen.

Diese Ungewissheit machte ihn rasend. Es war unfair. Ungerecht. Gemein. Ungeheuerlich. Eine Träne der Wut lief seine Wange hinab. In den vergangenen Tagen seit seiner Ankunft in seiner eigens auferlegten Isolation hatte er häufig geweint. Er ließ es raus. Alles. Er würde seinem Freund zudem einen Scheck schicken müssen. Neben der Trauer hatte sich nämlich auch die Wut in Sean gelöst ... und ein kleines Loch in einer der zwischengezogenen Rigipswände verursacht. Niemand konnte ihm länger vorwerfen, er würde seinen Emotionen nicht freien Lauf lassen.

Zwischendurch fand er so etwas wie Zuversicht. Besonders dann, wenn Lilly in seinen Gedanken auftauchte. Sie schenkte ihm Kraft, und er konnte nicht mal sagen, weshalb.

Gleichzeitig verspürte er eine Wehmut, wenn ihr Gesicht mit den blonden Locken vor ihm auftauchte. Sie hatte erkannt, dass er allein sein musste. Sie hatte gewusst, dass er etwas anderes brauchte, als er sich einredete. Ihre Maßnahme war extrem gewesen, aber richtig. Das sah er inzwischen ein.

Es machte ihm Angst. Diese Intensität seiner Gefühle. Er hangelte sich zwischen Trauer, Demut, Zweifeln, Wut und Optimismus hin und her und brachte genau das auf Papier. Er beschönigte keine Zeile, sondern ließ alles ungefiltert heraus. Und es tat gut. Die Hälfte des neuen Albums war bereits fertig. Der ein oder andere Feinschliff würde noch nötig sein, aber die Basis war da. Und mit jedem fertigen Song fühlte Sean sich ein bisschen besser. Es war, als würde er eine Emotion nach der anderen anpacken und sich ihr stellen. Schonungslos und ehrlich.

Die Nächte waren grausam und befreiend zugleich, denn dann prasselten die chaotischen Gefühle noch stärker auf ihn ein. Die Folge: Er schlief kaum und komponierte stattdessen. Nach Lillys Abgang hatte sich ein Ventil gelöst, und nichts vermochte es wieder zu schließen.

Ein weiterer Windhauch umgab Seans Gesicht, und er beobachtete, wie die Büsche am Rande des kleinen Gartens der aufwirbelnden Luft nachgaben und sich unter dem Druck beugten und wanden. Es waren Himbeerbüsche. Die roten Früchte leuchteten in der Sommersonne. Die eigenwilligen Zweige schaukelten mitsamt den vielen Früchten auf und ab. Die Böen mochten noch so stark an ihnen zerren, sie blieben standhaft. Das Wurzelwerk der Büsche hatte sich tief genug vergraben, sodass selbst die heftigsten Winde, wie sie an manchem Abend über den Garten hinwegfegten, seit Sean hier war, ihnen nichts anhaben konnten.

Es war Sean manchmal, als wären diese zart verzweigten Büsche viel stärker, als er es je sein würde. Plötzlich musste er lächeln. *Kraftbeeren*. So hatten Lillys Neffen die roten Früchte genannt – oder vielmehr hatte Lilly ihnen diesen

Namen gegeben. Sean erhob sich von dem Sessel auf der Terrasse, lief die drei Stufen hinab, überquerte den Rasen und näherte sich den Büschen. Er pflückte zwei volle reife Himbeeren von dem Strauch und musterte sie.

Sie waren weich, ein bisschen pelzig, aber so tief in ihrer Farbgebung, dass sie Sean an das Blut erinnerten, das durch seinen Körper floss, gespickt mit Antikörpern, die seine Nerven jederzeit angreifen konnten. War es nicht seltsam, dass etwas so Kleines so gefährlich sein konnte? Zellen, kaum mit dem Auge zu erkennen, aber dennoch verantwortlich für sein weiteres Leben. Er war auf ihre Gnade angewiesen. Auf den guten Willen dieser kleiner Antikörper.

Eine weitere sommerliche Brise wirbelte die Zweige des Himbeerbusches auf, und ein paar Früchte fielen auf das weiche Gras. Sean kniete sich nieder und hob sie auf. Langsam schob er sich eine der Beeren in den Mund und spürte die kräftige Süße auf der Zunge. Dann musterte er die restlichen Früchte in seiner Hand und den Strauch, der sich wieder beruhigte.

Plötzlich fuhr es Sean kalt über den Rücken, während ihm innerlich heiß wurde. Ein Kribbeln durchlief ihn. Doch es war anders. Anders als das Symptom der Multiplen Sklerose. Es war ein Gefühl der Aufregung. Ein Gefühl neu erwachten Mutes. Ein Gefühl der Stärke. Diese kleinen Beeren waren so zart und trotzdem so robust. Dieser Strauch, ihre Heimat, war fest verwurzelt und gleichzeitig so frei, dass er sich mit den Windböen bewegte, ohne seinen Platz zu verlassen. Halt und Freiheit. Zärtlichkeit und Stärke. Beides war möglich. Zur gleichen Zeit.

Die Multiple Sklerose mochte der Sturm sein, der an ihm zerrte. Aber er besaß Wurzeln, die ihn hielten. Seine Familie. Er hatte die Freiheit, den Wind abzufangen. Mit einer Therapie. Und allen voran hatte er etwas, das den süßen roten Beeren an diesem Strauch glich. Er hatte seine Musik. Song für Song würde er schreiben und der Welt mitteilen, was in ihm vorging. Statt sich dem Wind entgegenzustellen, würde er sich mit ihm bewegen. Statt gegen die Krankheit zu sein, würde er mit ihr leben. Er würde sie sich zu eigen machen und sie als Teil seines Ichs akzeptieren. Er lebte nicht *trotz*, sondern *mit* MS. Er würde kämpfen. Nicht *gegen* die MS, sondern für ein gutes Leben *mit* der Krankheit.

Er würde seine Bekanntheit nutzen, um anderen Mut zu machen. Er war ein O'Sullivan. Er war ein Kämpfer. Wann hatte er das vergessen? Und warum ... warum war Lilly es gewesen, die das in ihm wiedererweckt hatte? Warum hatte sie das lange vor ihm erkannt?

Die letzten Tage hatten ihm geholfen. Er hatte sich seiner Angst gestellt. Seine Wut ausgelebt. Seine Trauer gewähren und seine Zweifel hervorkommen lassen. Zur selben Zeit war ihm aber auch bewusst geworden, dass er nicht allein war. Er musste das nicht ohne Hilfe und Unterstützung durchstehen. Und besonders nicht kampflos. Es wurde Zeit. Zeit für einen wichtigen Anruf.

Von einer plötzlichen Eile getrieben, stolperte Sean zurück ins Haus, durchwühlte sein Portemonnaie nach einer Visitenkarte und griff nach dem Festnetztelefon im Wohnzimmer. Er wählte die Nummer, die auf dem kleinen Papier abgedruckt war, und als am anderen Ende der Hörer abgenommen wurde, sagte er mit klopfendem Herzen: »Ich habe mich entschieden zu kämpfen.«

Katastrophe. Es war eine nicht endende Katastrophe, und Lilly rannte blindlings durch sie hindurch. Ohne anzuhalten. Seit bald zwei Wochen versuchte sie Sean zu erreichen. Aber er rührte sich nicht. Er nahm keine Anrufe entgegen, antwortete ihr weder auf Nachrichten noch auf E-Mails oder ihre Mailbox-Hinterlassenschaften, und weder im Pub noch im Apartment überm *Cassidy's* hatte sie ihn finden können.

Keiner wusste, wo er war. Sie hatte jeden durch die

Mangel gedreht, der Sean kannte. Aeryn und Seans Bruder Cillian. Cliff und dessen Frau Mara. Jacob, den Drummer, und Ethan, den Bassisten. Alle weiteren Musiker, mit denen Sean arbeitete, seine Plattenfirma, ja, selbst Fergus, den Versicherungs-CEO, den sie im *Cassidy*'s kennengelernt hatte, hatte sie verhört. Aber nichts. Niemand hatte eine Ahnung, wo Sean abgeblieben war.

Sie telefonierte sich mit Aeryns Hilfe durch die gesamte Familie O'Sullivan, aber entweder war diese Bande verschworen wie sonst was, oder sie wussten wirklich nicht, wo ihr zweitältester Sohn und Bruder sich herumtrieb.

Lilly konzentrierte sich auf die Wut, die in ihr sprudelte. Würde sie das nicht tun, wäre sie längst umgekommen vor Sorge. Ihre Gefühle für Sean hatten sich unerwünschterweise nur verstärkt, statt zurückzurudern. Natürlich. Alles andere wäre ja auch zu einfach gewesen.

Wo steckte der Mistkerl?

Was hatten ihre harten Worte mit ihm gemacht, dass er plötzlich unauffindbar war? Lilly wollte nicht darüber nachdenken. Ihre Schuldgefühle erdrückten sie sowieso schon.

Obwohl es das Todesurteil für Lillys Karriere bedeuten könnte, ließ sie die Gerüchte um sich und Sean unkommentiert. Die Geschichte, die Ivy sich so fantastisch gut überlegt hatte, schlummerte in der Schublade und war nicht länger zu gebrauchen. Dafür war es zu spät. Ivy hatte stundenlang auf Lilly eingeredet, es ohne Seans Rückmeldung durchzuziehen, doch davon hielt Lilly nichts. Sicher, als Agentin fällte sie durchaus Entscheidungen im Sinne ihrer Klienten, ohne diese jedes Mal mit ihnen abzusprechen. Aber das hier war brisanter als der Paragraph, der festhielt, ob ihre Tänzer einen eigenen Parkplatz auf dem Gelände der *Academy of Irish Dance* bekamen oder nicht.

Zudem – und das wusste Ivy logischerweise nicht – kämpfte Sean selbst sprichwörtlich ums Überleben. Lilly würde ihm nicht mehr aufbürden, als er tragen konnte.

Umso wichtiger wäre es gewesen, die Sache mit ihm zu besprechen. Aber das ging ja nicht! Lilly ballte die Hand zur Faust und rammte sie in ihren Badezimmerspiegel. Klirrend zerbrach das Glas in tausend kleine Stücke, und Lilly schrie schmerzerfüllt auf. Splitter und dutzende Scheibenreste fielen zu Boden. Blutige Striemen zogen sich über Lillys Knöchel. Wie dumm konnte man sein? Reichte ihr der derzeitige Schlamassel nicht? Musste sie auf Teufel komm raus nun auch noch ihre Aggressionen zur Schau stellen und sich eine unnötige Verletzung zuziehen? Was stimmte nicht mit ihr? Ein weiterer, diesmal wesentlich frustrierterer Schrei entfuhr ihrem Hals.

Ausgelaugt und kraftlos rutschte Lilly mit dem Rücken an der Wand hinab auf den Fußboden ihres Badezimmers. Sie setzte sich vorsichtig neben die Glassplitter, zog die Beine dicht an sich heran und ließ ihrer Wut, ihrer Enttäuschung und ihrem Frust freien Lauf.

Die vergangenen dreizehn Tage markierten den Höhepunkt ihrer Fehlbarkeit. Nachdem sie Sean nirgends hatte erreichen können, waren die Tage verstrichen, und an jedem einzelnen hatten die Klatschreporter angeblich neue Details zu der Affäre von Lilly und Sean aufgetischt. Es war lachhaft. Im Grunde erzählten sie immer wieder das Gleiche. Zumindest in der ersten Woche. Dann, nachdem weder Lilly noch Sean sich öffentlich zu den Gerüchten geäußert und auch die Presse inzwischen herausgefunden hatte, dass Sean wie vom Erdboden verschluckt war, war die Berichterstattung nicht gerollt, sondern den Abhang geradezu hinuntergestürzt.

Hatte sich das frisch gefundene Paar etwa schon getrennt? Steckten sie in einer Krise? Hatte Lillys Job als strenge Agentin die Beziehung zerstört? War Lilly überhaupt noch Seans Freundin? Und seine Agentin? Wo war Sean, und wieso erklärte sich keiner von beiden in einem Interview? Hatte man sie seit der Erstmeldung überhaupt noch zusammen gesehen? War Lilly schwanger? Hatte sie den armen Sean womöglich in die Falle gelockt?

Am besten gefiel Lilly die Geschichte mit den Top-zehn-Gründen, warum eine Beziehung zwischen Sean und Lilly nicht funktionieren konnte. Insbesondere, da im gleichen Medium am nächsten Tag ein Artikel erschien, der die Top-zehn-Gründe nannte, weshalb die beiden doch so ein schönes Paar abgeben würden.

Je länger sich die Sache zog, desto wilder wurden die Spekulationen. Und noch eines wurde mit jedem Tag deutlicher. Lilly war die Böse. Klar. Niemand konnte sich vorstellen, dass der nette, charmante irische Junge für irgendetwas Schlechtes verantwortlich sein könnte. Nein, es war ganz klar Lillys Schuld. Armer Sean! Was hatte sie ihm angetan?

Lilly atmete tief durch. Das Gute war, sie hatte bisher kaum Klienten wegen der Sache verloren. Sie hatte mit jedem persönlich gesprochen und versichert, die Presse reime sich etwas zusammen. Ihre Tänzer und Tänzerinnen stärkten ihr größtenteils den Rücken. Sie gaben nichts auf die Gerüchte, und solange Lilly weiterhin ihre Arbeit machte und für sie da war, sahen sie keinen Grund, ihr den Rücken zu kehren. Lediglich zwei frisch unter Vertrag genommene Nachwuchstalente machten von ihrem Sonderkündigungsrecht Gebrauch. Aber das konnte die Agentur verschmerzen. Desto stärker hängte Lilly sich trotz all der äußeren Angriffe in ihre Arbeit. Allerdings verlegte sie sich auf die Tätigkeiten im Hintergrund und überließ Ivy, Francine und Joseph die Öffentlichkeitsarbeit und den Kontakt zu den Medien. Alles andere wäre endgültig beruflicher Selbstmord gewesen. Die Agenturerweiterung auf die Musikbranche stellte Lilly vorerst ein. Sie hatte genug damit zu tun, ihre bisherige Arbeit zu retten.

Mühsam raffte Lilly sich vom Boden auf und stolperte in die Küche, um ihre verletzte Hand mit Wasser zu reinigen und Pflaster auf die größeren Schrammen zu kleben. Die

Scherben im Badezimmer würde sie später zusammenkehren. Vielleicht. Wenn ihr der Sinn danach stand.

Als sie gerade das letzte Pflaster zurechtschnitt, klingelte ihr Handy. Aeryn rief an. Mal wieder. Obwohl sie für eine Woche nach London gereist war, meldete sie sich beinahe täglich bei Lilly, um nach dem Rechten zu hören. Im Grunde hatte Lilly keinen Nerv, mit irgendjemandem zu sprechen. Aber Aeryn war Aeryn. Also griff sie nach ihrem Smartphone.

»Ja?«

»Lilly, ich bin's!«, rief Aeryn. »Ich schwöre dir, ich wusste nichts davon. Sie haben mir nichts gesagt, nicht mal Liam hat den Mund aufgemacht. Und dabei kann der Junge kein Geheimnis für sich behalten. Es tut mir so leid, ehrlich!«

Aeryns aufgebrachte Stimme versetzte Lilly sofort in Besorgnis.

»Aeryn, beruhige dich. Was ist los?« Angespannt wartete Lilly.

Schließlich seufzte Aeryn auf. »Ich bin heute erst aus London zurückgekommen. Wirklich, sonst hätte ich es dir schon früher gesagt. Aber ... Ich weiß, wo Sean ist.«

Achtzehn

»Mom, mir geht's gut. Ich bin wirklich satt«, rief Sean und hob abwehrend die Hände, als seine Mutter ihm einen weiteren Pfannkuchen andrehen wollte.

»Du brauchst Energie, Sean. Keine Widerrede«, erklärte Rose O'Sullivan resolut und legte den runden Teigfladen auf seinen Teller. Es war früher Abend auf dem Hof von Seans Familie, und wie immer kamen seine Geschwister einmal im Monat zusammen und aßen gemeinsam bei ihren Eltern zu Abend. Die meisten seiner Brüder sowie seine Schwester Clare wohnten nicht mehr auf dem Anwesen in dem beschaulichen Örtchen Appleaugh, doch wann immer sie es einrichten konnten, hielten sie diese Tradition aufrecht und kehrten für ein Wochenende nach Hause. Und so saßen sie nun hier und aßen Pfannkuchen.

Wieder einmal drifteten seine Gedanken ab, und er dachte an Lilly. Als er sie als Agentin beauftragt hatte, hatte er sich von ihr eine Lösung erhofft. Eine Lösung für die verlorene Bindung zu seinem Publikum wie auch für seine Schreibblockade, von der er insgeheim ja bereits gewusst hatte, dass die Angst vor seiner Zukunft mit Multipler Sklerose ihn am Schreiben hinderte. Es war eine unmögliche

Aufgabe gewesen, die er Lilly aufgedrückt hatte – ohne sie einzuweihen.

Und doch hatte sie es nach und nach geschafft, ihm nicht nur das Herz wieder für seine Musik zu öffnen. Nein, sie hatte ihm Hoffnung gegeben, ihm gezeigt, worauf es im Leben ankam und was er mit seinen Songs erreichen konnte. Nämlich seine Emotionen, die ihn ängstigten und beherrschten, zu kanalisieren und in Worte zu fassen. Etwas, das er scheinbar verlernt hatte. Endlich konnte er seine Geschichten wieder erzählen, untermalte sie mit seiner Gitarre, einem Beat und experimentierte herum.

Gleichzeitig hatte er sich so verletzlich gefühlt, dass er sich niemandem hatte zeigen wollen. Er hatte mit sich gehadert, seiner Krankheit und dem, was Lilly zu ihm gesagt hatte. Und all das ließ er in seine Songs einfließen. Noch immer machte ihm seine Diagnose Angst. Doch nach Lillys Konfrontation hatte er plötzlich verstanden, dass es in Ordnung war, sich davor zu fürchten. Solange man es zuließ. Es ging nicht darum, *gegen* die Krankheit zu arbeiten. Es ging nicht darum, *trotz* MS zu leben. Es ging darum, *mit* der Diagnose zu leben. Und das lernte er nun. Langsam. Tag für Tag.

Wenn er in den vergangenen zwei Wochen nicht geschrieben oder komponiert hatte, war Sean den Weg an den Klippen von Howth entlanggewandert, hatte die Füße in den feinen Sandstrand gesteckt, den Leuchtturm von *Bailey Lighthouse* besucht und Delfine und Robben beobachtet, die sich frei durch die Irische See schlängelten. Immer wieder hatte er darüber nachgedacht, was Lilly ihm so deutlich an den Kopf geworfen hatte.

Hatte sie recht? Hatte er den Kampf gegen die Multiple Sklerose aufgegeben, bevor er überhaupt begonnen hatte? Vielleicht. Aber die Unsicherheit, die diese Diagnose mit sich brachte, hatte ihn gelähmt. Die Angst vor dem, was kommen könnte, hatte ihn blind gemacht. Er war aus dem Fahrwasser geraten und hatte sich in seinen Ängsten verlaufen. Aber er kehrte zurück und würde für sich einstehen.

Sprich darüber, Sean. Nimm der MS ihren Schrecken und rede darüber. Lass dir von ihr nicht vorschreiben, wie dein Leben auszusehen hat.

Nach Lillys Abgang hatte Sean endlich erkannt, dass sie es viel besser wusste als er. Er hatte seine Ängste zugelassen und sie in seinen Songs verarbeitet. Waren sie erst einmal zu Papier gebracht, kamen sie ihm wenigstens nicht mehr ganz so schrecklich vor. Schließlich hatte er in Anbetracht der Himbeerbüsche all seinen Mut zusammengenommen und seinen Neurologen vom Festnetztelefon im Haus seines Freundes aus angerufen. Er hatte die Nummer von der Visitenkarte des Arztes gewählt und ausführlich mit ihm gesprochen. Zwei Stunden lang. Er hatte sich erneut alle Therapiemöglichkeiten erklären lassen, aufmerksam zugehört, Nachfragen gestellt und das Wichtigste: Er hatte sich für eine Therapie entschieden. Nächste Woche würden sie beginnen. Und obwohl er immer noch Angst hatte, hatte Sean das Gefühl, sein Schicksal langsam selbst in die Hand zu nehmen.

Der Arzt zeigte sich optimistisch. Man hatte die Multiple Sklerose bei Sean frühzeitig erkannt, noch ehe sie größere Schäden angerichtet hatte. Nun galt es, die kommenden Schübe möglichst weit hinauszuzögern und etwaigen Empfindungsstörungen vorzubeugen.

Sean spürte, dass ihm das Gespräch geholfen hatte. Er hätte es viel früher führen müssen, doch dafür hatte er sich nicht in der Lage gefühlt. Zu sehr hatte die Angst ihn beherrscht.

Nach dem Gespräch vor drei Tagen hatte er schließlich seinen Koffer gepackt und war in das etwa eine Stunde nördlich von Dublin entfernte Appleaugh gefahren, auf den Apfelhof seiner Eltern. Sein Zuhause. Zu seinen Wurzeln.

Noch nie war ihm etwas so schwergefallen, doch

nachdem er sich in seinem alten Zimmer einquartiert hatte, hatte er noch am gleichen Abend das Gespräch mit seinen Eltern gesucht. Er hatte ihnen von der Multiplen Sklerose erzählt, sie ihnen so erklärt, wie er es Lilly erläutert hatte, und von der geplanten Therapie berichtet. Rose und Declan O'Sullivan waren sichtlich erschüttert gewesen, doch nach dem anfänglichen Schock hatten sie Sean in seinem Vorhaben bestärkt und ihm versichert, immer an seiner Seite zu sein. Sie würden seine Wurzeln sein. Sein Halt, bei jeder noch so starken Böe.

Verstohlen hatte seine Mom sich die Tränen fortgewischt. Als Sean es bemerkt hatte, war er zu ihr gegangen, hatte sie umarmt, und gemeinsam hatten sie geweint. Es war okay, sich zu fürchten. Es war okay, wütend zu sein. Es war okay, das Schicksal zu verfluchen und sich zu fragen, warum ausgerechnet Sean? Wichtig war nur, dass man sich von diesen Gefühlen nicht beherrschen ließ. Man musste ihnen Raum zugestehen, ohne sich von ihnen vereinnahmen zu lassen. Das hatte Sean von Lilly gelernt. Und sie hatte recht. Das war ihm in den vergangenen Tagen endlich klar geworden.

Seiner Familie zu sagen, dass er krank war, war mit das Härteste gewesen, das diese Krankheit ihm abverlangte. Doch als es einmal heraus und der erste Tiefschlag überwunden war, spürte Sean die Stärke, die sich daraus entwickelte. Seine Geschwister reagierten ebenso betroffen wie seine Eltern. Gemeinsam haderten sie mit dem verräterischen Schicksal. Es schweißte sie noch enger zusammen. Niemals würden sie ihn das allein durchstehen lassen.

Heute war nun also Samstag. Gemeinsam mit seinen Eltern und seinen vier jüngeren Brüdern saß Sean an dem langen Tisch auf der steinernen Terrasse des O'Sullivan-Anwesens. Auch Cillian, dessen zehnjähriger Sohn Liam und seine Frau Aeryn waren da. Ebenso seine einzige Schwester Clare, Cillians Zwilling. Neben ihr saß ihr Mann James Arthur Byrne, Besitzer und Geschäftsführer von *Byrnes Cider*,

der größten und erfolgreichsten irischen Cider-Marke. Um sie herum wuselten die neunjährige Kelly und der fast fünfjährige Ronan, ihre beiden Kinder. Über die Jahre hinweg war Seans Familie stetig größer geworden, und er liebte es.

Nach Hause zu kommen war für ihn immer mit einer besonderen Atmosphäre verbunden. Hier fühlte er sich gut aufgehoben. Selbst seit er mit seiner Musik so erfolgreich um die Welt tourte, ließ er sich die traditionelle Apfelernte im Spätsommer nicht entgehen.

Lächelnd erinnerte er sich an die Ernte vor bald fünf Jahren. Die Zeit verflog! Es war der Sommer gewesen, in dem Aeryn in das Leben seines Bruders Cil getreten war und nicht nur ihm, sondern auch seinem verstummten Sohn Liam wieder beigebracht hatte zu lachen. Sie hatte zudem in dem kleinen Ort Appleaugh ganz schön für Aufregung gesorgt. Immer wieder sprach man schmunzelnd und voller Melancholie darüber. Selbst heute noch, da Aeryn längst fester Bestandteil der O'Sullivans war.

Sean blickte über die Gesichter seiner Familie hinweg zu den sommerlich bepflanzten Tonkübeln und dem dahinterliegenden Brauereigebäude der *O'Sullivans-Cider*-Brauerei. In seinem Rücken befanden sich zwei große gläserne Schiebetüren und dahinter die gemütliche Küche und das daran angeschlossene Wohnzimmer der Familie. Hier war er zuhause. Und doch sehnte er sich nach etwas, das nicht hier war. Nach jemandem. Nach Lilly.

Sie hatte von ihm verlangt, sich erst wieder bei ihr zu melden, wenn er ein Album vorweisen konnte – und sich für den Kampf entschieden hatte. Er war fast so weit. Ihm fehlte nicht mehr viel. Morgen würde er zurück nach Dublin fahren und es ihr sagen. Persönlich. Und er würde ihr danken. Denn all das hatte er nur ihretwegen geschafft. Sie war für ihn da gewesen, hatte ihn genommen, wie er war, hatte für ihn gekämpft, als er es nicht konnte, und sie allein durfte sich den Erfolg zuschreiben, dass er nicht nur seine

Schreibblockade durchbrochen hatte, sondern auch begann, seine Krankheit als Teil von sich zu akzeptieren. Ihre Konfrontation und die klaren Worte hatten ihn wachgerüttelt. Es war richtig gewesen, dass sie gegangen war. Das hatte ihn endlich dazu gebracht, sich seinen Emotionen zu stellen. Er war noch lange nicht dort, wo er sein wollte, aber ein erster Schritt war getan. Und das zählte.

Er spürte, wie hart es für seine Familie war, die Krankheit ebenso zu akzeptieren. Er sah es in ihren Gesichtern, hörte es in ihren Worten und spürte es in ihren Gesten. Insbesondere Clare und sein nächstjüngerer Bruder William taten sich schwer damit. Es würde Zeit brauchen. Sie alle würden Zeit brauchen.

Sean erinnerte sich an etwas, das sein Neurologe ihm gesagt hatte. Multiple Sklerose betraf nicht nur den Patienten, sondern auch immer dessen engstes Umfeld. Manchmal fiel es den Menschen um die Erkrankten herum viel schwerer, die Diagnose zu akzeptieren, als den Betroffenen selbst. Deshalb war es wichtig, offen über die Gefühle und Ängste zu sprechen. Und genau das tat Sean, seit er zuhause angekommen war. Und er nötigte seine Eltern und Geschwister ebenso dazu. Manchen fiel es leichter, anderen schwerer. Aber gemeinsam würden sie es schaffen. Vermutlich würde sich in nächster Zeit vieles um Sean drehen, aber wenn es erst mal alle akzeptiert und als künftigen Teil ihres Lebens verstanden hatten, würde sich die Stimmung normalisieren. Davon war Sean überzeugt. Er war unendlich dankbar, diese Menschen an seiner Seite zu wissen. Sie würden ihn stützen, wann immer er ihren Halt brauchen sollte. Und andersherum würde er ihre Ängste und Zweifel am Schicksal verstehen und zusammen mit ihnen diese überwinden.

Seine Geschwister und die anderen redeten wie immer quer über den Tisch hinweg über unterschiedlichste Themen, als Sean plötzlich aus seinen Gedanken gerissen wurde. Ein unbekanntes Auto raste über den Innenhof. Kies spritzte auf, als der Wagen eine Vollbremsung hinlegte und eine attraktive Frau mit schulterlangen blonden Locken und herrlichen Kurven, die in einer lockeren Jogginghose und einem unscheinbaren T-Shirt versteckt waren, aus dem Auto stieg.

Überrascht erhob sich Sean und schob den Stuhl zurück.

»Wer ist das?«, fragte Daniel, Seans jüngster Bruder, und folgte Seans Blick hinaus auf den Hof.

»Lilly«, flüsterte Sean. »Das ist Lilly.« Freude durchflutete ihn, doch die Stimme seines Dads gebot ihm unerwartet Einhalt.

»Oh oh …«, murmelte sein Vater, und fragend drehte Sean ihm den Kopf zu.

»Was ist?«

»Nichts. Gar nichts.« Declan O'Sullivan fuhr sich mit der Hand über das Gesicht, und Sean hätte schwören können, dass seine Mutter ihren Mann unter dem Tisch mit dem Fuß getreten hatte. Was versteckten sie vor ihm?

Kopfschüttelnd lief Sean um den Tisch mit all den O'Sullivans herum und steuerte auf den Hof hinaus, um Lilly zu begrüßen. Woher wusste sie, dass er hier war? Egal. Er war froh sie zu sehen. Er hatte sie vermisst. Mehr als ihm lieb war.

Sich dem Blick seiner gesamten Familie im Rücken bewusst lief er ihr entgegen, doch er kam nicht weit. Wutentbrannt stapfte Lilly in flachen Sneakern auf ihn zu. Ihr schönes Gesicht war ungeschminkt, ihre rechte Hand von Pflastern und blutigen kleinen Kratzern übersät. Was war ihr bloß passiert? Besorgt musterte er sie.

»Lilly, was machst –«, begann er, doch sie unterbrach ihn.

Noch während sie auf ihn zulief, schrie sie ihn an. »Du! Du fieser Mistkerl! Wieso zur Hölle gehst du nicht an dein verdammtes Handy, wenn man dich anruft? Und wie kannst du es wagen, einfach unterzutauchen?«

Nach Luft schnappend, kam sie vor ihm zum Stehen.

Einen halben Meter entfernt stemmte sie ihre Hände in die Taille, nahm sie jedoch sogleich wieder herunter. Vermutlich schmerzte die Verletzung an ihrer Hand dafür zu sehr.

»Ich verstehe nicht ganz. Ich –«

Wieder fiel sie ihm harsch und furchtbar wütend ins Wort. Ihre Haare flogen wild um ihren Kopf. Sie sah atemberaubend aus, und Sean musste sich viel Mühe geben, ihrem Ausbruch zu folgen.

»Das glaube ich gerne! Du magst ein begnadeter Sänger sein. Ein fantastischer Musiker. Aber du bist ein absolut unzuverlässiger, eigenwilliger, ignoranter –«

»Wow, okay. Warte, Lilly.« Er hob die Hand und versuchte sie zu beruhigen. Sean war die Anwesenheit seiner gesamten Familie leider sehr bewusst. Und ohne hinzusehen, hätte er schwören können, dass sich die Hälfte von ihnen, darunter seine Eltern und seine Schwester Clare, bemühte, nicht zuzuhören, es aber dennoch tat. Seine Brüder würden ganz offensichtlich und ohne den Versuch, es zu vertuschen, ihr Interesse an dem aufflammenden Streit bekunden. So waren sie, die O'Sullivans. Liebevoll, herzlich und schrecklich neugierig. Lilly mochte sie gesehen haben, allerdings schien es sie kein bisschen zu interessieren.

»Wollen wir ein Stück gehen?«, fragte Sean und hoffte, Lilly würde zustimmen. Er hatte nicht das Bedürfnis, diese Sache, von der er noch nicht wusste, was es war, vor seiner Familie zu klären.

»Nein, danke. Kein Bedarf«, erwiderte Lilly trotzig. Sie wirkte nicht so, als ob man sie umstimmen könnte. Also bemühte Sean sich, die Lautstärke der Unterhaltung zu drosseln.

»Was ist passiert?«

Lilly starrte ihn an. Enttäuschung, Wut und Erschöpfung zierten ihr hübsches Gesicht, und Sean unterdrückte den Drang, ihr diese Emotionen wegzuküssen. Sie schien derzeit nicht in der Verfassung dafür zu sein. Und wenn er sie richtig verstanden hatte, gab sie ihm die Schuld daran.

Leise wiederholte er: »Lilly, was ist passiert?«

Sie musterte ihn mit zusammengekniffenen Augen. »Du willst wissen, was passiert ist? Du willst mir erklären, dass du keine Ahnung hast, was passiert ist?«

Er nickte.

Sie deutete auf seine Hosentasche, unter deren Stoff sich sein noch immer ausgeschaltetes Smartphone befand. »Frag das Internet. Frag die ganze Welt. Alle wissen es. Oder behaupten es zu wissen.«

Irritiert schaute er sie an.

»Na los. Schau nach. Google dich selbst.« Sie verschränkte die Arme vor der Brust und ließ sie wieder sinken.

Sean folgte Lillys Aufforderung und zog sein Handy aus der Hosentasche. Er hatte es zwar dabei, es aber immer noch nicht wieder in seinen Dienst beordert. Das holte er nun nach, öffnete unter Lillys ungeduldigem Blick den Internetbrowser und tippte seinen Namen ein. Lange musste er nicht suchen. Er überflog die ersten Einträge und hob erstarrt den Kopf.

»Wie …?«

»Es fing vor knapp zwei Wochen an, nachdem ich … Als ich in meine Wohnung zurückgekehrt bin. Sie haben ein Foto von uns veröffentlicht, auf dem du mich inmitten der Leute im *Vicar Street* geküsst hast.«

Sean stöhnte. Ausgerechnet!

»Meine Mitarbeiter und ich wollten die Story aufhalten. Ihr einen Dreh geben, der alles erklärte, ohne dass du und ich das Gesicht dabei verlieren.« Sie zuckte mit den Schultern. »Sprechen wir es ehrlich aus. Wir wollten es tun, damit ich meinen Ruf nicht ruiniere. Bei dir interessiert das in wenigen Monaten sowieso niemanden mehr.« Sie lachte bitter auf.

»Ich wollte unseren Plan mit dir besprechen. Denn der hätte bedeutet, dass wir uns offiziell für einige Zeit als Paar geoutet hätten. Diese Entscheidung wollte ich nicht über deinen Kopf hinweg fällen. Schon gar nicht, weil du ...« Sie verstummte und warf einen unruhigen Seitenblick auf die Terrasse. Dann fuhr sie fort, ihre türkisen Augen fest auf ihn geheftet und von Leid durchzogen.

»Jedenfalls habe ich dich nicht erreicht. Und auch sonst wusste niemand, wo du warst. Also verpassten wir den Moment, bis zu dem wir die Story zu unseren«, sie korrigierte sich, »... zu meinen Gunsten hätten drehen können. Innerhalb weniger Tage verselbstständigten sich die Gerüchte.«

Lilly fuhr sich erschöpft durch die offenen Locken.

»Inzwischen haben wir Schluss gemacht, ich bin vermeintlich schwanger von dir, habe dich in eine Falle gelockt, und obendrein haben mein Ehrgeiz und mein Job als deine Agentin unsere kostbare Liebe zerstört.« Lilly versuchte ein schmallippiges Lächeln zustande zu bringen.

»Sagt zumindest das Internet.« Sie deutete wieder auf das Smartphone in seiner Hand. »Du kannst es nachlesen. Eine spannende Abendlektüre. Wenn man auf Drama, Kitsch und falsche Tatsachen steht.«

Seans Magen krampfte sich schmerzhaft zusammen. Während er sich verkrochen und seine Emotionen verarbeitet hatte, hatte er Lilly unwissend ins Chaos gestürzt. Sie war ganz allein gewesen und hatte sich all diesen schrecklichen Behauptungen stellen müssen. Ohne ihn. Obwohl er dafür verantwortlich war. Er hatte sie auf den Präsentierteller gezogen und sie geküsst. Wie so oft hatte er nicht nachgedacht, einfach gehandelt und war seinem Instinkt gefolgt. Und nun zahlte Lilly den Preis dafür.

»Lilly ...« Er hob seine Hand, doch sie wich ihm aus. »Es tut mir so leid.«

Lilly nickte. »Dachte ich mir. Aber darauf kommt es jetzt nicht mehr an.«

Der Zorn, mit dem sie vor wenigen Minuten noch vorgefahren war, war verraucht. Die Wut verbrannt. Sie wirkte müde.

»Ivy, meine Mitarbeiterin, hat dir per Mail eine Presseerklärung zukommen lassen. Darin erklären wir, dass sich unsere Wege aufgrund privater Ereignisse getrennt haben und wir um Verständnis der Öffentlichkeit bitten, dass wir uns nicht weiter dazu äußern werden. Das übliche Blabla. Die Medien werden am Ende sowieso das herauslesen, was ihnen die meisten Klicks einbringt. Ich würde dich trotzdem bitten, den Text bald freizugeben, damit wir das irgendwie abschließen können.«

»Ich …« Sean wollte so vieles sagen, aber ein Blick in Lillys zerrüttetes Gesicht ließ ihn verstummen.

Ungerührt fuhr Lilly fort. »Außerdem ist es besser, wenn wir unsere geschäftliche Verbindung beenden. Hiernach wird man mich nicht mehr ernst nehmen. Zumindest nicht, wenn ich weiter für dich arbeite. Ich habe dir ein paar Adressen von verlässlichen Leuten geschickt, die wissen, was sie tun. Du solltest fortan einen von ihnen als Agenten beauftragen.«

Das ging Sean alles viel zu schnell. Was tat Lilly da?

»Ich will keine andere Agentin«, entgegnete er.

»Wir bekommen nicht immer, was wir wollen«, erwiderte sie tonlos. Dann fügte sie leise hinzu: »Sag mir nur eins, Sean. Hat es sich gelohnt?« Hoffnung und Schmerz flammten in ihren Augen auf, und Sean wurde übel.

Langsam nickte er. »Ich wollte morgen zu dir kommen.«

Erleichterung huschte über ihr Gesicht, das sie sogleich wieder verschloss. Schweigend betrachtete sie ihn, als er weitersprach.

»Das Album ist fast fertig. Es fehlen nur noch drei Songs. Und der Titel.«

Lilly schluckte. »Schön.«

Sean blickte über seine Schulter zu seiner Familie, die

wie eine Herde Erdmännchen die Köpfe nach ihnen reckte und gleichzeitig so tat, als würde sie es nicht tun. Er lächelte matt. Dann wandte er sich wieder Lilly zu. »Sie wissen Bescheid.«

Lilly nickte und versuchte zu lächeln. »Das ist gut.«

Die abendliche Sonne verschwand hinter den hohen Mauern der Hofgebäude, und ein Schatten legte sich auf Lillys schönes Gesicht. Sie schob eine ihrer Korkenzieherlocken hinter ihr Ohr und mied seinen Blick. Die letzten Tage mussten die Hölle für sie gewesen sein. Sean fühlte sich schrecklich, während er Lilly betrachtete. Er wollte sie zum Lachen bringen und ihr erklären, dass alles halb so schlimm sei. Doch das war es nicht. Das spürte er. Auf dem Konzert hatte er ihr helfen wollen. Er hatte ihr Mut machen wollen. Doch er hatte nicht bedacht, was das für Konsequenzen haben könnte. Lilly schon. Und doch hatte sie sich auf ihn eingelassen und ihrem Hunger nach Leben für einen Abend gestattet, die Führung zu übernehmen. Und nun stand ihr Ruf auf dem Spiel. Wegen eines Fotos, dessen verewigter Moment niemand etwas anging außer Lilly und Sean.

»Mein Job ist erledigt.« Sie deutete ein letztes Mal auf das Smartphone in seiner Hand. »Melde dich bei einem der Agenten. Du brauchst jemanden, der sich um die stressigen Themen deiner Karriere kümmert und dir die Leute vom Hals hält. Besonders … jetzt.«

Sie schluckte und ging einen kleinen Schritt zurück. Bevor sie sich umdrehte, um zu ihrem Auto zu laufen, holte sie tief Luft und flüsterte: »Pass auf dich auf, Sean.«

Nach einem letzten langen Blick auf ihn, den Sean nicht deuten konnte, verließ sie ihn. Ein weiteres Mal. Nur, dass es sich diesmal endgültig anfühlte. Etwas, das Sean nicht wollte. Lilly sollte nicht gehen, sie sollte sich nicht von ihm verabschieden. Sie waren Freunde! Freunde gaben nicht auf, nur weil es schwierig wurde.

»Lilly!« Er rief nach ihr, doch sie ging bereits um die Motorhaube ihres Wagens herum.

Ohne zu überlegen, lief Sean ihr hinterher. Nach wenigen Schritten stand er auf der anderen Seite des Autos und hielt sie mit seinen nächsten Worten davon ab, einzusteigen.

»Ich fange nächste Woche meine Therapie an.«

Ruckartig hob Lilly den Kopf. Wieder dieser Hauch von Erleichterung in ihrem Gesicht, der sich allerdings schnell verflüchtigte. Sie sah ihn über die glänzende Oberfläche ihres Wagens an.

»Viel Erfolg.« In ihren Augen schimmerte es, und ohne sich von ihm aufhalten zu lassen, setzte sie sich hinter das Steuer, legte den Gang ein und fuhr los.

Sean starrte den Rücklichtern hinterher und verstand die Welt nicht mehr. Warum war sie gegangen? Warum hatte sie alle Verbindungen zu ihm gekappt? Nichts ergab einen Sinn. Erst tauchte sie wutentbrannt auf, stauchte ihn zusammen, und dann zerriss sie jegliche Taue, die sie zu ihm führten.

Seans Magen brodelte. Langsam, aber stetig stieg die Säure in seiner Speiseröhre hinauf und verätzte alles, womit sie in Berührung kam. Mit eisernem Griff umklammerte er sein Handy und versuchte zu verstehen, was soeben geschehen war.

Plötzlich hörte er den Kies hinter sich knirschen. Jemand stellte sich neben ihn.

»Wow.«

Schwerfällig drehte Sean seinen Kopf und erkannte Aeryn, seine Schwägerin.

»Was geht in ihr vor, Aeryn?« Verzweifelt blickte er die Frau seines älteren Bruders und die beste Freundin von Lilly an. »Sie ist deine Freundin. Was ist los mit ihr?«

Aeryn überlegte einen Moment, dann schüttelte sie den Kopf und musterte Sean. »Du weißt es nicht, oder?«

»Was denn, zur Hölle nochmal?« Sean wurde allmählich

sauer. Was hatte er in den letzten knapp zwei Wochen noch alles verpasst?

Liebevoll nickte sie mit ihrem Kopf in die Richtung, in die Lilly verschwunden war. »Sie liebt dich.«

Ein Blitz zuckte durch seinen Körper. Schmerzhaft. Betäubend. Ungläubig.

»Wir sind nur Freunde«, führte Sean mit rauer Stimme an.

Aeryn schüttelte erneut den Kopf. »Ich kenne Lilly seit Jahren. Sie gibt immer ihr Bestes, arbeitet zu jeder unmenschlichen Uhrzeit und hat stets eine Lösung parat, egal, wie schwerwiegend das Problem ist. Aber ...«, Aeryn lächelte traurig, »sie hat sich noch nie selbst für das Wohl eines Klienten aufgegeben.«

Sean wurde kalt. Eine Gänsehaut überzog ihn.

»Wenn dem so ist, warum sagt sie es mir nicht?« Sean kannte die Antwort, aber er wollte sie nicht wahrhaben.

»Was glaubst du?« Mit ihren leicht schrägstehenden Augen warf Aeryn ihm einen zweifelnden Blick zu. »Lilly fühlt sich verantwortlich für das, was passiert ist. Dass es überhaupt zu diesem Foto und allem, was darauf folgte, gekommen ist. Also tut sie, was sie am besten kann. Die Schuld auf sich nehmen und sich von den Menschen, die sie liebt, abkapseln, um diese nicht noch mehr zu verletzen und sich selbst zu schützen.«

Sean erstarrte. Er hatte es geahnt. Ihr Blick. Ihre Gesichtszüge. Ihre gesamte Körpersprache. Alles an Lilly hatte es ihm verraten, aber er hatte es nicht sehen wollen. Er traute sich nicht, es zu erkennen. Und jetzt war es zu spät.

»Sie trägt keine Schuld, Aeryn. Sie konnte doch überhaupt nichts dafür!«, rief Sean verzweifelt.

Aeryn zuckte mit den Schultern. »Das sieht sie anders.« Mitgefühl stand in ihren Augen. »Was ist mit dir, Sean?«

Fragend schaute er sie an, während sein Herz innerlich explodierte und einen Krater in seine Brust riss. Er hatte gerade erst begonnen, zu akzeptieren, dass er krank war. Eben erst hatte er sich getraut, die Multiple Sklerose als Teil von sich zu betrachten und ihr den Raum zu geben, den sie verlangte.

Er vermisste Lilly. Ihr Auftritt hier auf dem Hof und der anschließende Abgang schmerzten ihn, wie ihn noch nie zuvor etwas getroffen hatte. Aber war das Liebe? Konnte Liebe so wehtun? Er wollte Lilly befreien. Er wollte sie lachen, tanzen und leben sehen. Die ganze Zeit hatte er versucht, dass sie diesen Teil ihres Ichs zuließ. Doch alles, was er erreicht hatte, war, dass sie wieder die Schuld für etwas auf sich nahm, wofür sie nicht verantwortlich war. Wieder zog sie sich von jemandem zurück, den sie liebte. Und der sie liebte.

Sean wurde blass. In jener Nacht, als er Lilly von der MS erzählt hatte, hatte er ihr ebenso erklärt, niemals eine Familie gründen zu können. Einfach, weil es mit der Krankheit nicht einherging. Seine Angst vor der Zukunft war so groß gewesen, er hatte Lilly, ohne es zu merken, von sich gestoßen. Er hatte gedacht, er dürfte seine Last keinem Menschen aufbürden. Wie könnte er eine Frau zwingen, an seiner Seite zu bleiben, während sein Körper sich selbst zerstörte?

Noch immer fragte er sich, ob es fair wäre. Aber gleichzeitig spürte er sein Herz brennen. In dem Krater in seiner Brust sammelten sich die Einzelteile seines Herzens, eilten zueinander, verbanden sich wieder und wurden eins. Er liebte Lilly. Und egal, wie seine Zukunft aussah, er konnte sie sich nicht ohne sie vorstellen. War er egoistisch? Narzisstisch? Nein. Er wusste, dass Lillys Liebe es gewesen war, die ihn zurück auf Kurs gebracht hatte. Sie hatte seine Angst genommen, sie ihm ins Gesicht geschleudert und über Bord geworfen. Und ohne sie würde er weiterhin vor seinem Leben davonlaufen, sich verstecken und in zitternden Angstzuständen stecken.

Lilly hatte sein Herz und seine Seele geheilt. Jetzt musste er das Gleiche für sie tun.

Sean hob seinen Blick und schaute in die klaren blauen Augen seiner Schwägerin.

»Ich brauche deine Hilfe.«

Neunzehn

MIT MÜDEN AUGEN starrte Lilly auf den kaputten Spiegel in ihrem Badezimmer. Sie sollte sich einen neuen besorgen. Aber sie hatte keine Lust. Es war ihr egal. Sie hatte keine Kraft mehr. Für nichts. Sie war ausgebrannt. Die Energie war fort. Sie fühlte sich leer.

Heute war Donnerstag. Vor nicht ganz einer Woche hatte sie von Aeryn, die für mehrere Auftritte in London gewesen und letzten Samstag zurückgekehrt war, erfahren, dass Sean sich in seinem Elternhaus in Appleaugh aufhielt. Wutentbrannt war Lilly ins Auto gestiegen, in den Norden gerast, und da hatte er schließlich gestanden. Er hatte müde gewirkt, aber seltsam glücklich. Er hatte sie angelächelt, doch in Lilly hatten die Gefühle getobt. Ihre Sorge um sein Verschwinden. Ihre Wut. Ihre Enttäuschung. Ihre Liebe. Ihre Schuld.

Alles war gleichzeitig aus ihr hervorgequollen, und sie hatte es nicht geschafft, sich zu sortieren. Angeschrien hatte sie Sean. Verzweiflung war aus ihr herausgebrochen und die Liebe, die sie für ihn empfand. Und gleichzeitig die Enttäuschung über sich selbst. Sie hatte es vergeigt. Wieder einmal. Sie hatte losgelassen, die Konsequenzen nicht bedacht und alles aufs Spiel gesetzt. Sie hatte sich eingeredet, den

Schaden begrenzen zu können, indem sie sich zurückzog. Von allem. Von der Öffentlichkeit und ihrer Familie sowieso. Und allen voran von Sean. Sie wollte sich schützen und ihn noch viel mehr.

Die Liebe zu Sean war ihr zum Verhängnis geworden. Es hatte sie schwach werden lassen. In einer stillen, tief vergrabenen Ecke ihrer Seele wusste Lilly, dass sie völlig irrational handelte. Sie konnte sich selbst nicht erklären, warum sie tat, was sie tat. Sie spürte nur, dass sie nicht anders konnte. Und nun saß sie seit fast einer Woche in ihrer Wohnung, verbannte sich selbst vor der Welt und schlitterte in einen Abgrund, dessen Boden sie nicht auszumachen wagte. Immer weiter stürzte sie hinab, und nichts gab ihr Halt.

Aufgewühlt, emotional im Eimer und von Schuld, Liebe und Selbstverachtung getrieben, verwehrte sie sich selbst die Gnade, nach der sie sich tief im Inneren sehnte. Lilly hatte es satt. Sie war Spielball ihrer Schuldgefühle und ihrer nicht enden wollenden Selbstgeißelung. Und noch während sie es feststellte, rutschte sie den Berg weiter hinab, und ein Ort rückte in immer weitere Entfernung. Ein Ort, der Vergebung hieß.

Lilly lief durch das Wohnzimmer ihres Apartments und griff reflexartig nach ihrem Smartphone. Der erste Donnerstag im Juli. Heute Abend würde das Charity-Konzert stattfinden, auf dem Sean der Haupt-Act war. Ein Grund mehr, sich zuhause zu verkrümeln, dachte Lilly.

Von Ivy wusste sie, dass Sean die Pressemitteilung nicht freigegeben hatte. Somit hatten sie immer noch nicht auf die Gerüchte reagiert. Aber inzwischen war es Lilly beinahe egal. Sean würde die Berichterstattung überstehen. Er hatte ein fast fertiges Album in der Hinterhand, das würde den Fokus umlenken, wenn es so weit war. Und sie? Was hätte sie noch tun können? Ihr Ruf war ruiniert, und sie hatte keine Lust mehr, sich Gedanken zu machen. Sie war erschöpft. Trotzdem fragte sie sich, warum Sean nicht einfach sein Go gegeben und die Sache beendet hatte. Warum zog er es unnötig in die Länge?

Sean hatte sich nach ihrem unüberlegten Besuch auf dem Hof seiner Eltern nicht bei ihr gemeldet. Er schien zu akzeptieren, dass er einen neuen Agenten brauchte. Lilly hätte erleichtert sein sollen. Jeder weitere Kontakt zu Sean hätte sie an die vergangenen Wochen erinnert. An das Lachen, die Schwerelosigkeit, die Liebe und den Moment, in dem sie unvorsichtig geworden war. Dennoch spürte sie eine irrationale Enttäuschung in sich.

Lilly hasste Selbstmitleid. Und doch wusste sie, dass sie metertief darin schwamm. Es war zum Kotzen. Das Smartphone in ihrer Hand vibrierte. Ohne auf das Display zu sehen, nahm Lilly den Anruf an.

»Ja?«

»Ich bin's.«

Lillys Hand verkrampfte sich, als sie die Stimme ihrer Schwester erkannte. Wann lernte sie denn endlich, darauf zu achten, wer sie anrief, bevor sie abnahm?

»Sarah?«

»Ja, kannst du zu uns kommen, Lilly? Geht das?«

Lilly suchte nach einer Ausflucht. Sie konnte das jetzt nicht. Ihr fehlte die Kraft. Doch bevor sie sich etwas aus den Fingern saugen konnte, sagte ihre Schwester: »Es ist wirklich wichtig und kann nicht warten.«

Lillys Blick fiel auf die Fotografie von Curtis, der Schildkröte ihrer Schwester. Es war das einzige Foto in ihrer Wohnung. Es sollte sie daran erinnern, wie sie sich um das Haustier von Sarah gekümmert hatte – weil Sarah es nicht konnte. Weil sie wegen Lilly im Krankenhaus gelegen hatte. Das Foto glich einem Mahnmal, das Lilly sich selbst aufgestellt hatte, um niemals zu vergessen, warum sie heute der Mensch war, der sie war. Alles hatte seinen Grund.

»Bitte«, hörte sie Sarah flüstern.

Lilly schluckte und nickte. »Ich bin auf dem Weg.«

»Danke!«

Eine halbe Stunde später fuhr sie vor dem Haus ihrer Schwester vor. Es lag nur wenige Straßen von dem ihrer Eltern entfernt. Lilly hatte nicht den Nerv gehabt, sich zurechtzumachen, und so trug sie lediglich eine weiße Leinenhose, ein lockeres grünes Top und hatte ihre Haare in einem Pferdeschwanz hochgebunden.

Bevor sie bei ihrer Schwester klingelte, schaute Lilly auf ihre Armbanduhr. Halb fünf nachmittags. Sie bemühte sich, ihre blank liegenden Nerven in einer Kiste zu verstauen und ein Lächeln aufzusetzen. Sie warf einen letzten Blick in den wilden Vorgarten ihrer Schwester, die sich hierbei eindeutig ein Beispiel an ihrer Mom genommen hatte. Der süße Duft von blühenden Lilien umhüllte sie. Sie atmete tief durch, betätigte den kleinen Knopf neben der Haustür, und wie zuletzt schon beim Besuch ihrer Eltern fragte sie sich, wie lange sie nicht bei Sarah zuhause gewesen war.

Ihre Gedanken wurden unterbrochen, als Sarah die Tür aufriss. Ein erleichtertes Strahlen überfiel ihre Gesichtszüge, und sie drückte Lilly an sich.

»Danke, dass du gekommen bist.« Sarah lehnte sich zurück und strich Lilly über die Wange. »Wie geht es dir?«

Lilly kämpfte ihre aufsteigenden Emotionen herunter. »Gut. Mir geht es gut.«

Abschätzend musterte ihre Schwester sie. »Wir haben die Nachrichten gelesen. Sicher, dass es dir gutgeht?«

Lilly nickte. Sie erinnerte sich an die vielen herzlichen und liebevollen Text- und Sprachnachrichten, die ihre Schwester und ihre Eltern ihr in den letzten Tagen hinterlassen hatten. Sie wollten ihr gut zusprechen, boten ihre Hilfe an, und doch hatte Lilly sich nicht bei ihnen zurückgemeldet. Die Anrufe hatte sie meistens weggedrückt, wenn sie dann mal daran dachte, zu lesen, wer sie da kontaktierte. Sie schaffte es einfach nicht. Ihre Situation überforderte sie bereits. Sich weiter mit den Erinnerungen an ihre Vergangenheit auseinandersetzen? Nein, das war ihr einfach nicht möglich. Doch von Sarah kam kein Vorwurf, sie hätte sich doch melden sollen. Nein. Stattdessen nahm Sarah sie erneut in den Arm. Lilly hatte das nicht verdient. War sie doch selbst schuld an allem.

»Wo sind Phil und die Kinder?«

»Auf dem Spielplatz. Phil hat sich den Nachmittag freigenommen.«

Lilly folgte Sarah durch einen schmalen Flur, in dem zahlreiche Fotos von den Zwillingen hingen.

»Es klang sehr dringend. Ist alles okay?«, fragte sie und betrat das Wohnzimmer. Ihre Schwester lief hinüber zur Couch und gab Lilly den Blick auf die Anwesenden frei.

»Wieso …« Lilly verstummte. Ihre Augen schnellten von einer Person zur anderen, und ihr war, als rutschte sie von ihrem Abhang nun direkt in den freien Fall. Sie sah von ihrer Mom zu ihrem Dad, die beide auf der Couch saßen und einander an der Hand hielten. Gegenüber … Lilly konnte es nicht glauben, das Ehepaar Sweeney lächelte ihr freundlich zu. Die Eltern von Max, die Lilly den Golfball an den Kopf geschossen hatten. Was machten sie hier?

Lillys Blick blieb schließlich an ihrer Schwester hängen. Ihre Brust verengte sich, und sie hatte Schwierigkeiten, Luft zu bekommen.

»Was wird das, Sarah?«, fragte sie und bemühte sich, die Unsicherheit zu unterdrücken, die sie überfiel.

Sarah kehrte zurück an ihre Seite. »Es ist jetzt lange genug her, Lilly. Es wird Zeit, dass wir darüber reden.«

Lilly blickte panisch zwischen den Anwesenden hin und her. »Worüber?«

Ihre Schwester sah zu Max' Eltern. Alfred Sweeney, in einem grauen Anzug gekleidet, erhob sich und ging langsam auf Lilly zu. »Wir haben gehört, dass du, Lilly … Wir dürfen doch *Lilly* sagen, oder?«

Lilly nickte im Zeitlupentempo und versuchte sich auf

das vorzubereiten, was nun kommen würde. Auch wenn sie nicht sicher war, was das sein würde.

»Wir haben gehört, dass du seit dem Unfall vor so langer Zeit denkst, du bist dafür verantwortlich.« Seine Stimme war angenehm beruhigend, trotzdem wurde Lilly immer nervöser.

»Genauer gesagt gibst du dir die Schuld an dem Tod unseres Sohnes. An Max' Tod. Ist das richtig?«

Lilly nickte kaum merklich. Das Blut rauschte in ihren Ohren.

Alfred Sweeney streckte eine Hand nach ihr aus und legte sie auf ihren Oberarm. Freundlich, aber bestimmt erklärte er: »Das sehen wir anders.«

Seine Frau Gertrud, sie trug ein luftiges buntes Sommerkleid, stand auf und schloss sich ihrem Mann an.

»Max war ein Freigeist. Er tat nie, was man ihm sagte. Er wäre so oder so an diesem Abend auf diese Party gegangen – gemeinsam mit Sarah.« Sie warf einen herzlichen Seitenblick auf Lillys Schwester.

»Dass es zu diesem Unfall kam, ist nicht deine Schuld, Lilly. Das haben wir damals nicht gedacht und tun es bis heute nicht.«

»Das ist sehr freundlich, aber –«, warf Lilly ein. Doch Alfred Sweeney unterbrach sie bestimmt.

»Wir haben sehr um unseren Sohn getrauert. Natürlich. Aber er hätte gewollt, dass wir unser Leben fortführen. Und indem wir das tun, halten wir das Andenken an ihn hoch. Er war ein lebenslustiger junger Mann. Vermutlich hatte er bis zu dem Augenblick, in dem er starb, sogar noch einen fantastischen Abend und hätte uns am nächsten Morgen freudestrahlend von der Party und dem Wettrennen danach erzählt.« Alfred räusperte sich, und seine Frau übernahm das Sprechen.

»Was wir damit sagen wollen: Hör auf, dir die Schuld für diesen Unfall zu geben, Lilly.«

Lillys Hände zitterten. Sie war hierauf nicht vorbereitet gewesen.

»Ich kann nicht ... Ich ...« Undeutlich stammelte sie vor sich hin, den Blick starr auf das Ehepaar Sweeney gerichtet. Sie sah ihnen die Trauer um ihren Sohn an, aber anders als Lilly schienen sie damit abgeschlossen zu haben. Sie lächelten ihr tapfer zu.

»Hätten wir gewusst, wer du bist und was dich belastet, hätten wir schon bei unserem letzten Aufeinandertreffen davon erzählt.« Gertrud lächelte. »Auch wenn das vielleicht nicht der passende Augenblick gewesen wäre, wo ich dir doch den Golfball an den Kopf gedonnert habe.«

Unbewusst berührte Lilly ihre Stirn, die inzwischen fast vollständig verheilt war.

Alfred schlang den Arm um die Schultern seiner Frau. »Von Sarah wissen wir nun aber, wie sehr dich der Vorfall belastet. Sie hat uns viel von dir erzählt. Wäre es nicht an der Zeit, die Schuldgefühle abzulegen? Das Leben ist zu kurz dafür, liebe Lilly.«

Lilly hatte diese Worte schon einmal in ähnlicher Reihenfolge gehört. Von Sean. Er wollte, dass sie lebte. Aber so einfach war das nicht.

Wie angewurzelt stand sie in dem Wohnzimmer ihrer Schwester, unfähig etwas zu sagen. Sie beobachtete, wie auch ihre Eltern sich nun erhoben und auf sie zukamen. Sarah, die neben ihr stand, griff nach ihrer unverletzten Hand und drückte sie liebevoll.

»Niemand von uns hat dir je die Schuld an dem Unfall gegeben.« Lillys Dad betrachtete sie. »Aber vielleicht hätten wir dir das deutlicher zeigen müssen. Wir hätten nicht akzeptieren dürfen, dass du diese Last auf dich nimmst und dich von allem abwendest, was dich daran erinnert. Wir hätten etwas dagegen tun müssen.«

Tränen schossen in Lillys Augen. Ein Schluchzen entfuhr ihr unwillkürlich.

»Ihr habt nichts falsch gemacht, Dad«, wisperte sie.

»Doch, Lilly. Wir sind deine Familie, und wir haben zugelassen, dass du in Schuldgefühlen ertrinkst, anstatt dein Leben in die Hand zu nehmen und über diesen schrecklichen Vorfall hinwegzukommen.«

Lilly schüttelte den Kopf. »Nein, nicht ...«

Sarah drückte Lillys Hand. Mit erstickter Stimme sagte sie: »Obwohl ich bei dem Unfall verletzt wurde, hast du den viel größeren Schmerz davongetragen. Das hätte nicht passieren dürfen. Es war niemals deine Schuld.«

Vergeblich versuchte Lilly ihre Tränen unter Kontrolle zu bringen. Die Anspannung der letzten Wochen entlud sich innerhalb von Sekunden, rollte über sie hinweg und hinterließ nichts als verbrannte Erde. Sie blickte von den Sweeneys zu ihren Eltern und weiter zu Sarah. Allesamt schauten sie sie liebevoll an, und schließlich erhob Vivian, Lillys Mom, das Wort.

»Lilly, Schatz. Wir lieben dich. Das haben wir immer. Und wenn wir es sind, die dich an diesen Unfall erinnern, dann ist das zwar schmerzhaft. Doch verstehen wir das. Aber ... wie lange willst du noch vor der Wahrheit davonlaufen? Das Leben ist viel zu kostbar, um sich etwas aufzuhalsen, was nicht der Realität entspricht.« Die Stimme ihrer Mutter zitterte beinahe ebenso wie Lillys Hände. »Ich weiß, dass du Angst hast. Aber lass sie ziehen. Lass die Angst und die Schuld endlich ziehen.«

Lilly rang nach Luft. Ihr war, als würde man ihr den Sauerstoff abdrehen. Von Sekunde zu Sekunde fühlte sie sich eingeengter. Die Worte ihrer Eltern und die der Sweeneys schwirrten durch ihren Verstand, durchbrachen sorgfältig aufgebaute Mauern und wirbelten gut verpackte Kisten durcheinander. Alles stellte sich quer, kam ans Licht und rutschte umher. Lilly hatte keine Möglichkeit, ihre streng gehütete Ordnung zu bewahren.

»Das ist ... Ich kann nicht ...« Lilly schaute panisch zu

ihrer jüngeren Schwester. Die zog sie von den anderen fort, hinaus in den schmalen Flur, den sie zuvor entlanggegangen waren.

Mit bebenden Fingern zeigte Sarah auf die Fotos an der Wand.

»Das sind meine Kinder. Und wenn du nicht gewesen wärst, gäbe es sie heute nicht. Wenn du damals nicht Tag für Tag an meinem Krankenbett gesessen und mir Mut gemacht hättest, hätte ich es nie geschafft, wieder gesund zu werden.« Sarahs Stimme wurde heiser, und Tränen liefen über ihre Wangen. »Hast du das vergessen? Jeden Tag kamst du nach der Schule ins Krankenhaus und hast mir vorgelesen, mit mir Musik gehört oder mir irgendeinen Quatsch erzählt, damit ich weiterkämpfe. Du bist nicht schuld an dem Unfall, Lilly. Du hast mich gerettet, als ich drohte aufzugeben.«

Sarah zwang Lilly, auf die Fotos an der Wand zu blicken. »Ohne dich würde ich nicht hier stehen. Ich hätte Phil nicht getroffen und diese beiden Wunder nicht auf die Welt gebracht. Daran bist du schuld. Nur daran. An nichts anderem.«

Ein großer Stein fiel krachend aus der Schutzmauer, die Lilly seit fünfzehn Jahren um sich herum aufgebaut hatte. Risse durchzogen die Wände in unfassbarer Geschwindigkeit und brachten einen Abschnitt nach dem anderen zum Einstürzen.

Sie starrte ihre Schwester an, die unter Tränen lächelte.

»Komm zurück zu uns. Du fehlst uns, Lilly.«

Mit einem ohrenbetäubenden Aufprall fielen weitere Teile aus der Mauer. Kurz darauf stürzte auch der Rest um sie herum zu Boden. Lilly kämpfte nicht länger mit den Tränen, stattdessen schenkte sie ihnen die Freiheit. Ihre Schwester zog sie in ihre Arme und drückte Lilly fest an sich. Schluchzend schüttelte es Lilly. Die Schuldgefühle, die sie all die Jahre mit sich herumgetragen, gehegt und gepflegt hatte, zerfielen zu grobem Staub, der sich über die offenen Erinnerungskisten legte. Sie verlor den Halt, und gleichzeitig spürte sie endlich wieder Boden unter den Füßen. Ihr freier Fall endete – mit der sicheren Landung in den Armen ihrer Schwester.

Mit einer unerwarteten Kraft hielt Sarah sie fest und sorgte dafür, dass Lilly nicht in sich zusammensackte. Der Staub ihrer Schuldgefühle wurde feiner. Er verschwand nicht völlig, doch er wurde plötzlich erträglicher.

Erleichtert spürte Lilly, wie sie endlich wieder Atem holen konnte. Ein Gefühl breitete sich in ihr aus, das sie nicht benennen konnte. Sie verharrte eine halbe Ewigkeit in den Armen ihrer Schwester und spürte, wie sie zögernd ankam. An diesem seltsamen Ort namens Vergebung. Nach einigen Minuten löste Lilly sich schließlich.

»Ich habe euch so vermisst. Aber ich habe es einfach nicht über mich gebracht. Die Erinnerungen tun so schrecklich weh, Sarah.« Lilly flüsterte. »Es tut so weh. Immerzu sehe ich die grellen Scheinwerfer und höre die Geräusche von dem Unfall. Wie du auf dem Boden …«

»Schhh …« Sarah strich ihr sanft über die Haare und tupfte Lillys Tränen fort. »Das ist vorbei, Lilly. Das ist alles längst vorbei. Lass es los.«

Lilly zitterte am ganzen Körper und starrte in die Augen ihrer Schwester.

»Kannst du mir verzeihen?« Wieder krochen kleine tropfenförmige Tränen über ihre Wange. »Kannst du mir verzeihen, dass ich mich von euch abgewendet habe?«

Sarah schüttelte den Kopf. »Es gibt nichts zu verzeihen, Lilly. Gar nichts. Wir lieben dich, so oder so.«

Lilly drückte ihre Schwester erneut an sich. Wie hatte sie so lange fortbleiben können?

Schließlich atmete Lilly zusammen mit Sarah mehrmals tief durch, und gemeinsam kehrten sie langsam zurück ins Wohnzimmer, wo ihre Eltern und die Sweeneys rücksichtsvoll abgewartet hatten.

Mit tränenfeuchten Wangen brachte sie ein kleines Lächeln zustande.

»Ich sollte mich hierfür wohl entschuldigen.« Sie räusperte sich, und ihre Eltern liefen zu ihr und nahmen sie liebevoll in ihre Mitte.

»Du musst dich für nichts entschuldigen, Lilly. Damit sind wir durch.« Ihre Mutter gab ihr einen Kuss auf die Wange, und Lilly spürte die aufrichtige Liebe und die Vergebung ihrer Familie. Beides war immer da gewesen, doch Lilly hatte sich davor verschlossen und es abgewehrt. Immer in der Überzeugung, das Richtige zu tun. Doch es war falsch gewesen. Schrecklich falsch. Seltsamerweise hatte sie das heute nun endlich erkannt.

»Wenn Max jetzt hier wäre, wäre er sehr stolz auf dich. Davon bin ich überzeugt.« Gertrud Sweeney lächelte berührt.

Lilly schniefte erneut und lehnte ihren Kopf müde an die Schulter ihres Vaters. Die letzte halbe Stunde hatte sie verdammt viel Kraft gekostet, und sie fühlte sich erschöpft. Noch mehr als sowieso schon.

»Okay, ich glaube, ich brauche jetzt einen starken Kaffee. Noch jemand?« Sarah fuhr sich mit beiden Händen über das gerötete Gesicht und lächelte in die Runde.

Pflichtschuldig hob Lilly ihre Hand. Schon wieder stahl sich eine Träne aus ihrem Augenwinkel. Waren die Schleusen einmal geöffnet ... Lilly ließ es zu. Es war okay. Es war gut so.

Zwei Stunden später, die Sweeneys hatten sich bereits auf den Heimweg gemacht, und Phil war mit Tony und George vom Spielplatz zurückgekommen, schob Lilly auf dem Sofa ihren linken Fuß unter ihren rechten Oberschenkel. Nachdem Sarah eine Runde Kaffee aufgebrüht hatte, hatten sie viel miteinander gesprochen. Über den Unfall, wie Lilly, Sarah, ihre und Max' Eltern ihn erlebt hatten. Es gab Lilly einen neuen Einblick. Abseits ihrer eigenen Perspektive. Und es verfehlte seine Wirkung nicht. Die elenden Geräusche des Unfalls und die grellen Scheinwerfer wurden immer blasser. Sie würde sicherlich noch eine Weile brauchen. So etwas ließ sich nicht von heute auf morgen abstellen. Aber ihr Kopf und ihr Herz begannen zu verstehen, was man ihnen versuchte zu sagen. Es war nicht ihre Schuld.

Jetzt starrte Lilly in ihr halbvolles Wasserglas.

Sarah kehrte aus dem oberen Stockwerk zurück, wo sie die Zwillinge ins Bett gebracht hatte, und setzte sich zu Phil und Lilly auf die Couch. Ihre Eltern saßen gegenüber.

»Ich habe immer gedacht, wenn ich mich von allem fernhalte, was mich an damals erinnert, dann würde es mir besser gehen«, begann Lilly, ohne aufzusehen. »Ich dachte, es wäre einfacher so. Für euch und für mich.«

Mit traurigen Augen blickte sie zu ihren Eltern. »Ich wusste mir einfach nicht anders zu helfen.«

»Deshalb brauchen wir manchmal einen Anstoß von außen, der uns hilft, die Dinge anders zu betrachten.« Ihr Vater lächelte dankbar.

Lilly wollte gerade nachhaken, was er damit meinte, als das Handy neben ihr vibrierte. Sie zögerte einen Moment, doch ihre Mutter nickte zustimmend und lächelnd mit dem Kopf. Also entschuldigte Lilly sich kurz bei ihrer Familie und nahm den Anruf entgegen. Es war Aeryn. Wie gut, dass es inzwischen Flatrates gab. Aeryns Handyrechnung wäre dramatisch hoch, so oft wie sie Lilly in den letzten Tagen und Wochen angerufen hatte.

Noch bevor Lilly sie begrüßen konnte, rief Aeryn aufgebracht: »Lilly, du musst herkommen. Sofort!«

Lilly zog die Stirn in Falten. »Wohin und warum?«

»*Three-Arena*. Sean weigert sich aufzutreten.«

»Wie bitte?«

»Heute ist doch das Charity-Konzert. Sean soll in einer Stunde auf die Bühne, aber er weigert sich.«

Lillys Herz krampfte sich bei dem Gedanken an Sean zusammen. Sie war weiterhin der Überzeugung, dass Abstand richtig war. »Das ist nicht mehr mein Problem. Ruf seinen neuen Agenten an.«

Aeryn stöhnte genervt. »Würde ich ja, wenn er einen hätte.«

Dieser Hornochse. Meinte er wirklich, er käme ohne Agenten zurecht? Lilly schnaubte unwillkürlich. »Was ist das Problem? Warum will er nicht auftreten?«

Aeryn lachte sarkastisch. »Ich zitiere: ›Ich will Lilly sprechen. Vorher nehme ich kein Mikrofon in die Hand.‹«

Lillys Herz blieb stehen. »Was?!«

Aeryn schlug einen bittenden Ton an. »Ich weiß, du willst das sicherlich nicht, aber ... Wir könnten hier wirklich deine Hilfe brauchen.«

Entsetzen und Ärger breiteten sich in Lilly aus. »Wieso will er mich auf einmal sprechen? Und warum ruft er nicht einfach selber an?«

»Sehr gute Frage. Die solltest du ihm stellen, sobald du hier bist. Bis gleich!« Mit diesen Worten legte Aeryn auf, und Lilly starrte auf ihr Telefon.

»Alles okay?«, fragte Sarah und kuschelte sich an Phils Schulter.

»Keine Ahnung, irgendwie ...« Lilly überlegte. »Es scheint ein Problem mit Sean zu geben. Er will nicht auftreten.«

»Oh ...« Sarah musterte ihre Schwester eingehend. »Und jetzt sollst du helfen?«

Lilly nickte.

Abwartend schwieg ihre Familie. Schließlich meinte ihr Vater: »Du solltest gehen.«

Mit großen unsicheren Augen blickte sie zu ihm. Vorsichtig meinte Lilly: »Ich weiß nicht, ob das so eine gute Idee ist. Es ist ... Zwischen uns ist ziemlich viel passiert.«

Martin McCarthy winkte ab. »Er ist ein guter Kerl. Er wird es verstehen.«

Lilly zog ihre Stirn in Falten und schaute ihren Dad irritiert an. Sarah intervenierte und zog Lilly vom Sofa.

»Für ein Konzert bist du nicht besonders passend angezogen. Komm mit!« Sie lachte, und Lilly folgte ihr, wenn auch widerstrebend und immer noch verwirrt. Was ging hier vor sich?

Zwanzig

NERVÖS SCHAUTE Sean zum dritten Mal innerhalb einer Minute auf sein Smartphone.

»Sie wird kommen.« Aeryn wiederholte diesen Satz regelmäßig seit einer Viertelstunde, und Sean betete, dass sie recht haben würde.

Zunächst war Sean von seinem Plan wirklich überzeugt gewesen. Doch je später es an diesem Tag wurde, desto unsicherer wurde er. Und das Schlimmste daran war, er hatte Angst, dass es vielleicht schon zu spät sein könnte.

Die ganze Woche hatte er Vorbereitungen getroffen. Alles für diesen einen Moment. Seitdem er sich auf dem Hof seiner Eltern Lillys Liebe bewusst geworden war und vor allem, dass er diese erwiderte, loderte Panik in ihm auf. Es war nicht die Angst vor den Gefühlen für Lilly, sondern davor, dass Lilly ihre Dämonen nicht abschütteln und ihnen damit ihre Chance verwehren würde.

War er ein zu hohes Risiko eingegangen? Anfang der Woche hatte er mithilfe von Aeryns Kontakten zu Lillys Familie den Stein ins Rollen gebracht. Er war persönlich bei Lillys Eltern vorstellig geworden und hatte ihnen zunächst erklärt, wie es zu dem Drama mit der Presse, das sie selbstverständlich gelesen hatten, gekommen war. Ihre Reaktion war nachvollziehbar harsch gewesen. Sean hatte es gewagt, ihre Tochter im Stich zu lassen und sie zu verletzen. Und das, wo er doch wusste, wie sie mit Schuld umging. Wie konnte er nur?

Schnell hatte er nachgesetzt, dass er sich in Lilly verliebt hatte und was er ihr verdankte. Er hatte über den Umgang mit seiner Krankheit gesprochen, seiner Zukunft und seiner Schreibblockade. Je länger er davon geredet hatte, desto stärker war er sich seiner Gefühle für Lilly bewusst geworden. Sie erfüllten ihn. Er wollte nichts mehr, als Lilly für sich zu gewinnen. Umso geschickter musste sein Plan in die Tat umgesetzt werden.

Sean war klar, dass Lilly unter der Last ihrer Schuldgefühle zusammenzubrechen drohte. Vor allem anderen musste dieses Problem gelöst werden. Lilly musste endlich erkennen, dass sie keine Schuld an dem trug, was vor so vielen Jahren geschehen war.

Mit diesem Argument hatte er Lillys Eltern schnell auf seine Seite gebracht. Schließlich hatte er auch ihre Schwester ins Vertrauen gezogen und sie gebeten, mit Max' Eltern Kontakt aufzunehmen. Gemeinsam mit Sarah hatte er sich mit den Sweeneys getroffen, die ihn freudig als einen der Wanderer vom Golfplatz wiedererkannt hatten, und vorgefühlt. Sie hatten sich besorgt nach Lillys Verletzung erkundigt und überrascht reagiert, als sie erfuhren, wen sie da vor sich gehabt hatten. Schnell war deutlich geworden, dass auch sie Lilly niemals die Verantwortung für den Unfall gegeben hatten.

Mit flehendem Blick hatte er Lillys Schwester schließlich gebeten, diese Menschen mit Lilly zusammenzubringen. Es war ein naiver Versuch, Lilly zu überzeugen. Sean wusste, wie tief die Schuld in ihrer Seele verwurzelt war. Es konnte genauso gut schiefgehen und Lilly noch tiefer in ihre Deckung drängen. Trotzdem hoffte Sean, das Richtige zu tun.

Dieser Schritt war rabiat, so wie damals, als Lilly entschieden hatte, Sean mit seinen Emotionen alleinzulassen. Extrem, aber richtig.

Aeryn war die Nächste auf seiner Liste gewesen. Sie hatte Lilly für ihn angerufen und sie an den Ort gelockt, wo das Charity-Konzert stattfinden sollte. Sean hatte es für eine geniale Idee gehalten. Jetzt zweifelte er plötzlich daran. Er hätte einen ruhigen Ort wählen sollen, um Lilly seine Gefühle zu gestehen. Er hätte sie selbst aufsuchen müssen, statt Aeryn vorzuschicken. Er hätte sich Zeit nehmen müssen und sie nicht vor dem Konzert sprechen wollen. Sie würde mit Sicherheit aufgewühlt sein, nach dem Gespräch mit ihrer Familie und dem Ehepaar Sweeney. Was hatte er sich nur dabei gedacht?

Aber irgendetwas in ihm hatte ihn dazu getrieben, es trotzdem durchzuziehen. Er musste sie sehen, bevor er sich vor tausenden Menschen auf die Bühne stellte. Er brauchte Lilly. Sie gab ihm Sicherheit. Seit ihrem kleinen Wutausbruch auf dem Hof seiner Eltern hatte er immerzu ihr schmerzerfülltes Gesicht vor Augen. Er wollte ihr ihre Sorgen nehmen, wollte sie glücklich sehen und mit ihrer Kraft zurück auf die Bühne gehen. War das egoistisch? Vielleicht. Seans Zweifel an seinem Plan wuchsen.

»Was wirst du ihr sagen?« Cillian, Seans älterer Bruder, trat neben ihn und musterte ihn über den großen Spiegel in der Garderobe hinweg. Sean starrte währenddessen in sein Spiegelbild. Die ganze Woche über hatte er sich eine Rede zurechtgelegt. Jetzt fiel sie ihm nicht mehr ein. Nichts davon. Kein einziges Wort.

Sean fuhr sich mit einer Hand durch die Haare und atmete tief ein. »Dass ich sie liebe.«

Cillian, ganz der besorgte große Bruder, erwiderte: »Meinst du, das wird reichen?« Er warf seiner Frau einen Blick über die Schulter zu und lächelte. »Sie wollen meistens mehr hören als das.«

Aeryn schmunzelte und funkelte ihren Gatten an. »Wir haben eben gewisse Ansprüche.«

Die Tür zur Garderobe wurde aufgerissen, und Liam, Cillians Sohn, stürmte zu seinem Onkel. »Sie kommt!«

Aufgeregt tippelte der Zehnjährige zwischen seinem Vater und Sean hin und her. »Onkel Sean?«

Sean drehte sich zu dem Kind. »Ja?«

»Sie sieht ziemlich sauer aus.« Zerknirscht biss sich der Junge auf die Lippe.

»Wunderbar«, murmelte Sean und fragte sich, was ihn dazu getrieben hatte, dieses Theater zu veranstalten. Warum war er nicht einfach zu ihr gefahren, mit einem Blumenstrauß in der Hand und einer Flasche Wein, hatte ihr auf dem unbequemen Futon in ihrer Wohnung erklärt, was er für sie fühlte, und fertig? Weil es Lilly war. Lilly verdiente mehr als das. Viel mehr. Und Sean betete, dass er gut genug für diese wundervolle, selbstlose Frau sein würde, die so tapfer gegen ihre Dämonen kämpfte und sich selbst das Glück des Lebens missgönnte.

»Wo ist er?« Scharf schnitt Lillys Stimme durch die Luft. Zwei Sekunden später rauschte sie auf schwarzen High Heels und in einem atemberaubenden roten Sommerkleid durch die Tür von Seans Garderobe.

Böse funkelte sie ihn an, dann schaute sie zu Seans Verstärkung und bedeutete ihnen mit einem Blick, zu verschwinden.

Aeryn, die sich sonst von niemandem Vorschriften machen ließ, griff nach Liams Hand und schubste Cillian Richtung Tür. »Ja, wir wollten sowieso gerade gehen, nicht?«

Pflichtschuldig nickten die beiden O'Sullivans und überließen Sean seinem Schicksal.

Lilly wartete, bis die drei die Tür hinter sich zugezogen hatten, dann stemmte sie ihre Hände in die verboten kurvige Taille und schüttelte ihre blonden Locken zurück. Sie musterte ihn streng. »Du schaffst es nicht, mich anzurufen, aber zitierst mich vor der Show hierher? Verstehe ich das richtig?«

Sean war so froh, sie hier zu sehen, dass er einfach nur nickte. Sein erster Fehler.

»Und dafür benutzt du ausgerechnet Aeryn?«

»Nicht direkt«, wich er aus. »Aber du bist hier, also …«

Lilly zog ihre Stirn in Falten.

»Was willst du?« Ihre Stimme war leiser geworden, doch noch immer von Ärger durchzogen.

»Dich.« Jetzt oder nie, dachte Sean. Sein zweiter Fehler.

Lillys Herz wurde niedergetrampelt. Was spielte Sean für ein Spiel mit ihr? Sie kratzte ihre gesamte Selbstbeherrschung zusammen und musterte Sean eindringlich. Wenigstens sorgte das Outfit, das ihre Schwester ihr spontan verpasst hatte, dafür, dass sie sich etwas selbstbewusster fühlte als in lockeren Hosen und einem losen Top. Sie war nicht so schlank wie ihre Schwester, und trotzdem hatte diese ihr ein Kleid in Lillys Größe entgegengehalten. Lilly war zu durcheinander gewesen, um das zu hinterfragen. Ihr Stil hatte in den vergangenen Wochen gelitten. Sie hatte sich gehen lassen. Doch das würde sich fortan wieder ändern. Das nahm sie sich fest vor.

Seitdem sie das Haus ihrer Schwester verlassen hatte, schwang eine unbekannte Leichtigkeit mit ihr mit. Die erdrückende Last der Schuld wurde erträglicher, und Lilly überlegte, wie sie mit diesen neuen Gefühlen umgehen sollte. Immer noch schmerzte sie der Gedanke an den Unfall, aber statt der beängstigenden Geräusche hörte sie jetzt die liebevollen Stimmen ihrer Eltern und ihrer Schwester – und auch die der Sweeneys. Sie war noch nicht über den Berg, aber sie hatte endlich einen Weg gefunden, der sie halbwegs sicher über den Gipfel führen würde.

Blieb noch Sean. Er sah schrecklich gut aus in seinen

hellen Levi's und dem schwarzen T-Shirt. Perfekt vorbereitet für seinen Auftritt. Die Haare chaotisch sortiert und ein Lächeln auf den Lippen. Das wurde allerdings zunehmend unsicherer, wie Lilly befriedigend feststellte.

Es war richtig, ihn als Agentin aufzugeben. Er war ohne sie besser dran. Davon war sie weiterhin überzeugt. Es tat ihr immer noch weh, und sie bemühte sich ehrlich, zu sich selbst zurückzufinden und ihren Gefühlen für Sean abtrünnig zu werden. Aber das war leichter gesagt als getan. Sie liebte ihn. Daran führte kein Weg vorbei. Und was redete er da überhaupt?

»Mich?«

Sean nickte und griff nach ihrer Hand, die vor einer knappen Woche Bekanntschaft mit ihrem Badezimmerspiegel gemacht hatte. Die Kratzer waren fast alle wieder verheilt, nur ein blauer Fleck zierte ihre Knöchel noch.

»Zuallererst will ich, dass du weißt, dass das, was passiert ist, nicht deine Schuld ist.« Er schaute ihr tief in die Augen. »Diese ganze Pressesache, das Foto, die Gerüchte – alles. Das ist nicht deine Schuld.«

»Das ist –«, setzte Lilly an, aber Sean unterbrach sie.

»Nein, ich dulde in dieser Sache keinen Widerspruch.« Nachdrücklich schüttelte er den Kopf. »Akzeptier das.«

Schweigend musterte sie ihn. Hatte er sich mit ihrer Familie abgesprochen? Warum wollte sie heute jeder von allem freisprechen? Eine andere Frage ploppte in Lillys Kopf auf, während sie in die grünen Augen blickte, die ihren Magen hüpfen ließen.

»Warum hast du die Pressemitteilung nicht freigegeben?« Lilly musste es wissen, wo sie schon mal hier war.

Sean ließ seinen Blick über ihr Gesicht gleiten. Nach einer gefühlten Ewigkeit antwortete er. »Weil es nicht wahr ist.«

Lilly verdrehte die Augen und entzog ihm ihre Hand. Seine Berührung wirbelte zu viele Funken in ihr auf.

»Wir konnten ja schlecht schreiben, dass wir eine Affäre hatten, die …« Lilly suchte nach dem passenden Abschluss. »Die unspektakulär beendet wurde.«

Sean hob seine linke Augenbraue. »Unspektakulär beendet?«

»Genau.« Lilly räusperte sich. »Nun, was soll ich hier? Würdest du mir das endlich erklären?« Ungeduldig wippte sie mit ihrer Ferse auf und ab. Seine Gegenwart wirbelte sie durcheinander, und sie wollte dieses Gespräch möglichst schnell hinter sich bringen.

Sean musterte sie. »Lilly, ich …« Er verstummte. »Ich liebe dich.«

Lilly erstarrte. Sie blickte in die Augen ihres ehemaligen Klienten und schnappte nach Luft. Hatte sie in der Nacht, in der sie erkannt hatte, dass sie ihn liebte, Schiffbruch erlitten, so entriss man ihr jetzt das notdürftig geflickte Floß, das sie sich gezimmert hatte, um zurück auf See zu fahren und irgendwo ihren sicheren Hafen zu finden.

Mühsam stammelte sie. »Darüber macht man keine Witze, Sean.«

Er nickte, und in seinen Augen erkannte Lilly die grünen Klippen, für die Irland so berühmt war. Verträumt, intensiv und gefährlich.

»Deshalb meine ich es auch ernst.«

Lilly lachte nervös auf und entfernte sich zwei Schritte von Sean. Zum zweiten Mal an diesem Tag zitterten ihre Hände.

»Was ist mit deiner Multiplen Sklerose?« Fragend schaute sie ihn an, immer darauf bedacht, ihr Herz vor dem zu schützen, was noch kommen würde.

»Ich habe am Montag mit der Therapie begonnen. Die Zeit wird zeigen, was daraus wird. Sie wird immer ein Teil von mir sein, Lilly. Aber das ändert nichts an meinen Gefühlen für dich.«

»Du …« Ihre Stimme glich mehr einem unsicheren

Krächzen. »Du hast gesagt, du kannst keine Frau lieben. Keine Zukunft mit jemandem gründen, geschweige denn eine Familie. Felsenfest warst du davon überzeugt.«

Seans Gesicht wurde von einem Schatten belegt, doch dann lächelte er sie an. »Die Perspektive hat sich verändert.« Er kam einen Schritt auf sie zu. »Und das ist deine Schuld.«

Schuld. Lilly starrte ihn noch immer ungläubig an. Der Schmerz der vergangenen Woche entfaltete sich und überfiel sie aus den Tiefen ihrer Seele. Wie hatte sie doch mit sich gehadert. Es war richtig gewesen, Sean nichts von ihren Gefühlen zu sagen. Sie verstand ihn absurderweise sogar irgendwie. Er hatte eine ungewisse Zukunft vor sich und genug damit zu tun, sich seinen Ängsten zu stellen. Es war, wie es war. Und jetzt? Wie kam er darauf, sie zu lieben? Woran war sie schuld? Wusste er, wie sehr sein Geständnis sie traf, wo sie doch wusste, dass es nicht wahr sein konnte?

»Wie kann ich daran Schuld haben?« Verzweiflung begleitete ihre Stimme.

Sean schüttelte den Kopf. »Nicht *die* Art von Schuld.«

Er kam einen weiteren Schritt auf sie zu und stand nun ganz dicht vor ihr. Der Geruch seines Deos umgab sie und riss Erinnerungen an gemeinsame Nächte in ihr wach.

»Du hast mir geholfen, mich meiner Diagnose zu stellen. Ich bin alles andere als glücklich damit, aber ich weiß jetzt, dass es an mir liegt, was die Krankheit mit meinem Leben macht. Ich habe eine Chance, und die will ich nutzen. Solange ich nur kann.« Er strich ihr sanft über die Schulter. »Und ich will diese Zeit mit dir verbringen, Lilly. Die letzten Wochen ohne dich, in denen ich an meinem Album geschrieben habe – du hast mir so schrecklich gefehlt.« Sean fuhr mit dem Daumen über ihren nackten Oberarm. »Mir war nicht klar, dass ich dich liebe. Aber es ist so.«

Lilly wollte ihm glauben. Ihr Herz wollte ihm glauben. Aber ihr Verstand stellte sich quer. »Wenn du versuchst, wiedergutzumachen, was die Presse mit mir angerichtet hat, weil du ein schlechtes Gewissen hast, dann …«

»Hör auf«, flüsterte Sean. »Ist es so schwer vorstellbar, dass ich mich in dich verliebt habe?«

Lillys Augen brannten. Ihr Herz stritt sich mit ihrem Kopf, und sie war mittendrin gefangen. Ohne nachzudenken, wisperte sie: »Ja. Ja, ist es.«

Verzweiflung legte sich auf Seans Gesicht. »Aber wieso?«

»Weil …« Lilly versuchte ihre Gedanken in grammatikalisch richtige Sätze zu fassen und sie in eine sinnvolle Reihenfolge zu bringen.

»Du magst deine Perspektive verändert haben, und ich bin unglaublich dankbar, dass du dir von der MS nicht weiter deine Zukunft diktieren lassen willst. Ich bin dankbar, dass du wieder schreiben und komponieren kannst. Aber … das bist du auch. Dankbar.« Mit aller Kraft unterdrückte sie ihre Tränen.

»Deine leichtfüßige Art trifft auf die harte Realität, und jetzt versuchst du beides übereinanderzulegen. Und irgendwie komme ich darin vor. Wir haben eine intensive Zeit zusammen gehabt, und vielleicht … Vielleicht habe ich dir den richtigen Schubser gegeben, um aus deiner Krise herauszufinden. Aber jetzt …« Lilly schluckte. »Jetzt verwechselst du Liebe mit Dankbarkeit und einem schlechten Gewissen für den Vorfall mit der Presse. Du fühlst dich dafür verantwortlich, weil ich dich nicht rechtzeitig erreicht habe. Aber das ist unerheblich. Die Medien machen, was sie wollen. Es wäre nicht viel anders verlaufen, wärst du erreichbar gewesen.«

Lilly unterbrach ihren Redeschwall, um Luft zu holen. Irgendwie konnte sie dem, was sie vorbrachte, selbst nicht richtig folgen. Alles in ihr war verwirrt.

»Du denkst, du liebst mich, aber in Wirklichkeit versuchst du weiter, mich vor meinen eigenen Dämonen zu retten. So wie die ganze Zeit, seit du von ihnen weißt. Das ehrt dich, aber das ist es nicht, worum es in der Liebe geht.«

Lillys Stimme zitterte. Laut auszusprechen, was ihr in den letzten Tagen immer wieder durch den Kopf schwirrte, tat so weh. Ihr kleines Herz boxte gegen ihre Rippen, tat seinen Unmut kund und kämpfte sich auf ihre Zunge.

»Ich liebe dich, Sean. Aber ich bin realistisch.« Sie flüsterte kaum hörbar. »Ich werde die Frau bleiben, die dich wieder zum Komponieren gebracht hat. Aber das ist alles. In ein paar Monaten wird das alles sein, was du über mich sagst. Und das ist okay.«

Sie wandte den Blick von Sean ab. Sein Gesicht war von Leid, Unverständnis und Ärger überzogen. Langsam begab sie sich zur Tür und sah ihn an.

»Ich weiß, dass ich nicht die Schuld für den Unfall trage. Seit heute weiß ich es. Es fühlt sich noch ungewohnt an, aber ich bin dabei, es zu verarbeiten.« Lilly versuchte zu lächeln. »Ich weiß zu schätzen, was du in unserer gemeinsamen Zeit für mich getan hast. Aber jetzt ... Jetzt muss ich mich selbst um meine Schatten der Vergangenheit kümmern.«

»Du hast mit deiner Familie gesprochen.« Sean fragte nicht, er schien es zu ahnen.

Lilly nickte. »Und mit Max' Eltern. Es hat geholfen. Es ist noch nicht vorbei, aber es wird besser.«

Erleichterung legte sich für einen kurzen Moment über seine Mimik. Dann sah Sean sie bittend an. Wie damals, als er nicht gewollt hatte, dass sie aus dem Apartment überm *Cassidy's* auszog.

»Gib uns eine Chance, Lilly.«

Stumm und von ihrer Liebe getragen, schüttelte sie den Kopf. »Das wäre nicht fair. Keinem von uns gegenüber. Du hast andere Dinge, um die du dich jetzt kümmern musst.«

Plötzlich wurde die Tür zur Garderobe aufgerissen, und eine Assistentin steckte ihren Kopf herein. »Sean, wo bleibst du? Wir warten alle auf dich, es geht los!«

»Gleich!« Er wandte den Blick nicht von Lilly ab und war sichtlich unerfreut über die Störung.

»Es ist okay, Sean. Es ist okay.« Lilly atmete tief durch. »Hals- und Beinbruch.«

Sie bezwang ihr Herz, verwies es zurück an seinen vorgesehenen Platz und verließ die Garderobe. Die Absätze klapperten laut über den Boden im Backstage-Bereich, und mit jedem Schritt, den sie sich von Sean entfernte, verlor sie ein Stück von ihrem Herzen. Wie die Brotkrumen, die Hänsel und Gretel verteilten, um den Weg wiederzufinden. Nur, dass ihr Herz diesen Weg nie wieder gehen würde.

»Lilly, warte!« Seans Stimme folgte ihr über den Flur. »Warte, verdammt nochmal!« Er klang wütend. Aber Lilly lief weiter. Immer weiter.

»Wir müssen jetzt wirklich los, Sean«, drängelte die leise Stimme der Assistentin.

Stille. Nur Lillys Schritte waren zu hören. Dann ein letzter verzweifelter Ausruf von Sean.

»Wann hörst du endlich auf davonzulaufen?«

Sein dritter und größter Fehler.

Lilly zwang sich, sich nicht umzudrehen. Sie würde diesen Anblick nicht überleben. Sie hätte Seans Angebot annehmen können und das Beste hoffen. Vielleicht hätte er eines Tages ja wirklich echte Gefühle für sie entdeckt. Lilly straffte ihre Schultern. Nein. Sie hatte mehr verdient. Sie hatte sich ihr ganzes Erwachsenenleben nach den Wünschen ihrer Klienten und ihren strengen Schuldgefühlen gerichtet. Dieses eine Mal würde sie es nicht tun. Dieses eine Mal musste sie sich endlich selbst wieder an die erste Stelle setzen. Egal, wie schmerzhaft es für sie war.

Ihre Schuldgefühle hatten sie zu dem Menschen gemacht, der sie heute war. Sie waren der Grund, weshalb sie sich allein auf ihre Arbeit konzentriert und ihr restliches Leben aufgegeben hatte. Sie liebte ihren Job als Agentin – aber seit heute war ihr klar, dass es mehr gab. Etwas, das ihre

Schuldgefühle ihr bisher verboten hatten. Es gab ein Leben, das darauf wartete, dass sie es führte. Und das wollte sie. Aber ohne Kompromisse. Ohne Zugeständnisse. Und ohne neue Schuldgefühle, seien es die eigenen oder die anderer. Eines hatte sie heute erkannt. Wenn Schuldgefühle die Grundlage waren, konnte es nie gutgehen. Egal, wie lange man es durchzog.

Deshalb konnte sie Sean nicht glauben. Egal, wie sehr sie sich wünschte, es wäre wahr. Aber solange sie sich nicht sicher war, dass er Liebe nicht mit Dankbarkeit und einem schlechten Gewissen verwechselte – mit einem Schuldgefühl –, konnte sie dieses Risiko nicht eingehen.

Ein Schauder lief über ihren Rücken, und Tränen bahnten sich den Weg über ihre Wangen. Ein Schluchzen entriss sich ihrer Lunge. Für eine Ewigkeit folgte sie dem Flur, durch den sie gekommen war. Als ihr eine Gruppe Techniker entgegenlief, nutzte sie die Damentoilette, an der sie soeben vorbeikam, um sich einer unangenehmen Begegnung zu entziehen. Sie schloss sich in einer der Kabinen ein, setzte sich auf den Boden und weinte.

Sie weinte um ihre Liebe zu Sean und das Bewusstsein, dass sie ihn vermutlich für immer verloren hatte. Nie würde sie seine letzten wütenden Worte vergessen. Sie hatte ihn enttäuscht, und jetzt würde sie die Konsequenzen dafür zu spüren bekommen. Auf die eine oder andere Weise.

Die Assistentin, die sich um den reibungslosen Ablauf des Charity-Konzerts kümmerte, war ein Profi. Obwohl sie erst Mitte zwanzig war, ließ sie sich nicht anmerken, was sie wohl über die eben geschehene Szene denken mochte. Unabhängig davon brachte sie Sean hinter die Bühne, checkte die Verkabelung, die der Tontechniker ihm angelegt hatte, und sagte schließlich in ihr Headset: »Wir sind ready, wenn ihr es seid.«

Sean wollte nicht auf die Bühne. Seine gesamte Familie wartete irgendwo da draußen. Ebenso Cliff und Mara mit ihren beiden Kindern. Sie waren alle gekommen, um ihn bei dem Konzert zu unterstützen. Er liebte sie dafür. Doch genau jetzt wollte er überhaupt nirgendwohin. Selbsthass stieg in ihm auf. Und Reue. Er hatte mit Widerstand gerechnet – aber das? Lilly glaubte ihm kein Wort, verdrehte alles, was er sagte, und zog ihre ganz eigenen Schlüsse. Die nebenbei auch noch totaler Mist waren. Natürlich war er ihr dankbar. Und natürlich fühlte er sich immer noch ein wenig schuldig, dass sie ihn nicht erreicht hatte, als es darauf ankam. Aber das hatte nichts mit seinen Gefühlen für sie zu tun.

Seans Wut legte sich. An deren Stelle trat ein tiefgehender Schmerz, den er zeit seines Lebens nicht vergessen würde. Statt Lilly Sicherheit zu geben und sie davon zu überzeugen, dass er sie liebte, hatte er ihr einen Vorwurf hinterhergebrüllt. Etwas, das nur die größten Volltrottel machten. Sein sorgfältiger Plan hatte in einem Desaster geendet. Und er allein trug die Verantwortung dafür. Lilly würde ihm nie wieder zuhören. So viel war klar.

Panisch blickte Sean sich um. Vielleicht, nur vielleicht hatte er eine allerletzte Chance. Er musste Lilly überzeugen, aber dafür musste sie ihm zuhören.

»Aeryn, Cillian – wo sind sie?«, rief er dem Team hinter der Bühne zu.

Allesamt sahen sich achselzuckend an.

»Verdammt nochmal, irgendjemand wird doch wohl wissen, wo sich mein Bruder und der bekannteste Star der Irish-Dance-Szene herumtreiben!« Hektisch blickte Sean sich um.

»Zügle deine Zunge, hier sind Kinder anwesend.« Cillian stieg die Stufen zum Backstage-Bereich der Bühne hinauf, Aeryn und seinen Sohn im Schlepptau. »Lief wohl nicht so gut, hm?« Sein Bruder musterte ihn zweifelnd und gab ihm eine Umarmung.

»Ihr müsst sie finden. Sie ist hier noch irgendwo. Da bin ich mir sicher. Ihr müsst sie einfach nur finden und dazu bringen, zuzuhören.« Sean redete schnell und wirr, aber er hoffte, sein Bruder und seine Schwägerin würden ihn verstehen.

»Wir sollen Lilly irgendwo hier im Gebäude finden?« Aeryn klappte den Mund erstaunt auf, und sie musterte ihn argwöhnisch. »Was hast du zu ihr gesagt?«

Mühsam presste Sean hervor: »Offensichtlich nicht das, was sie hören wollte.«

Cillian zuckte mit den Schultern. »Ich habe es dir gesagt. *Ich liebe dich* reicht den Frauen heute nicht mehr.«

»Wirst du wohl aufhören, deinen Bruder zu quälen?«, schimpfte Aeryn ihren Mann.

Doch der lächelte milde. »Späte Rache für den Moment, in dem er damit herausplatzte, wer du wirklich bist, bevor ich es wusste.«

Er funkelte seine Frau an, und sie schmunzelte.

»Seid ihr jetzt fertig? Wir müssen Lilly finden!« Liam drängte sich zwischen seine Eltern und wurde zu Seans rettendem Engel. Er konzentrierte die Aufmerksamkeit der beiden wieder auf Seans Notlage.

»Okay, wo hast du Lilly das letzte Mal gesehen?«, fragte Cillian.

»Sie ist aus der Garderobe und dann links den Flur entlang.«

»Fantastisch, das sind ja nur zweihundert Möglichkeiten, wo sie hingegangen sein könnte«, murmelte Cillian. Dann drückte er seinen Bruder und sagte an dessen Ohr: »Wir finden sie, und dann legst du ihr die Welt zu Füßen. Verstanden?«

»Danke, Cil.«

Über die Lautsprecher ertönte die Stimme der Moderatorin, die die einzelnen Acts des Konzerts ankündigte. Sean war der letzte und größte Part der Show. Erneut prüfte die

Assistentin seine Verkabelung und drückte ihm schließlich ein Mikro in die Hand.

Seans Herz raste. Sein Bruder und seine Schwägerin mussten Lilly unbedingt finden. Sie waren seine letzte Chance. Die Moderatorin rief seinen Namen, und Sean erklomm die Stufen hinauf zur Bühne. Ein leises Kribbeln durchfuhr seine Finger an der rechten Hand, doch er ignorierte es. Alles, woran er denken konnte, war, Lilly von seiner Liebe zu überzeugen. Koste es, was es wolle.

Einundzwanzig

Matt und erschöpft riss Lilly ein weiteres Papierhandtuch aus dem Spender und tupfte sich die geröteten Wangen ab. Warum sah man nach einer Heulerei immer so beschissen aus? Ihr Gesicht war fleckig und ihre Augen glasig. Eine Ewigkeit hatte sie in der Toilettenkabine gesessen und ihren Tränen Raum und Zeit gegeben. Jetzt wollte sie endlich nach Hause. Sie wollte das alles hinter sich lassen, sich neu sortieren und ihr Leben wieder in den Griff bekommen. Dafür war es höchste Zeit.

Lilly ließ das zerknüllte Papierhandtuch in den dafür vorgesehenen Mülleimer fallen, als die Tür zur Damentoilette aufgestoßen wurde.

»Hier bist du!« Aeryn riss erleichtert die Augen auf.

»Nicht mehr lange«, murmelte Lilly und wollte an ihr vorbeihuschen.

»Nichts da, junge Dame. Du kommst jetzt erst mal mit.« Sanft, aber bestimmt nahm Aeryn Lilly am Arm und führte sie durch den Flur.

»Was soll das? Ich will nach Hause. Ehrlich, Aeryn. Lass mich gehen.« Lilly zerrte an ihrem Arm, und Aeryn blieb stehen.

Mitfühlend blickte ihre Agentin und Freundin sie an. Sie bemerkte eindeutig, dass Lilly geweint hatte. Aber das war auch keine große Kunst.

»Was hat er gesagt?«, fragte Aeryn sanft.

Lilly schwieg eisern. Sie würde dieses Gespräch nicht wiederholen. Schlimm genug, dass ihr Kopf es abgespeichert hatte.

Aeryn seufzte. »Warum macht ihr beide euch das Leben eigentlich so schwer?«

Lilly schaute entsetzt auf. »Bitte?«

Ihre Freundin sah sie liebevoll an. »Du liebst Sean. Sean liebt dich. Perfect Match! Warum versteckst du dich in der Damentoilette und weinst, während Sean hinter der Bühne ausflippt und alle auf die Suche nach dir schickt?«

»Es ist kompliziert«, murmelte Lilly.

»Das ist ein Beziehungsstatus auf Facebook.« Mit einem aufmunternden Lächeln fügte sie hinzu: »Und niemand ist heute noch auf Facebook.«

Lilly hob den Kopf und lächelte beinahe. Sie sah ihrer Freundin in das aufmerksame Gesicht. Aeryn konnte man nichts vormachen. Das war es, was Lilly an ihr so schätzte. Sie war zielstrebig, hatte eine klare Vorstellung von den Dingen, die sie mochte, und jenen, die sie lieber bleiben ließ.

Vor etwas mehr als vier Jahren hatte Aeryns Leben einem Desaster geglichen. Ihr damaliger Freund und Tanzpartner hatte per Zeitungsinterview mit ihr Schluss gemacht, war mit ihrem Geld durchgebrannt und hatte ihrem Ruf übel zugesetzt. Auf der Flucht vor der Presse war Aeryn schließlich auf den kleinen Liam getroffen, hatte ihm das Leben gerettet und war in die Arme von Cillian O'Sullivan getrieben worden – und dortgeblieben. Bis es allerdings so weit gewesen war, hatten die beiden viele Steine aus dem Weg räumen müssen, und fast hätten sie ihre Chance auf ein gemeinsames Leben verpasst.

Doch sie hatten es geschafft. Beide hatten sich mit ihren jeweiligen Schwierigkeiten auseinandergesetzt, Probleme gelöst und die Hindernisse überwunden, die sie sich selbst in den Weg gelegt hatten.

Lilly bewunderte das Paar. Sie verstanden einander blind und ohne Worte. Noch immer leuchteten ihre Augen, wenn sie über den jeweils anderen sprachen. Sie führten ein gemeinsames Leben, in dem beide ihre eigenen Wünsche und Ziele verfolgten. Stets mit der Unterstützung und Rückendeckung des Partners. Aeryn tanzte sich um die Welt, während Cillian in Appleaugh die Geschäfte der Familienbrauerei führte – und doch waren sie nie länger als zwei Wochen voneinander getrennt, im ständigen Austausch, gaben sich den nötigen Freiraum und waren doch so eng miteinander verbunden.

Als Lilly nichts erwiderte, meinte Aeryn vorsichtig: »Was ist das Problem, Lilly?«

Erneut stiegen Tränen in ihr auf. Sie hatte es so satt …

»Ich glaube ihm nicht, Aeryn«, wisperte Lilly. »Mein Herz will es ja, aber mein Verstand …« Sie schüttelte den Kopf. »Weißt du, was ich heute Nachmittag gemacht habe?«

Aeryn blickte sie wissend an, aber unter all den Gefühlen, die in ihr loderten, bemerkte Lilly es zunächst nicht.

»Ich wurde Mittelpunkt einer familiären Intervention. Fünfzehn Jahre nach dem Unfall haben meine Familie und die Eltern des verstorbenen Freundes meiner Schwester plötzlich zusammengefunden, um mir zu erklären, dass ich keine Schuld an dem trage, was passiert ist.« Lillys Atem zitterte, als sie nach Luft rang.

»Und zum ersten Mal in meinem Leben habe ich wirklich das Gefühl, dass sie vielleicht recht haben könnten. Es fällt mir immer noch schwer, aber sie könnten tatsächlich einen Schalter umgelegt haben. Aber das bedeutet auch, dass ich gerade meine letzten fünfzehn Jahre hinterfrage, Aeryn.

Fünfzehn Jahre, in denen ich zu einem Menschen geworden bin, der ich ohne den Unfall nie geworden wäre.«

Aeryn sah ihre Freundin liebevoll an und legte ihr tröstend den Arm um die Schultern. Ein Schluchzen entrang sich Lillys Kehle.

»Ich bin verunsichert. Mir fehlt die Orientierung. Und dann ...« Lillys Augen blitzten auf. »Dann kommt Sean, bestellt mich hierher und erklärt mir, er würde mich lieben. Aber wie kann ich ihm Glauben schenken, wenn er selbst gerade eine Berg-und-Tal-Fahrt von Gefühlen wegen seiner Krankheit und der überstandenen Schreibblockade durchmacht?«

Lillys Stimme klang belegt. »Er ist dankbar, Aeryn. Und er hat ein schlechtes Gewissen. Aber das ist keine Liebe. Und wen liebt er überhaupt? Ich weiß im Moment selbst nicht, wer ich bin! Bin ich die Lilly, die stur ihre Ordnung hält und immer alle Folgen im Blick haben muss, wegen ihrer Schuldgefühle? Oder ist der Teil von mir, der unüberlegt handeln und das Leben nehmen will, wie es gerade kommt, viel präsenter?«

Verzweifelt hob Lilly ihren Kopf. »Wenn ich nicht weiß, wer ich bin – was, wenn Sean mich vielleicht wirklich liebt, aber er einen Menschen in mir sieht, der ich überhaupt nicht bin?«

Erschöpft atmete Lilly aus. Wo kam das alles her? Sie hatte keine Ahnung. Aber es fühlte sich gut an, es ausgesprochen zu haben. Ihr war gar nicht klar gewesen, welche Zweifel in ihr steckten, bis sie sie soeben mit ihrer Freundin geteilt hatte.

»Lilly, ich glaube, es gibt für all das, was du mir gerade erzählt hast, eine ganz einfache Lösung.«

Irritiert wandte Lilly Aeryn den Kopf zu. »Einfach? Deinen Optimismus möchte ich haben.«

Sie konnte eine Spur Sarkasmus nicht verbergen.

Doch Aeryn lächelte. »Sean weiß, was er tut. Gib ihm …« Sie schaute auf das Display ihres Smartphones und dann wieder zu Lilly. »Gib ihm eine Viertelstunde. Hör ihm zu. Wenn du dann immer noch nach Hause gehen willst, dann geh. Dich wird niemand aufhalten, das verspreche ich dir.«

Lilly schaute ihre Freundin nachdenklich an. Was meinte sie mit *Sean weiß, was er tut*? Lilly wischte sich eine Träne von der Wange und zuckte schließlich mit den Schultern. Was war schon dabei? Es war doch sowieso schon egal. Oder? Sie hatte keine Kraft mehr, sich zu streiten. Fünfzehn Minuten mehr oder weniger, darauf kam es jetzt auch nicht mehr an.

»Also gut.« Lilly nickte. Um ihren Standpunkt dennoch zu verdeutlichen, schob sie hinterher: »Aber danach gehe ich.«

Aeryn lächelte geheimnisvoll. Dann griff sie nach Lillys Hand, umschloss sie fest und führte sie durch eine Reihe von Gängen. Lilly selbst verlor schon bald die Orientierung, aber Aeryn, die häufig mit ihren Shows in der Arena auftrat, kannte sich hier bestens aus. Also folgte Lilly ihr, bis sie schließlich die Musik und Seans seidig raue Stimme immer lauter vernahm. Ihr Magen verknotete sich, und ihr Herz klopfte schmerzhaft gegen ihren Brustkorb.

Aeryn zog Lilly einige Stufen hinauf, bis sie durch einen Bogen aus Beton auf einen kleinen Vorsprung hinaustraten, von dem man die Bühne bestens im Blick hatte. Um sie herum befanden sich unzählige Sitzreihen, aus denen die Menschen längst aufgesprungen waren. Lilly schaute sich um, und egal, in welches Gesicht sie sah, bemerkte sie Freude, Aufregung, Begeisterung und ein leuchtendes Strahlen, während die Menschen im Publikum tanzten und aus vollem Hals Zeile für Zeile von Seans Songs mitsangen. Die Geräuschkulisse war atemberaubend. Beinahe brauchte es Sean gar nicht. Die Leute konnten die Lieder auswendig mitsingen.

Fragend blinzelte Lilly zu Aeryn und rief: »Was soll ich hier?«

Sie wollte sich das Konzert nicht ansehen. Seans Stimme zu hören, brach ihr Herz erneut in tausend Stücke und führte ihr nur vor Augen, was sie nicht haben konnte.

Aeryn jedoch deutete mit dem Kopf auf die entfernte Bühne, auf der Sean mit verschwitztem Shirt im Scheinwerferlicht stand und gemeinsam mit seinen Bandkollegen die Menge zum Ausrasten brachte.

»Schau hin und hör zu.«

Unwillkürlich beobachtete Lilly ihn. Sean konzentrierte sich auf die Akkorde seiner Gitarre, streckte den Kopf zum Mikrofon, das vor ihm in einem entsprechenden Ständer angebracht war, und wippte mit dem Fuß im Takt der Musik. Seine Augen konzentrierten sich auf die Gesichter der Zuschauer in den ersten Reihen. Dann, für den letzten Refrain schob er die Gitarre, die er mit einem Gurt über der Schulter trug, nach hinten, nahm das Mikro in die Hand und lief auf die rechte Seite der Bühne. Er blickte hinauf in die Ränge und animierte die Menschen zum Mitsingen. Nicht, dass das nötig gewesen wäre. Die Lichter der Scheinwerfer um ihn herum tanzten über die vierzehntausend Zuschauer, und Lilly spürte die Energie, die von Sean auf das Publikum überging. Er hatte sie wieder. Seine Verbindung zu den Leuten. Lilly spürte es ganz deutlich und konnte sich der Erleichterung darüber nicht erwehren.

Eine halbe Minute später war der Song zu Ende, und die Leute jubelten und verlangten nach mehr.

Sean kehrte zurück in die Mitte der Bühne und fuhr sich mit der Hand durch die Haare. Lillys Magen hüpfte nervös, und sie verspürte gleichzeitig den Drang, zu fliehen und doch genau hier stehen zu bleiben. Sean nahm einen Schluck aus seiner Wasserflasche, schraubte sie zu und warf sie ins Publikum. Dann räusperte er sich und hob das Mikrofon an seine Lippen.

Er blickte sich suchend um, doch erkannte man nicht, ob er fand, wonach er Ausschau gehalten hatte. Schließlich fuhr er sich mit der Hand über das ganze Gesicht und begann zu sprechen.

»Leute, ihr wisst, wie dankbar ich euch jeden Tag bin. Ohne euch würde ich nicht hier stehen und den Traum eines jeden Musikers leben.«

Applaus, Pfiffe und Jubel.

»Aber es gibt etwas, das ihr nicht wisst. Und das ich euch heute beichten muss.«

Lilly überkam eine schreckliche Vorahnung. Verzweifelt blickte sie hinüber zu Aeryn, doch die bedeutete ihr abzuwarten. Ihre Augen kehrten zurück zu Sean.

Das Publikum wurde ganz still. Eine ehrfürchtige Stimmung baute sich auf.

»Vor einigen Wochen befand ich mich in einer Krise. Von heute auf morgen eröffnete man mir, ich sei krank. Man teilte mir mit, mein Körper sei dabei, sich selbst zu zerstören.«

Ein Raunen durchfuhr die Zuschauer. Sorge und Schrecken zeichneten ihre Gesichter.

»Wie ihr euch vorstellen könnt, hat mich das ganz schön aus der Bahn geworfen. Ich habe mich ständig gefragt, warum ausgerechnet ich? Habe ich etwas falsch gemacht, dass ich die Diagnose Multiple Sklerose bekomme? Und neben all den Selbstzweifeln und der Suche nach einem Grund tauchte immer wieder die Frage auf: Wie lange werde ich überhaupt noch Musik machen können? Wie lange hält mein Körper durch? Wann werde ich die ersten massiven Folgen der Krankheit spüren?«

Stille. Vierzehntausend Menschen waren mucksmäuschenstill. Und Lilly war kurz vor einem Herzinfarkt. Was war in Sean gefahren? Was hatte er vor?

Unbeirrt und mit fester Stimme sprach er weiter.

»Diese Nachricht hob meine Welt aus den gewohnten Angeln, und ich schlitterte in ein zwiespältiges Verhalten.

Nach außen war ich stark, lebensfroh und so wie immer – einige von euch habe ich draußen auf den Straßen Dublins getroffen, und ich habe mit euch gescherzt und gelacht. Gleichzeitig fraßen mich meine Ängste vor der Krankheit und der ungewissen Zukunft innerlich auf.«

Lillys Herz blieb endgültig stehen. Schmerz durchfuhr sie. Ihre Atmung begann außer Kontrolle zu geraten. Doch sie blieb tapfer, wo sie war, und hörte zu.

»Und das Schlimmste war, dass das, was mir neben meiner Familie immer Sicherheit gegeben hat, meine Musik – dass sie mich im Stich ließ. Ich konnte nicht mehr schreiben.«

Lilly blickte sich unter den Zuschauern um. Manche hatten doch tatsächlich Tränen in den Augen. Eine seltsame Atmosphäre durchzog den Raum, und plötzlich lächelte Sean.

»Das war ziemlich scheiße, kann ich euch verraten.«

Er nahm das Mikro in die andere Hand und fuhr fort.

»Vor etwa einem Monat traf ich auf eine Person ...«

Lilly drohte zu ersticken. *Tu das nicht, Sean*, betete sie. *Tu das nicht. Nein. Nicht. Nicht hier.*

Doch er tat es. Einfach so. Diese verdammten Stars, die dachten, sie könnten tun und lassen, was sie wollten. Lilly zwang sich, ihre Hände nicht auf die Ohren zu legen, sondern weiter zuzuhören.

»Ich bin ein netter Kerl, das wisst ihr ...« Sean schmunzelte selbstironisch.

Die Menge grölte.

»... aber ihr habe ich das Leben wirklich schwergemacht.« Sean lächelte mit dem Anflug eines schlechten Gewissens. »Doch diese Frau, von der ich euch jetzt erzählen will, sie ist tough.« Sean meinte es todernst. Kein Schmunzeln. Kein Lächeln. Lilly konnte den Schmerz in seinem Gesicht sehen, in seinen Augen und seiner Gestik. Er versteckte nichts.

»Sie hat sich nicht von meinem Charme einwickeln

lassen. Im Gegenteil, sie hat mich sofort durchschaut und wusste, dass etwas nicht stimmte.« Sean begann auf der Bühne langsam hin und her zu laufen. Gebannt folgten ihm die Blicke des Publikums.

»Sie kannte den Grund für meine Schreibblockade nicht, und trotzdem wusste sie genau, was ich brauchte, um sie zu durchbrechen. Als ich ihr schließlich eines …« Sean stockte kaum merklich. »Als ich ihr eines Abends von meiner Krankheit und meiner Angst davor erzählte, hat sie mich aufgefangen.« Er lächelte, und der Moment, in dem sie gemeinsam im Bett im Loft überm *Cassidy's* gelegen und stundenlang miteinander geredet hatten, stieg vor Lillys Augen auf und brachte ihre Seele in Aufruhr.

»Sie hat mir die Angst genommen. Aber nicht mit Samthandschuhen. Im Gegenteil. Sie hat mir einen ordentlichen Tritt in den Hintern verpasst und ihre eigenen Ängste über Bord geworfen, um mir den Weg zurück ins Leben zu zeigen.«

Sean war am seitlichen Ende der Bühne angelangt, drehte sich um und lief den Weg zurück, den er gekommen war.

»Aber warum erzähle ich euch das?« Seine Stimme wurde von Emotionen geflutet. Er schluckte, zwang sich jedoch weiterzusprechen.

»Weil jeder von uns ein Päckchen mit sich herumträgt. Du, du, du, ihr dort und du …« Er deutete auf die Besucher im Publikum. »Die einen schleppen ein größeres, die anderen womöglich ein kleineres. Aber egal, wie groß und schwer diese Päckchen sind – wir dürfen uns von ihnen nicht daran hindern lassen, weiterzugehen. Mutig und optimistisch.« Sean machte eine Kunstpause. »Und um Hilfe zu bitten, ist kein Zeichen von Schwäche, sondern von Stärke. Angst zu haben ist absolut normal.«

Zustimmender Jubel und Applaus.

Sean nickte und brachte die Menge wieder zur Ruhe. »Ich

… ich habe nicht vor, mich von meiner Krankheit aufhalten zu lassen. Stattdessen werde ich überall davon erzählen, denn nur wenn wir darüber sprechen, nehmen wir ihr den Schrecken.«

Lilly erstarrte. Sean schien wirklich überzeugt zu sein von dem, was er sagte. Er blieb in der Mitte der Bühne stehen und nahm seine Gitarre wieder vor die Brust.

»Es geht heute Abend nicht um mich, sondern um die großartige Arbeit der *Soul Healer Foundation*. Ich habe euch aber davon erzählt, weil es ein Beispiel dafür ist, wie unterschiedlich Menschen nach außen wirken, während ihr Inneres zerrissen wird. Geben wir den Kindern und Erwachsenen um uns herum die Sicherheit, die sie benötigen, um sich zu öffnen und uns von ihren Ängsten zu erzählen.«

Sean gab seinem Schlagzeuger ein Zeichen, und während dieser den Takt vorgab, rief Sean: »Dieser Song wurde noch nie live gespielt, aber er ist Teil meines nächsten Albums, und ich finde, er passt nirgendwo besser als hier. *Without Fear*.«

Sean entfernte sich ein paar Schritte von seinem Mikro und läutete das Intro des neuen Songs ein. Die Melodie klang enthusiastisch, ermutigend und voller Leben.

It was a shiny sunny day
Everything felt more than okay.
But People always say Life's not a picnic,
Guys, I never felt just like this.
All my life I was free
When destiny turned around to me
And said, it was you I was looking for
And suddenly I wasn't free anymore.

Lilly hörte die Worte und erfasste die eingängige Melodie in ihrem Kopf, während Erleichterung über sie kam. Und ein wenig Ärger auf sich selbst. Was hatte sie gedacht, das Sean sagen würde? Dachte sie wirklich, er würde sein Liebesgeständnis vor vierzehntausend Menschen wiederholen, um es sie glauben zu machen? Er hatte es nicht getan. Und das war auch gut so!

Die Menschen liebten den neuen Song. Lilly sah es ihnen sofort an. Und sie hatten größten Respekt vor dem, was Sean ihnen soeben eröffnet hatte. Unwillkürlich verspürte Lilly Stolz. Sie war stolz auf Sean. Er schien sich seiner Krankheit zuzuwenden und sich auf sie einzulassen, statt vor ihr davonzulaufen. Er kämpfte. So wie sie es von ihm verlangt hatte.

Aeryn stupste Lilly vorsichtig von der Seite aus an und deutete mit dem Kopf auf die berauschende Stimmung, die vom Publikum ausging, als sie den Refrain schnell innehatten und bereits beim zweiten Mal voller Überzeugung mitsangen.

»Das ist dein Werk.«

Überrascht schaute Lilly ihre Freundin an. »Das ist Seans Leistung, nicht meine.«

Aeryn schüttelte den Kopf. »Hast du eben nicht zugehört?« Sie lächelte. »Du hast ihn mutig gemacht, Lilly. Du hast ihm seine Angst genommen und ihn zum Leben verdonnert.« Ihr Blick wurde mitfühlend. »Sean mag dankbar sein – aber ich und vierzehntausend fremde Menschen hier drinnen haben gespürt, dass seine Gefühle für dich weit über Dankbarkeit hinausgehen.«

Lilly wandte den Blick ab. Eine seltsame Entrücktheit durchfuhr sie. War es Hoffnung? Nein. Hoffnung worauf?

Schweigend beobachteten Lilly und Aeryn Seans Auftritt. Zum dritten Mal wiederholte er den Refrain, und Lilly glaubte ihm jedes Wort, das er sang. Seine Augen strahlten diesen Kampfgeist aus, diesen unbedingten Willen und pures Leben.

Let me show you the way
Start all over and press replay

Without fear
Without fear
Without fear
Without fear
Tell me how you feel
And together we redesign the turning wheel.
Without fear
Without fear

Zweiundzwanzig

Die letzten Töne des Songs verklangen in der Halle, und die Menschenmenge flippte aus. Sean hatte sie alle auf seiner Seite. Das stand außer Frage. Er öffnete eine weitere Wasserflasche, nahm einen Schluck und griff erneut zum Mikro. Lilly blickte auf ihre Armbanduhr. Sieben Minuten. Sie hatte Aeryn noch sieben Minuten versprochen. Dann würde sie gehen. Sie war stolz auf Sean, und sie begrüßte seine neue Haltung. Er würde ein Vorbild werden. Ein Vorkämpfer. So wie sie es prophezeit hatte. Doch das änderte nichts an ihren Zweifeln über sich selbst und an der angeblichen Liebe, die Sean ihr entgegengeschleudert hatte. Sein letzter Satz brannte ihr noch immer auf der Seele.

Lilly biss sich auf die Unterlippe und straffte ihre Schultern. Bald. Bald hatte sie es geschafft. Seans Anblick und seine Stimme brachten sie zunehmend aus der Fassung. Es schmerzte in all ihren Zellen, und sie wollte, dass das endlich aufhörte. Sie konnte nicht mehr. Ihre Energiereserven waren für diesen Tag aufgebraucht.

Die Menge beruhigte sich wieder und wartete auf den letzten Song des Abends. Sean erhob seine Stimme, gefühlvoll und stark.

»Die Frau, von der ich vorhin sprach …«

Oh, echt jetzt?! Lilly zog ihre Stirn in Falten. Im letzten Monat hatte sie emotional Schiffbruch erlitten, war einen Abhang hinuntergerutscht, im freien Fall gewesen, und man hatte ihr das notdürftig geflickte Floß entrissen, das ihr einen letzten Rest Halt gegeben hatte. Inzwischen fehlten ihr die Worte, um zu beschreiben, wie sie sich fühlte. Sie stand inmitten dieser Menschen, verzweifelt, überfordert und unglücklich. Und der Mann, dem ihr Herz gehörte, dachte nicht im Traum daran, dem endlich ein Ende zu bereiten und sie zu erlösen. Stattdessen redete er munter weiter über sie und … ihre Fehler! Lilly riss entsetzt die Augen auf, als sie die nächsten Worte von Sean vernahm.

»Diese Frau ist so eine Sache für sich, wisst ihr.« Sean begann erneut seine Wandertour über die Bühne, während er auf den Boden blickte und schließlich lächelnd wieder den Kopf hob.

»Sie übernimmt ständig für alles die Verantwortung und denkt, sie trägt Schuld an Dingen, für die sie gar nichts kann.« Er schüttelte irritiert den Kopf, um seiner Aussage Ausdruck zu verleihen.

Ungefragt rammte er eine Faust in Lillys Magen.

»Und ich glaube, ich habe noch nie so eine seltsame Logik gehört wie bei ihr. Sie widerspricht sich selbst und lässt es so klingen, als wäre es das absolut Sinnvollste, das es auf der Welt zu sagen gibt.« Wieder schüttelte Sean den Kopf und schaute ins Publikum.

Ein weiterer Magenschwinger. Lilly starrte entsetzt auf die Bühne. War das seine Rache dafür, dass sie ihn vorhin hatte stehen lassen? Wie konnte er …

Aeryn lehnte sich zu ihr herüber und meinte: »Ruhig, Lilly. Sean ist ein fantastischer Musiker – aber in der Realität zäumt er das Pferd gerne von hinten auf. Du weißt doch, er tut nie das, was man von ihm erwartet.«

Lilly starrte weiter hinab auf die Bühne. »Ich drehe ihm den Hals um. Ich schwöre, ich drehe ihm den Hals um.«

Plötzlich blieb Sean mittig am Rande der Bühne stehen und setzte sich samt Gitarre auf dem Rücken auf die Kante, ließ seine langen muskulösen Beine baumeln und runzelte die Stirn. Seine Stimme wurde weich, und eine Welle von Emotionen erfasste sein Gesicht – was er bereitwillig mit seinem Publikum teilte.

»Aber wisst ihr, sie ist der aufrichtigste Mensch, den ich kenne. Sie teilt genauso gut aus, wie sie einstecken kann. Sie ist witzig, loyal und tapfer. Ihr Lachen beherrscht den ganzen Raum, und wenn sie weint, bricht es dem Heiligen Saint Patrick das Herz. Und um die Menschen zu schützen, die sie liebt, gibt sie, ohne nachzudenken, alles auf. Sogar sich selbst.«

Seans Stimme wurde leiser, und das Publikum lauschte ihm gespannt.

»Sie denkt, man könnte sie nicht lieben, weil in ihr zwei Seelen miteinander ringen. Weil sie nicht weiß, wer sie eigentlich ist. Dabei weiß sie es ganz genau, wenn sie nur hinhören würde.«

Er musterte die Zuschauer in den ersten Reihen. Langsam ließ er seinen Blick über sie schweifen und nahm von jedem einzelnen Notiz. Er schlang seine Finger fester um den Hals des Mikrofons.

»Dann würde sie hören, wie sie durchs Leben tanzt, wie sie lacht und das Leben genießt. Wie sie die Sonne zum Strahlen bringt und die Leute mitreißt. Sie würde hören, wie sehr die Menschen um sie herum sie lieben und auf sie vertrauen. Und sie würde hören, wie ...« Sean starrte in die Menge. Er verstummte für einen Moment, und die Menschen hingen gebannt an seinen Lippen.

Lilly hingegen, ihr Innerstes stülpte sich über sie, drehte sich um sie herum und nahm ihr die Luft zum Atmen. Von zwei Seiten riss es an ihr, sie wurde umhergeschleudert und verlor die Orientierung. Mühsam streckte sie die Hand nach der Brüstung vor sich aus und hielt sich fest. Ihr wurde übel. Kalt. Dann warm. Und wieder kalt.

Von weit entfernt hörte sie Seans sanfte Stimme. »Sie würde hören, dass ich sie liebe.«

Meterhoch stieg Lilly auf, um dann mit einem krachenden Aufprall wieder auf dem Boden aufzukommen. Tränen standen in ihren Augen. Ihr Herz bebte. Ihre Seele erzitterte und dann, plötzlich und ohne Vorwarnung verzog sich die Kälte. Die Unsicherheit. Die Zweifel. Sie atmete tief durch und – sie fühlte sich frei. Frei und geliebt.

Es war keine Dankbarkeit. Auch kein schlechtes Gewissen. Sean liebte sie wirklich. Wie hatte sie daran zweifeln können? Er kannte sie wie kein anderer. Er hatte gesehen, welchen inneren Kämpfen sie sich stellte und wie sehr sie darunter litt. Er hatte verstanden, warum es ihr so schwerfiel, ihm zu glauben. Und er hatte gesehen, wer sie wirklich war – nur um es ihr vor vierzehntausend Menschen zu erzählen. Dieser Mistkerl.

Lillys Lippen umspielte ein leichtes Lächeln, ihre Liebe strömte herrlich warm durch ihren Körper, und mit tränenfeuchten Augen blickte sie hinab zu diesem Vollidioten, der seine Emotionen der ganzen Welt präsentierte, ohne über die Konsequenzen nachzudenken.

Ohne davon etwas mitzubekommen, erhob sich Sean von seinem Platz. Er lächelte nicht mehr. In seinem Gesicht waren nur Schmerz und die verlorene Hoffnung zu sehen.

Mit rauer Stimme sagte er: »Die Multiple Sklerose macht mir Angst. Und ich hadere mit mir, ob ich langfristig nicht eher eine Belastung für meine Angehörigen sein werde, als dass sie Freude mit mir haben werden. Aber sosehr diese Zweifel auch an mir nagen, weiß ich ebenso, dass sie streng genommen falsch sind. Die Menschen, die uns lieben, werden immer für uns da sein. Ob wir ihnen unser Schicksal zumuten wollen oder nicht.« Sean holte tief Luft. »Sie wird mir dafür den Hals umdrehen, zu Recht. Aber der Titeltrack meines neuen Albums – er erzählt von dieser einen Frau. Weil einfach jeder wissen soll, was sie mir bedeutet.«

Ein Seufzen durchfuhr das Publikum. Und mindestens ein Dutzend Herzen brachen laut klirrend, während sich die Zuschauer einander gerührt in die Augen sahen.

Definitiv. Lilly würde ihm so was von den Hals dafür umdrehen. Voller Liebe. Aber sie würde es tun, verdammt!

Wieder gab Sean seinem Schlagzeuger ein Zeichen und nannte den Titel des letzten Songs, den er an diesem Abend spielen würde, bevor er sich über seine Gitarre beugte und die Akkorde erklingen ließ. »*Raspberry Love*!«

Die Scheinwerfer tanzten ein letztes Mal an diesem Abend über das begeisterte Publikum, und Sean lehnte sich nach vorne zu dem Mikrofon, das wieder fest angebracht war. Jedes Wort, das er mit seiner sanften Stimme erzählte, nistete sich in Lillys Seele ein. Warm und wertvoll, mit einer Spur Entrüstung, aber noch mehr Liebe.

I saw your smile
Just for a while
But it was enough
To fall in love.

When we walked through Temple Bar
Shouting out for the jar
Having the greatest of all times
Keep singing my lines.

Raspberry Love
So sweet and fine
Raspberry Love
So cute and kind
Raspberry Love
So long not mine

We've danced together,
We've sung together,
We've loved together,
But I didn't see where this was going.

You tried to show me the way
While I was running away.
We spent days and nights
Ending up in a fight.

Raspberry Love
So sweet and fine
Raspberry Love
So cute and kind
Raspberry Love
So long not mine

I haven't thought we have a chance.
I haven't thought we find a way.
So all you could do, was running away
Leaving us in tears behind
Makes me feel the worst of a kind.

Now I know it is too late
Hoping for your sweet love
Now I know it is too late
Hoping for your sweet soul

Raspberry Love
So sweet and fine
Raspberry Love
So cute and kind
Raspberry Love
So long not mine

Der letzte Ton klang in der Halle nach, und die Bühne wurde in Dunkelheit gehüllt. Die Zuschauer eskalierten. Sean hatte soeben den Weg für seinen nächsten Nummer-Eins-Hit geebnet.

»Ich bringe ihn um«, murmelte Lilly. »Ich bringe ihn ernsthaft um!« Sie kämpfte gegen ihr Lächeln an und versuchte ihre Stirn in Falten zu ziehen, doch lange hielt sie es nicht durch.

Zufrieden nickte Aeryn neben ihr und lächelte. »Na also, geht doch.«

Er war von allen guten Geistern verlassen worden. Keine Frage, Sean hatte nicht mehr alle Tassen im Schrank. Er saß in seiner Garderobe und starrte Löcher in die Luft. Er hatte der Welt alles offenbart. Seine Krankheit, seine Ängste und seine Liebe zu Lilly. Er hatte keine Ahnung, ob Lilly ihn gehört hatte oder nicht. Vielleicht hatte er das alles getan, während sie bereits durch die Straßen von Dublin lief, ihr zerbrochenes Herz in der Hand, auf dem Weg in die Wohnung, die immer noch einen Innenausstatter vertragen konnte.

Vor der Tür wartete seine Familie. Alle. Sie waren gekommen, um ihm seelischen Beistand zu leisten. Er hatte nicht darum gebeten, und doch waren sie alle da. Seine Eltern. Seine Brüder. Aeryn und Liam. Seine Schwester, ihr Mann und die Kinder. So waren sie, die O'Sullivans. Sie ließen niemanden zurück und waren immer da, um ihn aufzufangen. Doch in diesem Augenblick, genau jetzt, wollte er nicht hinausgehen. Er wollte nicht in ihre verständnisvollen Gesichter sehen, weil er es wie ein liebeskranker Idiot vermasselt hatte. Er wollte nicht in die Augen seiner Freunde Cliff und Mara schauen und ihr Mitgefühl sehen.

Er beugte sich nach vorne, stützte seine Ellbogen auf die Knie und bettete den Kopf in seinen flachen Händen. Verzweiflung nahm von ihm Besitz. Er hatte es vergeigt. Gründlich. Von vorne bis hinten.

Das klickende Geräusch der Garderobentür erklang. Ohne aufzusehen, und mit rauer Stimme rief er: »Gebt mir noch einen Moment.«

Die Tür schloss sich wieder. Stille dominierte den Raum – neben Seans rasenden Gedanken, was er alles hätte anders machen müssen.

Plötzlich hörte er eine sanfte, leise, ja beinahe zerbrechliche Stimme singen.

»*Now I know it is too late hoping for your sweet love. Now I know it is too late hoping for your sweet soul …*«

Erstaunt und von Hoffnung erfüllt, riss er den Kopf hoch. Da stand sie. Mit dem Rücken an die Tür gelehnt, die Hände hinter dem Körper verschränkt und mit einem zaghaften Lächeln auf den Lippen. Lilly.

Sie hatte mindestens ein halbes Dutzend Noten danebengelegen, aber es war ihr egal. Lilly stand mit klopfendem Herzen in der Garderobe von Sean und blickte ihm unumwunden in die grünen Augen.

Er starrte sie an, und in seinem Gesicht spiegelten sich alle Emotionen von tiefer Liebe, Hoffnung über Angst bis hin zu Zweifel und Scheu. Lilly wollte alles fortwischen – bis auf die Liebe. Die würde sie festhalten. Und nie wieder loslassen. Für immer.

»Du bist noch hier«, flüsterte Sean.

Lilly nickte. »Aeryn hat mich gefunden.« Sie schluckte. »Rechtzeitig.«

Sean erhob sich langsam und ging auf sie zu. »Es tut mir so leid, ich hätte nicht –«

Lilly lief ihm entgegen und legte ihren Zeigefinger auf

seinen Mund, um ihn zum Schweigen zu bringen. Währenddessen schüttelte sie sanft den Kopf.

»Keine Entschuldigungen mehr. Nicht von dir. Nicht von mir. Ich habe das Thema Schuld abgehakt und will es nie wieder in mein Leben lassen.«

Irritiert musterte Sean sie. Doch sie meinte es ernst. Lillys Leben war geprägt gewesen von Schuld. Es hatte sie blind für das gemacht, was wirklich zählte. Es war an der Zeit, das zu ändern.

Mit betont kritischem Blick musterte sie ihn und ließ ihn an ihrem Verdacht teilhaben, der sie seit ihrem letzten Gespräch begleitete.

»Hattest du die Finger im Spiel? Bei dem Treffen mit meiner Familie und den Sweeneys heute?«

Sean nickte. »Ich wollte, dass du den Teil deiner Seele freilegst, der du wirklich bist. Und solange die Schuld auf dir lastete, wusste ich, würdest du das nicht können. Und dann würdest du auch uns keine Chance geben.«

»Du hast das mal wieder genau geplant, oder?«

»Das dachte ich.« Er zuckte mit den Schultern, und seine Stimme klang erstickt. »Aber ich habe die Rechnung ohne dich gemacht.«

Fragend blickte sie ihn an.

»Ich dachte, es würde reichen, dir meine Liebe zu gestehen, nachdem man dir die Schuldgefühle genommen hat. Aber ich habe übersehen, dass du in diesem Moment verständlicherweise viel zu verletzlich warst.« Er strich ihr vorsichtig über die Wange. »Du bist dabei, dein Leben infrage zu stellen und dich selbst zu finden. Und dann komme ich und erwarte, dass du mir erfreut mein Geständnis abnimmst und alles gut wird. Das war idiotisch.«

Lilly genoss die Wärme, die sich in ihr ausbreitete. Er verstand sie. Viel besser als sie es je zu hoffen vermochte. Ein Gefühl der Euphorie durchflutete sie. Ihr Lächeln wurde stärker, und ihr Herz war außer Rand und Band.

»Und du dachtest, wenn du der Welt deine Gefühle offenbarst – und meinen Zwist noch dazu –, das wäre weniger idiotisch?« Sie unterdrückte ein Lächeln.

Sean schloss die Augen. Als er sie wieder öffnete, brannten Tränen in ihnen. »Ich weiß. Ich bin ein I…«

»… irrationaler irischer Mann, der nicht weiß, was er tut.« Lilly lächelte.

»Lilly …« Sean sah ihr liebevoll in die Augen.

Sie stellte sich dicht vor ihn und ergriff seine klammen Hände. Herausfordernd funkelte sie ihn an. »Du liebst mich also, ja?«

Stumm nickte Sean, und in seinem Blick lag alles, was Lilly wissen musste.

»Für das, was du eben auf der Bühne gesagt hast, drehe ich dir wahrhaftig den Hals um«, murmelte sie an seiner Wange. »Aber vorher …« Sie streifte mit den Lippen über seine. »Vorher will ich, dass du es nochmal sagst.« Sie drückte ihm einen weichen Kuss auf die Lippen. Dann fügte sie hinzu: »Den guten Teil.«

Erleichterung überfiel Sean. Liebevoll drückte er ihre zarten Finger. Dann fuhr er mit einer Hand durch ihre blonden Locken, über ihre Schulter und legte sie auf ihren Rücken, um sie noch ein bisschen näher an sich zu ziehen.

»Alles, was du willst.« Er lehnte seine Stirn an ihre und blickte ihr tief in die Augen. »Ich liebe dich, Lilly. Aus tiefstem Herzen. Und ich will keine Sekunde meines Lebens ohne dich verbringen.«

Glück durchströmte Lilly, und sie lächelte voller Liebe.

»Ich liebe dich, Sean. Und du wirst mich und meine verquere Logik nie wieder los.«

Beide lachten leise, und ein tiefer, alles ausdrückender und erfüllender Kuss versiegelte ihr gegenseitiges Versprechen.

Lilly war angekommen. Im Leben. Umhüllt von Vergebung und Liebe. Sean gab ihr Sicherheit und hatte sie mit seiner lebenshungrigen, nicht nachdenkenden Art zurück in die Wirklichkeit geholt. Sie hatte ihm über seine Ängste hinweggeholfen, und zusammen würden sie sich seiner Multiplen Sklerose und Lillys restlichen Schuldgefühlen stellen. Gemeinsam würden sie jeglichen Konsequenzen trotzen und sie zum Guten umkehren. Ohne Schuld. Ohne Reue.

Sean löste sich beinahe widerwillig ein Stück von ihr und blickte mit funkelnden irisch grünen Augen in die ihren. Gerade so laut, dass Lilly es hören konnte, begann er zu flüstern.

»Die Frau, von der ich vorhin sprach ...«

Epilog

»Wo bleibt ihr denn?«, rief Cillian ihnen zu, als Sean mit Lilly im Arm über den Innenhof des O'Sullivan-Anwesens lief.

»In der Ruhe liegt die Kraft.« Sean lachte.

»In der Kälte meinst du wohl.« Cillian zog sich seine Mütze tiefer in die Stirn und scheuchte Sean und Lilly ins Haus. Der Boden des geräumigen Flurs war von Winterstiefeln in den unterschiedlichsten Größen übersät. Die zahlreichen Metallhaken an den Wänden ächzten unter der Last der dicken Mäntel und Schals.

»Na los, die Kinder fällen gleich den Weihnachtsbaum, wenn wir nicht bald mit dem Essen anfangen.« Cillian nahm Lilly ihre sonnengelbe Winterjacke ab und hängte sie zu den anderen.

Liebevoll legte Sean eine Hand auf Lillys Rücken und flüsterte: »Willkommen bei den O'Sullivans. Immer ein herzlicher Umgang miteinander, besonders an Weihnachten.«

Lilly grinste, und Cillian lachte. »Das habe ich gehört. Und es ist herzlich bei uns. Wir können euch Zu-spät-Kommer nur nicht ausstehen.«

Lächelnd folgte Lilly Seans Bruder durch die Küche ins

Wohnzimmer der Familie O'Sullivan. Obwohl es eine riesige Sofalandschaft gab, drängten sich die Geschwister von Sean dicht an dicht dazwischen, und auf dem Fußboden saßen die Kinder seiner Schwester, Kelly und Ronan, sowie Liam, Cillians Sohn. Rose O'Sullivan, Seans Mutter, stieg über die vielen Beine ihrer Kinder und Enkel und eilte Lilly entgegen.

»Lilly! Wie schön, dass du es einrichten konntest. Komm, setz dich!«

Rose umarmte Lilly und fuchtelte mit den Händen über die Füße ihres jüngsten Sohnes, Daniel.

»Wann lernst du endlich, dass man die Füße vom Couchtisch nimmt, wenn Besuch da ist?« Liebevoll tadelte sie ihren Sohn.

Der schaute von Rose zu Lilly und wieder zu Rose.

»Wieso Besuch? Ist doch alles Familie. Verstehe das Problem nicht.« Er zuckte lachend mit den Schultern, nahm die Füße runter und erhob sich, um Lilly und Sean zur Begrüßung zu umarmen. Ein O'Sullivan nach dem anderen folgte seinem Beispiel, bis sie schließlich einmal durch das Wohnzimmer getingelt waren und sich auf dem Boden neben den Kindern und Clare sowie deren Mann James niederließen. Hinter ihnen auf der Couch tummelten sich Aeryn und Cillian, daneben Declan O'Sullivan, Seans Vater, sowie der Rest seiner Brüder. Nur einer fehlte. William, der nächstjüngere Bruder von Sean.

Suchend blickte Sean sich um. »Wo ist Will?«

»Sein Flug aus New York hat wohl Verspätung gehabt. Er ist aber schon auf dem Weg hierher. Dürfte in zehn Minuten da sein«, erklärte Daniel.

Es war der vierundzwanzigste Dezember. Weihnachten. Vor etwas mehr als einem halben Jahr hatten Lilly und Sean sich das erste Mal im *The Winding Stair* in Dublin getroffen. Seitdem war so viel passiert, dass Lilly sich fragte, ob sie überhaupt alles aufzählen konnte.

Wieder spürte sie Seans Arm um sich und drehte ihm den Kopf zu.

»Ich liebe dich«, flüsterte er, und Lilly lehnte sich lächelnd an ihn.

Kurz nach Seans öffentlicher Liebesbekundung auf dem Charity-Konzert der *Soul Healer Foundation* Anfang Juli waren die Aufnahmen zu Seans drittem Album angelaufen. Trotz Lillys vehementen Protests hatte er das Album nach dem Titeltrack benannt. *Raspberry Love*. Eine Hommage an Lillys unverkennbare Leidenschaft für die süßen Früchte. Die Kraftbeeren.

Lilly hingegen kämpfte sich zurück ins Business. Gemeinsam mit Ivy, Francine und Joseph gab sie ihrer Agentur einen neuen Anstrich. Neues Logo, neuer Name, neue Aufgabenverteilung. Nachdem die Medien in ihr nicht länger eine Böse gesehen hatten, die einen – wie man inzwischen wusste – kranken Mann emotional verletzt hatte, normalisierte sich der Geräuschpegel um ihren Namen wieder. Trotzdem zog Lilly sich aus dem aktiven Tagesgeschäft zurück.

Zusammen mit ihren Leuten setzte sie eine neue Struktur auf. Statt sich ein Bein auszureißen und in allem tagesaktuell auf dem Laufenden zu sein, übernahm sie künftig nur noch Aufgaben, die sich um die Führung und den Ausbau der Agentur drehten.

Die aktive Betreuung in Sachen Öffentlichkeitsarbeit, Vertragsverhandlungen und -Verlängerungen und das ganze Drumherum lag fortan nur noch bei ihren Mitarbeitenden. Jedem wurden feste Klienten zugeteilt, sodass eine enge Bindung zwischen ihnen und den Tänzern und Tänzerinnen entstehen konnte. Früher hatte Lilly überall ihre Finger drin gehabt und war durch die drei lediglich unterstützt worden. Nun bekamen Ivy, Francine und Joseph mehr Verantwortung, was sie noch motivierter an ihre Arbeit gehen ließ.

Lilly gefiel die neue Agenturführung, trotzdem ließ sie es

sich nicht nehmen, sich in regelmäßigen Abständen persönlich bei ihren Tänzern nach dem Befinden zu erkundigen oder ihnen Erfolg für einen Auftritt oder Wettkampf zu wünschen. Das gehörte einfach zu ihr.

Sie. Lilly. Mit Seans sowie der Hilfe ihrer Familie hatte sie es endlich geschafft, damit loszulegen, ihre Schuldgefühle abzuarbeiten. Zusätzlich hatte sie sich psychologische Unterstützung geholt. Jede Woche traf sie sich mit ihrem Therapeuten, sprach über die Dinge, die ihr seit so vielen Jahren auf der Seele lagen, und begann Stück für Stück besser damit zurechtzukommen. Zudem hatte sie sich in den vergangenen Monaten Zeit genommen, um sich selbst kennenzulernen. Wer war sie? Was wollte sie vom Leben? Und worauf legte sie Wert?

Es war eine aufwühlende, aber auch spannende Zeit. Die Umstrukturierung der Agentur war nur eine Folge dieses Prozesses. Eine andere war der enge Kontakt zu ihren Eltern sowie ihrer Schwester und deren Familie. Fortan trafen sie sich alle zwei Wochen sonntags zum Mittagessen bei ihren Eltern. Gemeinsam wurde geschlemmt, gespielt und geredet. Beinahe täglich telefonierte sie mit ihren Eltern oder ihrer Schwester. Es tat Lilly so gut, denn sie hatte das Gefühl, viel zu viel verpasst zu haben, seit sie vor fünfzehn Jahren begonnen hatte, sich zurückzuziehen. Gestern hatten Sean und Lilly sie abends gemeinsam besucht und anschließend zusammen Weihnachten vorgefeiert – da Lilly heute und morgen bei den O'Sullivans eingeladen war.

Und dann war da noch Sean. Er war ihr Leuchtturm, ihr persönliches *Bailey Lighthouse* in der Bucht von Dublin. Wann immer sie sich unsicher fühlte, gab er ihr Halt. Sie lachten, lebten und liebten gemeinsam. So intensiv, dass es Lilly fast Angst machte. Aber sie wusste, dass es für immer sein würde. Sie hatte in Sean jemanden gefunden, der ihre verborgenen Seiten wieder hervorkitzelte, ihr bei der Neuorientierung half und sie mit seiner Nähe und Liebe zwar auffing, ihr aber den Freiraum zur persönlichen Entfaltung ließ, den sie brauchte.

Dass *Raspberry Love* die Charts in Rekordzeit eroberte und seit November im Radio hoch und runter lief, empfand Lilly mit der Zeit beinahe als sexuelle Belästigung. Lachend hatte sie es Sean erzählt, der daraufhin auf mehr als nur eine körperliche Art bei ihr Wiedergutmachung leistete.

Raspberry Love. Die Meldung über die Geschehnisse auf dem Charity-Konzert Anfang Juli hatten schnell die Runde gemacht und die Klatschspalten dominiert. Ja, selbst die seriösen Nachrichtenmedien hatten die Story aufgenommen. Allerdings – und das freute Sean und Lilly besonders – nicht unter dem Gesichtspunkt, dass Weltstar Sean O'Sullivan auf der Bühne um seine große Liebe gekämpft hatte, sondern unter dem Aspekt, dass ein Prominenter wie Sean öffentlich über Multiple Sklerose und die damit verbundenen Ängste sprach.

Nur wenig später hatte man ihn in dieser Sache um ein großes Interview gebeten, das Sean nur zu gerne gegeben hatte. Er hatte sich der Rolle des Vorkämpfers für diese Krankheit verschrieben und füllte sie mit Herz und Leidenschaft aus. Nach dem Artikel in einer der größten Zeitungen Irlands war die *Multiple Sclerosis Society of Ireland* auf Sean zugekommen und hatte ihm eine offizielle Rolle als Botschafter in ihren Reihen angeboten. Natürlich hatte er zugesagt.

Seitdem teilte er sich seine Zeit zwischen Lilly, seiner Musik und dem Kampf der MS auf. Seine lebensfrohe Art und die Bekanntheit machten es ihm leicht, einen Zugang zu den Menschen zu finden. Er schaffte es mit Witz, Charme und der nötigen Ehrlichkeit, ein Thema auf den Tisch zu bringen, worüber es vielen schwerfiel zu sprechen. Die mentalen Belastungen, die mit der Krankheit einhergingen. Nicht nur bei den Betroffenen selbst, sondern auch bei deren Angehörigen. Denn traf es einen in der Familie, waren alle betroffen. Das hatten sie auch bei den O'Sullivans gemerkt. Man dachte nur an William, der gar seine Geschäftsreise in die USA hatte absagen wollen, um für Sean da zu sein. Nur mit Mühe und Not hatten sie ihn überreden können, doch zu fliegen.

Lilly war unfassbar stolz auf Sean. Sie liebte ihn für das, was er tat, und unterstützte ihn dabei nach Kräften.

Dass Sean auf seiner letzten Tournee die Verbindung zum Publikum verloren hatte, hatte ihn nachdenklich werden lassen. Nachdem Lilly ihn im Sommer schließlich wieder daran erinnert hatte, wo er einst mit seiner Musik gestartet war, hatte er beschlossen, in regelmäßigen Abständen genau das fortzuführen. Einmal im Monat schlug er in einem Pub auf und spielte. So wie früher, bevor er berühmt geworden war. Und er liebte es. Aus tiefster Seele. Es kurbelte seine Kreativität an und ließ ihn bereits an seinem vierten Album arbeiten. Sehr zur Freude seines neuen Agenten. Ein junger, ehrgeiziger und sympathischer Mann, den Lilly ihm empfohlen hatte. Es war besser, Privates und Geschäftliches zu trennen. Davon waren die beiden überzeugt.

Doch nicht nur frohe Botschaften waren im letzten Halbjahr über sie hereingebrochen.

Im August hatte sich überraschend ein neuer Schub von Seans Multipler Sklerose angekündigt. Von jetzt auf gleich hatte er seinen linken Arm nicht mehr bewegen können, die Sehstörungen und Kopfschmerzen waren zurückgekehrt, und das Kribbeln hatte sich ausgebreitet. Sie hatten ihr verlängertes Wochenende in Howth abgebrochen und waren sofort in die Klinik gefahren. Dort war Sean einer viertägigen Kortisontherapie unterzogen worden, um den Schub zu stoppen. Die körperlichen und seelischen Belastungen hatten sich deutlich bemerkbar gemacht.

Seine Ängste und Zweifel waren wieder hervorgekrochen. Würden irreparable Schäden zurückbleiben? Konnte er die geplante Welttournee im nächsten Jahr überhaupt antreten? War er nicht doch nur eine Belastung für Lilly? Hielt die Beziehung zwischen Sean und Lilly der Krankheit stand?

Sie tat es und stärkte sie noch. Es war eine Sache, über die Krankheit und den Kampf damit zu reden. Aber eine andere, dies während eines aktiven Schubs zu tun. Sich den emotionalen wie gesundheitlichen Auswirkungen der MS zu stellen, bedurfte viel Kraft. Mental wie körperlich. Doch gemeinsam schafften sie es.

Nach dem Schub hatte Sean beschlossen Teil einer Selbsthilfegruppe zu werden. Er wollte nicht nur öffentlich über die Krankheit sprechen und sie anderen erklären, sondern auch für sich selbst einen besseren Weg finden, damit zurechtzukommen. Unter Menschen, die dasselbe Schicksal teilten, über die eigenen Erfahrungen und Ängste zu sprechen, half ihm, nach dem Schub wieder auf die Beine zu kommen. Denn trotz der optimistischen Einstellung seiner Ärzte war es ungewöhnlich, dass innerhalb weniger Monate zwei Schübe aufeinanderfolgten.

Zusätzlich hatte sein Neurologe ihm eine Bewegungstherapie verordnet, um körperlichen Defiziten durch die potenziellen nächsten Schübe vorzubeugen.

Eine weitere bedeutende Entscheidung hatten Lilly und Sean gemeinsam gefällt. Zwar sah es, trotz des erneuten – wenngleich verhältnismäßig schwachen – Schubs, vielversprechend aus, dass die Therapie die Häufigkeit der Schübe reduzieren beziehungsweise verzögern würde. Trotzdem wollten weder Lilly noch Sean weitere Zeit verlieren. Nachdem sich Sean von dem Schub im August erholt hatte, beschlossen er und Lilly, eine Familie zu gründen. Auch wenn sie erst einige Monate zusammen waren. Sie wussten, dass es das Richtige war. Sie spürten es.

Lilly hatte in ihrem Leben kaum je über eigene Kinder nachgedacht. Sie hatte stets für ihren Job gelebt und war von ihren Schuldgefühlen erdrückt worden. Doch inzwischen sah die Welt anders aus. Als Sean das Thema eines Abends, als er Lilly in seinen Armen gehalten hatte und sie einfach nur froh gewesen war, ihn wieder bei sich zu haben, angesprochen hatte, war Lilly zunächst perplex gewesen. Doch nach nur wenigen gewechselten Worten war ein nicht nennbares Gefühl in Lilly herangewachsen.

Offen sprachen sie über die Vor- und Nachteile und welche Veränderung ein Kind in ihrem Leben bedeuten würde. Besonders, wenn man trotz aller Hoffnung damit rechnen musste, dass die Krankheit bei Sean weiter voranschreiten würde. Gleichzeitig wusste man aus der Forschung und der Erfahrung mit männlichen Patienten auch, dass sich die MS auf die männliche Sexualfunktion auswirken konnte. Sie würden also auch damit rechnen müssen, dass ihre Intimität nicht für immer so berauschend bleiben würde, wie es aktuell der Fall war. Doch abgesehen davon, wäre es dem Kind gegenüber fair? Würde Lilly der Belastung standhalten können, wenn Sean einen Schub hatte und sie allein für das Kind sorgen musste? Und wie würden sie gemeinsam ein Kind großziehen, während Sean weiter seine Musik in allen Stadien dieser Welt spielte und Lilly eine erfolgreiche Agentur führte?

Lilly hatte Sean seine Zweifel und Ängste angesehen. Ohne nachzudenken, hatte sie gemeint: »Ich bin und werde nicht allein sein. Ich habe meine Familie. Und deine. Das Kind wird sich vor Liebe und Menschen, die es umsorgen, kaum retten können.«

Natürlich hatten sie im Anschluss beide Tränen verdrückt, nur um sich der Liebe und Standhaftigkeit des anderen noch bewusster zu sein.

Was sie zu dem Grund ihrer heutigen Verspätung bei der Weihnachtsfeier der O'Sullivans brachte. Vor ihrem Aufbruch aus Dublin – sie hatten sich im November endlich eine eigene gemeinsame Wohnung in der Nähe von Grand

Canal gekauft – war Lilly über die Kloschüssel hergefallen und hatte mit ihr ihr noch nicht vollständig verdautes Mittagessen geteilt.

»Können wir endlich anfangen?« Kelly, die neunjährige Tochter von Seans Schwester Clare, hüpfte aufgeregt vor dem riesigen mit roten Kugeln und strahlenden Lichterketten geschmückten Baum auf und ab.

»Erst wird angestoßen!« Cillian, der in der Küche verschwunden war, kehrte mit einem großen Tablett zurück. Kleine Gläser mit einer sämigen goldgelben Flüssigkeit wurden an alle verteilt. Lediglich die Kinder erhielten stattdessen ein Glas Apfelsaft mit einer Prise Zimt.

Neugierig betrachtete Lilly die Flüssigkeit in ihrem Glas. »Was ist das?«

Aeryn lehnte sich zu ihr nach vorne. »Honigmet. Cillian konnte dem Versuch einfach nicht widerstehen.«

Sean musterte seinen Bruder erstaunt. »Du hast aus dem Honig deiner Bienen selbst Met hergestellt?«

Cillian nickte, und Lilly fielen dieselben funkelnden grünen Augen auf, wie Sean sie besaß. »Mit allem, was dazugehört.«

Er hob sein Glas, und gemeinsam wünschten sich die O'Sullivans frohe Weihnachten auf Irisch.

»Nollaig Shona Daoibh!«

Alle tranken. Bis auf Lilly. Sofort fiel Seans aufmerksamer Schwester auf, dass sie ihr Glas an Sean weitergegeben hatte. Unberührt.

»Du verschmähst den guten Honigmet?« Sie grinste fröhlich und zog ihre aufgeregte Tochter auf ihren Schoß.

Sofort blickte die gesamte Familie auf Lilly. Nervös lachte sie und drehte sich hilfesuchend zu Sean um.

»Wir wollten eigentlich warten, bis William da ist, aber …«

Weiter kam er nicht. Seine Familie fiel über sie her. Glückwünsche, irische Segenswünsche, Umarmungen und dutzende Tränen vor Glück sprudelten aus den O'Sullivans heraus. Und zwar aus allen.

Aeryn fiel als Erste um Lillys Hals. »Ihr seid verrückt. Und schrecklich wunderbar.« Sie schniefte leise. Dann schmunzelte sie. »Dir ist klar, dass du spätestens jetzt nie mehr Ruhe vor dieser Familie haben wirst, oder?«

»Ich habe es befürchtet.« Lilly lachte und erinnerte sich an die zahlreichen Besuche bei den O'Sullivans in den letzten Monaten. Sie liebte diese einzigartige Gemeinschaft. Ihr und Seans Kind konnte sich furchtbar glücklich schätzen hier und in die Familie der McCarthys hineingeboren zu werden. Nein, sie mussten sich keine Sorgen machen. Dem kleinen Fratz würde es an nichts fehlen. Niemals.

Clare stieß zu ihnen. »Was wird hier über uns getuschelt? Wir sind großartig. Und das Kleine wird genau das von uns jeden Tag zu spüren bekommen.«

»Unbedingt«, erwiderte Lilly und wischte sich selbst eine kleine Träne aus dem Augenwinkel. Sie blickte zu Sean, der sein Glück selbst kaum fassen konnte. Es würde nicht immer leicht werden. Ihre Zukunft hielt zahlreiche Herausforderungen für sie bereit. Doch sie hatten einander. Sie würden sich gegenseitig Kraft geben und den Widerständen trotzen, sie annehmen und das Beste daraus machen. Der Blick, den sie in diesem Moment miteinander inmitten der aufgeregten O'Sullivans austauschten, versprach genau das. Lilly wurde warm ums Herz, und sie war dankbar für alles, was sie in diesem Moment geschenkt bekam. Einen Mann, der sie liebte. Ein Kind, dessen Lachen sie hören würde. Und eine weitere Familie, der ihr Wohl eng am Herzen lag.

Im Wohnzimmer herrschte ein riesiges Durcheinander, denn jeder wollte Lilly und Sean mit einer Umarmung gratulieren. Doch plötzlich sprang Liam, seine Cousine Kelly und deren Bruder Ronan an den Händen, auf das Sofa und erhob seine Stimme.

»Wir finden das ja auch super toll, aber können wir

endlich mit dem Essen anfangen? Das Baby ist in einer Stunde immer noch in Lillys Bauch und freut sich dann bestimmt auch noch über Willkommensgrüße.«

»Liam!« Cillian und Aeryn riefen ihren Sohn schmunzelnd zur Räson.

Lilly lachte und zwinkerte dem Jungen zu. »Er hat doch recht!«

»Und damit bist du heute Abend meine Lieblingstante, Tante Lilly. Ich danke dir!« Liam hüpfte zu ihr rüber und umarmte sie. Lächelnd beugte er sich zu ihrem Bauch hinunter und rief: »Frohe Weihnachten da drinnen!«

Danksagung

»Himbeerfieber« ist ein Roman, der vermutlich einer der persönlichsten ist, die ich je verfasst habe. Dass Sean an Multipler Sklerose erkrankt, die Ängste, die er durchsteht, und die Zweifel, die ihn begleiten – all das ist mir nur allzu vertraut. Denn mit gerade einmal siebzehn Jahren erhielt auch ich diese Diagnose. Nur gibt es zwischen Sean und mir einen wesentlichen Unterschied: Nach gut fünf Jahren revidierte man meine Diagnose, und seither gab es nie wieder Anzeichen dafür, dass ich an Multipler Sklerose erkrankt bin.

Dennoch hat dieser Moment etwas mit mir gemacht. Er hat mich aufmerksamer werden lassen. Achtsamer für das Leben und was es mir bedeutet. Manchmal muss ich mich selbst daran erinnern, wie es war … Siebzehn. Kurz vor dem Abitur, das ganze Leben steht einem offen – und dann das. Multiple Sklerose. Eine lebensverändernde Diagnose. Aber es soll hier nicht um mich gehen.

All die Ängste, Sorgen, Zweifel und Überlegungen, die Sean durchstehen muss – sie sind real für all die Menschen, die mit dieser Krankheit leben. Ich bewundere jeden einzelnen von ihnen und habe größten Respekt für die Betroffenen und ihre Angehörigen. Denn die Diagnose trifft nicht nur die Patient:innen, sondern immer auch das gesamte Umfeld dieser Menschen. Das übersehen wir häufig.

An dieser Stelle möchte ich mich unbedingt und aus tiefstem Herzen bei Nele Handwerker bedanken. Sie ist MS-Patientin und betreibt einen der erfolgreichsten Blogs zu diesem Thema in Deutschland: *ms-perspektive.de*. Außerdem betreibt sie den international ausgezeichneten Podcast »MS-

Perspektive – der Multiple Sklerose Podcast«. Ihre Aufklärungsarbeit gibt großartige und wichtige Einblicke in das Leben mit MS. Sie war so lieb und hat »Himbeerfieber« vorab gelesen und mir ihre konstruktive Kritik zu der Geschichte gegeben. Denn ich wollte, dass es authentisch ist. Echt. Und richtig. Danke, Nele!

Mein Dank geht außerdem an jemanden, den ich zufällig auf der Babyparty einer Freundin getroffen habe, denn wie sich herausstellte, arbeitet er für ein Pharma-Unternehmen, das sich mit Multipler Sklerose auseinandersetzt. Er empfahl mir den Kontakt zu Nele Handwerker und prüfte die medizinischen Fakten in »Himbeerfieber«. Danke, Justin!

Und natürlich haben meine beiden persönlichen Lektorinnen ganze Arbeit mit ihrer konstruktiven Kritik geleistet, um »Himbeerfieber« noch besser zu machen. Danke, Annika. Danke, Alex. Ohne euch wäre es einfach nicht dasselbe.

Ein großer Dank geht außerdem an den Zeilenfluss Verlag, der mir einen Vertrag für »Himbeerfieber« zukommen ließ, ohne zu wissen, worum es überhaupt gehen würde. Danke!

Als ich mit achtzehn meinen heutigen Mann kennenlernte, erzählte ich ihm noch vor unserem ersten richtigen Date von meiner damals aktuellen MS-Diagnose. Ich wollte, dass er weiß, worauf er sich einlässt. Denn nichts konnte ich weniger gebrauchen als jemanden, der eines Tages mit mir Schluss macht, weil er zu spät von meiner Krankheit erfahren hat und sich dafür nicht bereit fühlt – was wiederum völlig legitim gewesen wäre. Doch als ich ihm davon erzählte, sagte er einfach: »Ich mag dich, Madita. Keine Ahnung, wo es uns hinführt, was hier beginnt. Aber eine Krankheit wird mich nicht davon abhalten, es herauszufinden. Und wenn das bedeutet, dass es manchmal schwierig werden könnte, dann ist das eben so.« Meine Schwiegermutter erzählte mir später einmal, mein Mann braucht es, gebraucht zu werden. Er lebt sein eigenes Leben und will dennoch für die Menschen, die er liebt, da sein. Und das ist er. Jeden Tag, den wir zusammen sind. Seit nun schon mehr als zehn Jahren. Danke, Stefan.

Als meine Schwester das Skript zum ersten Mal gelesen hat, schrieb sie mir und sagte, sie hätte es weglegen müssen, weil sie weinen musste. Weil all die Gefühle, die sie einst bei meiner Diagnose empfunden hat, wieder hochgekommen sind. Meine Schwester gehört zu den tapfersten Menschen, die ich kenne. Und ohne sie hätte ich diese Jahre nicht überstanden. Wann immer ich am Boden war – und das war oft –, hat sie mich aufgefangen, mir Kraft gegeben und mich ermutigt weiterzumachen. Komme, was wolle. Und dabei hat sie im Stillen selbst unfassbar gekämpft. So wie alle meine Geschwister. Und meine Eltern. Und meine engsten Freunde. Sie haben mir Halt gegeben in Zeiten, in denen ich furchtbar gestrauchelt bin. Danke, euch allen.

Als ich im März 2023 begann, für »Himbeerfieber« die Werbetrommel zu rühren, wurde der Spieß plötzlich umgedreht. Die Süddeutsche Zeitung wollte statt über »Himbeerfieber« lieber über mich schreiben. Sie wollten meine Geschichte erzählen. Und so wurde am 1. April 2023 ein Porträt über mich veröffentlicht. Meine wundervolle Freundin Kathi hat sich mit viel Feingefühl meiner Geschichte angenommen und sie für die Süddeutsche Zeitung aufgeschrieben. In Worten, wie ich sie nie hätte finden können. Danke, Kathi!

Meine Eltern nehmen in meiner Krankengeschichte einen besonderen Stellenwert ein. Sie haben mir von Beginn an Mut gemacht, mein Leben weiterzuleben. Meine *Jetzt-erst-recht*-Haltung nach der Diagnose habe ich von ihnen übernommen. Ich war die Jüngste von sechs Geschwistern und brachte ihnen diese Diagnose nach Hause – gerade als sie dachten: »Jetzt ist Madita erwachsen und beginnt ihr eigenes Leben.« Doch dann kam die vermeintliche Diagnose. Aber sie waren da. Immer. Sie fuhren mich zu jedem meiner Arzttermine. Weinten mit mir. Bauten mich auf. Und halfen mir, mich zu sortieren. Und sie waren es, die meine Verwirrung verstanden haben, als es nach fünf Jahren plötzlich hieß, ich sei doch eigentlich gesund. Ein Moment, der Erleichterung hätte versprühen sollen, hat mich zunächst ins Gegenteil gedrängt. Totale Skepsis und Unsicherheit. Meine Eltern gaben mir den Halt, den ich brauchte, um mich neu zu sortieren. Danke, Mama. Danke, Papa.

Deshalb ist dieses Buch so persönlich wie kein anderes meiner vorherigen Bücher. Ich hoffe von Herzen, dass meine Leser:innen die Geschichte von Sean und Lilly verstehen und die beiden ebenso lieben, wie ich es tue. Beide sind so furchtbar starke Charaktere. Aber manchmal muss man sie daran erinnern. So wie wir alle uns manchmal daran erinnern müssen, dass das Leben weitergeht und wir es sind, die es in der Hand haben, was wir daraus machen.

Über die Autorin

Madita Tietgen wurde 1995 als Jüngste von sechs Geschwistern in München geboren. Nach dem Abitur studierte sie Kulturjournalistik und absolvierte im Rahmen dessen unter anderem Praktika bei der WELT und dem ZDF in New York. Ein Auslandssemester führte sie nach Dublin. Die Zeit in Irland weckte in ihr die Liebe und Begeisterung für die irische Lebensfreude, die sie seitdem in ihre Romane einfließen lässt.

Den Schritt zur Autorin wagte sie im Sommer 2021, indem sie zunächst »Zimtfieber«, Band 2 der Reihe »Irland – Von Cider bis Liebe«, via Selfpublishing veröffentlichte. Kurz darauf nahm der Zeilenfluss Verlag die junge Autorin auf. Seit Januar 2022 hat sie es mit ihren bisher erschienenen Romanen jedes Mal auf die eBook-Bestsellerlisten aller bekannten Buchhändler geschafft.

Aktuelle News zu anstehenden Veröffentlichungen und exklusives Bonusmaterial gibt es auf ihrer Website sowie im Newsletter. Jetzt anmelden unter maditatietgen.com!

Folge Madita Tietgen außerdem auf Instagram: @maditatietgen

Apfelfieber

Zwei verfeindete irische Familien und ein Job, der Clare mit ihrem Erzfeind zusammenführt – unter diesem Druck entsteht nicht nur großartiger Cider, sondern auch ungewollte Gefühle …

Clare O'Sullivan bekommt eine letzte Chance, sich ihren Traum vom Leben als Autorin zu erfüllen. Der Auftrag: Sie soll die Biographie von James Arthur Byrne schreiben. Ihm gehört die größte Cider-Brauerei Irlands und er ist zudem auch noch der begehrteste Junggeselle des Landes - und der Mensch, den Clare am meisten auf dieser Welt verachtet. Denn ausgerechnet er hat vor zehn Jahren bei Clares Vater einen gefährlichen Herzinfarkt ausgelöst, an dem dieser beinahe gestorben wäre. Widerstrebend nimmt Clare die Herausforderung an, ohne zu ahnen, dass sie die nächsten Wochen nicht nur mit James arbeiten, sondern auch zusammenleben muss. Doch neben hitzigen Streitereien steigt auch Clares Temperatur in schwindelerregende Höhe, sobald James in ihrer Nähe ist …

Zimtfieber

Im alten Café ihrer Granny riecht es nicht nur nach den köstlichsten Leckereien – es liegt auch Liebe in der Luft. Und Mara kann diesem Duft unmöglich widerstehen …

Mara McMillan ist ein Taugenichts – zumindest in den Augen ihrer Familie. Als ihre Großmutter und damit einzige Fürsprecherin stirbt, erbt die junge Irin das Café ihrer Granny. Dieses liegt zwar perfekt in der Dubliner Innenstadt, ist jedoch auch hoch verschuldet. Doch Mara entschließt sich gegen den Verkauf und für die Wiedereröffnung des Cafés, denn für sie ist es die Chance sich endlich zu beweisen! Tatsächlich blüht Mara zwischen Kaffee und Zimtschnecken auf. Allerdings scheint nicht jeder glücklich darüber zu sein, denn fortan werden hinterhältige Anschläge auf das Café verübt. Gut, dass Mara mit der Unterstützung von Cliff Maguire, dem attraktiven Pub-Besitzer, rechnen kann. Doch auch Cliff verfolgt seine eigenen Ziele und schlägt Mara schließlich einen unmoralischen Deal vor.

Nun hat Mara ein ganz anderes Problem: Wie soll sie sich auf die Rettung ihres Cafés konzentrieren, während Cliff ihr immer näher kommt?

Honigfieber

Tanzen ist ihr Leben. Doch was passiert, wenn Aeryn die Bühne gegen Apfelbäume, Bienenstöcke und einen gutaussehenden Witwer tauscht?

Aeryn ist der Star der weltweit erfolgreichsten Irish Dance Show – bis ihr Freund in einem Interview mit ihr Schluss macht, ihren Ruf ruiniert und mit ihrem Geld abhaut. Zu allem Überfluss wird sie deswegen von ihrem Traumjob suspendiert.

Auf ihrer Flucht aus Dublin und vor der Klatschpresse rettet sie dem außergewöhnlichen Liam O'Sullivan das Leben. Der Fünfjährige ist seit dem Tod seiner Mutter stumm und findet in ihr eine Bezugsperson. Aeryn beschließt, sich für die Zeit ihrer Suspendierung um Liam zu kümmern. Allerdings schleicht sich nicht nur Liam in ihr Herz, sondern auch sein attraktiver Vater Cillian bringt sie zwischen Äpfeln und Honig mit seinen Blicken um den Verstand.

Doch Aeryn weiß, dass sie ihr Herz nicht zu sehr öffnen sollte, schließlich sind die O'Sullivan-Jungs nur eine Verschnaufpause von ihrem echten Leben im Rampenlicht … oder?

Limettenfieber

Zwischen süßen Limettenküssen und bitteren Geheimnissen macht sich Rachel auf die Suche nach ihrer Vergangenheit.

Als Rachel unerwartet eine Nachricht ihres unbekannten Onkels Angus O'Neill erhält, ist die Aufregung groß. Wird sie endlich erfahren, warum sie als Waise im Heim aufwuchs und wer ihre leiblichen Eltern sind? Kann ihr Onkel Licht ins Dunkel bringen?

Voller Hoffnung macht sie sich auf den Weg zu den atemberaubenden Cliffs of Moher, den Steilklippen an der Westküste Irlands. Schnell muss Rachel jedoch erkennen, dass Angus' vorgegebene Freundlichkeit mit Hintergedanken versehen ist und ihrer Geburt eine viel größere Tragödie zugrunde liegt, als man ihr ihr Leben lang Glauben gemacht hat.

Dann trifft sie auch noch auf den ehemaligen Star-Quarterback der Boston Tigers, John Carter – herrisch, schroff, unnahbar. Doch trotz gegenseitiger Abneigung sucht Rachel den Kontakt zu ihm, denn er gehörte zu den engsten Vertrauten ihrer Mutter. Ob er Rachel den Grund verraten wird, warum er den Rest ihrer leiblichen Familie so sehr verachtet? Und was wird auf die heißen Funken folgen, die die beiden bei ihren ständigen Streitereien umgeben?